오시리스의
눈

이　경　아

한국외국어대학교 러시아어과와 같은 대학 통역번역대학원 한노과를 졸업했다. 현재 한국외국어대학교 통역번역대학원에서 강의하면서 전문 번역가로 활동중이다. 옮긴 책으로 『영국식 살인』, 『붉은 머리 가문의 비극』, '탐정 글래디 골드' 시리즈, 『제인 오스틴의 비망록』, 『클린트 이스트우드』 외 다수가 있다.

THE EYE OF OSIRIS
by Richard Austin Freeman

이 도서의 국립중앙도서관 출판시도서목록(CIP)은 e-CIP 홈페이지(http://www.nl.go.kr/ecip)와 국가자료공동목록시스템(http://www.nl.go.kr/kolisnet)에서 이용하실 수 있습니다.
CIP제어번호 : CIP2013018373

THE
EYE
OF
OSIRIS

오시리스의 눈

리처드 오스틴 프리먼

이경아 옮김

살해당한 신의 눈이 따라다닌다

엘릭시르

차
례

THE
EYE
OF
OSIRIS

블랙프라이어스 방면

채링 크로스 역 방면

The Eye of Osiris   Richard Austin Freeman

001

사라진 신사

세인트 마거릿 병원 부속 의대는 운 좋게도 아주 훌륭한 법의학 교수를 두었다. 다른 학교에서는 교수가 단지 다른 과목을 가르칠 역량이 부족하기 때문에 법의학 강의를 맡게 되는 경우가 종종 있다. 하지만 우리 학교는 상황이 완전히 다르다. 존 손다이크 박사님은 심오한 지식과 뛰어난 명성까지 갖춘 열정적인 과학자일 뿐 아니라 생기 넘치고 호감 가는 교수법에 교수 자료가 끊이지 않는 보기 드문 교육자이기도 했다. 세간에 알려진 주목할 만한 사건쯤 되면 손다이크 박사님은 어느새 샅샅이 파악하고 계신 듯했다. 화학, 물리학, 생물학, 심지어 역사학에 이르기까지 어떻게든 법의학적 의미를 뽑아낼 수 있는 사실이라면 갖은 수를 써서라도 이용할 방법을 찾아냈다. 그분이 가진 흥미진진하고 다채로운 경험은 마르지 않는 샘물처럼 끊임없이 쏟아져 나오는 것 같았다. 일견 무미건조해 보이는 주제에 생명력과 관심을 불어넣기 위해 그분은 신문에 실린 동시대의 사건들을 분석하고 해석을 찾아내는 방법을 가장 즐겨 썼다. 물론 법적이고 사회적인 맥락을 제대로 고려하기 위한 방법이었다. 나는 내 인생에 지대한 영향을 줄 운명이었던 놀라운 사건을 바로 그런 식으로 처음 접하게 되었다.

손다이크 박사님이 생존자권*이라는 비교적 만족스럽지 않은 주제로 강의를 끝낸 직후였다. 학생들이 대부분 자리를 뜬 계단식 강의실에는 몇몇 학생들이 남아 교탁을 빙 에워싼 채 손다이크 박사님의 의견을 듣고 있었다. 박사님은 늘 그러듯이 교탁에 기댄 채 쥐고 있는 분필을 향해 쉽고 편안하게 대화하듯 생각을 풀어 놓았다.

손다이크 박사님은 학생 한 명이 던진 질문에 대답하며 이렇게 말문을 열었다.

"생존자권의 문제는 주로 사건 당사자들의 시신을 제시할 수 있거나 적어도 사망 장소와 대략적인 사망 시각이 확실히 알려져 있을 때 발생한다네. 하지만 당사자들 가운데 한 명의 시신이 나타나지 않은 상태에서 방증으로 사망을 추정해야만 할 때도 비슷한 문제가 발생해.

이 경우 반드시 해결해야 할 문제는 이 사람이 살아 있었다고 확신할 수 있는 가장 마지막 순간이 언제냐는 거야. 그 문제를 해결하려면 가장 시시하고 무의미해 보이는 상황까지 파헤쳐야 할지도 몰라. 오늘 자 조간신문에 이런 상황을 잘 보여 주는 사건이 실렸더군. 어떤 신사가 상당히 미심쩍은 상황에서 모습을 감추었어. 마지막으로 그 신사를 본 사람은 그가 찾아간 친척 집의 하인이었어. 이 사건에서는 죽었든 살았든 그 신사가 다시 나타나지 않는 한 그가 확실하게 살아 있었던 마지막 순간에 대한 의문이 그다음 의문을 낳는다네. '그 신사는 문제의 친척 집을 찾았을 때 특정한 장신구를 가지고 있었는가? 가지고 있지 않았는가?'"

박사님은 여전히 손에 들고 있는 분필을 생각에 잠긴 표정으로 바라보며 말문을 닫았다가 다음 말을 우리가 잔뜩 기대하고 있다는 사실을 깨달았다는 듯이 이야기를 이어 나갔다.

"이 사건을 둘러싼 정황은 몹시 흥미로워. 솔직히 말해서 흥미로운 정도가 아니라 불가사의하지. 만약 이 상황에 대해 법적 논쟁이 일어난다면 무척 복잡해질 거야. 행방이 묘연한 신사는 존 벨링엄이라고, 고고학계에서는 꽤 알려진 인물이야. 그 사람은 최근에 이집트에서 귀국하며 매우 훌륭한 유물들을 가져왔어. 그 가운데 일부는 영국 박물관에 기증을 해서 지금 전시중이라네. 아무튼 유물을 박물관에 기증한 후에 이번에는 파리로 출장을 간 모양이야. 기증품에는 보존 상태가 매우 훌륭한 미라와 완벽하게 갖춰진 부장품도 있다는 사실을 빠뜨리면 안 되겠지. 그런데 부장품은 벨링엄 씨가 파리로 갈 때까지 이집트에서 도착하지 않았어. 미라의 경우는 영국 박물관에서 나온 노베리 박사라는 분이 벨링엄 씨의 자택에서 10월 14일에 검사했어. 그 자리에는 기증자인 벨링엄 씨와 그의 사무 변호사도 참석했지. 사무 변호사는 부장품이 모두 도착하면 영국 박물관 측에 넘기도록 권한을 받은 사람이었어. 물론 부장품이 도착하자 그렇게 했고.

벨링엄 씨가 파리에서 돌아온 날짜는 11월 23일로 추정하고 있어. 그는 곧장 채링 크로스 역으로 갔다가 그곳에서 다시 친척인 허스트 씨의 집으로 향했어. 허스트 씨는 독신으로 엘텀에서 살고 있네. 문제의 신사가 그 집에 도착한 시간은 5시 20분이었다고 알려져 있더군. 마침 허스트 씨는 런던에서 돌아오지 않았는데, 5시 45분쯤에 도착할 예정이었어. 벨링엄 씨는 자신이 누구라고 밝히고 서재에서 편지를 몇 통 쓰면서 기다리겠다고 했다는군. 하녀는 당연히 손님을 서재로 안내했고 종이와 펜을 챙겨 준 후에 서재에 혼자 두고 나왔어.

5시 45분에 허스트 씨는 자신의 열쇠로 직접 문을 열고 들어왔지. 하녀가 그를 맞이하기도 전에 곧장 서재로 들어가 문을 닫았네.

6시에 저녁 준비가 다 되었다는 종소리가 울렸어. 허스트 씨는 식당으로 들어갔지. 혼자 말이야. 그런데 식탁에 두 사람분의 식사가 차려져 있는 걸 보고 어떻게 된 일이냐고 물었지.

하녀는 이렇게 대답했어.

'벨링엄 씨가 저녁을 드시고 가시는 줄 알았어요, 주인님.'

'벨링엄 씨라고! 사촌이 여기에 온 줄 몰랐군. 왜 내게 말을 안 했나?'

허스트 씨가 놀라서 되물었어.

'주인님과 서재에 함께 계시는 줄 알았어요.'

하녀가 대답했지.

당장 손님을 찾으러 온 집 안을 뒤졌지만 그는 어디에도 없었어. 감쪽같이 사라진 거야. 이 상황을 더욱 기이하게 만든 건 하녀의 증언이었네. 그 하녀는 손님이 절대 현관으로 나가지 않았다고 장담을 했어. 그녀도 요리사도 존 벨링엄 씨를 전에 본 적이 없긴 했다는군. 그래도 하녀는 현관이 온전히 보이는 부엌이나 서재 앞 복도로 문이 나 있는 식당에만 계속 있었다는 거야. 서재에는 프랑스식 창이 있는데, 그 밖은 좁은 풀밭이야. 풀밭을 가로지르면 나오는 쪽문으로 골목길로 나갈 수 있네. 벨링엄 씨가 집을 나갔다면 상당히 의아한 방법을 택한 거지. 여하튼 여기서 중요한 사실은 그는 분명 집에 없었고, 그가 집에서 나가는 모습을 목격한 사람 역시 아무도 없었다는 거야.

허스트 씨는 서둘러 저녁을 먹고 런던으로 돌아와 벨링엄 씨의 변호사이자 대리인이기도 한 젤리코 씨에게 달려갔어. 자초지종을 젤리코 씨에게 말해 주었는데 그는 자신의 고객이 파리에서 돌아온 사실조차 몰랐지. 두 사람은 즉시 기차를 잡아타고 실종된 신사의 동생인 고드프리 벨링엄 씨가 사는 우드퍼드로 달려갔어. 두 사

스카라베 Scarabée

고대 이집트에서 다산이나 풍작의 상징으로
신성시한 풍뎅이 모양의 부적 또는 그 장신구.

람을 맞은 하인은 주인이 출타중이지만 딸인 벨링엄 양은 서재에 있다고 알렸어. 서재는 집의 뒤쪽에 있는 정원 너머 관목 숲에 지은 별채라는군. 서재에 가 보니 벨링엄 양은 물론 마침 뒷문으로 들어온 주인 고드프리 벨링엄 씨까지 있었어.

고드프리 씨 부녀는 허스트 씨의 이야기를 듣고 깜짝 놀랐어. 자신들은 존 벨링엄으로부터 연락을 받은 적도, 본 적도 없다고 했지.

일단 사람들은 서재에서 나와 집으로 향했어. 그런데 서재 문에서 얼마 떨어지지 않은 풀밭에서 젤리코 씨가 어떤 물건을 발견하고 손가락으로 가리켜 고드프리 씨에게 보여 줬어.

물건을 주운 고드프리 씨는 그것이 존 벨링엄 씨가 늘 시곗줄에 끼워서 늘어뜨리고 다니던 스카라베라는 걸 알아봤어. 다른 사람들도 마찬가지였지. 절대 잘못 볼 물건이 아니었거든. 그 스카라베는 청금석으로 만든 제18왕조풍의 뛰어난 세공품이었고 아멘호테프 3세의 카르투슈가 새겨져 있었거든. 금속 줄을 이용해 스카라베의 구멍에 금반지도 같이 매달았는데, 그 반지는 우그러지기는 했지만 여전히 스카라베에 매달려 있었어.

그 물건을 찾아내면서 수수께끼가 더 깊어졌어. 조사를 해 보니 J.B.라는 머리글자가 새겨진 옷 가방이 채링 크로스 역의 수하물 보관소에 아무도 찾아가지 않은 채 남아 있었어. 이로써 의문은 점점 늘어나기만 했어. 수하물 영수증을 조사한 결과 그 가방은 11월 23일 대륙 간 급행열차가 도착할 당시 누가 맡기고 갔다는 사실이 밝혀졌어. 다시 말해서 가방의 주인은 역에서 곧장 엘텀으로 갔다는 거야.

현재까지의 상황은 이렇다네. 실종된 신사가 다시 나타나지 않거나 그의 시신이 발견되지 않는다면 말했다시피 다음 사실을 반드시 밝혀내야 해.

'그가 살아 있는 모습이 마지막으로 목격된 정확한 시각과 장소는 언제 어디인가!'

장소가 얼마나 중요한지는 명확하니 새삼 고려할 필요는 없겠지. 하지만 시각은 또 다른 의미에서 중요하게 살펴보아야 할 문제야. 강의에서도 말했다시피 몇 초 동안 살아 있었다는 사실이 증명됨으로써 유산 상속권의 주인이 뒤바뀐 사건들도 있었네. 이 사건에서는 실종자가 11월 23일 5시 20분에 허스트 씨의 집에서 마지막으로 살아 있는 모습이 목격되었어. 그 후에 우드퍼드에 사는 동생의 집을 찾아간 듯해. 하지만 우드퍼드에서 그를 본 사람이 아무도 없기 때문에 현재로서는 그가 동생의 집을 찾아간 시각이 허스트 씨의 집을 방문하기 전인지 단정할 수가 없어. 만약 동생의 집부터 갔다면 23일 저녁 5시 20분이 그가 살아 있는 모습이 목격된 마지막 시점이 되겠지. 하지만 그곳을 나중에 갔다면 이 시각에 우드퍼드까지 가는 최단 시간을 더해야 해.

어느 집을 먼저 찾아갔는지는 스카라베에 달려 있어. 그가 허스트 씨의 집에 도착했을 때 스카라베를 지니고 있었다면 그곳에 먼저 간 것이 되겠지. 하지만 시곗줄에 스카라베가 없었다면 우드퍼드에 먼저 갔을 확률이 높아져. 그러므로 유산 상속권을 결정할 때 가장 중요한 쟁점이 될 것이 분명한 이 문제는 사소하기도 하고 별로 중요하지도 않은 사실, 즉 하녀가 그 장신구를 목격했느냐 하지 않았느냐에 달려 있는 거야."

"하녀가 스카라베에 대해서 증언을 했습니까, 박사님?"

내가 질문을 했다.

"모르겠네. 신문은 사건 자체에 대해서는 대단히 상세하게 보도한 반면 그 문제에 대해서는 아무런 언급이 없다네. 두 집의 도면 같은 자세한 정보를 잔뜩 실어 놓은 점은 높이 살 만해. 그것만으로도 주목할 가치가 있는 상당히 흥미로운 사실이거든."

"어떤 점에서 흥미롭다는 겁니까?"

다른 학생이 질문을 했다.

"아, 그 질문의 해답은 자네들이 고민할 몫으로 남겨 놓아야겠군. 이 사건은 아직 재판이 열리지 않았기 때문에 관련 인물들의 행동과 동기를 함부로 추측해서는 안 되네."

"신문에는 실종된 사람의 인상착의가 나와 있습니까, 교수님?"

내가 물었다.

"그렇다네. 상당히 자세하게 나와 있어. 그 사람이 언제라도 멀쩡히 나타날 수 있는데 실례다 싶을 정도로 자세하더군. 그 신사는 왼쪽 발목에 오래된 포트 골절 흔적이 있고 양쪽 무릎에는 세로로

길쭉한 흉터가 있어. 흉터가 생긴 이유는 나와 있지 않지만 쉽게 짐작할 수 있지. 그리고 가슴에는 자색으로 매우 정교하고 또렷하게 오시리스의 눈 상징을 문신으로 새겼다고 하더군. 이 문양은 왕조에 따라 호루스Horus라고도 하고 라Ra라고도 해. 따라서 시신으로 발견될 경우 신원 확인은 아무런 어려움이 없을 거야. 하지만 그런 일이 일어나지 않기를 바라야지.

이제 정말 가 봐야겠군. 자네들도 가야지. 모두들 관련 기사가 실린 신문들을 모아서 놀랍도록 풍부한 세부 사항들을 다 읽고 따로 모아 두게. 이 사건은 어느 사건보다 더 기묘해. 그러니 언젠가 다시 듣게 될 날이 올 거야. 그럼 또 보자고."

우리 모두는 손다이크 박사님의 조언을 깊이 새겨들었다. 그도 그럴 것이 법의학은 세인트 마거릿 의대에서만큼은 살아 있는 과목이었다. 그랬기에 우리는 깊은 관심을 가지고 있었다. 우리는 가장 가까운 신문 가판대로 우르르 몰려갔다. 그곳에서 《데일리 텔레그래프》를 한 부씩 사서 학생 휴게실로 가 기사를 읽었다. 그런 후에 세심하고 꼼꼼하신 교수님이라면 당연히 신경을 쓰셨을 예민한 부분에는 신경도 쓰지 않은 채 사건의 내용에 대해 의견을 주고받기 시작했다.

엿듣는 사람

002

　　가정 교육을 잘 받은 사람이 가능한 한 반드시 지켜야 할 예의 범절 중 하나는 누군가와 안면을 틀 때 제일 먼저 제대로 된 자기소개부터 해야 한다는 것이다. 앞 장章에서 통째로 무시했던 이 첫인사의 규칙을 지금이라도 서둘러 따르려 한다. 게다가 내가 처음 느닷없이 등장한 후로 무려 이 년 가까운 시간이 흘렀으니 더더욱 미룰 수가 없다.

　　나로 말할 것 같으면 이름은 폴 버클리이고 최근에, 아주 최근에 의학 학사 학위를 땄으며 지금 자기소개를 하는 이 순간 직업에 어울리는 티 한 점 없는 프록코트와 높은 모자 차림으로 배가 불룩한 석탄 부대와 높이 쌓인 감자 상자들이 늘어선 위험천만한 좁은 길을 조심스럽게 요리조리 빠져나가는 중이다.

좁은 골목을 무사히 빠져나가 플뢰르드리스 코트에 도착한 후 나는 잠시 서서 왕진 명단을 보았다. 한 명만 더 보면 오전 진료는 끝이었다. 환자의 주소는 네빌스 코트 49번지였다. 거기가 어딘지는 모르겠지만. 나는 석탄 가게로 다가가 주인 여자에게 길을 물었다.

"재블럿 부인, 혹시 네빌스 코트로 가는 길을 아십니까?"

그녀는 기회를 놓치지 않겠다는 듯이 비밀스러운 태도로 내 팔을 움켜쥐더니(소맷부리에 남은 손자국이 몇 주일이나 지워지지 않았다) 떨리는 검지로 앞에 보이는 벽 너머를 가리켰다. 그러더니 이렇게 대답했다.

"네빌스 코트는 아치 입구로 들어가는 골목길이에요. 페터 레인 오른편 길인데, 브림스 빌딩 길 맞은편에 있죠."

나는 재블럿 부인에게 고맙다고 인사를 한 후 발걸음을 바삐 놀렸다. 오전 진료가 거의 끝나 간다는 사실에 기분이 좋아졌다. 슬슬 시장기가 도는 것 같았고 어서 뜨거운 물에 씻고 싶은 마음이 간절했다.

내가 하는 진료는 내 것이 아니다. 이 환자들은 모두 불쌍한 딕 바나드의 손님이다. 바나드는 세인트 마거릿 의대의 동창생으로 억누를 수 없는 정신과 그저 그런 체격의 사내이다. 그는 바로 그저께 방랑자처럼 건포도를 거래하는 배에 몸을 실은 채 지중해 여행을 떠났다. 오늘로 내게는 두 번째인 오전 왕진도 어떻게 보면 지리적 발견을 위한 여행이나 다름이 없었다.

페터 레인을 바삐 걷다 보니 어느새 좁은 아치 입구가 나타났다. 아치에 적힌 '네빌스 코트'라는 글자를 본 순간 나는 놀라움에 우뚝 멈춰 섰다. 런던의 골목길을 지나가는 여행자를 기다리고 있는 놀라운 광경 하나가 내 눈에 펼쳐졌다. 런던의 평범한 거리에서 흔히 보이는 우중충한 분위기를 예상하며 방금 지난 아치의 그림자에서 바라본 거리에는 아기자기한 가게들이 화려한 빛과 색으로 가득 찬 풍경을 연출하며 줄지어 늘어서 있었다. 햇빛을 받아 반짝이는 신록에 포근하게 감싸인 오래되고 따뜻한 색감의 여러 지붕과 벽이 아름다웠다. 런던 한복판에서는 가로수 한 그루도 유쾌한 즐거움을 준다. 그런데 이곳은 그런 가로수뿐만 아니라 덤불과 꽃도 있었다. 좁은 인도를 따라 작은 정원들이 조성되어 있었는데, 그곳의 목재 울타리와 잘 가꾼 관목들은 거리에 예스러우면서도 소박한 분위기를 불어넣어 주었다. 심지어 내가 거리에 들어갔을 때 마주친, 알록달록한 블라우스를 입고 햇살을 받아 타오르는 듯한 머리카락을 한 여공들도 여름철 산울타리에 핀 야생화처럼 고요한 배경을 화사하게 밝혀 주었다.

언뜻 본 어느 정원에는 작은 오솔길에 둥근 타일처럼 보이는 것들이 깔려 있었다. 자세히 보니 그 타일은 옛날에 쓰던 석재 잉크병을 거꾸로 박아 놓은 것이었다. 이제는 기억하는 이 없는 공증인인지 법조계의 저술가인지 작가인지 것도 아니면 시인인지, 아무튼 자신의 집을 애지중지했던 이의 고풍스러운 손길에 생각이 팔려 있던 나는 문득 높은 담에 난 허름한 문에서 내가 찾던 주소를 발견했다. 그곳에는 벨도, 노커도 없었다. 나는 직접 빗장을 들어 올려 문을 열고 안으로 들어갔다.

거리가 놀라움 자체였다면 문을 열고 들어간 그곳은 경이로움 그 자체였다. 마치 꿈을 꾸는 것 같았다. 플리트 스트리트의 소란스러운 소리가 여전히 들렸지만 높은 담으로 에워싸인 오래된 정원에 서 있는데다 등 뒤로 문마저 닫히니 밖에 북적거리는 도시의 풍경과 도시가 있다는 사실로부터 완전히 차단된 기분이 들었다. 나는 유쾌한 놀라움에 사로잡혀 가만히 주위를 둘러보았다. 햇살을 흠뻑 머금은 나무들이며 꽃이 만개한 화단이 보였다. 앞쪽으로는 루핀과 금어초, 한련, 뾰족한 디기탈리스, 커다란 접시꽃이 만발했고 그 너머로 샛노란 나비 한 쌍이 털이 놀랍도록 하얗고 풍성한 고양이 주위를 무심하게 날아다니고 있었다. 고양이는 화단의 가장자리를 춤을 추듯 넘어 나비를 쫓으며 눈처럼 하얀 앞발을 부질없이 허공에 대고 휘저을 뿐이었다. 배경으로 우뚝 선 집도 놀랍기는 마찬가지였다. 검은색 차양과 엄숙한 분위기의 낡고 커다란 집 한 채가 서 있었다. 분명 과거 화려한 멋쟁이들이 가마를 타고 거리를 지나가고 점잖은 아이작 월턴*이 플리트 스트리트에 있는 자신의 가게를 슬쩍 나가 페터 레인을 따라 템플 밀스에 '낚시를 하러 간다'고 말했던 시절에는 분명 이 화단을 봐도 대수롭지 않게 생각했으리라.

생각지도 못한 감정에 압도된 나머지 나도 모르게 어느새 초인종의 줄에 손을 대고 있다는 사실을 퍼뜩 알아차렸다. 줄을 당기고 집 안에서 울리는 무시무시한 벨소리를 듣고 나서야 이곳을 찾아온 이유가 퍼뜩 떠올랐다. 나는 재빨리 초인종 아래 작은 청동판에 '오먼 양'이라고 새겨진 것을 보았다.

느닷없이 문이 활짝 열리며 작은 키의 중년 여성이 나를 위아래로 죽 훑었다.

"제가 벨을 잘못 울렸나요?"

이렇게 묻고 나니 바보 같은 말을 했다 싶었다.

"내가 어떻게 알겠어요? 그런 것 같네요. 남자들이 할 만한 짓이지. 엉뚱한 벨을 누르고는 미안하다고 하는 거 말이에요."

나는 대뜸 말했다.

"그렇게까지는 안 했습니다. 어쨌든 제 목적을 달성한 것 같군요. 게다가 덤으로 오먼 양과도 이렇게 만났고요."

"누구를 찾아 왔어요?"

그녀가 물었다.

"벨링엄 씨를 뵈러 왔습니다."

"바나드 의사 선생님이세요?"

"네, 제가 의사이긴 합니다."

"나를 따라 올라와요. 페인트는 밟지 말고."

오먼 양이 당부했다.

●　　**아이작 월턴** _ 영국의 낚시인으로 낚시인의 성서라고 하는 「낚시의 모든 것The Complete Angler」을 썼다.

나는 널찍한 홀을 가로질러 부인을 뒤따라 계단 중앙에 깔아 놓은 폭이 좁은 카펫을 조심스럽게 밟으며 우아한 떡갈나무 계단을 올랐다. 2층에 도착하자 오먼 양은 문을 열고 방을 가리키며 이렇게 말했다.

"저기 들어가서 기다려요. 아가씨에게 의사 선생님이 왔다고 알려 줄 테니까."

"저는 벨링엄 씨를 뵈러 왔는데……."

내가 이렇게 말문을 뗐지만 그녀는 야속하게 코앞에서 문을 쾅 닫아 버렸다. 아래층으로 총총걸음으로 내려가는 발걸음 소리가 들렸다.

나는 몹시 어색한 상황에 처했다는 생각이 슬며시 들었다. 내가 들어간 방은 옆방과 이어져 있었다. 옆방과 통하는 문은 닫혀 있었지만 난처하게도 그곳에서 이루어지고 있는 이야기가 다 들렸다. 처음에는 문을 통해 웅얼거리는 소리와 의미가 통하지 않는 말이 토막토막 들리는 정도였다. 하지만 느닷없이 분노에 찬 음성이 쨍하고 지나칠 정도로 명확하게 들려왔다.

"그랬지, 내가 그랬어! 한 번 더 말해 주지. 부정이고! 공모야! 이 짓이 그런 게 아니면 뭐겠어. 지금 나를 매수라도 하겠다는 거야!"

"그런 말이 아니네, 고드프리."

상대방은 묵직한 저음으로 이렇게 대답했다. 그즈음에 내가 표나게 헛기침을 하고 의자를 움직였다. 그러자 사람들의 목소리는 다시 알아듣기 힘든 웅얼거리는 소리로 잦아들었다.

　나는 보이지 않는 이웃들에게서 관심을 돌리기 위해 호기심에 찬 눈길을 주위로 돌려 방 안을 살피며 그 집 사람들의 특징을 짐작해 보았다. 방은 매우 신기했다. 한눈에 보기에도 옛 시절에 뽐냈던 위엄과 빛바랜 화려함이 느껴져 눈물이 날 정도였다. 한편으로는 취미와 개성이 엿보이는가 하면 놀라울 정도로 대조적이고 모순적인 분위기가 물씬 풍기기도 했다. 하지만 어딜 보든 품위를 잃지 않는 곤궁함이 모르고 지나칠 수 없을 정도로 확연하게 느껴졌다. 가구도 거의 없었는데, 있는 것마저 가장 싸구려였다. 작은 식탁, 두 개에만 팔걸이가 온전히 달려 있는 싸구려 의자 셋, 올이 다 드러나 망사 같은 행색으로 바닥에 깔려 있는 카펫, 식탁보로 쓰인 싸구려 면직물, 그리고 식료품 상자로 만든 책꽂이가 가구의 전부였다. 그런데 가난한 형편이 눈에 띄게 드러남에도 금욕적이며 어딘지 가정적인 분위기가 느껴졌다. 취향 또한 나쁘지 않았다. 차분한 적갈색 식탁보는 푸른빛이 감도는 녹색의 해진 카펫과 잘 어울렸다. 의자와 식탁의 다리는 번쩍번쩍한 광택제를 꼼꼼하게 벗기고 수수한 갈색으로 다시 칠했다. 전체적인 분위기에서 느껴지는 금욕적인 분위기는 식탁 중앙의 연한 적갈색 화병에 갓 꺾은 꽃을 풍성하게 꽂아놓은 덕분에 한결 부드러워졌다.

　무엇보다 독특하고 신기한 풍경은 내가 앞서 언급한 대조적인 모습이었다. 무슨 말인고 하니, 벽에 늘어선 책꽂이들은 고작 몇 펜

우샤브티 Ushabti

/

고대 이집트에서 무덤에 함께 묻었던 소형 인형.

스를 들여 직접 만들어 지저분하고 허름했지만 그곳을 가득 메운 책들은 고고학과 고대 미술에 관한 고가의 근간들이었다. 맨틀피스에는 장식품들이 있었는데, 석고에 청동색을 입힌 것이 아니라 정말 청동으로 만든 잠의 신 히프노스의 아름다운 두상 복제품과 이집트의 장례용 조각상인 섬세한 우샤브티 한 쌍이었다. 벽을 꾸며 놓은 방식도 눈길을 끌었다. 벽에는 동양을 주제로 한 수많은 동판화에 이집트 파피루스를 훌륭하게 따라 만든 복제품도 있었다. 특히 동판화에는 모두 서명이 들어가 있었다. 많은 돈을 들여 고상하게 꾸며 놓은 방 안에, 막상 일상생활에 필요한 물건들은 허름하기 짝이 없는데다 최소한으로밖에 갖춰져 있지 않았다. 즉, 명백한 가난에 고상한 취향이 뒤섞인 모습은 극도로 어울리지 않았다. 눈에 보이는 광경을 어떻게 이해해야 할지 알 수가 없었다. 새 환자는 도대체 어떤 사람일까? 이 이상한 집에 자신과 재산을 숨기고 사는 구두쇠일까? 아니면 괴짜일까? 후자가 더 신빙성이 있어 보였다. 그런데 마침 옆방에서 다시 한번 분노에 찬 음성이 들려와 내 생각은 그곳에서 뚝 끊어졌다.

"하지만 지금 나를 비난하고 있지 않나! 내가 형을 어떻게 하기라도 했다는 건가?"

상대방이 대꾸를 했다.

"그런 말이 아니라니까. 하지만 형이 어떻게 되었는지 확인하는 일은 자네 문제라고 재차 말하는 거야. 그 책임은 자네에게 있어."

먼저 들린 목소리가 발끈하며 소리쳤다.

"내게 있다고! 그럼 자네는? 그 문제에 대해서 자네 입장도 그 다지 깨끗하지 않을 텐데."

"뭐야! 지금 내가 형을 죽이기라도 했다는 거야?"

분노에 찬 고함 소리가 들렸다.

나는 느닷없이 들린 황당한 대화에 너무 놀라 입이 떡 벌어졌다. 그러다가 정신을 차리고 의자에 털썩 주저앉아 팔꿈치를 무릎에 대고 두 손으로 귀를 틀어막았다. 그렇게 일 분쯤 버텼을까. 내 뒤로 문이 닫히는 소리가 났다.

나는 몹시 당황해 벌떡 일어나 뒤를 돌아보았다. (그렇게 앉아 있는 내 모습이 얼마나 우스꽝스러웠겠는가.) 어두컴컴한 문가에는 키가 약간 크고 놀라울 정도로 아름다운 숙녀가 서 있었다. 그녀는 손잡이를 잡은 채 내게 예를 갖춰 고개를 숙이며 인사를 했다. 그녀를 보자마자 나는 그녀가 이상하기 짝이 없는 실내 분위기와 완벽하게 어울린다는 사실을 깨달았다. 그녀의 머리카락은 검었고 눈동자는 검은색에 가까운 짙은 잿빛에 안색은 상아색이었는데, 침울하고 슬픈 분위기가 깃든 표정을 한 채 테르보르흐의 초상화 속 인물처럼 서 있었다. 검은색 일색은 아니었지만 어두운 색조가 전체적으로 조화를 이루고 있었다. 낡고 색이 바랜 드레스를 입고 있었지만 균형 잡힌 두상과 일자로 곧게 뻗은 눈썹에는 고난으로 무너지기보다 더욱 단단해진 정신이 느껴지는 구석이 있었다.

"기다리시게 해서 죄송합니다."

그녀가 마침내 말문을 열었다. 말을 하니 엄해 보였던 입매가 살짝 부드러워지는 모습에 방금 전 우스꽝스러웠던 내 모습이 다시 떠올랐다.

나는 조금 지체되기는 했지만 괜찮다고 웅얼웅얼 대답했다. 사실 쉴 수 있어서 좋았다는 말도 서둘러 덧붙였다. 그때 옆방에서 소름이 끼칠 정도로 또렷하게 들린 목소리에 나는 두 사람이 어떤 이야기를 하는지 어렴풋이 짐작할 수 있었다.

"강조하는데, 나는 절대 그렇게 하지 않을 거야! 빌어먹을 자식, 왜인지 알아? 네놈이 내민 제안은 음모나 다름없기 때문이야!"

내 짐작에 벨링엄 양이 틀림없을 여자는 재빨리 방을 가로질렀다. 당연히 그녀의 얼굴은 분노로 붉게 달아올랐다. 그녀가 문에 다다른 순간 문이 홱 열리면서 말쑥하게 차려입은 자그마한 체구의 중년 남자가 총알같이 튀어나왔다.

"네 아버지는 미쳤구나, 루스. 완전히 돌았어! 저 사람과는 더 이상 상대를 못 하겠다."

"오늘은 만나고 싶어 하지 않으셨어요."

벨링엄 양이 차갑게 대답하자, 분노에 찬 대답이 돌아왔다.

"그래, 그랬지. 내가 쓸데없이 친절을 베풀었구나. 하지만 이런 말을 해 봐야 무슨 소용이 있겠니? 나는 너희 부녀를 위해 최선을 다했어. 더 이상은 나도 모르겠다. 배웅 나올 필요는 없다. 내가 알아서 가마. 안녕하시오."

그 남자는 나를 힐끔 보며 뻣뻣하게 인사를 한 후 성큼성큼 방을 걸어 나간 후 문을 쾅 하고 닫았다.

"손님을 이렇게 독특하게 맞은 점, 사과드립니다. 하지만 의사시니 쉽게 놀라지 않으시리라 믿어요. 곧 환자를 소개해 드리죠."

그녀가 말했다. 그녀는 문을 열고 옆방으로 들어갔고 나도 뒤를 따랐다.

"손님이 한 분 더 계세요, 아버지. 성함이……."

"버클리입니다. 친구인 바나드 선생을 대신해서 진료소를 맡고 있습니다."

내가 재빨리 대답했다.

환자는 오십오 세가량의 잘생긴 남자였다. 그는 베개를 잔뜩 받치고 침대에 앉아 있었는데, 나를 향해 내미는 손이 심하게 떨리고 있었다. 나는 다정하게 그 손을 잡으며 손이 떨린다는 사실을 유념했다.

"만나서 반갑소이다, 선생. 설마 바나드 선생이 아픈 건 아니겠죠?"

벨링엄 씨가 말했다.

"물론 아닙니다. 그 친구는 건포도 배를 타고 지중해를 도는 여행을 떠났습니다. 마침 생각지도 못한 기회가 생겼거든요. 그 친구가 마음이 바뀌기 전에 제가 서둘러 보냈습니다. 제대로 알려 드리지 않고 불쑥 나타난 점 이해해 주시기 바랍니다."

그가 선선하게 대답했다.

"이해하고말고요. 바나드 선생을 보냈다니 내가 다 기쁘군요. 그 선생은 휴가를 몹시 가고 싶어 했었소. 덕분에 선생과도 알게 되어 기쁘군요."

"이해해 주셔서 감사합니다."

내가 대답했다. 그러자 그가 산처럼 쌓은 베개에 기대고 앉은 자세에서 최대한 우아하게 내게 절을 했다. 이렇게 서로 정중한 인사를 교환한 후 우리는, 적어도 나는, 일을 시작했다.

"이렇게 누워 계신 지는 얼마나 되셨습니까?"

내가 조심스럽게 물었다. 내 친구가 환자의 병력에 대해 아무런 정보를 주지 않았다는 사실이 너무 티가 나지 않도록 말이다.

"오늘로 일주일이오. 왕립 재판소 앞에서 지나가는 이륜마차에 놀라서 그만 길 한복판에 나동그라지고 말았지 뭐요. 물론 내 잘못이었소. 적어도 마부는 그렇게 말하더군요. 내가 마차 때문에 그렇게 되었다는 걸 마부도 알았던 것 같아요. 하지만 내게는 아무런 위안도 되지 않는구려."

"통증이 심하셨나요?"

"아니오, 그 정도는 아니었소. 하지만 넘어지면서 무릎에 심하게 멍이 들고 많이 놀랐지 뭐요. 그런 일을 겪기에는 너무 늙었지 않소."

"그런 경우를 당하면 누구나 그렇습니다."

"그렇기는 하지. 하지만 넘어져도 쉰다섯보다 스무 살이 더 요령껏 넘어지지 않겠소. 어쨌든 보시다시피 무릎은 많이 좋아졌소. 내가 무릎을 푹 쉬게 하고 있으니까. 그런데 그걸로 모든 문제가 끝난 게 아니라오. 가장 고약한 부분이 남았거든. 빌어먹을 신경 말이오. 요즘 나는 악마처럼 화를 내고 고양이처럼 신경질적이오. 밤에도 푹 잘 수가 없고."

나는 조금 전 그가 내민 손이 떨리던 것을 기억했다. 벨링엄 씨는 술꾼처럼 보이지 않았다. 하지만 그런데도……

"담배를 많이 피우시나요?"

내가 에둘러 물어보았다.

그는 나를 음흉하게 바라보며 껄껄 웃음을 터뜨렸다.

"주제에 매우 섬세하게 접근하는구려, 의사 양반. 아니오, 나는 담배를 많이 피우지는 않소. 술고래도 아니오. 선생이 방금 떨리는 내 손을 보는 걸 봤소. 오, 괜찮아요. 마음이 상하거나 하지 않으니까. 두 눈을 번쩍 뜨고 있는 게 의사가 할 일 아니오. 평소에는 멀쩡하다오. 내가 흥분하지 않았을 때 말이오. 하지만 약간만이라도 흥분을 하면 이렇게 젤리처럼 부들부들 떨게 된다오. 게다가 방금 전에 대단히 불쾌한 대화를 나눈 직후라……"

그때 벨링엄 양이 끼어들었다.

"그 사실을 버클리 선생님은 물론이고 동네 사람들이 다 알고 있을 거예요."

그 말에 벨링엄 씨가 멋쩍은 얼굴로 너털웃음을 터뜨렸다.

"내가 제정신이 아니었나 보군. 이 늙은이가 충동적인 성격이라 그렇다오, 의사 선생. 화가 나면 말을 할 때 심하다 싶을 정도로 직설적으로 내뱉곤 하지."

"그리고 온 동네가 떠나가라 언성도 높이시고요. 버클리 선생님이 귀를 틀어막고 계셨는데, 그건 모르셨죠?"

그녀는 그렇게 말하며 나를 힐끔 보았다. 엄격한 잿빛 눈동자에서 반짝 빛이 나는 것 같았다.

"내가 고함을 쳤나?"

벨링엄 씨는 그리 미안해하는 것처럼 보이지는 않지만 내게 사과를 했다.

"그랬다면 정말 미안하구려. 앞으로 그럴 일은 없을 거요. 그 잘난 신사를 두 번 다시 볼 일이 없을 테니까."

"저도 그러기를 바라요."

벨링엄 양이 끼어들더니 이렇게 말했다.

"이제 두 분이 말씀을 나누시도록 자리를 비켜 드리죠. 저는 옆방에 있을 테니 필요하면 부르세요."

나는 그녀를 위해 문을 열어 주었다. 그녀가 뻣뻣하게 목례를 하며 방을 나가자 나는 침대 옆에 앉아 진료를 계속했다. 그의 증세로 보건대 신경 쇠약이 분명했고 원인은 마차 사고가 틀림없었다.

그 전에 있었던 일들이야 내 알 바가 아니었지만 벨링엄 씨는 달리 생각하는지 이렇게 말했다.

"마차 사고가 최후의 결정타였소. 그 일로 무너지고 만 거지. 나는 오래전부터 내리막길을 걷고 있었다오. 지난 이 년 동안 말도 못하게 고생을 했거든. 하지만 시시콜콜한 개인사로 선생을 괴롭히면 안 되겠지."

"지금의 건강 상태에 관련이 있는 것이라면 제게도 중요합니다. 물론 말씀하기 싫으시면 안 하셔도 좋습니다만."

"말하기 싫다고? 자신의 건강에 대해 떠벌리기 싫어하는 병자를 봤소? 대개 듣는 사람이 싫어하지."

"지금 듣고 있는 사람은 그렇지 않습니다."

"그렇다면 내가 겪은 고난을 선생에게 털어놓는 호사를 맘껏 누리도록 하리다. 나와 같은 계층에 속하는 믿을 만한 사람에게 비밀스러운 불평을 털어놓을 기회가 자주 오지는 않으니 말이오. 이 년 전, 잠자리에 들 때만 해도 부유한 신사였는데 이튿날 눈을 떠 보니 알거지나 다름없는 신세가 된 사연을 듣고 나면 내가 운명의 여신을 욕할 만하다고 수긍을 할 거요. 이 나이에 결코 유쾌한 경험은 아니지 않겠소, 안 그렇소?"

"그렇습니다. 그런 경험이라면 나이는 상관없겠죠."

내가 맞장구를 쳤다.

그가 계속 말을 이었다.

"그게 끝이 아니라오. 동시에 가장 가까웠고 가장 상냥했던 친구인 내 형을 잃었소. 형은 사라졌어요. 이 땅에서 완전히 모습을 감추었다오. 어쩌면 그 사건에 대해 들어 본 적이 있을 거요. 당시에 빌어먹을 신문들이 죄다 그 이야기뿐이었으니까."

그는 문득 말문을 닫았다. 순간 내 표정이 변하는 것을 알아차렸음이 분명했다. 그제야 문제의 사건이 떠올랐다. 사실 그 집에 들어간 순간부터 뭔가 계속해서 기억의 끈을 희미하게 흔드는 것 같았는데, 그의 마지막 말이 결정적이었다.

"네, 기억납니다. 법의학 교수님께서 제게 알려 주신 사실 외에는 거의 아는 게 없는 것 같지만 말이죠."

내 대답에 벨링엄 씨는 약간 불편한 기색을 내비쳤다.

"그렇군. 그 교수가 뭐라고 했소?"

"교수님은 법적으로 복잡한 상황이 벌어질 사건이라고 하셨습니다."

벨링엄 씨가 탄성을 질렀다.

"이거야, 원! 그 사람은 예언자로군! 법적으로 복잡한 상황이라, 맞아요! 하지만 그 교수라고 해도 사건을 둘러싼 상황이 얼마나 끔찍하게 얽히고설켜 버렸는지 짐작도 못 했을 거요. 그나저나 그 교수가 누구요?"

"손다이크, 존 손다이크 박사님입니다."

"손다이크라."

벨링엄 씨는 무엇을 떠올리는 듯한 음성으로 말했다.

"어디서 들어 본 적이 있는 것 같은데. 그래, 맞아요. 변호사인 내 친구에게 들었군. 마치몬트라고. 몇 년 전에 약간 알고 지냈던 제프리 블랙모어라는 남자가 얽힌 사건에 대해서 말하면서 그 박사에 대해서 말했다오. 제프리 블랙모어라는 사람도 매우 미심쩍게 모습을 감췄었지. 그때 손다이크 박사가 아무도 생각하지 못한 천재적인 방법으로 사건을 해결했다는 것 같더군요."

"아마 박사님은 벨링엄 씨의 사건에 대해서도 깊은 관심을 가지실 겁니다."

내가 짐작했다.

"아마 그럴지도 모르겠군요. 하지만 쓸데없는 일로 그분의 시간을 빼앗을 수는 없지 않겠소. 그분에게 금전적으로 보상을 해 드릴 수도 없고. 그러고 보니 순전히 개인적인 문제를 떠벌리느라 선생의 시간도 빼앗고 있구먼."

"오전 왕진은 끝났습니다. 게다가 선생님의 개인사에 관심이 있습니다. 법적인 분쟁이 어떤 내용인지 여쭤도 실례가 안 될까요?"

"오후를 이곳에서 보내고 발광한 미치광이처럼 집으로 돌아갈 마음의 준비가 되었다면 기꺼이 알려 드리리다. 하지만 이 정도는 말해 드리겠소. 모든 문제의 근원은 형의 유언장이라오. 무엇보다 형이 사망했다는 증거가 충분하지 않기 때문에 유언을 집행할 수가 없소. 그런데 유언을 집행하면 형이 전혀 의도하지 않았던 사람에게 전 재산이 넘어가게 생겼소. 그놈의 유언장은 완고하기 짝이 없는 형이 비뚤어진 독창성을 발휘해서 작성했는데, 그렇게 터무니없고 짜증 나는 내용은 다시는 없을 거요. 이게 다요. 이제 내 무릎을 보겠소?"

설명을 끝낸 벨링엄 씨는 점점 목소리가 커지더니 급기야는 고함치듯 이야기를 끝맺었다. 얼굴이 새파랗게 질리고 온몸이 덜덜 떨리기까지 했기에 서둘러 이야기를 끝내는 편이 좋을 것 같았다. 나는 부상을 입은 무릎을 살펴보았는데, 거의 다 나은 상태였다. 환자의 상태를 전반적으로 살펴본 후 평소에 지켜야 할 지시 사항을 상세하게 설명했다. 그리고 자리에서 일어나 작별 인사를 건넸다.

나는 악수를 하며 일렀다.

"담배와 커피는 안 됩니다. 어떤 식으로든 흥분을 하셔도 안 되고요. 차분하고 무덤덤하게 지내시도록 노력하세요."

"알겠소. 하지만 사람들이 여기에 와서 날 흥분하게 만들면 어떻게 하오?"

그가 툴툴거렸다.

"무시하고 『휘터커 연감』을 읽으십시오."

나는 이렇게 말한 후 방을 나와 옆방으로 갔다.

벨링엄 양은 식탁에 앉아 있었는데, 그 앞에는 푸른색 공책이 잔뜩 쌓여 있었다. 그 가운데 두 권이 펼쳐져 있고 작고 단정한 필체로 촘촘히 쓴 글이 보였다. 내가 들어가자 그녀가 일어나서 궁금해하는 표정으로 바라보았다.

"아버지에게 『휘터커 연감』을 읽으라고 하시는 말씀을 들었어요. 그것도 일종의 치료법인가요?"

"그럼요. 의학적으로 효과가 있으니까 추천해 드린 겁니다. 정신적 흥분에 대한 진정제로요."

내 말에 그녀가 살며시 미소를 지었다.

"확실히 그다지 감정을 자극하는 책은 아니죠."

그녀는 이렇게 말하더니 내게 질문을 던졌다.

"다른 지시 사항은 없나요?"

"일반적인 내용입니다. 걱정을 버리고 긍정적인 시각을 유지하라는 거죠. 하지만 별로 도움이 안 되겠죠?"

그녀가 씁쓸하게 대답했다.

"그렇네요. 지시 사항으로는 완벽하군요. 저희 같은 입장에 있다 보면 긍정적이 될 수가 없지만요. 순전히 마음이 비뚤어져서 걱정을 사서 하는 건 아니에요. 걱정은 원하지 않아도 제 발로 찾아온답니다. 아, 이런 얘기는 이제 그만하죠."

"아버님의 문제가 조만간 말끔하게 해결되기를 진심으로 바랍니다만, 실질적인 도움을 드릴 수가 없군요."

벨링엄 양은 마음만이라도 고맙다고 인사를 한 후 정문까지 나를 배웅해 주었다. 그곳에서 목례와 다소 뻣뻣한 악수를 나눈 후 우리는 헤어졌다.

아치 입구를 통과해 그 거리를 빠져나오자마자 페터 레인의 소음이 귓전을 사정없이 때렸다. 네빌스 코트 안 오래된 정원의, 수도원 같은 고요함과 고상함을 떠올리니 이 좁은 거리는 지저분하고 정신없어 보였다. 바닥에는 유포를 깔고 벽마다 천박한 보험 광고 전단지들을 끼운 가짜 도금 액자들이 걸린 진료소도 흉물스럽기는 마찬가지였다. 어딜 봐도 혐오스럽기만 해서 나는 정신을 다른 곳으로 돌리기 위해 진료 예약 명부를 펼쳤다. 오전에 왕진을 다녀온 내용들을 분주하게 기입하고 있는데 심부름꾼 소년인 아돌푸스가 슬그머니 들어와 점심시간이라고 알려 주었다.

003

존 손다이크의 등장

개인의 성격이 입고 다니는 옷에 드러나는 경향이 있다는 사실은 관찰력이 아무리 없는 사람이라도 안다. 그런데 그 관찰력을 개인이 아닌 특정 부류에 속하는 사람들 전부에 적용할 수 있다는 사실은 아는 사람이 별로 없지만 앞의 사실만큼 참이다. 심지어 오늘날까지도 전투를 직업으로 하는 사람들은 아프리카의 최고 전사나아메리카 원주민의 용사들처럼 깃털로 장식을 하고 천박한 색깔의 옷을 입고 번쩍이는 도금 장신구를 하지 않는가. 그런 모습으로 현대 문명에서 전쟁이 차지하는 위치를 드러내려는 것처럼 말이다. 로마 교회는 자신의 변함없는 보수주의를 기리기 위해 사제들에게 로마 제국이 몰락하기 전에 유행했던 옷을 입혀 제단으로 보내지 않는가? 그리고 법조인을 보라. 진보의 길을 느릿느릿 걷고 있는 그들은 앤 여왕 시절의 호시절을 추억하는 가발을 착용함으로써 전통에 복종하고 있음을 드러내고 있다.

독자에게 이런 고루한 생각을 뜬금없이 설파한 점에 대해 사과해야 할 것 같다. 어느 후텁지근한 오후, 그늘과 고요함을 찾아 발길 닿는 대로 걷다가 정신을 차린 곳이 이너 템플*의 회랑이었고, 그곳에 있는 가발 가게에 걸린 예스러운 가발들을 물끄러미 보고 있자니 이런 생각이 뭉게뭉게 피어올랐던 것이다. 나는 작은 가게의 쇼윈도 앞에 멍하니 서서 나란히 진열된 가발들을 보며 꼬리를 물고 이어지는 생각에 푹 빠져 있었다. 그런데 그때 귓전에 울리는 나지막한 목소리에 소스라치게 놀랐다.

"내가 자네라면 어깨까지 내려오는 가발을 살 거야."

나는 난폭하다 싶을 정도로 고개를 홱 돌리고 그 사람의 얼굴을 뚫어져라 바라보았다. 그는 오랜 친구이자 선배인 저비스였다. 게다가 뒤에는 은사인 존 손다이크 박사님이 잔잔한 미소를 지으며 우리를 지켜보고 있는 것이 아닌가. 두 사람이 반갑게 인사를 하자 나는 자못 으쓱한 기분이 들었다. 그도 그럴 것이 손다이크 박사님이야 말할 것도 없이 대단하신 분이고 저비스 선배도 몇 살이나 연상인 학교 선배이기 때문이었다.

"이렇게 만났으니 차나 같이 하지."

손다이크 박사님이 말했다. 내가 기꺼이 가겠다고 하자 박사님은 내 팔짱을 끼고는 재무부 방향으로 공원을 가로질러 가기 시작했다.

"그런데 자네는 왜 법정의 허영을 상징하는 물건을 뚫어져라 보고 있었던 건가, 버클리? 혹시 나와 저비스의 전철을 밟아 환자 곁을 떠나 법정으로 오려고 생각중인가?"

"뭐라고요! 저비스 선배가 법조계로 옮겼습니까?"

내가 깜짝 놀라 소리쳤다.

저비스 선배가 냉큼 대답했다.

"그래, 이 친구야! 지금은 손다이크 박사님의 군식구가 되었어! '거물 벼룩 곁에는 조무래기 벼룩이 붙어 있다'지 않나. 나는 소수점 뒤에 따라붙는 소수 같은 존재지."

손다이크 박사가 끼어들었다.

"이런 소리는 믿지 말게, 버클리. 이 친구는 법률 사무소의 두뇌야. 능력과 도덕성 모두 보증하지. 그런데 자네는 아직 내 질문에 대답을 하지 않았네. 여름날 오후에 가발 가게 진열대를 들여다보면서 뭘 하는 건가?"

"저는 지금 바나드를 대신해서 그의 진료소를 맡고 있습니다. 진료소는 페터 레인에 있고요."

"알아. 우리도 가끔 그 친구를 만나거든. 최근에 보니 많이 수척하고 아파 보이더군. 그래서 휴가를 떠난 건가?"

"그렇습니다. 건포도 배를 타고 그리스의 여러 섬을 도는 여행

● **이너 템플** _ 런던에 위치한 유서 깊은 법학 교육 기관으로 이너 템플(Inner Temple) 외에도 링컨스 인 (Lincoln's Inn)과 미들 템플(Middle Temple), 그레이스 인(Gray's Inn)이 있나.

을 떠났습니다."

그러자 저비스가 말을 이었다.

"그렇다면 자네는 지금 지역 보건의군. 딱 보는 순간 엄청 점잖다 싶더라니까."

"자네를 마주쳤을 때의 여유로운 모습을 보아 하니 진료는 그다지 고되지 않는가 보이. 이 지역 환자들만 보나?"

"네, 그렇습니다. 환자들은 대부분 진료소에서 반경 일 킬로미터도 안 되는 곳에 있는 작은 거리나 공동 주택에 사는 주민들이죠. 그래서인지 어떤 집들은 상당히 불결합니다. 아! 이렇게 신기한 우연의 일치! 제 이야기에 분명히 흥미가 동하실 겁니다."

손다이크 박사가 말했다.

"인생은 신기한 우연으로 이루어져 있지. 그러니 소설 비평가를 제외하고 어느 누가 우연의 일치에 진심으로 놀라겠나? 어쨌든 어서 털어놓아 보게."

"제 이야기는 박사님이 이 년 전에 강의실에서 말씀하셨던 사건과 관련이 있습니다. 당시 매우 미심쩍은 정황에서 어떤 남자가 사라진 사건이 있지 않았습니까? 기억하시나요? 존 벨링엄이라는 신사였는데."

"그 이집트학자 말인가? 그럼, 자세히 기억하고 있지. 그런데 그게 뭐 어쨌다는 건가?"

"그 남자의 동생이 제 환자입니다. 지금 딸과 함께 네빌스 코트에 살고 있죠. 부녀가 교회의 쥐만큼 궁핍하게 살고 있더군요."

"흥미로운 이야기로군. 그 사람들은 느닷없이 하루아침에 몰락하고 말았을 거야. 내 기억이 정확하다면 그 동생이라는 사람은 자기 땅의 으리으리한 집에서 살았었지."

"네, 정확합니다. 사건에 대해서 빠짐없이 기억하고 계시는 것 같군요."

"이봐, 버클리. 손다이크 박사님은 사건이 될 법한 일은 절대 잊지 않으신다네. 이분은 법의학 관련 정보만 모아들이는 소야. 신문이든 어디서든 가공되지 않은 사실을 꿀꺽꿀꺽 집어삼키고 시간이 날 때마다 차분하게 그것들을 끄집어내서 조용하게 되새김질을 하지. 희한한 습관이야. 어떤 사건이 신문이나 법정에서 튀어나오면 박사님은 그걸 통째로 삼켜 버려. 그 사건은 아무런 진척을 보지 못하고 모든 사람의 기억 속에서 사라지지. 일 년이나 이 년이 지나 새로운 모습으로 불쑥 튀어나오기도 해. 그때 박사님을 보면 깜짝 놀랄 걸세. 왜냐하면 이분에게는 이미 모든 사실이 진부할 정도로 친숙하거든. 그동안 정기적으로 사건에 관련된 사실 정보를 내내 되새김질했으니까."

"이 교양 있는 친구는 이야기를 할 때 은유를 마구 집어넣는 걸 무척 좋아한다네. 이 친구가 모호하게 설명을 하기는 했지만 본질은 다르지 않아. 힘이 나도록 차를 대접할 터이니 벨링엄가에 대해서 되도록 많은 정보를 들려주게."

이야기를 하다 보니 우리는 어느새 손다이크 박사님의 집인 킹스 벤치 워크 5A번지 1층에 당도해 있었다. 패널로 마감을 한 널찍하고 잘 꾸며 놓은 방으로 들어가니 검은색 옷을 단정하게 입은 자그마한 체구의 노인이 탁자 위에 찻잔을 내는 중이었다. 나는 호기심을 이기지 못하고 노인을 힐끔 바라보았다. 단정한 검은색 옷을 차려입었지만 하인처럼 보이지는 않았다. 사실 볼수록 의아했다. 왜냐하면 얼굴에서 엿보이는 차분한 품위와 진지한 지성을 생각하면 전문적인 직업을 가진 사람 같은데, 꼼꼼하고 솜씨 좋은 손은 노련한 기계공의 손 같았기 때문이다.

손다이크 박사는 차 쟁반을 유심히 보더니 노인을 보며 말했다.

"찻잔을 세 개 차려 놓았군, 폴턴. 어떻게 차 마실 시간에 손님을 한 사람 데려올 거라는 사실을 알았나?"

칭찬을 듣자 노인은 얼굴에 주름이 자글자글하도록 미소를 지으며 설명을 했다.

"박사님이 모퉁이를 돌아 나오시는 모습을 연구실 창문으로 우연히 봤거든요."

저비스 선배가 대꾸했다.

"어이가 없을 정도로 간단하군. 심오한 이유나 텔레파시 같은 게 있기를 바랐는데."

"단순함이야말로 능률의 영혼이죠."

폴턴은 이렇게 대답한 후 차를 준비하며 빠뜨린 것은 없는지 다시 한번 점검했다. 놀라운 경구를 우리에게 던진 노인은 소리 없이 방을 나갔다.

"이제 벨링엄 사건으로 돌아가지."

손다이크 박사는 찻잔에 차를 따르며 이렇게 말문을 열었다.

"사건 당사자들에 관해서 무슨 사실이든 알아낸 것이 있나? 물론 자네가 이야기해 줄 수 있을 만한 것으로 말일세."

"옮겨도 해가 되지 않을 사실 한두 가지를 알게 되었습니다. 이를테면 제 환자인 고드프리 벨링엄 씨는 형이 실종되었을 무렵에 느닷없이 전 재산을 잃었습니다."

그러자 손다이크 박사가 이렇게 말했다.

"그것참 이상한 일이군. 반대의 경우라면 충분히 이해가 되지만. 속사정을 어느 정도 듣지 않으면 어쩌다 그 지경이 되었는지 정확히 파악할 수 없겠어."

"네, 저도 그렇게 생각했습니다. 그런데 이 사건에 이상한 구석이 있어요. 그것 때문에 법적인 문제가 계속 꼬이는 중이고요. 예를 들면 유언장이 있는데, 이게 골칫거리더군요."

"사망을 증명하거나 추정할 수 없으면 유언을 집행할 수 없을 테지."

손다이크 박사가 지적했다.

"그렇습니다. 그것도 문제죠. 설상가상으로 유언장을 작성할 때 큰 실수를 한 것 같아요. 지금은 그게 뭔지 모르지만 조만간 들을 수 있을 겁니다. 그나저나 박사님께서 이 사건에 관심을 가진 적이 있다고 말씀드렸어요. 벨링엄 씨는 박사님께 상담하고 싶으셨을 거예요. 돈이라고는 한 푼도 없어서 문제지만요."

"상대편이 법적 조언을 받고 있다면 그분은 분명 곤란한 처지가 될 거야. 곧 소송이 시작될 텐데, 법은 가난하다고 봐주는 법이 없으니 궁지에 몰리게 되겠지. 그분도 필요한 조언을 받으셔야 할 텐데."

"벨링엄 씨가 어떻게 받을 수 있을지 모르겠어요."

"내 생각도 마찬가지네. 무일푼인 소송 당사자를 위한 호의는 없지. 결국 돈이 있는 사람만 소송을 할 권리가 있는 게로군. 우리가 그 노인과 그분이 처한 상황을 알고 나면 도울 방도가 있을지도 몰라. 하지만 우리가 알고 있는 모든 사실과는 반대로 그 노인이 완전히 사기꾼일 수도 있어."

나는 우연히 엿듣게 된 기이한 대화를 떠올렸다. 내가 그 일화를 들려줘도 된다면 손다이크 박사님이 그 이야기를 듣고 어떻게 생각할지 궁금해졌다. 하지만 그런 일은 허용될 리가 없으므로 나는 단지 내 감상만을 전하기로 했다.

"그분은 그렇게 보이지는 않았습니다. 하지만 사람 속을 어찌알겠습니까. 개인적으로 저는 꽤 호감을 느꼈어요. 다른 남자보다는 더 호감이 가더군요."

"다른 남자라니?"

박사가 되물었다.

"이 사건에는 다른 남자가 관련되지 않았습니까? 이름까지는 기억이 나지 않아요. 그 남자를 마침 그 집에서 봤어요. 오래 본 건 아니지만 그 사람이 벨링엄 씨에게 모종의 압력을 행사하고 있다는 인상을 받았어요."

"버클리는 지금 우리에게 털어놓은 것보다 더 많이 알고 있어요. 기사를 뒤져서 그 이상한 남자가 누구인지 찾아보죠."

저비스 선배가 이렇게 말하며 선반에서 두툼한 신문 스크랩을 가져와 탁자에 내려놓았다.

"이거 보라고."

저비스 선배는 색인을 손가락으로 따라 짚어 가며 말했다.

"박사님은 뭔가 있을 만한 사건들을 모두 정리해 두시지. 이 실종 사건에 은근히 기대를 하셨나 봐. 실종된 신사의 머리가 어딘가의 쓰레기통에서 덜컥 나타나지 않을까 잔인한 희망을 품으셨을지도 모르지. 아, 여기 있군. 자네가 본 남자는 허스트야. 분명 사촌지간일 텐데. 실종자가 마지막으로 목격된 곳이 바로 이 사람 집이었어."

"자네는 현재 이 문제에서 허스트 씨가 움직이고 있다고 보나?"

손다이크 박사님이 신문 기사를 슬쩍 본 후에 물었다.

"제가 받은 인상은 그렇습니다만, 그 점에 대해서 자세히 알지는 못합니다."

"음, 자네가 지금까지 일어난 일을 알아보고 그 내용을 내게 전해도 된다는 허락을 받아 온다면 사건이 어떻게 진행되고 있는지 꼭 들어 보고 싶군. 그걸 바탕으로 어떤 부분에 대한 나의 비공식적인 의견이 혹시라도 소용이 된다면 알려 드려도 별문제가 없을 거야."

"상대방이 전문적인 조언을 받고 있다면 박사님의 의견이 분명 큰 도움이 될 겁니다."

나는 이렇게 대답했다. 그리고 잠시 후 물었다.

"이 사건을 숙고해 보셨습니까?"

그러자 박사님이 곧장 대답했다.

"아니, 그렇게 말할 수준은 아니네. 기사가 처음 나왔을 때 비교적 주의 깊게 살펴보기는 했어. 그리고 그 후로 때때로 사건을 다시 반추해 봤지. 저비스가 말했다시피 남아도는 시간을 주체할 수 없을 때, 예를 들면 기차 여행을 할 때와 같은 자투리 시간을 이용해서 말이야. 오리무중에 빠진 흥미로운 사건의 사실 관계를 바탕으로 설명할 수 있는 가설을 세워 보는 게 내 습관이야. 무척 유용한 습관이지. 지적 훈련과 그로 인해 얻는 경험은 말할 것도 없고 이런 사건들 가운데 상당수가 결국에는 내 손을 거치게 되거든. 그러면 예전에 숙고해 두었던 내용 덕분에 시간을 벌 수 있다네."

"그렇다면 이 사건의 사실로도 가설을 세워 보셨습니까?"

"그래, 몇 가지를 세워 봤네. 그 가운데 내가 특별히 마음에 드는 것이 하나 있긴 해. 어쨌든 여러 가설 가운데 뭐든 하나가 옳은 것이라고 밝혀 줄 새로운 사실들이 나타나기를 학수고대하고 있지."

"정보를 쥐어짜려고 해 봐야 소용없네, 버클리. 박사님의 정보 보관소에는 넣을 수만 있거든. 그 안으로 원하는 만큼 정보를 쏟아부을 수는 있지만 뭔가를 빼낼 수는 없어."

친구의 말에 박사님이 껄껄 웃었다.

"이 친구의 말이 대개는 옳아. 이보게, 나는 언제라도 이 사건에 상담을 요청받을 수 있어. 그런데 내 의견을 미리 상세하게 밝혔다간 그때 가서 내 자신이 무척 어리석게 여겨질 거야. 일단은 자네와 저비스가 신문에 보도된 내용을 통해 이 사건에 대해 무엇을 알아냈는지 듣고 싶군."

"거 봐. 내가 뭐라고 했어? 박사님은 우리 뇌를 쏙쏙 빨아 가신다니까."

저비스 선배의 말에 내가 대답했다.

"제 뇌라면 진공이나 다름없으니 아무리 뒤져도 뽑아 가실 게 없어요. 그러니 일단 선배님에게 양보하죠. 선배님은 잘나가는 법조인이잖아요, 저야 뭐 일개 의사일 뿐이고."

선배는 꼼꼼하게 파이프를 채운 후 불을 붙였다. 이윽고 가느다란 담배 연기를 훅 하고 내뿜더니 말을 시작했다.

"제가 신문을 보고 이 사건에 대해 뭘 알아냈는지 듣고 싶으신가요? 그렇다면 한 단어로 말해 드리죠. 무無, 입니다. 이 사건은 어느 길로 가도 막다른 골목이 버티고 있는 것 같아요."

손다이크 박사가 탄식했다.

"오, 이런! 이거야 게으르기 짝이 없군. 버클리는 자네가 법의학적 지식을 발휘하는 모습을 보고 싶어 해. 변호사도 안개 속에서 헤맬 수 있어. 그럴 때가 많지. 하지만 절대 그 사실을 곧이곧대로 털어놓지 않아. 현란한 말로 잘 포장을 하지. 그렇다면 자네가 어떻게 그런 결론을 내리게 되었는지 설명해 주게. 자네가 진짜 중요하다 판단한 사실들을 들려줘."

저비스 선배가 말했다.

"알았어요, 알았다고요. 이 사건을 능수능란하게 분석해 결국 무無에 도달하는 과정을 보여 드리죠."

하지만 선배는 한동안 담배만 뻐끔뻐끔 피웠다. 내가 보기에 살짝 난감해하는 것 같았다. 어쩐지 그런 선배가 이해가 되었다. 마침내 그는 작은 연기 구름을 만들더니 말문을 열었다.

"사건을 둘러싼 정황은 이렇게 보입니다. 일단 어떤 남자가 어떤 집에 들어가는 모습이 목격되었어요. 그 남자는 어떤 방으로 안내되었고 그곳에 들어가 문을 닫았습니다. 그가 나오는 모습을 본 사람은 아무도 없어요. 그런데 다음 사람이 그 방에 들어갔을 때 그곳은 텅 비어 있었던 겁니다. 그 후로 남자를 본 사람은 지금까지 아무도 없어요. 죽었는지 살았는지도 모르고. 시작부터 골치 아프죠.

그렇다면 다음 세 가지 상황 가운데 하나가 벌어졌을 것입니다.

그가 그 방 혹은 적어도 집 어딘가에 살아 있다. 자연사든 아니든 죽음을 맞이했고 시신은 누군가 감춰 버렸다. 이도 저도 아니라면 틀림없이 아무도 몰래 그 집을 떠났다. 첫 번째 경우부터 살펴보죠. 사건은 거의 이 년 전에 일어났어요. 이 년 동안 그 집에서 아무에게도 들키지 않고 멀쩡히 살고 있을 수는 없겠죠. 어떤 식으로든 남의 눈에 뜨였을 테니까요. 가령, 하인이 방을 청소하다가 그 사람을 발견할 수도 있죠."

그 부분에서 손다이크 박사가 후배에게 너그러운 미소를 지으며 끼어들었다.

"내 변호사 친구가 전에 없이 경솔하게 수사를 다루고 있군. 아무튼 그 남자가 그 집에 살고 있지 않다는 결론을 인정하네."

"좋아요. 그렇다면 시신이 되어 집에 숨겨져 있는 것은 아닐까요? 그럴 리가 없어요. 기사에 따르면 남자가 사라지자마자 허스트와 하인들이 집을 철저하게 수색했거든요. 시신을 유기할 시간이나 기회가 없었던 셈이죠. 그러므로 이 상황에서 내릴 수 있는 유일한 결론은 시체가 그곳에 없었다는 겁니다. 게다가 시신을 숨기는 행위에는 살해 가능성이 충분히 내포되어 있으니 우리가 그 가능성을 인정하면 이런 문제가 뒤따르죠.

'과연 누가 그 남자를 살해할 수 있었을까?'

분명히 하인들은 아니에요. 허스트도 아닌 것 같고요. 사라진 남자와 그의 관계를 아직은 잘 모르지만요."

그러자 손다이크 박사님도 맞장구를 쳤다.

"내 생각도 그래. 나도 신문에 실린 내용과 버클리의 이야기 외에는 아무것도 모르지만."

"그렇다면 우리는 아무것도 모르는 셈 아닙니까. 허스트에겐 사촌을 살해할 만한 동기가 있었을 수도 있고 없었을 수도 있어요. 문제는 그에게 계획을 실행에 옮길 기회가 있었던 것 같지 않다는 거예요. 백번 양보해서 그자가 잠시 동안이라도 시체를 어떻게든 숨겼다고 해도 결국에는 처리를 해야 했을 거예요. 주위에 하인들이 있는 상황에서 정원에 묻을 수는 없었겠죠. 태워 버릴 수도 없었을 거예요. 시신을 처리하는 방법으로 유일하게 떠오르는 건 시신을 절단해서 사람의 발길이 잘 닿지 않는 곳에 묻거나 연못이나 강에 버리는 거예요. 하지만 지금쯤이면 절단된 시신 일부가 발견되었을 만도 한데, 그런 소식은 전혀 없죠. 그러므로 이 가설을 지지할 근거는 전무해요. 적어도 그 집에서 살인이 일어났다는 가설은 남자가 실종된 직후에 집 안을 샅샅이 뒤졌다는 정황 때문에 배제될 것 같아요.

그렇다면 세 번째 가설을 생각해 보죠. 그가 아무도 모르게 그 집에서 나갔을까요? 전혀 불가능한 일은 아니에요. 하지만 왜 굳이 그렇게 수상한 행동을 해야 했을까요? 그는 충동적이거나 괴짜일지도 몰라요. 어느 쪽인지 우리는 알 수 없어요. 그 사람에 대해 아무것도 모르니까. 그런데 이 년이라는 시간이 흐른 지금도 그의 행방은 여전히 오리무중이죠. 그 사람이 집을 몰래 빠져나갔다면 지금까지 어딘가에 몸을 숨기고 있다는 말이에요. 물론 제정신이 아니라서 그런 행동을 했을 수도 있어요. 아닐 수도 있고요. 지금으로서는 그의 성격이나 성향에 대한 정보가 아무것도 없어요.

그런데 이쯤에서 그의 동생이 살았던 우드퍼드의 집 근처에서 발견된 스카라베를 고려해 봐야 해요. 스카라베를 보면 어느 시점에 남자가 동생의 집을 찾아간 것 같아요. 하지만 그곳에서 그를 봤다고 말한 사람은 아무도 없었죠. 그러므로 그가 동생의 집과 사촌의 집 가운데 어디부터 들렀는지 확실하게 알 수 없어요. 엘텀에 있는 사촌의 집에 갔을 때 스카라베를 지니고 있었다면 그 집을 몰래 빠져나와 우드퍼드로 갔다는 말이 되죠. 사촌의 집에 갔을 때 가지고 있지 않았다면 우드퍼드에서 엘텀으로 간 후에 완전히 증발해 버린 거예요. 허스트의 하녀가 살아 있는 그를 마지막으로 봤을 때 그 스카라베를 지니고 있었는지에 대해서 어떤 증언을 했는지 현재까지 알려지지 않았어요.

만약 그가 허스트의 집을 떠나 동생의 집으로 갔다면 실종이라는 정황을 이해하기가 좀 더 수월해져요. 물론 살해 가능성을 염두에 두어야겠죠. 이 경우에는 시신을 처리하기가 더 쉬웠을 테니까요. 무엇보다 그가 집에 들어가는 모습을 본 사람이 아무도 없어요. 그가 들어갔다면 서재로 통하는 뒷문으로 들어갔겠죠. 이 집은 서재가 본채와 좀 떨어진 별채에 있다더군요. 그렇다면 벨링엄 부녀가 그 남자를 죽이는 것이 물리적으로는 가능했을 거예요. 시신을 몰래 처리할 시간도 충분했을 테고요. 임시방편으로라도 말이죠. 그가 그 집에 오는 걸 본 사람도 없고 그곳에 있었다는 사실을 아는 사람도 없어요. 설령 실종자가 우드퍼드에 있었다고 해도 사건 당시와 그 이후에 아무런 수색도 진행되지 않았어요. 실제로 실종자가 허스트의 집을 몰래 빠져나오는 모습이나 허스트의 집에 도착했을 때 스카라베를 지니고 있는 모습을 누군가 목격했다면 벨링엄 부녀의 행적이 꽤 수상해지겠죠. 아버지가 집을 비웠다고 해도 딸이 집에 있었다는 사실은 틀림이 없거든요. 그런데 바로 여기에 문제가 있어요. 그 남자가 허스트의 집을 자기 발로 떠났다는 증거가 없어요. 설령 나가지 않았다고 해도 집 안에는 없었어요! 그러니 제일 처음에 말한 것처럼 어느 길로 가더라도 결국에는 막다른 골목에 부딪히는 거죠."

"멋진 설명이 형편없는 결론에 도달했군."

손다이크 박사님이 짧게 평을 했다.

저비스 선배가 평가를 순순히 받아들였다.

"저도 알아요. 박사님이라면 어떻게 하시겠어요? 가능한 해결책은 수없이 많지만 정답은 단 하나죠. 그런데 어떤 게 정답인지 우리가 어떻게 알죠? 저는 사건 당사자들에 대한 정보와 재정 상황과 관련된 이해관계에 대해 더 알아내기 전까지는 정보가 부족하다는 주장을 견지하겠어요."

그러자 손다이크 박사님이 말했다.

"그 점에 대해 나는 자네 의견에 전적으로 반대하네. 나는 우리가 충분한 정보를 확보했다고 생각해. 수많은 해결책 가운데 무엇이 정답인지 판단을 내릴 수단이 없다고 했지. 하지만 자네가 기사를 주의 깊게 샅샅이 읽으면 지금까지 알려진 사실들이 한 가지 설명을 지목한다는 사실을 깨달을 거야. 단 한 가지 설명을 말일세. 그것이 옳은 설명이 아닐 수도 있네. 하지만 나는 그럴 리 없다고 봐. 물론 우리가 지금은 이 문제를 순전히 추론을 바탕으로 해서 학문적으로 다루고 있지만 우리가 가진 정보로 확실한 결론에 도달할 수 있다고 자신하네. 자네는 따로 할 말 없나, 버클리?"

"저는 이제 가 봐야 한다는 말씀을 드려야겠는데요. 저녁 진료가 6시 30분부터거든요."

"이런. 불쌍한 바나드가 그리스 어느 섬에서 건포도를 따고 있는 동안 자네가 해야 할 일을 못 하게 붙잡아 둬서는 안 되지. 나중에 또 들러 주게. 진료가 끝나면 아무 때나 찾아와. 우리가 바쁘더라도 신경 쓸 필요는 없네. 우리는 8시 이후로는 바쁜 일도 거의 없으니까."

나는 박사님에게 너그럽게 집을 드나들도록 해 주셔서 고맙다는 인사와 함께 작별 인사를 나누었다. 그곳을 나와서는 미들 템플 레인과 넴스 강 강둑길을 따라 발길을 옮기기 시작했다. 솔직히 곧장 페터 레인으로 가는 길은 아니었다. 박사님과 선배와 이야기를 나누니 벨링엄 집안에 대한 관심이 되살아나면서 여러 문제를 되짚어 보고 싶어졌다.

　내가 우연히 듣고 아직껏 기억하는 대화를 떠올려 보니 사건의 전체적인 줄거리가 명확하게 그려졌다. 나는 점잖은 두 신사가 서로 실종자를 죽였다고 진심으로 의심하고 있다고는 보지 않는다. 하지만 분에 못 이겨 입에서 나오는 대로 퍼부었을 악담을 떠올려 보면 두 사람 모두 불길한 가능성을 배제하지 않는 것이 확실했다. 이런 생각이 언제 확고한 의심으로 바뀔지 모르는 위험한 상황이었다. 선배의 증거 분석을 들으면서 확실하게 깨닫게 되었다시피, 이 사건의 정황은 너무나 미심쩍었다.

　지난 며칠 동안 이 문제를 떠올릴 때마다 내 마음은 어느 사이인가 그 아름다운 여인에게 가닿았다. 내 눈에는 그녀가 예스러운 작은 집에 세워진 신비한 사원을 다스리는 최고 여사제처럼 보였다. 이토록 기묘한 배경 속에서 그녀는 누구보다도 기이한 인물이었다. 차분하고 냉담하며 절제된 태도에 슬픔과 피로함이 깃든 창백한 얼굴, 곧고 검은 눈썹과 진지하고 침울해 보이는 잿빛 눈동자를 지닌 모습이 불가사의하고 신비로워 그녀를 보고 있으면 고대 로마의 무녀가 떠올랐다. 매력적이며 보는 이에게 깊은 인상을 남기는 그녀에게는 사람을 끌어당기면서 동시에 밀어내는 침울한 수수께끼 같은 묘한 분위기가 있었다.

　문득 저비스 선배의 말이 떠올랐다.

"아버지가 집을 비웠다고 해도 그곳에 딸이 있었다는 사실은 틀림이 없거든요."

아무리 추론 과정에서 나온 말이라고 해도 끔찍했다. 나는 그런 가설을 마음속에서 열심히 부정했다. 분노에 사로잡혀 그런 추측을 반박하는 내 자신에게 깜짝 놀랐다. 내 기억에 남은 검은 옷의 음울한 여인의 이미지에는 비극적인 수수께끼가 녹아들어 있었다.

004

법적 문제와 자칼

골똘히 생각에 잠긴 나머지 빙 둘러 가는 길을 걷던 나는 십 분 후 페터 레인의 끝 부분에 다다랐다. 그곳에서부터 나는 어딘가에 정신을 두고 온 듯한 멍한 분위기를 탈탈 털어 버리고 정신을 바짝 차린 분주한 개업의의 모습으로 돌아왔다. 그리고 위중한 환자를 막 보고 나온 것처럼 이맛살을 찌푸린 채 경쾌한 발걸음으로 성큼성큼 진료실로 향했다. 하지만 진료실에서 나를 기다리는 환자는 고작 한 명뿐이었다. 살짝 어이가 없어 코웃음을 치며 들어가자 기다리고 있던 환자가 내게 인사를 건넸다.

"이제야 오셨군요."

이렇게 말이다.

"네, 그렇습니다, 오먼 양. 그나저나 필요 없는 말은 절대 하지 않으시는군요. 제가 뭘 해 드리면 될까요?"

그녀가 딱 잘라 대답했다.

"그런 거 없어요. 나를 봐 주시는 선생님은 여자예요. 지금은 벨링엄 씨의 전갈을 가지고 왔어요. 여기 있어요."

그녀는 내 손에 봉투를 쥐어 주었다.

쪽지를 보니 벨링엄 씨는 지난 이틀 동안 잠을 제대로 이루지 못했고 낮에도 힘들다고 했다.

내게 수면제를 처방해 줄 수 있겠소?

쪽지는 이렇게 끝을 맺었다.

나는 잠시 생각을 해 보았다. 환자의 증상을 제대로 확인하지 않고 수면제를 선뜻 처방해 줄 의사는 아무도 없다. 하지만 불면증은 고통스러운 증세이다. 결국 나는 진정제를 적당한 양으로 처방하고 왕진을 가 좀 더 적극적인 치료가 필요한지 살펴보기로 마음먹었다.

나는 그녀에게 약병을 건네며 말했다.

"이 양을 한 번에 드시라고 하세요, 오먼 양. 나중에 제가 들러서 상태를 보겠습니다."

"선생님이 오면 좋아하실 거예요. 오늘 저녁에는 혼자 계실 거라 많이 울적해하시거든요. 벨링엄 양은 외출을 할 거예요. 그런데 벨링엄 씨가 워낙 가난해서 진료비도 간신히 내고 있어요. 이런 말 이해해 주세요."

"미리 귀띔을 해 주셔서 감사합니다, 오먼 양. 지금은 왕진을 따로 갈 필요는 없습니다. 그저 찾아뵙고 이런저런 이야기를 나누고 싶어서 그런 겁니다."

"그런가요. 그러면 그분에게 더 좋겠네요. 선생님도 좋은 점이 몇 가지 있군요. 그중에 시간을 잘 지키는 습관은 없는 것 같지만."

오먼 양은 이렇게 쏘아붙인 후 서둘러 진료실을 나갔다.

8시 30분 나는 네빌스 코트의 벨링엄 씨 집에 도착해 오먼 양의 뒤를 따라 육중하고 어두침침한 계단을 오르고 있었다. 그녀는 나를 방으로 들여보냈다. 벨링엄 씨는 막 식사를 마치고 의자에 웅크리고 앉아 울적한 눈빛으로 텅 빈 벽난로를 보고 있었다. 내가 들어가자 그의 얼굴이 환해졌지만 기분이 상당히 저조한 것이 분명했다.

"진료 시간도 지났는데 귀찮게 오시게 한 것이 아닌지 모르겠소. 나야 선생을 다시 보니 반갑지만."

벨링엄 씨가 나를 반겼다.

"절대 그렇지 않습니다. 혼자 계시다고 들어서 잠시 한담이나 나누려고 들렀습니다."

그가 진심으로 기뻐하며 말했다.

"정말 친절한 분이구려. 하지만 내가 한담을 나누기에 적당한 사람일지 모르겠소. 골치 아픈 문제들에 푹 빠져 있는 사람이 좋은 말동무가 될 리 만무하잖소."

"혼자 계시는 편이 좋으시다면 귀찮게 해 드리지 않겠습니다."

나는 문득 실례를 범했나 싶어 속이 뜨끔했다.

"오, 귀찮다니 그럴 리가 있겠소."

그가 대뜸 대답했다. 그러더니 이내 웃음을 터뜨리며 말했다.

"오히려 내가 선생을 귀찮게 할 거요. 사실 선생이 지루해서 나가떨어지지만 않는다면 내가 처한 상황에 대해 상의를 해도 좋을지 물어보고 싶다오."

내가 냉큼 대답했다.

"지루할 리가 있겠습니까. 다른 사람의 경험을 스스럼없이 나누는 일은 대개 흥미롭지 않습니까. '인류를 연구할 때 가장 적절한 연구 대상은 인간이다'라고 알렉산더 포프가 말하지 않던가요? 특히 의사들에게 해당되는 말이죠."

벨링엄 씨가 껄껄거리며 웃었다. 그런데 웃음소리가 어쩐지 차갑게 들렸다.

"그 말을 들으니 내가 미생물이라도 된 것 같구려. 그래도 선생이 현미경으로 나를 잠시 들여다볼 의향이 있다면 기꺼이 그 무대 위에서 구불구불 기어 다니며 검사 대상이 되어 드리리다. 물론 선생의 심리학 연구에 재료가 될 행동은 내 것이 아니겠지만 말이외다. 감히 이런 말을 입에 담기도 두렵지만, 어느 이름 없는 무덤에 잠들어 이 지옥 같은 꼭두각시 쇼의 끈을 조종하는 데우스 엑스 마키나•는 바로 불쌍한 내 형이라오."

그는 잠시 말문을 닫고 내 존재를 잊은 것처럼 생각에 잠긴 눈빛으로 벽난로를 물끄러미 바라보았다. 잠시 후 고개를 들고 다시 이야기를 시작했다.

"신기한 이야기가 될 거요, 의사 양반. 아무렴, 신기하고말고. 선생도 얼마간은 알고 있는 이야기이기도 하지. 선생이 알고 있는 내용은 중간 부분이라오. 그러니 처음부터 들려 드리리다. 내 이야기를 듣고 나면 이 사건에 대해 나만큼 알게 되실 거요. 결말을 아는 이는 아무도 없다오. 이 이야기는 분명 운명의 책에는 실려 있을 테지만 마지막 페이지가 아직 펼쳐지지 않았으니까.

불행은 내 아버지가 돌아가시면서 시작되었소. 아버지는 살림살이를 그럭저럭 꾸려 갈 정도의 재산을 가진 시골 목사이셨다오. 어머님이 일찍 돌아가신 후 홀아비로 형님인 존과 나, 이렇게 두 아들을 키우셨지. 아버지는 이럭저럭 우리 형제를 옥스퍼드까지 보내 주셨소. 졸업 후 형님은 외무부로 들어갔고 나는 목회자의 길을 걷기로 마음을 먹었다오. 그런데 문득 종교에 대한 신념에 변화가 생겨 도저히 목사가 될 수 없다는 사실을 깨닫게 된 거요. 그 무렵 아버지의 재산이 상당히 불어나 있었소. 아버지는 재산을 형과 내게 공평하게 나눠 주신다고 하셨기 때문에 나로서는 먹고살기 위해 직업을 구할 필요가 없었지. 그때 이미 고고학에 내 인생의 열정을 바

● **데우스 엑스 마키나** _ 주로 극이나 소설에서 가망 없어 보이는 상황을 해결하기 위해 동원되는 절대적인 힘이나 사건.

치고 있었다오. 그래서 앞으로 평생을 바쳐 가장 좋아하는 학문을 연구하기로 마음을 먹은 거요. 물론 집안의 가풍을 따른 것이기도 했지. 돌아가신 아버지는 고대 오리엔트 역사를 열정적으로 연구하셨고, 알겠지만 형님은 열렬한 이집트학자였지 않소.

그런데 아버지가 느닷없이 돌아가셨소. 유언장도 따로 남기지 못하고 말이오. 원래 유언장을 작성하려고 마음은 먹고 계셨는데 계속 미루다가 결국 그렇게 되신 거라오. 아버지의 재산은 대부분 부동산이었는데 형이 거의 모든 재산을 물려받았소. 하지만 유산에 대한 아버지의 의향을 알고 있었기 때문에 매년 내게 오백 파운드씩 주기로 했지. 그 정도면 연간 수입의 약 4분의 1정도였다오. 나는 그러지 말고 한몫을 떼 달라고 했지만 형은 내 말을 들어주지 않았소. 대신 변호사에게 형이 죽을 때까지 그 오백 파운드를 일 년에 네 차례로 나눠서 지급하라고 지시를 했소. 물론 형이 죽으면 전 재산은 내가 물려받을 것이고, 혹시 내가 먼저 죽으면 내 딸인 루스가 물려받기로 서로 이야기가 되었소. 그런데 형이 갑자기 모습을 감춘 거요. 정황상 형은 죽은 것 같고 살아 있다는 증거가 없으니까 형의 변호사인 젤리코가 수당을 더 이상 지불할 수 없다고 했소. 한편으로는 형이 죽었다는 사실을 입증할 증거가 없기 때문에 유언을 집행할 수도 없게 되었지."

"정황상 존 벨링엄 씨가 돌아가셨을 것이라고 하셨는데, 도대체 어떤 정황을 말씀하신 겁니까?"

"형님이 느닷없이 완벽하게 종적을 감춘 것을 말하오. 기억할지 모르겠소만, 형님의 옷 가방은 아무도 찾아가지 않은 채 철도역 수하물 보관소에 그대로 있었소. 좀 더 확실한 상황이 한 가지 더 있다오. 형님은 외무부에서 연금을 받는데, 이 연금은 직접 가서 수령해야 한다오. 외국에 체류중이라면 연금 지급일에 생존해 있었다는 증거를 제시해야 하오. 형님은 이 규칙을 철저하게 지켰소. 실제로 연금 지급일에 직접 오지 않는다거나 대리인인 젤리코에게 필요한 서류를 제출하도록 조치를 하지 않은 적이 단 한 번도 없었다오. 그런데 형님이 매우 미심쩍은 상황에서 종적을 감춘 후 지금까지 형님에 관한 아무 소식도 없었소."

"난처한 입장이셨겠습니다. 하지만 사망한 것으로 추정해 유언을 집행할 수 있도록 법원의 허가를 받는 일이 그리 까다로울 것 같지 않은데요."

벨링엄 씨가 쓸쓸한 미소를 지었다.

"선생의 말이 맞소. 하지만 내게는 별 도움이 안 되는구려. 젤리코는 형님이 나타나길 꽤 오래 기다렸소. 상황이 이렇게 특수한 점을 고려해 보면 독특하지만 적절한 조치이기도 했지. 변호사는 나와 또 다른 이해 당사자를 자신의 사무실로 불러서 유언장의 조항을 알려 주었소. 그 내용을 듣는 순간 청천벽력을 맞은 듯했소. 그렇게 희한한 유언장은 처음이었다오. 정말 짜증 나는 게 뭔지 아시오? 내 어리석은 형은 모든 일이 완벽하다고, 확실하고 간단하게 처리되었다고 자신했을 거라는 점이었소."

"대개 그렇지 않습니까."

나는 애매하게 얼버무렸다.

"아마 그럴 거요. 어리석은 형님은 자신의 유언장을 엉망진창으로 만들어 놓았소. 내가 보기에, 도저히 자신의 의도를 실현할 수 없도록 만들어 놓은 거요. 아시다시피, 우리 집안은 대대로 런던에서 살았다오. 서류상으로는 형의 현주소로 되어 있지만 실제로는 형의 소장품을 모아 놓은 퀸 스퀘어의 집에는 대대로 우리 집안이 살았소. 이웃 교회 묘지에 묻힌 친척들 몇몇을 제외하면 벨링엄가 사람들은 대부분 근처에 있는 세인트 조지 묘지에 묻혔다오. 형님은 독신이라 그런지 가족의 전통에 애착이 깊었소. 당연히 유언장에도 조상들과 함께 자신도 세인트 조지 묘지에 묻어 달라는 조항을 넣어 두었소. 그게 안 되면 적어도 고향 교구에 딸린 묘지 가운데 한 곳에 묻어 달라고 했지. 그런데 유언 집행인들에게 단순히 이런 바람이나 지시 사항을 남기는 대신 이 내용을 집행하는 데 영향을 미칠 조건을 만들어 두었소."

"어떤 면에서 영향을 미친다는 겁니까?"

내가 물었다.

"아주 중요한 면이지. 형님이 내게 물려주거나 내가 먼저 죽을 경우 내 딸, 루스에게 돌아갈 재산의 상속 조건이니 말이오. 재산의 상속은 방금 내가 말한 조건, 즉 특정한 장소에 매장을 해야 한다는 조항의 이행 여부에 달려 있소. 만약 그 조건을 제대로 이행하지 않으면 재산의 대부분이 사촌인 조지 허스트에게 돌아가오."

"하지만 그 경우에 시신을 제시할 수 없다면 두 분 중 누구도 재산을 물려받을 수 없겠군요."

벨링엄 씨가 대답했다.

"그건 나도 잘 모르겠소. 형이 죽었다면 세인트 조지 묘지든 방금 말한 곳 중 어디든 묻히지 않은 것은 거의 확실하오. 그 사실은 기록을 떼 보면 쉽게 증명할 수가 있지. 그러므로 사망 추정 결정이 나면 결국 거의 모든 재산을 허스트에게 넘겨줘야만 하는 거요."

"유언 집행인이 누구입니까?"

내가 묻자 그가 탄식을 내뱉었다.

"아! 그 문제도 골칫거리지. 유언장에 따르면 두 명이오. 한 명은 젤리코고 다른 한 명은 제1수혜자인데, 상황에 따라 허스트나 내가 되겠지. 그런데 법원이 우리 중 누가 제1수혜자라고 결정을 내리지 않는 한 아무도 유언 집행인이 될 수 없다오."

"그러면 누가 법원에 신청을 합니까? 이 일은 유언 집행인들이 하는 걸로 알고 있는데요."

"그렇소. 그게 바로 허스트의 문제라오. 요전에 선생이 처음 온 날 우리는 그 문제를 상의하던 중이었소. 상의치고는 상당히 시끌벅적했지만 말이오."

그는 멋쩍은 미소를 지었다.

"젤리코는 당연히 단독으로 이 문제를 진행하기를 거부하고 있소. 다른 집행인과 함께해야 한다는 거지. 그런데 현재 상황에서 허스트는 집행인이 아니오. 나도 마찬가지고. 하지만 어떤 경우든 유언 집행의 의무가 우리 둘 중 누군가에게 지워질 것이므로 우리는 공동 집행인이 되는 셈이라오."

"복잡하군요."

내가 한마디 했다.

"그렇소. 상황이 이렇다 보니 허스트가 희한한 제안을 하기에 이르렀소. 구구절절 옳은 말이긴 하오. 매장 조항은 도저히 이행할 수 없을 것 같으니 전 재산을 자기가 물려받아야 한다는 거요. 그러면서 간단한 합의안을 내놓았는데, 이런 내용이었소. 그와 젤리코가 사망 추정과 유언장 집행 승인을 신청하는 데 협조해 주면 평생매년 사백 파운드를 지급하겠다는 거였소. 또 한 가지, 앞으로 어떤 사태가 벌어지더라도 그 합의안은 유효하다고 못을 박아야 한다더군."

"그게 무슨 뜻입니까?"

벨링엄 씨는 나를 무시무시한 눈빛으로 노려보며 대답했다.

"앞으로 언제가 되었건 시신이 발견되어 유언장의 매장 조항을 이행할 수 있게 되더라도 그에게 넘어간 재산은 반환하지 않고 내게 매년 사백 파운드를 지급하겠다는 뜻이오."

"맙소사! 그분은 거래를 어떻게 해야 할지 아는 것 같군요."

"그의 입장은 이렇소. 형의 시신이 끝내 발견되지 않으면 사촌은 내가 죽을 때까지 매년 사백 파운드를 잃을 거요. 설령 나중에 시신을 찾더라도 더 이득이지."

"당연히 그 제안을 거부하셨겠죠?"

"그렇소. 확실하게 못을 박았지. 루스도 나와 같은 생각이라오. 하지만 옳은 판단인지 확신이 서질 않는군. 최후의 판단을 하려면 두 번은 생각해야 하는 것 아니겠소."

"그 제안을 젤리코 씨와 상의해 보셨습니까?"

"해 봤지. 오늘 그 사람을 만나고 왔소. 그 변호사는 신중한 사람이라오. 그래서 어떤 쪽으로도 충고를 해 주지 않더군. 하지만 그도 내가 사촌의 제안을 거절한 것을 탐탁지 않게 여기는 눈치였소. 나무 위에 앉은 새 두 마리보다 손에 쥔 새 한 마리가 더 소중하다는 말을 한 걸 보면 말이오. 특히나 그 나무가 어디에 있는지 모를 때는 더 그렇지 않겠냐더군."

"젤리코 씨가 벨링엄 씨의 동의 없이 법원에 신청을 할까요?"

"그렇게까지 하지는 않을 거요. 허스트가 압박을 해 온다면 협조를 할지도 모르지만. 게다가 허스트는 사건 당사자니 독자적으로 신청을 할 수 있소. 내가 협조해 달라는 제안을 거절했으니 아마 그렇게 할 거요. 적어도 젤리코는 그렇게 생각하고 있소."

"이 모든 이야기가 도저히 믿어지지 않을 정도로 어처구니가 없군요. 특히 존 벨링엄 씨에게 자문을 받을 변호사가 있었다는 점을 생각하면 더욱 그렇습니다. 젤리코 씨는 유언장의 조항이 터무니없다는 사실을 알려 주지 않았을까요?"

"물론 알려 줬소. 내게 그러더군요. 매장 문제에 대해서 이치에 맞게 유언장을 작성하도록 설득을 했다더군. 하지만 형님은 그의 말을 듣지 않았소. 어리석은 노인네 같으니라고! 형님은 원래 한번 마음을 먹으면 절대로 마음을 바꾸지 않는다오."

"허스트 씨의 제안은 아직도 유효합니까?"

"이제는 물 건너갔소. 불같은 내 성격 탓이지. 제안을 확실하게 거절했소. 못된 소리로 쫓아 버렸지. 내가 잘못된 선택을 한 것이 아니기만 바랄 뿐이오. 허스트가 그런 이야기를 꺼냈을 때는 너무 뜻밖이라 화가 치솟더군. 형님이 살아 있는 모습이 마지막으로 목격된 곳이 허스트의 집이라는 사실을 기억할 거요. 하지만 그런 식으로 말하지 말았어야 했어. 이런 복잡한 이야기로 한담이나 나누려고 온 선생을 괴롭히지도 말았어야 했고. 물론 내가 미리 경고를 하기는 했지만 말이오."

"아닙니다, 정말 흥미로운 이야기를 들려주셨습니다. 선생님의 사건에 제가 얼마나 흥미가 있는지 모르시는군요."

벨링엄 씨가 씁쓸하게 웃음을 터뜨렸다.

"내 사건이라! 마치 내가 희귀하고 진기한 미치광이 범죄자라도 되는 것처럼 말하는구려. 어쨌든 재미있었다니 다행이오. 나도 잘 모르는 내 재능이구려."

"저는 재미있다고 하지 않았습니다. 흥미가 있다고 했죠. 이토록 혼란스럽고 극적인 사건의 중심인물이시라는 점에 깊은 존경심을 느낍니다. 선생님을 이렇게 생각하는 사람은 저뿐이 아닙니다. 제가 손다이크 박사님에 대해 말씀드린 것 기억하시나요?"

"물론 기억하고말고요."

"신기하게도 오후에 길에서 그분과 마주쳤지 뭡니까. 그래서 그 길로 박사님 댁으로 가서 긴 이야기를 나눴지요. 선생님과 알게 되었다는 이야기를 제 마음대로 털어놓았습니다. 혹시 제가 실례를 범한 건가요?"

"아니오. 그럴 리가. 그분에게 말하면 안 될 이유가 어디에 있겠소? 선생이 내 사건을 아직도 기억하고 있던가요?"

"하나부터 열까지 속속들이 다요. 상당한 열의를 가지고 상황이 어떻게 진행되고 있는지 듣고 싶어 하시더군요."

"그건 나도 그렇소."

벨링엄 씨가 말했다.

"오늘 밤에 들려주신 이야기를 박사님에게 전해도 괜찮겠습니까? 무척 관심이 많으실 텐데요."

내가 조심스럽게 물었다.

벨링엄 씨는 텅 빈 벽난로에 시선을 고정한 채 잠시 생각에 잠겼다. 마침내 고개를 들고 천천히 말했다.

"괜찮지 않을 이유가 뭐 있겠소. 어차피 비밀도 아닌데. 설령 비밀이라고 해도 내게 독점권이 있는 것도 아니고. 괜찮소. 그분이 궁금해하신다면 전해도 좋소."

"그분이 다른 곳에 말을 할 걱정은 하지 않으셔도 됩니다. 조개처럼 입을 꾹 다물고 계실 테니까요. 게다가 여러 부분에서 우리보다 훨씬 더 많은 의미를 읽으실 겁니다. 어쩌면 유용한 조언을 해주실지도 모르죠."

"오, 나는 그분의 머리를 빌릴 생각이 없소. 나는 전문가의 자문을 공짜로 챙기려는 인간이 아니오, 의사 양반."

벨링엄 씨가 약간 화를 내며 재빨리 말했다.

내가 급히 대답했다.

"물론입니다. 제 말은 결코 그런 뜻이 아니었습니다. 잠깐만요, 벨링엄 양이 오신 것 아닌가요? 문이 닫히는 소리를 들은 것 같은데요."

"맞아요, 내 딸이 온 것 같구려. 그렇다고 헐레벌떡 돌아가실 필요는 없다오. 설마 내 딸에게 겁을 먹은 건 아니겠죠?"

내가 허둥지둥 모자를 챙기자 벨링엄 씨가 말했다.

"겁을 먹지 않았다고 할 자신이 없는데요. 벨링엄 양은 여왕같이 위엄 있는 여성이니까요."

벨링엄 씨가 껄껄 웃으며 애써 하품을 참았다. 바로 그때 문제의 아가씨가 방으로 들어왔다. 검은색의 낡은 드레스를 입고 그보다 더 낡은 핸드백을 들고 있었지만 그녀의 외모며 행동거지는 위엄이 있다는 말밖에 설명할 길이 없는 것 같았다.

나는 그녀와 점잖게 악수를 하며 말을 걸었다.

"오시자마자 아버님께서는 하품을 하시고 저는 막 떠나려는 모습을 보셨군요, 벨링엄 양. 제가 도움이 된 것 같습니다. 저와 나누신 이야기가 불면증에 특효약이었습니다."

벨링엄 양이 미소를 지었다.

"제가 선생님을 쫓아내는 것 같네요."

"그럴 리가요."

내가 허둥지둥 덧붙였다.

"임무를 완수했으니, 이제 가야죠."

벨링엄 씨가 나를 붙잡았다.

"잠시 더 있다 가시오, 의사 선생. 루스도 그 특효약 좀 맛보게 해 줘요. 저 애가 오자마자 선생이 쌩하니 가 버리면 분명히 저 애는 마음이 상할 거외다."

"하지만 저 때문에 선생님이 잠을 못 주무시면 안 됩니다."

"잠이 들 만하면 알려 드리리다."

벨링엄 씨가 껄껄 웃음을 터뜨렸다. 나는 그분의 배려를 받아들여 기꺼이 다시 자리에 앉았다.

바로 그때 오먼 양이 들어왔다. 그녀에게 절대 기대하지 않았던 미소를 지은 채 작은 쟁반을 들고 있었다.

"토스트와 코코아 들어요, 뜨거울 때. 꼭 먹어요."

오먼 양이 살갑게 말했다.

벨링엄 양이 대답했다.

"네, 그럴게요, 필리스. 고마워요. 모자만 벗어 놓고 금방 돌아올게요."

그녀는 그렇게 말한 후 태도가 나를 대할 때와는 몰라보게 다른 오먼 양을 따라 방을 나갔다.

벨링엄 씨가 입이 찢어져라 하품을 하고 벨링엄 양이 어느새 돌아와 간소한 저녁을 들기 시작했다. 그러자 그녀의 아버지는 이런 말을 해서 나를 어리둥절하게 했다.

"오늘은 늦었구나, 얘야. 셰퍼드 킹 때문에 애를 먹은 거니?"

그녀가 대뜸 대답했다.

"아뇨. 일을 다 끝내는 게 좋을 것 같았어요. 그래서 집으로 오는 길에 오몬드 스트리트에 있는 도서관에 들러서 마무리를 짓고 오느라 늦었어요."

"그럼 이제 속을 채워 넣을 준비가 끝났겠구나."

"네."

깜짝 놀란 나와 눈이 마주친 벨링엄 양이 살며시 웃었다. (셰퍼드의 속을 채우다니 깜짝 놀랄 만한 이야기가 아닌가.)

"버클리 선생님 앞에서 그렇게 알쏭달쏭하게 말씀하시면 어떻게 해요, 아버지. 자꾸 그러시면 선생님이 노해서 우리를 소금 기둥으로 만들어 버리시겠어요. 아버지는 지금 제 일에 대해서 말씀하신 거예요."

그녀가 내게 설명했다.

"박제사이신가요?"

내가 물었다.

그녀는 입가로 가져갔던 잔을 서둘러 내려놓고 잔잔한 웃음을
터뜨렸다.

"아버지가 얼토당토않은 표현을 써서 선생님이 오해를 하신 것
같아요. 그러니 아버지가 책임지고 해명을 하세요."

"이보시오, 의사 선생. 내 딸 루스는 문헌 조사관……."

"조사관이라고 하지 마세요! 여경 같잖아요. 그냥 연구원이라고
하세요."

벨링엄 양이 말했다.

"알았다. 연구원이든 뭐든 네가 편한 대로 부르려무나. 저 애는
책을 쓰는 사람들을 대신해서 박물관에서 참고 자료와 참고 문헌
을 뒤지는 일을 한다오. 관련 주제에 대해서 글로 쓰인 것이 있다면
뭐든 찾아내지. 그렇게 찾아낸 것들을 머릿속에 잔뜩 쑤셔 넣다 터
지기 직전에 의뢰인에게 가서 그 사실을 죄다 토해 잔뜩 머리에 쑤
셔 넣어 주면 그 사람이 마침내 언론에 그 사실들을 죄다 토해 내는
거요."

"어쩌면 그렇게 지저분하게 말씀을 하시는 거예요! 어쨌든 이럭
저럭 설명은 되었네요. 저는 책을 뒤지는 자칼이에요. 책을 쓰는 사

자를 위해 글로 된 먹이를 구해 오죠. 이제 이해가 되셨나요?"

"확실히요. 하지만 아직도 이해가 안 되는 부분이 있습니다. 셰퍼드 킹의 속을 채운다는 부분 말입니다."

"오, 채워 넣는 건 셰퍼드 킹이 아니에요. 저자를 말하는 거였어요! 아버지가 애매하게 말씀을 하신 탓이에요. 설명하자면 이런 거예요. 어떤 부주교님이 족장 요셉에 대해서 논문을 쓰셨는데⋯⋯."

"정작 요셉에 대해서 아무것도 몰랐다오."

벨링엄 씨가 끼어들었다.

"그래서 이 분야를 잘 아는 전문가에게 걸려서 된통 당했고 화가 머리끝까지 나서는⋯⋯."

"그런 게 아니에요."

벨링엄 양이 해명을 했다.

"그분은 존경받는 부주교라면 알아야 할 만큼 알고 계셨어요. 하지만 그 전문가가 더 많이 알고 있었던 거죠. 그래서 부주교님이 제게 이집트의 제17왕조가 끝나 갈 무렵 이집트의 상황에 대해 자료를 모아 달라고 의뢰를 하신 거예요. 물론 저는 의뢰를 받아들였고요. 내일 부주교님을 찾아가서 아버지가 방금 말씀하신 것처럼 온갖 사실들로 그분의 머리를 채워 드릴 거예요. 그러면⋯⋯."

벨링엄 씨가 다시 끼어들었다.

"그러면 부주교는 전문가에게 득달같이 달려가서 셰퍼드 킹이며 세케넨라며 제17왕조에 대해서 온갖 잡동사니를 있는 대로 없는 대로 퍼붓겠지. 장담하는데, 둘이서 드잡이라도 벌일 게 분명해."

"맞아요, 꽤 다투시겠죠."

벨링엄 양이 맞장구를 쳤다. 그녀는 그 이야기를 그쯤에서 끝내고 토스트를 먹성 좋게 먹기 시작했다. 한편 벨링엄 씨는 다시 한번 하품을 했다.

나는 존경스러운 마음이 들어 남몰래 그녀를 훔쳐보았다. 보면 볼수록 점점 그녀에게 관심이 생겼다. 안색은 창백하고 눈가에는 피로한 기색이 역력하고 얼굴은 초췌했지만 놀랄 정도로 아름다웠다. 그녀에게서 목적의식과 강인함이 엿보였다. 게다가 같은 지위와 입장에 있는 여자들에 견줄 수 없는 개성이 느껴졌다. 나는 그녀를 힐끔거리거나 질문에 대답을 하려고 그녀를 돌아볼 때마다 그런 생각을 했다. 그녀에 대해 알아차린 것이 하나 더 있었다. 대체로 말을 할 때면 침울한 기색이었지만 때때로 신랄하면서도 비꼬는 듯한 유머 감각이 살아나곤 했다. 그녀는 수수께끼 같았지만 한편으로는 호기심을 자극하는 아가씨였다.

그녀는 식사를 마친 후 쟁반을 옆으로 밀어 놓고는 낡은 핸드백을 열며 내게 물었다.

"혹시 이집트 역사에 관심이 있으신가요? 아버지와 저는 그 주제라면 사족을 못 쓰죠. 아마도 우리 가족의 내력인 것 같아요."

"이집트 역사라면 잘 모릅니다. 의학이 원체 시간과 노력을 많이 잡아먹는 분야다 보니 다른 분야의 책을 읽을 시간이 별로 없거든요."

"그렇겠군요. 모든 분야에 전문가일 수는 없겠죠. 하지만 아까 말씀드린 자칼이 무슨 일을 하는지 궁금하시다면 제 공책을 보여드릴게요."

순수하게 이집트 역사가 궁금해서라고 말할 수는 없지만 나는 벨링엄 양의 제안을 기꺼이 받아들였다. 그녀는 가방에서 푸른색의 사절판 공책 네 권을 꺼냈는데, 제14왕조부터 제17왕조까지 네 왕조의 자료를 공책 하나에 왕조 하나씩 정리해 둔 결과물이었다. 내가 공책을 가득 채우고 있는 깔끔하고 질서 정연한 기록을 다 훑어본 후 우리는 그녀가 다루는 시대가 유난히 까다롭고 명확한 정보가 없어서 조사에 어려움이 많다는 이야기를 두런두런 나누었다. 우리는 점점 목소리를 낮췄는데, 그도 그럴 것이 벨링엄 씨의 눈이 스르르 감기나 싶더니 어느새 의자 등받이에 고개가 털썩 떨어진 것이다. 우리의 대화가 아페파 2세의 치세에 다다랐을 무렵 학구적인 분위기의 조용한 방에 느닷없이 코 고는 소리가 요란하게 울려 퍼졌다. 우리는 소리를 죽인 채 한바탕 웃었다.

"선생님과의 대화가 효과가 있었네요."

내가 살그머니 모자를 집자 벨링엄 양이 속삭이듯 말했다. 우리는 발끝으로 살금살금 걸어 문으로 향했다. 그녀가 조용하게 문을 열었다. 밖으로 나오자마자 그녀는 좀 전까지의 장난스러운 태도를 버리고 진지하게 말했다.

"이렇게 와서 아버지를 봐 주셔서 고맙습니다. 아버지에게 너무나 잘해 주셨어요. 어떻게 감사를 드려야 할지 모르겠어요. 안녕히 가세요!"

그러더니 그녀는 진심을 담아 나와 악수를 했다. 나는 까닭 모를 행복감에 휩싸여 삐걱거리는 계단을 내려갔다.

005

물냉이밭

다른 사람들도 그렇겠지만 바나드의 진료실도 번갈아 찾아오는 희망과 실망 사이에서 아등바등하는 개업의가 온몸으로 느끼는 불안을 피할 수 없었다. 그곳에서는 한참 동안 일이 없다가 갑자기 일거리가 쏟아지는 것이 반복되었다. 네빌스 코트를 방문한 이튿날 또다시 정체기가 찾아왔다. 나는 오전 11시 30분쯤 되자 남은 하루를 어떻게 보낼지 슬슬 걱정이 들기 시작했다. 이 중요한 문제를 더 제대로 고민하기 위해 나는 강둑의 산책길을 느릿느릿 걷기 시작했다. 강에 도착해서는 난간에 몸을 기댄 채 건너편의 풍경을 물끄러미 바라보았다. 멀리 아치형 장식물이 달린 회색 돌다리와 그림처럼 서 있는 탑들, 그 너머에 흐릿하게 보이는 웨스트민스터 사원과

하원 건물이 보였다.

보고 있으면 마음이 차분해지고 피로가 풀리는 것 같은 즐거운 풍경이었다. 마침 임시 돛대에 작은 돛을 펼치고 하얀 앞치마를 걸친 여자가 키를 잡고 있는 바지선이 다리의 중앙 아치 아래로 지나가자 생기 넘치는 모습에 현실적인 설레임이 자리 잡은 모습을 보는 듯했다. 나는 꿈을 꾸듯 물결치는 수면 위를 배가 미끄러지듯 흘러가는 모습을 지켜보았다. 물에 거의 잠길 듯한 낮은 건현乾舷과 조심스럽게 배를 모는 키잡이 여인, 갑판에서 멀리 강둑을 보며 요란하게 짖고 있는 개를 보니 문득 벨링엄 양이 떠올랐다.

그 기묘한 아가씨의 어떤 점이 내게 깊은 인상을 남긴 걸까? 나는 이렇게 자문했다. 물론 이런 질문을 던진 적이 이번이 처음은 아니었다. 그녀가 내게 깊은 인상을 남긴 것은 분명했다. 그런데 어째서일까? 그녀가 처한 상황이 남달라서? 그녀가 독특한 일을 하고 있고 심오한 수준의 지식을 갖추어서? 매력적인 사람됨과 아름다운 외모 때문은 아닐까? 혹시 삼촌이 행방불명이 된 극적인 수수께끼와 관련이 있는 걸까?

아마도 이 모든 설명이 다 해당될 거라는 결론을 내렸다. 그녀와 관련된 것치고 독특하거나 매력적이지 않은 것이 없었다. 하지만 이런저런 상황을 모두 떠나서 내가 강렬하게 의식하고 있으며 그녀도 약간은 의식하고 있기를 어슴푸레 바라고 있는 모종의 공감대와 개인적인 친밀감이 확실히 있었다. 거두절미하고 나는 그녀에게 끌렸다. 그 사실만큼은 분명했다. 만난 지 얼마 되지 않았지만 그녀는 내 머릿속에서 감히 다른 여자들은 엄두도 못 내었던 자리를 확실하게 차지하게 되었다.

루스 벨링엄을 떠올리자 내 생각은 그녀의 아버지에게서 들은 신기한 이야기로 자연스럽게 흘러갔다. 뜻 모를 유언장과 유언장 내용에 당혹하여 작성을 반대한 변호사가 관련된 기묘한 이야기였다. 분명히 이 이야기에는 뭔가가 더 있을 것이 분명했다. 허스트 씨의 묘한 제안을 생각해 보면 그런 예감이 더욱 강해졌다. 하지만 진상을 파헤치는 것은 내 능력 밖이었다. 이 문제는 변호사가 해결해야 할 일이니 변호사에게 가야 했다. 저녁에 손다이크 박사님을 만나 내가 들은 이야기를 들려 드려야겠다고 마음을 먹었다.

바로 그 순간 과연 이런 일이 일어날 수 있을까 싶은 우연의 일치가 일어났다. 하기야 자주 일어나니 이런 일에 대한 속담까지 생긴 것이 아니겠는가. 저녁에 박사님을 찾아가겠다고 마음을 먹은 순간 블랙프라이어스 방향에서 걸어오는 두 남자가 눈에 들어왔다. 자세히 보니 손다이크 박사님과 저비스 선배였다.

"두 분 생각을 하던 중이었는데."

두 사람이 다가오자 내가 말했다.

"으쓱해지는걸. 설마 호랑이를 생각하던 중이었나?"

저비스 선배가 받아쳤다.

"혼잣말이라도 한 건가. 그런데 왜 우리 생각을 하고 있었지?

무슨 생각을 하고 있었기에?"

박사님이 물었다.

"벨링엄 사건과 관계가 있습니다. 어제 저녁 내내 네빌스 코트에 있었거든요."

"하! 진전이라도 있는 건가?"

"네, 그렇습니다! 있었습니다! 벨링엄 씨가 유언장에 대해 자세하게 들려주셨습니다. 대단한 내용이더군요."

"그 이야기를 내게 전해도 된다고 하셨나?"

"네. 특별히 허락을 구했더니 반대하지 않는다고 하시더군요."

"좋아. 오늘은 폴턴이 짬을 낼 수가 없어서 소호에서 점심을 들기로 했네. 우리와 점심을 함께하지. 가면서 그 이야기도 들려주고. 어때?"

나야 마땅히 할 일도 없으니 재고 자시고 할 이유가 없었다. 나는 기쁜 기색을 숨기지 않으며 냉큼 제안을 받아들였다.

"좋아. 그러면 북적거리는 사람들 틈으로 들어가기 전에 느긋하게 걸으면서 은밀한 이야기를 끝내도록 하지."

손다이크 박사가 말했다.

우리는 넓은 포장길을 유유자적 걷기 시작했다. 나는 기나긴 이야기를 시작했다. 기억이 허락하는 한 현 상황에 이르기까지 모든 정황을 설명한 후 마지막으로 유언장의 조항에 대해 말했다. 두 사람은 빠져들듯이 내 이야기를 들었는데, 특히 박사님은 간간이 내 말을 멈추게 한 후 수첩에 뭔가를 적었다.

"그 사람은 정신이 나간 게 틀림없군! 자기가 하려는 일을 망치려고 악마도 울고 갈 기발한 방법을 찾아낸 것 같아."

내가 이야기를 마치자 저비스 선배가 어처구니가 없다는 듯이 말했다.

"유언을 남기는 사람이 묘한 짓을 하는 건 새삼스러운 일이 아니야."

손다이크 박사님이 대꾸했다.

"오히려 직설적이고 어느 모로 보나 명료한 유언장이 예외라면 예외지. 유언장을 직접 보기 전에는 판단을 내릴 수가 없겠군. 벨링엄 씨는 사본을 가지고 있지 않겠지?"

"그건 잘 모르겠습니다. 여쭤 보겠습니다."

내가 재빨리 대답했다.

박사님이 말했다.

"혹시 사본이 있다면 검토해 보고 싶네. 내용이 묘하군. 자네가 내용을 정확하게 전달했다면 저비스 말처럼 유언자가 자신의 뜻을 알아서 꺾으려고 철저하게 계획을 한 것 같아. 그리고 그 문제와 별개로 이 조항은 존 벨링엄 씨가 행방불명된 정황과 깊은 관계가 있어. 자네도 알아차렸을 것 같은데."

"시체가 발견되지 않으면 허스트에게 굉장히 유리하다는 건 알겠습니다."

"맞아, 물론 그렇지. 하지만 중요한 점들이 더 있어. 물론 원본이든 사본이든 유언장을 직접 살펴보기 전에 조항에 대해 이러쿵저러쿵하는 건 시기상조겠지."

"사본이 있다면 손에 넣도록 애써 보겠습니다. 그런데 벨링엄 씨는 전문가의 자문을 무료로 받으려 한다는 인상을 줄까 봐 전전긍긍하시더군요."

"그런 반응은 당연하지. 공짜로 자문을 받는다고 명예가 더럽혀지는 것은 아니지만. 그러니 자네는 어떻게 하든 그분이 망설이지 않도록 설득을 해 주게. 자네라면 할 수 있을 거야. 옛날 일을 떠올려 보면, 자네는 남들에게 호감을 얻는 청년이었어. 벨링엄가 사람들과 꽤 친해진 것 같기도 하고."

손다이크 박사님이 말했다.

"상당히 흥미로운 사람들이니까요. 교양도 있고 고고학에 관심이 많습니다. 집안 내력인 것 같더군요."

내가 대답했다.

"그렇지. 집안 내력이지. 유전이라기보다 고고학을 자주 접할 수 있는 환경이니까. 그러니까 자네는 고드프리 벨링엄 씨가 마음에 드는군?"

"네. 성격이 불같은 면이 있지만 유쾌하고 다정하신 분이죠."

"딸은? 딸은 어때?"

저비스 선배가 불쑥 끼어들었다.

"오, 벨링엄 양도 박식한 아가씨예요. 박물관에서 참고 자료와 문헌을 찾는 일을 하고 있죠."

그러자 저비스 선배가 뭔가 불만인 듯 말했다.

"아하! 그런 부류를 나도 좀 알지. 머리에 먹물이 들어 말도 잘 하지 않고 잘난 척하는 안경잡이들이야."

나는 선배의 시답잖은 미끼를 덥석 물고는 발끈하고 말았다.

"그건 선배의 오해입니다!"

나는 정색을 하고는 저비스 선배의 몸서리쳐지는 묘사와 실제의 아름다운 모습을 조목조목 비교하며 따졌다.

"벨링엄 양은 놀랄 만큼 아름다운 외모를 가졌고 행동거지는 숙녀의 표본이에요. 물론 약간 뻣뻣한 면도 없지 않지만, 그건 우리가 만난 지 얼마 안 된 사이니까, 거의 타인에 가까운 사이니까 그런 거고요."

"그러니까 어떻게 생겼어? 외모 말이야. 키가 작아? 뚱뚱해? 머리카락은 옅은 갈색인가? 우리가 상상할 수 있게 제대로 설명을 해 봐."

저비스 선배가 말했다.

나는 최근에 자주 생각했던 내용을 떠올리며 마음속에 저장된 그녀의 모습을 재빨리 살폈다.

"키는 백칠십 센티미터 정도에 날씬한데 살짝 통통한 느낌도 들어요. 몸은 항상 곧고 바르고 움직일 때는 우아하죠. 머리카락은 검은색인데, 가르마를 가운데 타서 양옆으로 자연스럽게 내리고 앞머리를 옆으로 넘긴 모습이 얼마나 예쁜지 몰라요. 안색은 창백하면서 피부는 깨끗하고 눈동자는 진한 잿빛에 눈썹은 일자로 곧고요. 코는 콧날이 반듯하고 잘생겼고 입술은 작은데 약간 도톰한 편이에요. 턱은 둥글고. 저비스 선배, 왜 실실 웃는 거예요?"

선배가 갑자기 공격의 포문을 여는가 싶더니 뭐가 좋은지 체셔 고양이처럼 싱글거리기 시작한 것이다.

"유언장에 사본이 있다면 우리가 분명히 받아 볼 수 있을 거예요, 박사님. 그렇게 생각하시죠?"

선배가 말했다.

"말했잖아, 버클리를 믿는다고. 이제 딱딱한 이야기는 그만하지. 식당에 도착했으니까."

박사님은 이렇게 말하며 유리가 끼워진 수수한 문을 밀고 들어갔다. 뒤를 따라 들어간 실내에서 군침 도는 고기 요리 냄새가 지방이 분해되는 살짝 불쾌한 냄새와 뒤섞여 풍겨 왔다.

그로부터 두 시간 후 나는 킹스 벤치 워크에 늘어선 황금색 잎사귀의 플라타너스 아래에서 두 친구와 작별 인사를 나누었다.

"지금 들렀다 가라고는 못 하겠네. 오늘 오후에 상담이 잡혀 있거든. 하지만 조만간 우리 집에 들러 주게. 사본을 구하지 못해도 상관없어."

그러자 저비스 선배가 말했다.

"그래. 진료가 끝나면 들르도록 해. 혹시 더 매력적인 친구와 시간을 함께 보낼 예정이 아니라면 말이야. 얼굴 붉히지 마, 이 애송이 친구야. 우리도 그런 젊은 시절이 있었다고. 손다이크 박사님의 젊은 시절은 까마득한 옛날이었다는 소리는 있지만."

"이 친구 말은 귀담아 듣지 말게, 버클리. 저 친구도 아직 솜털이 보송보송한 애송이라네. 내 나이가 되면 철이 들 거야."

"므두셀라가 될 때까지 기다리라고요! 그건 싫은데."

저비스 선배가 소리쳤다.

손다이크 박사님은 시시껄렁한 농담을 하는 후배이자 친구에게 사람 좋은 미소를 지으며 나와 따뜻하게 악수를 한 후 몸을 돌려 그 자리를 떠났다.

나는 템플 법학원에서 북쪽으로 발걸음을 돌려 근처에 있는 왕립 의과 대학으로 향했다. 그곳에서 표본들을 살피고 병리학과 해부학에 대한 기억을 되살리며 두 시간가량을 알차게 보냈다. (임상 해부학자라면 어느 누구라도 그러하겠지만) 놀랍도록 완벽하게 표본을 해부한 기술을 보며 새삼스럽게 경탄하고 수많은 표본을 수집한 사람에게 마음으로 찬사를 보냈다. 시간이 훌쩍 지나간데다 슬슬 차를 마시고 싶었으므로 나는 그곳을 떠나 딱히 열의가 생기지 않는 진료실로 발걸음을 돌렸다. 길을 걸으면서도 머릿속은 온통 상자와 커다란 유리병 속에 보관되어 있는 내용물들로 꽉 차 있었다. 어떻게 왔는지도 모르게 정신을 차려 보니 어느새 모퉁이를 돌아 페터 레인에 도착해 있었다. 그런데 바로 그때 귓전을 때리는 요란한 목소리에 그때까지 빠져 있던 생각에서 퍼뜩 깨어났다.

"시드컵에서 끔찍한 게 나왔어요!"

나는 짜증이 나 몸을 홱 돌렸다. 런던의 길거리 소년이 바로 옆에서 소리를 지르면 마치 따귀를 한 대 맞은 기분이 되기 때문이다. 하지만 내 눈길을 사로잡은 요란한 노란색 벽보의 내용을 읽자 짜증은 순식간에 호기심으로 바뀌었다.

물냉이밭의 끔찍한 발견!

성인군자입네 하는 사람들이야 아니라고 하겠지만 '끔찍한 발견'이라는 표현에는 분명 사람을 끌어당기는 뭔가가 있다. 이 표현은 어딘가 수수께끼와 로맨스가 가미된 비극이 벌어졌다고 암시하고 있지 않은가. 게다가 우리의 생활에 소금 같은 양념이 될 극적인 요소를 밋밋하고 단조로운 일상에 불어넣으리라 약속하고 있다. 거기에 '물냉이밭'이라지 않는가! 사건이 시골에서 벌어졌다는 사실이 일단 공포스러운 분위기를 강조하고 있었다.

나는 신문 한 부를 사서 겨드랑이에 끼고는 어서 진료실로 가서 물냉이로 정신적인 포식을 할 요량으로 재게 발을 놀렸다. 그런데 진료실에 가 보니 피부가 얼룩덜룩하고 여드름이 난 풍뚱한 여자가 끙 하는 신음 소리를 내며 내게 인사를 했다. 자세히 보니 플뢰르드리스 코트의 석탄 가게에서 본 부인이었다.

"안녕하세요, 재블럿 부인. 부인이 불편해서 오신 게 아니길 바랍니다."

내가 쾌활하게 인사를 건넸다.

"제가 불편해서 왔어요."

그녀는 일어나서 뚱한 표정으로 내 뒤를 따라 진료실로 들어오며 말했다. 그녀를 환자 의자에 앉게 하고 나도 의자에 앉자 그녀가 말을 이었다.

"속이 불편해요. 아시겠죠, 선생님."

그 설명은 해부학적인 정확성이 부족했기에 피부 때문에 온 것은 아니라는 사실만 짐작할 수 있었다. 나는 그녀가 좀 더 구체적으로 설명을 해 주기를 기다리며 머릿속으로는 또다시 물냉이 생각에 빠져들었다. 하지만 재블럿 부인은 물기가 많은 멍한 눈초리로 무언가 기대하듯 나를 바라볼 뿐이었다.

마침내 내가 말했다.

"아! 부인의, 부인의 속이 불편하시군요. 그렇죠, 재블럿 부인?"

"그래요. 그리고 머리도."

그녀는 땅이 꺼져라 한숨을 푹 쉬었다. 지독한 술 냄새가 실내를 가득 채웠다.

"두통이 있으시군요, 그렇죠?"

"항상 그래요. 머리가 열렸다 닫혔다 또 열렸다 닫혔다 그래요.

가만히 앉아 있으면 금방 터질 것만 같아요."

그녀의 모습과도 어느 정도 비슷한, 통증에 대한 그림 같은 설명 덕분에 나는 재블럿 부인의 고통을 이해할 실마리를 찾을 수 있었다. 나는 인간의 피부가 얼마나 탄력이 있는지 설명해 주고 싶은 장난기를 억누르며 술 문제를 조심스럽게 에둘러 그녀의 증상을 자세하게 살펴본 후 마침내 그녀를 보냈다. 나는 바나드의 커다란 항아리에 든 소다수와 비스무트를 섞은 음료 한 병으로 원기를 회복했다. 그리고 이번에야말로 '끔찍한 발견'을 알아보려고 진료실로 돌아갔다. 하지만 신문을 펼치기도 전에 다른 손님이 들어왔다. (이번 문제는 페터 레인에 사는 청소년의 '넓고 둥그런 가슴'에 옮은 전염성 농가진이었다.) 그 환자를 보내니 또 다른 환자가 들어왔다. 그런 식으로 진료는 저녁까지 이어졌고 나는 어느새 물냉이밭에 대해서는 까맣게 잊어버리고 말았다. 마침내 뜨거운 물과 손톱 솔로 저녁 진료를 마감한 후 보잘것없는 저녁 식사를 하려고 자리에 앉은 순간 비로소 낮에 산 신문이 떠올랐다. 나는 환자에게 보이지 않으려고 급하게 쑤셔 넣었던 진료실 책상 서랍에서 신문을 찾아 가져왔다. 나는 보기 편하게 신문을 접어 물병에 기대 세우고 저녁을 먹으면서 손쉽게 읽었다.

기사는 상당히 길었다. 기자가 그 소식을 '특종'으로 보았고 편집장도 그 판단을 지지해 지면을 넉넉히 주고 머리털이 곤두설 섬뜩한 제목까지 뽑아 준 것이 분명했다.

시드컵 물냉이밭의 끔찍한 발견!

어제 오후 켄트의 시골 마을인 시드컵 근처 물냉이밭을 정리하는 과정에서 깜짝 놀랄 만한 것이 나왔다. 지금부터 전할 소식은 이 상큼한 채소를 즐겨 먹는 사람들에게는 불쾌하기 짝이 없는 이야기가 될 것이다. 발견 당시의 정황이나 무엇이 발견되었는지 (조만간 언급하겠지만 그곳에서 나온 것은 다름 아닌 절단된 시신의 일부였다) 자세하게 기술하기 전에 이것을 발견하게 된 놀라운 우연의 일치부터 살펴보는 것이 합당할 것이다.

문제의 물냉이밭은 작은 저수지에 형성되어 있다. 저수지의 물은 크레이 강의 지류를 형성하는 작은 시내에서 온다. 이 시냇물의 수심은 물냉이밭의 평균 수심보다 훨씬 더 깊다. 덕분에 그 흉측한 것들이 수면 아래에 잘 감춰져 있었던 것이다. 게다가 유속이 느리기는 하나 계속 흐른다. 물냉이밭은 저수지 근처의 목초지에 자리 잡고 있는데, 저수지에 물을 공급하는 시냇물은 이런 목초지들을 굽이굽이 돌아 흐른다. 그런 연유로 이곳은 거의 일 년 내내 식용으로 키우는 양 떼가 찾아와 풀을 뜯었다. 그런데 몇 해 전에 이곳을 찾는 양떼 사이에 '간디스토마증'이라는 전염병이 돌았다. 여기서 잠깐 병리학 이야기를 해 보자.

'간디스토마증'은 꽤 로맨틱한 사건의 결과라고 할 수 있다. 이 병은 자그마한 편충인 간흡충이 원인인데, 이 기생충은 숙주인 양의 간과

담관에 우글거리며 기생한다.

그런데 어떻게 이 기생충이 양의 간에 기생할 수 있을까? 바로 그것을 위해 로맨스가 필요하다. 다음을 계속 읽어 보라.

이 흡충은 얕은 시냇물이나 목초지를 흐르는 도랑에 무더기로 모여 있는 알로 일생을 시작한다. 알에는 일종의 뚜껑이 있는데, 이 뚜껑이 열리면 그곳에서 털이 북실북실한 애벌레가 나와 특별한 종류의 물 달팽이를 찾아 헤엄을 친다. 이 달팽이는 박물학자들이 림나에아 트룽카툴라라고 하는 종류이다. 기생충은 이 달팽이를 발견하면 살을 파고 들어가서 금세 자라 살이 포동포동 찐다. 그러면 새끼를 낳는데, 자신과 전혀 닮지 않은 작은 벌레들로 레디아라고 한다. 이 레디아는 곧 레디아를 잔뜩 낳는다. 그렇게 몇 세대가 이어지다가 마침내 레디아 대신 완전히 다른 모습의 새끼를 낳는 세대가 나타난다. 이때 낳는 새끼는 머리가 크고 꼬리가 길어서 작은 올챙이처럼 생겼는데, 과학자들은 세르카리아라고 부른다. 세르카리아는 곧 꿈틀거리며 달팽이의 몸에서 빠져나오려고 한다. 그러면 이때부터 복잡한 과정이 전개된다. 왜냐하면 이 시기에 달팽이가 물가를 떠나 들판으로 향하기 때문이다. 들판에 도착하면 세르카리아는 달팽이의 몸에서 나와 풀잎에 자리를 잡는데, 꼬리를 낮추고 풀잎에 단단히 매달린다. 그러면 아무것도 모르고 풀을 뜯으러 온 양이 풀을 먹으며 세르카리아도 함께 먹어 치운다. 이 기생충은 일단 양의 배 속에 들어가며 담관으로 가서 간으로 이동한다. 간에 도착한 지 몇 주지나면 흡충으로 자라 알을 낳는 중요한 작업을 시작한다.

바로 이것이 '간디스토마증'의 병리학적인 로맨스이다. 그런데 이 기생충의 일생이 수수께끼에 휩싸인 발견과 무슨 관계가 있을까? 다음을 읽으면 의문이 해소될 것이다. 앞서 설명한 대로 간디스토마증이 발발한 후 그곳의 땅 주인이었던 존 벨링엄은 변호사에게 물냉이밭의 임대차 계약에 이곳을 정기적으로 정리하고 전문가에게 유해 달팽이가 없다는 사실을 확인받으라는 조항을 삽입하도록 했다. 마지막 임대차 계약은 이 년 전에 만료되었고 그 후로 밭은 아무도 경작하지 않았다. 하지만 인접한 목초지의 안전을 위해 반드시 정기적으로 그곳을 검사해야 한다는 인식이 있었다. 그러한 목적으로 밭을 정리하던 중 문제의 시신이 나온 것이다.

작업은 이틀 전에 시작되었다. 인부 셋이서 꼼꼼하게 밭을 갈아엎고 물 달팽이를 잔뜩 채집했다. 이 달팽이들은 혹시라도 기생충에 감염된 것들이 있는지 전문가에게 검사를 맡길 예정이었다. 인부들이 밭을 반 정도 갈아엎은 어제 오후 수심이 가장 깊은 곳에서 작업중이던 인부가 뼈 몇 개를 발견했는데, 그냥 보아 넘기기에는 꺼림칙한 구석이 있었다. 그는 곧장 동료들을 불렀다. 그들은 주변의 풀들을 조심스럽게 베기 시작했고 작업을 시작한 지 얼마 안 되어 풀뿌리 사이의 진흙에서 의심의 여지없는 사람 손이 나타났다. 다행스럽게도 그들은 현명하게 나머지 현장을 건드리지 않고 그대로 경찰에게 이 사실을 알렸다. 연락을 받자마자 경위와 경사가 경찰의를 대동해 현장에 도착했다. 경찰은 발견된 당시 그대로 보존된 유해를 확인할 수 있었다. 그런데 이때 매우 의심스러운 사실이 드러났다. 진흙에서 나온 손은 왼손으로 판명되었는데 세 번째 손가락이 없었다. 경찰은 왼손 세 번째 손가락이 없는 실종자 수가 매우 적을 것으로 보고 이 점을 유해의 신원을 밝힐 수 있는 매우 중요한 사실로 보고 있다. 경찰은 그 지역을 샅샅이 수색한 결과 나머지 뼈들을 꼼꼼하게 찾아 시체 안치소로 옮겼으며 이곳에서 검사를 진행할 것이라고 한다.

경찰의인 브랜딘 박사는 우리 신문 소속 기자와의 인터뷰에서 이렇게 증언했다.

"발견된 뼈는 신장이 173센티미터가량인 중년 혹은 노인의 왼쪽 팔입니다. 어깨뼈라고 부르는 견갑골과 빗장뼈라고 부르는 쇄골을 비롯해 팔뼈를 모두 찾았지만 세 번째 손가락뼈 세 개는 없었습니다."

"원래 기형이거나 그 손가락을 절단했기 때문입니까?"

기자의 질문에 그는 이렇게 대답했다.

"그 손가락은 절단되었습니다. 태어날 때부터 없었다면 수골, 즉 손바닥뼈가 부족하거나 변형되었을 테지만 우리가 찾아낸 수골은 뼈가 온전했으며 정상이었습니다."

"뼈들은 물속에 얼마나 있었습니까?"

"일 년은 넘은 것 같습니다. 뼈가 상당히 깨끗합니다. 연한 조직이 하나도 남아 있지 않았습니다."

"팔이 물냉이밭에 묻혀 있게 된 경위에 대해 어떻게 생각하십니까?"

"그 질문에는 대답하지 않겠습니다."

그는 조심스러운 태도를 취했다.

"한 가지 더 묻겠습니다. 땅 주인인 존 벨링엄 씨 말입니다. 그 사람은 혹시 몇 해 전에 의심스러운 상황에서 모습을 감춘 그 신사 아닙니까?"

"그렇게 알고 있습니다."

브랜던 박사가 그 사실을 인정했다.

"혹시 존 벨링엄 씨도 왼손의 중지가 없습니까?"

"말씀드릴 수 없습니다."

브랜던 박사는 살짝 미소를 지으며 이렇게 덧붙였다.

"경찰에 문의해 보시기 바랍니다."

현재까지의 상황은 이렇다. 경찰은 왼손 중지가 없이 행방불명된 사람에 대한 조사를 활발하게 진행할 것으로 보인다. 독자들 가운데 그런 사람을 알고 있다면 지금 당장 우리 신문사나 경찰에 연락을 취해 주길 바란다.

또한 경찰이 그곳을 철저하게 수색중이므로 남은 유해도 계속 발견될 것으로 예상된다.

나는 신문을 내려놓고 생각에 빠져들었다. 신기한 소식이 분명했다. 기자가 추측한 내용이 무엇인지 나도 알 것 같았다. 혹시 발견된 뼈들이 존 벨링엄 씨의 유해가 아닐까? 충분히 가능한 이야기였다. 가능한 이야기이긴 하지만 그의 땅에서 나왔다고 해서 존 벨링엄 씨의 뼈일 가능성이 더 높아질 리 없다는 점은 알고 있다. 이것이야말로 우연이며 아무런 관계도 없는 사실이다.

게다가 사라진 손가락이 있지 않은가. 행방불명된 벨링엄 씨에 대해 처음 보도되었을 때에도 손가락이 하나 없는 기형이라는 말은 어디에도 없었다. 물론 당시에는 그 사실을 간과했을 수도 있다. 사실을 모르는 상태에서 이러쿵저러쿵 추측해 봐야 아무 소용이 없다. 나는 조만간 손다이크 박사님을 찾아가기로 마음을 먹었다. 행방불명된 존 벨링엄과 관련이 있다면 당연히 이번 사건 이야기도 들어 봐야 했다. 이런저런 생각에 잠긴 채 나는 식탁에서 일어났다. 그리고 존슨 박사●의 그럴싸한 어록에 담긴 조언에 따라 저녁이 내려앉기 시작한 플리트 스트리트를 산책하러 길을 나섰다.

006

우연한 정보

　　석탄과 감자를 연관 지어 떠올릴 때면 두 가지가 땅에서 나고 흙과 관련이 있다는 사실보다 더 흡족한 설명이 아무래도 떠오르지 않는다. 바나드의 진료실을 맡은 후로 땅에서 나는 이 두 가지 부산물의 관계에 대해 플뢰르드리스 코트의 재블럿 부인의 석탄 가게 외에도 몇 가지 예를 더 알게 되었다. 그 가운데 하나가 거리의 지면에서 삼십 센티미터가량 아래로 내려간 곳에 위치한 어둡고 신비로운 동굴이었다. 이 동굴은 페터 레인의 서쪽에 있는 오래된 집 아래로 나 있었다. 그 집은 쭈글쭈글한 통나무로 만든 삼층집으로 뒷마당에 주저앉으려는 것처럼 도로에서 뒤쪽으로 기우뚱하게 서 있었다.

●　　**존슨 박사 _** 최초의 영어 사전을 집필한 새뮤얼 존슨을 말한다. 존슨은 평생을 런던에서 살았고, 그 기간 대부분을 플리트 스트리트에서 살았다.

오전 10시 무렵 감자와 석탄이 저장된 그 집을 지나치는데 동굴 근처 어둑어둑한 곳에서 사람의 형체가 언뜻 보이는가 싶더니 오면 양이 모습을 드러냈다. 그 순간 그녀도 나를 알아보고는 커다란 양파를 쥔 손으로 거만하게 나를 불렀다. 나는 공손하게 미소를 지으며 다가갔다.

"양파 한번 대단한데요, 오면 양! 이걸 제게 주시다니 정말 마음도 넓으……."

"선생한테 줄 거 아니에요. 그런데 이봐요! 남자답지 않게……."

내가 그녀의 말허리를 잘랐다.

"뭐가 남자답지 않다는 말씀이신지요? 혹시 양파를 말씀하시는……."

"그런 말이 아니에요."

그녀가 매섭게 쏘아붙였다.

"선생이 그런 시답잖은 말을 하시다니. 다 큰 남자에 의사 선생님이나 되시는 분이 말이에요! 철 좀 들어요."

"그래야 할 것 같습니다."

내가 반성하듯 대답했다. 그러자 그녀가 계속 말을 이었다.

"방금 진료실에 다녀오는 길이에요."

"저를 보시려고요?"

"그럼 내가 뭐하러 갔겠어요? 심부름하는 꼬맹이한테 진료를 받으려고?"

"물론 그건 아니시겠죠, 오먼 양. 그렇다면 결국 여의사가 신통찮다는 걸 알아차리신 거로군요."

오먼 양이 나를 보며 이를 갈았다. (그녀의 치아 상태는 매우 좋았다.)

그녀가 오만한 표정으로 말했다.

"나는 벨링엄 양을 위해서 간 거예요."

그 말에 그때까지 장난스러운 기분이 싹 사라졌다.

"벨링엄 양이 병에 걸리기라도 한 건 아니죠?"

내가 걱정을 감추지 못하자 이번에는 오먼 양이 가소롭다는 듯이 웃었다.

"그런 게 아니에요. 병이 아니라 손을 꽤 심하게 베였어요. 다친 손이 오른손인데, 덩치만 크고 게으르고 굼뜬 남자가 아니라서 오른손을 안 쓰고 지낼 형편이 못 돼요. 그러니 가서 봐 주세요."

오먼 양은 말을 끝내자마자 뒤로 홱 돌아서서는 우키홀 동굴에 사는 마녀처럼 동굴 속으로 사라졌다. 나는 서둘러 진료실로 돌아가 필요한 약과 도구를 챙긴 후 네빌스 코트로 달려갔다.

오먼 양 밑에서 일하는 어린 하녀가 문을 열어 주며 상황을 간결하게 알려 주었다.

"벨링엄 씨는 안 계시고 벨링엄 양은 계십니다."

하녀가 말을 끝내고 부엌으로 돌아가자 나는 계단을 급히 올라갔다. 층계참에는 벨링엄 양이 하얀 권투 장갑을 낀 것처럼 오른손을 붕대로 칭칭 감은 채 나를 맞으러 나와 있었다.

"이렇게 와 주셔서 고마워요. 필리스, 아니 오면 양이 친절하게도 이렇게 붕대를 감아 줬어요. 이왕이면 선생님이 괜찮은지 봐 주셨으면 해서요."

우리는 응접실로 들어갔다. 나는 탁자에 가져온 도구와 약품을 늘어놓으며 어떻게 된 일인지 물었다.

"하필 지금 이렇게 다치다니 운이 너무 나빠요."

그녀가 말했다. 그 와중에 나는 심하게 꽁꽁 묶어 놓은 붕대의 매듭을 풀려고 땀을 뻘뻘 흘리는 중이었다. 오면 양의 매듭은 온갖 기발한 방법을 동원해 매듭을 풀어 보려는 내 노력을 물리치기로 작정한 것 같더니 신기하게도 어느 순간 스르르 풀리고 말았다.

"왜 지금 다치면 안 된다는 겁니까?"

"무척 중요한 일을 하고 있거든요. 학식이 높은 어떤 숙녀분이 지금 역사책을 쓰고 있어요. 그래서 내게 텔엘아마르나 문자, 그러니까 아멘호테프 4세의 설형 문자 석판에 관한 문헌을 모두 모아 달라고 의뢰를 했어요."

나는 안심시키듯 부드러운 목소리로 말했다.

"손이 금방 나으면 좋겠네요."

"네. 하지만 그 정도로는 안 돼요. 그 일은 당장 끝내야 하거든요. 늦어도 다음 주 오늘까지는 완벽한 상태로 보내 줘야 해요. 그런데 손이 이 모양이니 도저히 시간을 못 맞출 것 같아요. 얼마나 실망스러운지 모르겠어요."

이때 나는 칭칭 감긴 붕대를 다 풀고 상처를 살펴보았다. 손바닥을 깊이 베였지만 굵은 동맥은 살짝 비켜 간 것 같았다. 상처로 보아 꼬박 일주일은 손을 쓸 수 없었다.

"제가 글을 쓸 정도가 되도록 봉합해 주실 수는 없나요?"

나는 고개를 가로저었다.

"안 됩니다, 벨링엄 양. 봉합보다는 부목을 대는 것이 나을 것 같습니다. 상처가 이렇게 깊으니 괜한 위험을 감수할 이유가 없죠."

"그렇다면 그 일은 포기해야겠군요. 의뢰인이 그 작업을 어떻게 시간 내에 끝낼지 모르겠어요. 저는 고대 이집트 문헌에 대해서는 꽤 정통해요. 그 점을 인정받아서 특별 수고비를 받을 예정이었어요. 일 자체만 봐도 정말 흥미로웠는데. 소용이 없게 되었군요."

나는 꼼꼼하게 붕대를 감으며 잠시 생각을 해 보았다. 벨링엄 양은 일을 맡지 못해 실망스러운 것이 분명했다. 일감을 잃으면 돈도 들어오지 않을 것이다. 낡은 검은색 드레스만 봐도 들어온 일감을 놓칠 여유가 없다는 것은 불을 보듯 뻔했다. 게다가 꼭 필요한 데가 있는 것 같았다. 그렇게 아쉬워하는 모습만 봐도 가히 짐작이 되었다. 바로 그때 반짝하고 좋은 생각이 떠올랐다.

"방법이 아주 없지는 않습니다."

내가 운을 뗐다.

그녀는 의아한 표정으로 나를 바라보았다. 나는 방금 떠오른 생각을 털어놓기 시작했다.

"제가 한 가지 제안을 하겠습니다. 벨링엄 양은 제 말을 편하게 생각해 주세요."

"무슨 말씀을 하시려는 건지 불안한데요. 하지만 편하게 들어 볼게요. 무슨 제안을 하실 건가요?"

"제가 학교 다닐 때 속기라는 유용한 기술을 익혔습니다. 아시다시피 저는 순식간에 자료를 찾을 깜냥은 못 됩니다. 하지만 상당히 빠른 속도로 받아 적을 수는 있습니다."

"네."

"게다가 저는 매일 하는 일 없이 비는 시간이 몇 시간씩 있습니다. 대개 점심 이후부터 저녁 6시나 6시 30분까지죠. 그래서 말인데, 벨링엄 양이 오전에 박물관에 가서서 필요한 책들을 모아 놓고 발췌할 부분들을 찾아 서표를 끼워 두세요. 그 정도는 오른손이 없어도 하실 수 있겠죠. 오후에 제가 오면 골라 놓은 부분들을 읽어 주세요. 저는 그 내용을 속기로 기록하겠습니다. 벨링엄 양이 필사를 하려면 하루 종일 걸릴 작업도 속기로 하면 두 시간이면 거뜬할 겁니다."

"어머, 친절하시군요, 버클리 선생님! 정말 친절하세요. 하지만 선생님의 시간을 그런 식으로 빼앗을 수는 없어요. 마음만 고맙게 받겠습니다."

그녀가 너무나 단호하게 거절을 하자 나는 순간 기가 꺾였지만 용기를 내어 설득을 했다.

"제 제안을 받아들이시면 좋겠군요. 저처럼 남이나 다름없는 사람이 숙녀에게 대뜸 그런 제안을 해서 뻔뻔하다고 느끼실 수도 있습니다. 하지만 벨링엄 양이 남자였더라도 이런 특수한 상황에서는 똑같은 제안을 했을 겁니다. 그 상황에서는 당신도 당연히 제 호의를 받아들이셨을 거고요."

"설마요. 어쨌든 저는 남자가 아니에요. 가끔은 차라리 남자라면 좋겠다 싶을 때도 있지만요."

"오, 지금의 당신이 훨씬 더 좋은걸요."

내가 너무나 진지하게 그런 말을 하자 그녀가 웃음을 터뜨렸고 나도 따라 웃었다. 바로 그 순간 벨링엄 씨가 끈으로 묶은 커다란 새 책 꾸러미를 들고 응접실로 들어왔다.

"그러면 그렇지. 여기는 분위기가 화기애애하군. 의사 선생과 환자가 여학생들처럼 깔깔거리고 있으니. 무슨 이야기가 그렇게 재미있나?"

벨링엄 씨가 싹싹하게 말을 걸었다.

그는 책 꾸러미를 탁자 위에 쿵 하고 내려놓았다. 그리고 생각지도 못한 웃음을 이끌어 내었던 내 이야기를 환한 표정으로 귀담아 들었다.

"의사 선생 말씀이 옳아. 너는 앞으로도 지금처럼만 하거라, 애야. 네가 남자가 된다면 어떤 남자가 되었을지 신만이 아시겠지. 의사 선생의 말을 들어. 지금도 좋으니까."

벨링엄 씨의 기분이 좋은 것 같아 나는 내친김에 좀 전에 벨링엄 양에게 했던 제안을 털어놓으며 도움을 구했다. 그러자 그는 선뜻 내 편을 들어 주며 이야기가 끝나자 벨링엄 양에게 이렇게 말했다.

"거절하는 이유가 뭐냐, 얘야?"

"버클리 선생님에게 너무 큰 부담이잖아요."

그녀가 딱 잘라 대답했다.

"제게 큰 즐거움이 될 겁니다. 아무려면요."

내가 말했다.

"그러시다는데 뭘 망설이니? 원래 환자들은 의사에게 은혜를 입는 법이야."

벨링엄 씨가 계속 딸을 설득했다.

"그런 이야기가 아니잖아요!"

그녀가 발끈하며 받아쳤다.

"그렇다면 의사 선생의 말을 액면 그대로 받아들이렴. 의사 선생은 진심으로 하신 말이야. 어느 모로 보나 친절한 행동이고 분명히 좋아하며 하실 거야. 내 장담하마. 이제 해결되었군, 의사 선생. 저 애는 하자는 대로 할 거라오. 그렇지, 얘야?"

"네, 아버지가 그렇게까지 말씀하신다면요. 정말 고맙습니다, 선생님."

그녀는 우아한 미소를 곁들이며 내 제안을 받아들였다. 내게 보여 준 미소만으로도 충분한 보상이 되고도 남았다. 잠시 후 우리는 작업에 필요한 약속을 잡았다. 나는 그 어느 때보다 흡족한 상태로 오전 진료를 마감하고 이른 점심을 주문하기 위해 서둘러 그곳을 나섰다.

두 시간 후 네빌스 코트를 찾았을 때 벨링엄 양은 정원에서 예의 낡은 핸드백을 들고 나를 기다리고 있었다. 나는 그녀에게서 백을 받아 들었다. 우리는 대문까지 배웅해 준 오먼 양의 질투 어린 시선을 받으며 함께 집을 나섰다.

이렇게 근사한 아가씨와 나란히 공원을 걸어가다니 꿈인지 생시인지 분간이 가지 않았다. 그녀가 내 곁에 있다는 행복에 겨운 나머지 주변의 후줄근한 풍경도 내 눈에는 사랑스럽게 보였고 흔해빠진 물건도 궁극의 아름다움을 뽐내는 듯 보였다. 갑자기 페터 레인이 예스러운 매력과 중세적 우아함을 갖춘 유쾌한 거리로 보였다! 양배추 냄새 물씬 나는 공기를 킁킁 들이마셔도 백합 향처럼 느껴졌고 홀본은 천국의 들판같이 느껴졌다. 우리를 태우고 서쪽으로 달리는 승합 마차가 영광의 전차인 것 같았다. 보도를 뒤덮은 행인들이 빛나는 어린아이들을 닮은 듯 보였다.

일상이란 관점에서 보면 사랑은 참 바보 같은 감정이다. 사랑에 빠진 연인들의 생각이며 행동은 헤아릴 수 없을 만큼 어리석다. 하지만 따지고 보면 그 관점이 틀린 것이다. 왜냐하면 실리적인 생각으로 들어찬 마음은 삶의 사소하고 덧없는 관심거리들로만 늘 분주한 듯싶어도 그 이면에는 남자와 여자의 사랑이라는 위대하고도 변치 않는 실체가 어렴풋이 숨어 있기 때문이다. 고요한 여름밤에 지저귀는 나이팅게일의 노래에는 솔로몬의 지혜를 모두 합친 것보다 더 중요한 것이 깃들어 있다. (그나저나 솔로몬 왕도 사랑의 부드러운 열정에 대해 까막눈은 아니지 않는가.)

도서관 입구에 있는 작은 유리 상자 같은 수위실에 있던 수위가 우리를 확인한 후 침묵의 축복을 보내며 로비로 들여보내 주었다. 나는 지팡이를 대머리 반인반수 같은 직원에게 맡기고 그 대신 부적 같은 원판 하나를 받았다. 우리는 로비를 지나 거대한 원형 건물에 있는 열람실로 들어갔다.

나는 종종 이런 생각을 했었다. 가령 포름알데히드처럼 방부 성분이 고도로 농축된 치명적인 증기를 이곳의 공기에 불어넣을 수 있다면 이곳의 책과 책벌레 들은 완전하고도 완벽한 컬렉션이 되어 박물관의 주요 소장품에 더해 후세의 교육을 위한 일종의 인류학적 부록으로 보관할 수 있지 않을까. 괴상하고 비정상적인 사람들이 이렇게 많이 모인 곳을 이 세상 어딜 가야 찾을 수 있겠는가. 분명히 이곳을 관찰한 사람들은 이런 질문을 떠올릴 것이다. 이렇게 많은 기인들이 어디에서 왔으며 (문학적 시력에 적응되어) 또렷하게 보이는 시계가 마감 시간을 알리면 다들 어디로 사라지는 것일까? 가령, 걸을 때마다 코르크 따개 같은 곱슬머리를 오르락내리락 흔들거리는 저 비극적인 표정의 신사는? 아니면 성직자들이 입는 검은 옷을 입고 중산모를 써서 중년 신사인 줄 알았는데, 몸을 홱 돌리니 중년 부인이라 당신을 당황시킨 저 사람은? 저들은 모두 어디로 갈까? 어딜 가도 결코 저런 사람들과 마주칠 수 없다. 문을 닫을 시간이 되면 박물관 깊숙이 들어가 아침이 될 때까지 석관이나 미라의 관에 몸을 숨기고 있는 것은 아닐까? 아니면 서가 사이의 공간으로 몰래 숨어 들어가 수많은 책들 뒤에서 가죽과 낡은 종이가 만들어내는 동료애가 넘실대는 분위기에 빠져 밤을 보내는 것은 아닐까? 누가 알겠는가? 내가 확실히 아는 것은 루스 벨링엄이 열람실에 들어가자 나머지 사람들과는 다른 세상에 사는 사람처럼 보였다는 것뿐이다. 예전에 로마 황제들의 흉상들 사이에 놓여 있었던 안토니우스의 두상이 마치 유명한 개코원숭이들의 초상화 전시장에 걸린 신의 머리처럼 보였듯이 말이다.

"이제부터 뭘 하면 되죠? 장서 목록부터 보시겠습니까?"

빈자리를 찾아 자리를 잡자 내가 먼저 물었다.

"아뇨. 제 가방에 예약 표가 들어 있어요. 그 책들은 예약서 서가에서 대기중이에요."

나는 가죽으로 씌운 선반에 내 모자를 올려놓고 그 안에 벨링엄 양의 장갑을 넣었다. (이렇게 친밀하고 다정한 행동만으로도 기쁨이 넘쳐났다!) 그리고 예약 표에서 좌석 번호를 고친 후 함께 예약서 서가로 가서 작업할 내용이 들어 있는 책들을 모았다.

은혜로운 오후였다. 행복에 겨운 두 시간 반 동안 나는 반짝반짝 윤이 나는 가죽을 씌운 책상에 앉아 펜을 들고 공책의 종이 위를 종횡무진 달렸다. 그동안 내게 신세계의 문이 열렸다. 사랑과 배움, 달콤한 만남과 딱딱한 고고학이 하나로 섞여 들며 인간의 마음이 품을 수 있는 가장 괴상하고, 엉뚱하고, 맛있는 사탕이 되었다. 지금까지 이렇게 심오한 역사적 사실들과 나는 인연이 없었다. 아멘호테프 4세 정도는 워낙 유명하니 들은 적이 있었다. 그래 봤자 이름뿐이었다. 나에게 히타이트족은 어딘지도 모르는 지역에서 살았던 신화 속 민족이었다. 설형 문자 석판이라고 해 봐야 선사 시대의 타조가 먹을 만한 흉측한 화석 조각 정도로 여겼을 따름이었다.

이런 생각이 완전히 바뀌었다. 열람실에서는 대화를 엄격하게 금하고 있지만 삐걱거리는 의자에 앉자 모든 것을 들을 준비가 된 내 귀에 그녀가 격동의 시대에 관한 이야기를 속삭이기 시작했다. 그러자 토막토막 존재하던 지식들이 최고로 매력적인 로맨스 소설로 스르르 바뀌기 시작했다. 이집트인과 바빌로니아인, 아르메니아인, 멤피스, 바빌론, 하마드, 메기도 등에 관한 내용을 나는 기꺼이 머릿속에 집어넣으며 공책에 받아 적고 다른 내용까지 물었다. 작업을 하는 동안 나는 딱 한 번 실수를 했다. 금욕적이고 날카로워 보이는 연로한 성직자가 탐탁지 않다는 눈길로 우리를 쏘아보며 지나갔다. 우리가 여기저기 휘젓고 다니는 연인이라고 단정한 듯 말이다. 말랑말랑한 사랑의 밀어를 내 귀에 속삭이고 있다고 생각했겠지만 실은 건조하기 짝이 없는 역사적 사실이라는 생각에 나는 그만 껄껄 웃음이 터지고 말았다. 하지만 나의 매력적인 여자 감독

관은 손가락을 공책에 올려놓은 채 잠시 말을 멈추고 미소로 나를 꾸짖었다. 그러고는 다시 책을 읽어 주기 시작했다. 그녀는 자신의 일에 대해서는 엄격하기 그지없었다.

"그래서요?"라는 내 질문에 벨링엄 양이 "여기까지예요"라며 책을 덮었을 때 나는 절로 어깨가 으쓱했다. 우리는 두 시간 반 동안 두꺼운 책 여섯 권에서 중요한 내용을 모두 추려 낸 것이다.

"실력을 겸손하게 말씀하셨더군요. 작업을 시작한 후 선생님이 받아 적으신 분량을 저 혼자 했다면 족히 이틀은 걸렸을 거예요. 어떻게 감사를 드려야 할지 모르겠어요."

"그러실 필요 없습니다. 저도 즐거웠거든요. 간만에 속기 연습도 되었고요. 다음 일은 뭐죠? 내일도 책을 몇 권 작업해야겠죠?"

"네. 목록을 만들어 놓았어요. 저와 같이 장서 목록을 열람하는 자리에 가요. 제가 번호를 찾아서 부르면 예약 표에 적어 주세요."

새로 참고할 관련 서적을 고르는 데 십오 분가량 걸렸다. 그런 후에 중요한 정보를 탈탈 털어 낸 책들을 반납한 후 우리는 열람실을 떠났다.

"어느 방향으로 갈까요?"

정문을 빠져나오자 그녀가 물었다. 정문에는 덩치가 큰 경찰관이 낙원의 입구를 지키는 수호천사처럼 서 있었다. (천국에 감사하라! 천사는 재입장을 금하는 화염검을 차고 있지 않았다.)

내가 대답했다.

"뮤지엄 스트리트로 가죠. 거기에 차 맛이 아주 훌륭한 찻집이 있습니다."

그녀는 무슨 말을 하려는 듯 보였지만 결국 말없이 나를 따랐다. 우리는 어느새 대리석을 깐 작은 탁자에 나란히 앉아 두 사람분의 차가 든 찻주전자를 사이에 놓고 오후 내내 작업한 내용을 되짚으며 다양한 관심사에 대해 이야기를 나누기 시작했다.

"이 일을 오래 하셨나요?"

그녀가 내게 두 번째 차를 따라 주자 내가 물었다.

"전문적으로 한 지는 고작 이 년 정도예요. 우리가 길바닥에 나앉은 후부터죠. 하지만 존 삼촌이 기묘하게 행방을 감추시기 전부터 박물관에 왔었어요. 삼촌이 자료를 찾는 일을 도와 드렸죠. 우리는 친구처럼 가까웠거든요. 삼촌과 저 말이에요."

"그분은 박학다식하셨겠군요?"

내가 물었다.

"네, 어떤 면에서는요. 확실히 삼촌은 상류층 수집가치고는 조예가 깊은 편이셨어요. 삼촌은 이집트 고대 유물에 관해서라면 전 세계 박물관의 소장품을 훤하게 아셨어요. 게다가 그 유물들을 종류별로 연구하셨죠. 이집트학은 크게 보면 박물관학이에요. 삼촌은 당연히 상당한 조예를 갖춘 이집트학자셨죠. 그런데 삼촌의 주요 관심 분야는 역사가 아니라 유물 쪽이었어요. 이집트 역사에 대해서도 엄청나게, 어마어마하게 많이 알고 계셨지만 누가 뭐래도 삼촌은 수집가셨어요."

"만약 정말 돌아가신 거라면 그분의 소장품들은 어떻게 되나요?"

"유언에 따라서 대부분 영국 박물관에 기증될 거예요. 나머지는 삼촌의 변호사인 젤리코 씨가 물려받고요."

"젤리코 씨라고요! 왜죠? 젤리코 씨는 이집트 유물에 대해서 뭘 아시는데요?"

"아, 그분도 이집트학자세요. 열의가 상당하시죠. 스카라베를 비롯해 개인이 소장하기 적당한 소품들을 수집하고 계신데, 컬렉션이 상당히 훌륭해요. 이집트에 관한 것이라면 뭐든 열광하다 보니 그분과 삼촌이 그렇게 친밀한 사이가 되셨을 거라는 생각을 늘 했어요. 변호사로서도 뛰어나세요. 그래서인지 무척 신중하고 조심스러우시고요."

"그래요? 존 벨링엄 씨의 유언을 생각해 보면 그런 것 같지도 않은데요."

"오, 그건 젤리코 씨의 잘못이 아니에요. 변호사님은 삼촌에게 좀 더 이치에 맞는 내용으로 유언장을 고쳐 쓰라고 간곡하게 설득했다고 하셨어요. 하지만 삼촌이 꿈쩍도 하지 않으셨대요. 삼촌은 고집이 세기로 유명하셨거든요. 유언장에 관한 한 젤리코 씨는 아무 책임도 없어요. 그 문제에 대해서는 벌써 손을 떼셨어요. 그래서 미치광이의 유언장이라고도 하셨죠. 그건 그래요. 저도 어제인가 그저께 밤에 유언장을 살펴봤거든요. 멀쩡한 정신으로 어떻게 그런 말도 안 되는 유언장을 작성하셨는지 도무지 알 수가 없어요."

"그럼 사본을 가지고 계시겠군요?"

나는 손다이크 박사님이 당부하신 말씀이 떠올라 대뜸 물었다.

"네. 한번 읽어 보시겠어요? 아버지가 사건에 대해서 전부 들려주셨다는 걸 알아요. 심술맞은 호기심을 만족시키려면 읽어 보는 것도 좋겠네요."

"저보다 손다이크 박사님에게 보여 드리고 싶습니다. 사본이 있다면 꼭 읽어 보고 문제의 조항을 정확하게 파악하고 싶다고 말씀하셨거든요. 박사님에게 사본을 보여 드리고 의견을 들어 보는 것도 좋을 것 같습니다."

"저는 상관없어요. 하지만 제 아버지가 어떤 분인지 아시잖아요. 아버지는 '자문을 구걸한다'며 질겁하실 거예요."

"그 점에 대해서는 전혀 걱정하실 필요가 없습니다. 손다이크 박사님은 단지 사건에 대한 흥미 때문에 유언장을 보고 싶어 하시니까요. 아실지 모르겠지만 그분은 이런 문제에 있어서 열의가 뜨거우신 분입니다. 그래서 개인적으로 정중하게 부탁을 드리는 겁니다."

"정말 마음이 넓고 마음 씀씀이가 고우신 분이군요. 그렇다면 아버지에게 그분의 뜻을 전해 드리겠어요. 아버지가 손다이크 박사님에게 유언장의 사본을 보이겠다고 하시면 제가 보내 드릴게요. 아니면 오늘 저녁이 지나고 가지러 오세요. 이제 갈까요?"

나는 헤어질 시간이 되었다는 사실을 아쉬워하며 받아들였다. 그리 많이 나오지 않은 찻값을 내가 계산한 후 우리는 그곳에서 나와 한마음이라도 된 듯 그레이트 러셀 스트리트로 돌아갔다. 큰길의 소음과 번잡스러움을 피하기 위해서였다.

"삼촌은 어떤 분이셨습니까?"

조용하고 점잖은 분위기의 골목을 따라 걸으며 내가 물었다. 그리고 서둘러 이렇게 말했다.

"제가 너무 꼬치꼬치 캐묻는다고 생각하지 마시길 바랍니다. 다만 제 눈에는 그분이 아무런 실체 없이 신비에 싸여 있는 것만 같아요. 법적인 문제만큼이나 아리송하네요."

그러자 벨링엄 양이 생각에 잠긴 듯한 표정으로 말을 시작했다.

"존 삼촌은 특이한 분이셨어요. 고집이 무척 세셨고 뭐든 마음대로 하셨어요. 사람들이 '오만하다'고 말하는 그런 타입이셨죠. 심보가 뒤틀려 있었고 말이 안 통하는 분이셨고요."

"확실히 유언장에서 그런 분 같다는 인상을 받았어요."

내가 맞장구를 쳤다.

"네, 유언장만이 아니었어요. 아버지에게 주셨던 수당도 마찬가지였어요. 정말 어처구니없는 결정이었죠. 부당하기도 했고요. 삼촌은 할아버지가 의도하신 대로 유산의 반을 아버지에게 주셔야 했어요. 하지만 그렇다고 삼촌이 인색하셨다는 말은 아니에요. 삼촌은 삼촌의 방식이 있으셨던 거죠. 방식이 상식적이지 않았을 뿐이에요."

그녀는 입을 다무는가 싶더니 다시 말을 이었다.

"삼촌이 얼마나 융통성이 없고 고집이 센지 보여 주는 희한한 일화가 있어요. 사소하지만 삼촌의 성격을 한눈에 보여 주는 일이죠. 삼촌의 소장품 가운데에는 제18왕조에 만들어진 아름다운 작은 반지가 있었어요. 우리의 친구인 아멘호테프 4세의 어머니인 티 여왕이 끼던 반지라고 알려져 있죠. 하지만 저는 그럴 리가 없다고 생각해요. 왜냐하면 그 반지에는 오시리스의 눈이 새겨져 있었거든요. 아시다시피 티 여왕은 아톤•을 숭배했잖아요. 사실이야 어쨌든 매우 아름다운 반지였어요. 존 삼촌은 신비로운 분위기의 오시리스의 눈에 깊이 빠져 계셨기 때문에 뛰어난 금 세공사에게 똑같은 반지를 두 개 만들라는 주문을 하셨어요. 하나는 삼촌의 것이고 하나는 제 것이었죠. 세공사는 주문을 받았으니 당연히 삼촌과 제 손가락의 치수를 재려고 했어요. 그런데 존 삼촌이 절대 안 된다는 거예요. 반지를 똑같이 만들라고 주문하지 않았느냐, 그러니 치수도 원본과 똑같아야 한다면서요. 결국 어떻게 되었을지 상상이 되시죠? 저는 반지가 너무 커서 도저히 끼고 다닐 수가 없었어요. 존 삼촌에겐 너무 꽉 끼어서 억지로 끼기는 했지만 결국 어떻게 해도 반지를 뺄 수는 없었죠. 그나마 반지를 낄 수 있었던 건 삼촌의 왼손이 오른손보다 더 작은 덕분이었어요."

"당신은 그 반지를 끼지 않았나요?"

"네. 손가락에 맞게 고쳐서 끼고 싶었지만 삼촌이 절대 허락하지 않으셨어요. 그래서 빼고 다녀야 했죠. 지금은 상자 안에 보관해 두고 있어요."

"말도 못할 만큼 고집불통 영감님이셨군요."

내가 한마디 했다.

"네. 보통 집요한 정도가 아니셨어요. 퀸 스퀘어에 있는 집도 소장품을 보관하려고 쓸데없이 고쳐서 아버지가 무척 화를 내신 적도 있어요. 우리는 그 집에 대해서는 향수 같은 게 있거든요. 퀸 스퀘어는 그 광장이 앤 여왕 시기에 만들어져서 그런 이름이 붙었는데, 우리 집안은 광장이 만들어질 당시에 집을 짓고 죽 그곳에서 살았어요. 낡았어도 정든 집이었어요. 혹시 그 집을 보시겠어요? 마침 이 근처예요."

나는 열렬히 고개를 끄덕였다. 설령 그곳이 석탄 창고거나 생선튀김을 파는 가게라고 해도 나는 즐거운 마음으로 찾아갔을 것이다. 그렇게라도 해서 좀 더 함께 산책을 할 수 있다면 말이다. 한편으로는 자취를 감춘 존 벨링엄 사건에서 배경의 한 귀퉁이를 차지하고 있는 고택에 관심이 쏠렸다.

우리는 지금은 보기 드문 대포 모양의 쇠기둥이 늘어서 있어 고풍스러운 정취를 풍기는 코스모 플레이스로 접어들었다. 기둥들을 다 지나쳐 나온 후 잠시 발걸음을 멈추고 고즈넉한 분위기의 옛 광장을 둘러보았다. 한 무리의 소년들이 등이 달린 낡은 펌프 주위에

● **아톤** _ 고대 이집트에서 유일신으로 숭배된 태양신. 다른 신들의 존재를 부정한다.

돌기둥이 경호원들처럼 세워져 있는 구역에서 시끄럽게 장난을 치고 있었다. 하지만 그 외에는 그곳의 연륜과 지위에 걸맞게 품위 있는 휴식의 분위기가 흘렀다. 여름 오후에 플라타너스의 넓은 잎에 햇살이 미끄러지는 모습을 보는 것도 좋았고 건물의 앞쪽 벽돌이 따뜻한 색으로 반짝이는 모습을 보는 것도 좋았다. 우리는 그늘이 진 서쪽 길을 느긋하게 걸었다. 그 길의 중간쯤 다다랐을까. 벨링엄 양이 발길을 멈췄다.

"이 집이에요. 지금은 음침하고 쓸쓸해 보이지만 저희 조상들이 탁 트인 광장의 끝에서 시작되는 들판을 가로질러 높이 솟은 햄프스티드와 하이게이트를 창문으로 볼 수 있었던 시절에는 이 집도 분명 밝고 유쾌한 곳이었을 거예요."

그녀는 포장된 길의 끄트머리에 서서 아쉬움이 배어나는 눈빛으로 오래된 저택을 올려다보았다. 그녀의 외모는 아름다웠고 태도에서는 당당한 기품이 느껴졌다. 하지만 닳아서 올이 풀린 드레스에 허름한 장갑을 낀 채 대대로 가족이 살았고 원래는 제 것이 되어야 했지만 얼마 후면 남의 것이 될지도 모르는 집의 문턱에서 그곳을 물끄러미 바라보는 모습은 너무나 측은했다.

나도 그 집에 깃든 음울하고 으스스한 분위기와 야릇한 호기심에 이끌려 함께 올려다보았다. 창문은 지하층에서 다락방까지 죄다 덧문이 꽁꽁 닫혀 있었다. 사람이 사는 기색은 어디에도 없었다. 조용하고, 방치되고, 쓸쓸하게 서 있는 집은 비극의 공기를 두르고 있었다. 마치 사라진 주인을 비탄에 잠겨 애도하는 것 같았다. 훌륭한 무늬가 조각된 장식 지붕 안에 들어선 육중한 대문에는 세월의 더께가 내려앉아 있었다. 벽에 붙은 낡은 등이나 앤 여왕 시절 벨링엄 여사가 앉아 있는 금박 의자째 하인들이 계단으로 들어 옮기며 횃불을 껐을 소등기消燈器는 더 이상 쓸 수 없는 상태 같았다.

몸을 돌려 그레이트 오몬드 스트리트를 거쳐 집으로 발길을 옮길 무렵에서야 마음이 진정되어 있었다. 벨링엄 양은 깊은 생각에 빠져 있었다. 내가 그녀를 처음 만났을 때 깊은 인상을 받았던 음울한 모습이 되돌아온 것 같았다. 나도 어느새 얼마간은 그녀의 처지를 동정하는 기분이 되었다. 거대하고 고요한 집에서 빠져나온 사라진 노인의 영혼이 우리와 함께 있는 듯했다.

그렇다 하더라도 그녀와의 산책은 달콤했다. 마침내 네빌스 코트 입구에 도착하자 서운한 마음이 앞섰다. 벨링엄 양은 입구에 서서 내게 손을 내밀었다.

"안녕히 가세요. 너무나 큰 도움을 주셔서 얼마나 감사한지 모르겠어요. 이제 가방은 제게 주세요."

"네. 그 전에 공책부터 꺼내고요."

"공책을 왜요?"

그녀가 깜짝 놀라 되물었다.

"왜냐뇨. 속기로 적은 내용을 정서해야 하지 않습니까?"

내 말을 듣자마자 그녀는 당혹한 표정을 지었다. 어찌나 당황했던지 내 손을 놓는 것도 잊을 정도였다.

"세상에! 어쩌면 이렇게 멍청할 수가! 절대 그러시면 안 돼요, 선생님! 그러면 선생님의 시간을 제가 너무 많이 빼앗게 되잖아요!"

"되고말고요. 그렇게 해야만 합니다. 그렇지 않으면 이렇게 써 온 내용이 쓸모가 없잖습니까. 이제 가방 드릴까요?"

"아뇨, 아니에요. 그런데 너무 놀랐어요. 정말 그렇게 하실 작정이세요?"

"이걸로 우리의 공동 작업은 끝인가요?"

나는 그녀의 손을 마지막으로 꼭 쥐며 서운한 듯 말했다. (그때 우리가 여전히 손을 잡고 있다는 사실을 불현듯 깨달은 벨링엄 양은 허둥지둥 손을 뺐다.)

"오후 작업을 몽땅 포기하실 작정입니까? 저는 그럴 수 없습니다. 그럼 안녕히 들어가시고 내일 뵙죠. 최대한 빨리 열람실로 가겠습니다. 이 예약 표들을 가지고 가시는 게 좋겠어요. 아, 손다이크 박사님에게 보여 드릴 유언장 사본을 잊지 마시고요, 아시겠죠?"

"네. 아버지가 허락하시면 오늘 저녁에 보실 수 있을 거예요."

그녀는 내게서 표를 받아 든 후 다시 고맙다는 말을 하고 정원으로 들어갔다.

007

존 벨링엄의 유언장

가벼운 마음으로 시작한 일은 냉정하게 생각해 보니 벨링엄 양의 말처럼 작업량이 상당해 보였다. 두 시간 반 동안 평균 분당 백 개에 가까운 단어를 적으며 꾸준하게 작업을 했지만 기록을 풀어서 정서를 하는 작업은 쉽게 끝나지 않았다. 게다가 공책은 이튿날 반드시 전해 주어야 하므로 일찍 끝내야 했다.

이 사실을 깨닫고 나는 지체 없이 작업을 시작해야겠다 싶었다. 진료실에 도착한 지 오 분도 되지 않아 책상에 앉아서 공책을 펼쳐 놓고 지렁이가 기어가듯 구불거리는 글자를 보기 좋은 둥그스름한 글씨체로 풀어서 정서하기 시작했다.

내가 자처해서 떠맡은 일이지만 그게 아니라고 해도 애정을 품고 작업할 수 있었다. 내가 풀어 쓰는 문장에는 우아한 속삭임으로 내게 처음 전해졌을 때의 기억을 자극하는 향기가 떠돌고 있었기 때문이다. 그렇게 시작한 작업에 나는 완전히 빠져들었다. 삶을 바라보는 새로운 시각을 접하게 되었고 새로운 세계(바로 그녀의 세계)로 발을 들여놓게 되었다. 그러니 종종 환자들이 와서 억지로 일을 손에서 놓아야 하는 상황을 절대 반길 수 없었다.

저녁이 되어도 네빌스 코트에서는 아무런 소식도 오지 않았다. 벨링엄 씨가 양심상 도저히 제안을 받아들일 수 없다고 결정한 것이 아닌지 슬슬 걱정이 되기 시작했다. 솔직히 유언장의 사본보다 잠깐이라도 벨링엄 양이 나를 찾아올지도 모른다는 기대감에 가슴이 부풀었다. 하지만 시계가 7시 반을 가리키면서 진료실 문이 홱 열리는 순간 두려움이 말끔히 사라지면서 동시에 희망도 산산조각이 났다. 진료실에 모습을 드러낸 사람은 다름 아닌 오먼 양이었다. 그녀는 내게 최후통첩이라도 하듯 기세등등하게 푸른색 풀스캡판[刊] 크기의 봉투를 내밀었다.

"벨링엄 씨가 이걸 전하라고 하셨어요. 안에 메모가 들어 있어요."

"메모를 읽어 봐도 됩니까?"

"아이쿠! 그럼 그 메모로 뭘 하시려고? 읽으라고 가져온 거 아니겠어요?"

당연히 읽으라고 가져왔겠지. 나는 품위 있게 허락해 준 데에 감사를 표한 후 메모를 훑어보았다. 메모의 짧은 글은 손다이크 박사님에게 유언장의 사본을 보여 주어도 좋다는 내용이었다. 읽고 있던 메모에서 고개를 드니 오먼 양이 심기가 불편한 표정으로 나를 뚫어져라 바라보고 있었다.

"어떤 사람들에게는 꽤나 인기가 있는 것 같군요."

"저는 두루두루 인기가 많습니다. 타고났죠."

"하!"

그녀가 코웃음을 쳤다.

"오먼 양은 제가 마음에 들지 않으십니까?"

내가 물었다.

"유들유들해요."

오먼 양이 딱 잘라 대답했다. 그러더니 펼쳐 놓은 공책에 신랄한 비웃음을 지으며 말했다.

"지금 일을 하던 중이었군요. 사람이 달라졌나 봐요."

"유쾌한 변화입니다, 오먼 양. '노는 손에 악마가 붙는다'는 말도 있지 않습니까. 오먼 양도 와츠 박사의 철학 연구에 대해서 아시겠죠?"

"'노는 손'이라고 하니 충고 하나 하죠. 필요 이상으로 그 손을 놀게 내버려 두지 말아요. 나는 그 부목이 의심스러워요. 내가 무슨 말 하는지 당신은 알겠죠."

그녀는 이렇게 쏘아붙인 후 마침 손님 두 명이 들어온 틈을 타서 들어왔을 때처럼 번개같이 진료실에서 모습을 감추었다.

저녁 진료는 8시 반이 되어서야 끝이 났다. 아돌푸스는 이 시간이 되면 어김없이 진료실의 바깥문을 닫는다. 오늘 밤에도 그는 평소처럼 정확하게 문을 닫았다. 그는 하루의 마지막 일과인 이 일을 끝내자 진료실의 불을 끄고 이 사실을 알린 후 퇴근을 했다.

아돌푸스의 발소리가 점점 멀어지더니 현관문이 닫히는 소리가 났다. 마침내 그가 집에서 나간 것이다. 나는 자리에 앉아 기지개를 켰다. 유언장의 사본이 들어 있는 봉투는 탁자 위에 있었다. 나는 골똘히 생각에 잠겼다. 사본은 잠시도 지체하지 않고 손다이크 박사님에게 전해 줘야 했다. 게다가 남에게는 도저히 믿고 맡길 수 없으므로 반드시 직접 전해야 했다.

나는 펼쳐진 공책을 보았다. 두 시간 가까이 작업을 한 덕분에 상당한 양을 옮겨 쓸 수 있었다. 하지만 아직도 끝내려면 갈 길이 멀었다. 그래도 잠자기 전에 두 시간 넘게 작업을 할 수 있고 오전에도 한두 시간 짬을 낼 수 있을 것 같았다. 마침내 나는 펼친 그대로 공책을 책상 서랍에 넣고 봉투를 주머니에 잘 넣은 후 템플 구역으로 바삐 길을 나섰다.

멀리서 재무부 시계가 비밀스러운 분위기를 풍기며 8시 45분이라는 사실을 주위에 알릴 무렵 나는 친구들이 사는 집의 으스스한 오크 문을 지팡이로 쾅쾅 두드렸다. 하지만 아무 대답이 없었다. 가까이 가 봤지만 창가에서 새어 나오는 불빛도 보이지 않았다. 위층에 있는 연구실을 두드려 보아야 하나 심각하게 고민을 하고 있는데 돌계단을 올라오는 발걸음 소리가 들리나 싶더니 친숙한 목소리가 귓전에 들렸다.

"왔나, 버클리!"

손다이크 박사님이었다.

"집에 오니 천국의 입구를 지키는 요정처럼 자네가 우리를 기다리고 있군. 이곳이 빈 둥지처럼 조용하면 위층으로 올라가 연구실 문을 두드려 보게. 폴턴은 저녁에는 절대 자리를 비우지 않으니까."

"저도 막 도착했습니다. 그렇지 않아도 박사님이 오셨을 때 저도 그런 생각을 하던 참이었어요."

"그랬군."

손다이크 박사님은 가스등을 켜며 물었다.

"이번에는 어떤 소식을 가져 왔나? 주머니에서 삐져나온 푸른 봉투를 내가 봐도 되겠나?"

"물론입니다."

"유언장의 사본이겠지?"

"바로 맞히셨습니다."

나는 그 문서를 박사님에게 보여 줘도 된다는 허락을 확실하게 받았다고 알렸다.

"내가 그랬죠? 사본이 있다면 분명히 가져올 거라고 했잖아요."

저비스 선배가 반색을 했다.

"자네가 제대로 봤다는 점은 인정해. 하지만 그렇게 목에 힘 줄 일은 아니라고. 혹시 이 유언장을 읽었나, 버클리?"

"아닙니다. 봉투에서 꺼내 보지도 않은걸요."

"그렇다면 자네도 우리와 마찬가지로 이 사본에 대해서는 백지 상태로군. 그렇다면 자네가 전에 들려준 이야기와 일치하는지 살펴보세."

박사님은 불빛에서 적당히 떨어진 거리에 안락의자 세 개를 놓았다. 저비스 선배는 그 모습에 미소를 지으며 말했다.

"저 봐, 박사님은 이 상황을 즐기고 있어. 저분에게 기가 막히게 난해한 유언장이란 아름다움과 영원한 기쁨의 원천이거든. 깊은 어둠에 진상이 가려져 있는 수수께끼 같은 상황과 관련이 되어 있으니 왜 아니겠나."

"모르겠어요. 이 유언장이 그렇게 난해할까요? 문제가 되는 조항들은 꽤 이해하기 쉬울 것 같아요. 어쨌든 여기 있습니다."

나는 사본을 박사님에게 건넸다.

"이 사본은 상당히 도움이 될 거야."

박사님은 이렇게 말하며 봉투에서 서류를 꺼내 훑어보았다.

"그렇군. 이 사본은 고드프리 벨링엄 씨가 원본과 대조하면서 베껴 쓰고 원본과 다르지 않다고 확인까지 했어. 저비스, 이제 유언장을 천천히 읽어 주게. 그러면 내가 참고용으로 기록을 해 두겠네. 먼저 편하게 앉아서 파이프나 한 대 피우고 시작할까."

손다이크 박사님은 유언장을 받아쓸 종이를 준비했다. 우리 모두 자리를 잡고 앉아 파이프에 불을 붙이자 저비스 선배가 서류를 펼쳐 들고 "에헴!" 하며 목청을 가다듬었다.

신의 이름으로, 아멘. 이 문서는 미들섹스 주, 런던, 세인트 조지 블룸즈버리 교구, 퀸 스퀘어 141번지에 거주하는 나, 존 벨링엄이 서기 1892년 9월 21일에 작성한 최종 유언장이다.

1. 나는 미들섹스 주 런던 링컨스 인 뉴 스퀘어 184번지에 거주하는 변호사 아서 젤리코에게 내 인장 수집품과 스카라베 소장품과 A와 B, D라고 표시된 보관장에 든 인장과 스카라베 및 내용물 일체, 상속세가 면제된 현금 이천 파운드를 남긴다.

나머지 골동품을 영국 박물관의 신탁 관리자들 앞으로 남긴다.

내 사촌인 켄트 주, 엘텀의 포플러 저택에 사는 조지 허스트에게는 상속세가 면제된 현금 오천 파운드를, 내 동생인 고드프리 벨링엄, 혹 동생이 나보다 먼저 사망하였을 때는 그의 딸인 루스 벨링엄에게 다음 조건을 이행했다는 조건하에 나머지 부동산과 동산을 남긴다. 즉,

2. 내 시신은 세인트 조지 더 마터 교회와 교구에 부속된 묘지에 내 선조들과 함께 매장해야 한다. 이 조건을 이행하기 불가능할 경우 세인트 앤드루 어버브 더 바스 앤드 세인트 조지 더 마터 교구나 세인트 조지 블룸즈버리 앤드 세인트 자일스 인 더 필즈 교구 내 혹은 이 교구들에 부속되어 있는 교회나 예배당 경내의 매장지 혹은 망자

의 시신을 안치할 수 있도록 허가를 받은 장소에 매장해야만 한다. 만약 이 조항의 조건이 이행되지 않을 경우에는,

3. 나는 언급한 동산과 부동산을 상술한 내 사촌 조지 허스트에게 모두 남긴다. 이로써 이전에 내가 작성한 유언장과 유언 보충서는 모두 폐기하며 제1수혜자이자 잔여 재산 수유자인 즉, 상기 2번 조항의 조건이 제대로 이행될 경우에는 상술한 고드프리 벨링엄, 상기 2번 조항의 조건이 이행되지 않았을 경우에는 상술한 조지 허스트와 함께 상술한 아서 젤리코를 이 유언장의 공동 집행자로 임명한다.

존 벨링엄

유언자 존 벨링엄은 우리가 그의 요청으로 참석한 자리에서 유언장에 서명하였고, 우리는 그 사실을 증명하는 증인으로서 그와 우리 각각이 지켜보는 가운데 이 문서에 서명하였다.

프레더릭 윌턴, 런던 N., 메드퍼드 로드 16번지, 서기.
제임스 바버, 런던 SW., 워드베리 크레선트 32번지, 서기.

"음."

저비스 선배가 다 읽은 유언장을 내려놓자 손다이크 박사님은 노트에서 마지막 장을 떼어 냈다.

"지금까지 온갖 멍청한 유언장을 봤지만 이것에 비하면 아무것도 아니었어요. 이 유언장은 어떻게 집행해야 할지 감을 못 잡겠는데요. 두 집행인 가운데 한 명은 이론상으로 존재할 뿐이에요. 마치 답이 없는 대수학 문제 같아요."

"나는 그 곤란한 부분을 해결할 수 있을 것 같은데."

손다이크 박사님이 말하자 선배가 반박했다.

"도대체 어떻게 말입니까. 시신이 특정한 장소에 묻히면 A가 집행인이 되죠. 만약 다른 곳에 묻히면 B가 집행인이 될 테고요. 하지만 시신이 없다면, 게다가 어디에 있는지 아무도 모른다면 특정한 장소에 매장이 되어 있는지 아닌지 입증할 수 없잖아요."

"자네는 그 부분을 너무 복잡하게 생각하는 것 같아, 저비스. 시신이라면 당연히 이 세상 어딘가에 묻혀 있겠지. 크게 보면 유언장에서 언급한 두 교구를 합친 경계의 안이 아니면 바깥일 거야. 시신이 두 교구의 경계 내에 매장되어 있다면 실종자가 살아 있는 모습이 마지막으로 목격된 날짜 이후로 발급된 매장 증명서들을 확인하고 구체적인 매장지들의 등록부를 살펴보는 것으로 증명할 수 있을 거야. 두 교구의 경계 내에 그런 매장 기록이 없다면 법정은 그 사실을 두 교구에 매장이 이루어지지 않았다는 증거로 받아들일 거야. 그렇다면 결국 시신은 그 외의 장소에 묻혀 있을 수밖에 없지. 그렇게 결정이 나면 조지 허스트가 유언장의 공동 집행인이 되어 잔여 재산을 받게 되는 거야."

"자네 친구들에게는 기운 나는 소식이겠어. 유언장에 명시된 장소 어디에도 시신이 매장되지 않았다고 봐도 무리가 없을 테니 말이야."

저비스 선배가 비꼬았고 나는 침울하게 대답했다.

"네. 그 점은 의심의 여지가 없을 것 같아요. 그런데 얼마나 멍청하면 죽고 난 후 몸뚱이를 이렇게 하라고 할 수 있는 겁니까! 어차피 죽으면 끝인데 어디에 묻히건 말건 무슨 상관입니까!"

그 말에 손다이크 박사님이 나직하게 웃음을 터뜨렸다.

"요즘 젊은이들은 다 이렇게 불경스러운가? 버클리, 방금 한 말은 타당하지 않아. 우리는 의학 교육을 받으면서 물질주의자가 되었어. 그러니 원시적인 믿음과 감정이 아직도 남아 있는 사람들에게 일말의 공감도 하지 않지. 언젠가 우리 해부 실습실로 견학을 왔던 어떤 훌륭한 사제가 이런 말을 하더군. 죽음의 유물과 늘 함께하는 학생들이 부활과 그 이후의 삶에 대해 생각할 수 없다는 점이 놀랍다고 말이야. 사람의 심리에 대해서는 도통 캄캄한 사람이었어. 해부 실습실의 '대상'만큼 죽은 것도 없는데 말이야. 쓰레기 하치장에서 나뒹구는 고장 난 시계라든지 낡은 엔진을 여러 부품으로 분해하듯 시체를 해부하는 과정에서, 인간의 시신에 대해 생각하다 보면 부활의 가능성에 대해 절대 긍정적인 태도가 될 리가 없지."

"분명 그렇죠. 하지만 자신이 죽으면 특정한 장소에 묻혀야 한다고 신경을 쓰는 건 종교적인 믿음과는 아무런 상관도 없어요. 어리석은 감상일 뿐이라고요."

"그래, 감상일 뿐이야. 그 점은 나도 인정해. 하지만 어리석다는 말은 동의할 수 없어. 그런 감정이 시공을 초월해서 널리 퍼져 있는 것을 보면 그 마음이 분명 인간의 본성에서 기인하기 때문일 거라네. 그러니 무시하기만 해서는 안 되겠지. 고대 이집트인을 생각해 보게. 그들은 망자가 영원히 안식을 취할 수 있도록 온갖 방법을 강구했어. 분명히 존 벨링엄 씨도 그들처럼 생각했을 거야. 고대 이집트인이 그 목적을 달성하기 위해 얼마만 한 노력을 기울였는지 생각해 봐. 미로처럼 가짜 통로를 만들고 온갖 음침한 방들을 봉인해 숨겨 놓은 대* 피라미드나 아멘호테프 4세의 피라미드를 떠올려 보라고. 선조들 곁에 잠들고 싶어서 몇백 킬로미터를 힘들게 여행해 부활한 야곱은 어떤가. 셰익스피어는 무덤 속의 안식을 방해하지 말라는 소원을 후손에게 엄숙하게 남기지 않았나. 아니야, 버클리. 결코 어리석은 감상이 아니야. 나도 자네만큼이나 내 시체가 어떻게 되든 상관없네. 자네의 경솔한 표현을 빌리자면 '죽고 나면 끝'이니까. 하지만 이 문제를 진지하게 받아들여야 하는 자연스러운 감정으로 보는 사람들이 있다는 사실도 인정해야 한다고 보네."

"설령 그렇다고 해도 특정한 묘지에 묻히고 싶었다면 좀 더 조리에 맞는 방식으로 일을 처리할 수도 있었지 않습니까."

손다이크 박사님이 말했다.

"그 점은 나도 동감일세. 모든 문제는 이 조항에 나온 터무니없는 조건에서 시작된 거야. 게다가 유언자의 행방이 묘연해졌다는 점에서 유언장 전부가 기묘하게 중요해졌어."

"어떤 점에서 중요한 거죠?"

저비스 선배가 진지하게 물었다.

"유언장의 조항들을 조목조목 짚어 보세. 제일 먼저 주목할 점은 유언자가 매우 유능한 변호사의 도움을 받았다는 사실이야."

"하지만 젤리코 씨는 이 유언장을 못마땅하게 여겼습니다. 실제로 이렇게 작성하는 걸 강하게 반대했고요."

내가 반박했다. 그러자 손다이크 박사님이 말했다.

"그 점도 염두에 두어야 해. 논란이 되는 조항이라고 부를 만한 부분들부터 보지. 제일 처음 뇌리에 떠오르는 감상은 말도 안 되게 불공평하다는 점이야. 고드프리의 상속 여부가 유언자의 시신을 특정한 방법으로 처리했느냐에 따라 조건부로 결정되도록 정해져 있어. 그런데 이 문제는 반드시 고드프리의 재량에 달려 있다고 볼 수는 없어. 가령 유언자가 바다에서 실종이 될 수도 있고 화재나 폭발로 목숨을 잃을 수도 있어. 해외에서 유명을 달리해 그곳에 묻히는 바람에 무덤을 찾을 수 없는 경우가 생길지도 몰라. 시신을 수습할 수 없는 드문 경우가 아니더라도 만약의 상황은 얼마든지 발생할 수 있어.

설령 시신을 수습할 수 있다고 하더라도 여전히 문제는 남아 있지. 그 교구들에 있는 매장지들은 모두 폐쇄된 지 오래되었어. 특별한 설비를 설치하지 않는 한 다시 문을 여는 건 불가능해. 게다가 그런 설비가 허가를 받을지도 의심스럽고. 화장을 한다면 문제를 해결할 수 있겠지만 그 방법도 신빙성이 없어. 어떤 경우든 이 문제는 고드프리 벨링엄이 좌지우지할 성질의 것이 아니야. 그런데 조항에 따라 매장이 되었다고 입증하지 못하면 고드프리 벨링엄은 상속권을 박탈당하겠지."

"무시무시할 정도로 터무니없게 불공평하군요."

"그렇다네."

손다이크 박사님이 맞장구를 쳤다.

"하지만 두 번째와 세 번째 조항을 자세하게 검토해 보면 이 정도는 아무것도 아닐 걸세. 짐작건대 이 유언자는 특정한 장소에 묻히기를 바라고 있어. 게다가 자신의 동생이 유언장의 수혜자가 되기를 바라고 있네. 첫 번째 조항에서 어떤 식으로 자신이 바라는 대로 유언장이 집행되도록 손을 써 놓았는지 살펴보지. 그 전에 두 번째와 세 번째 조항들을 꼼꼼하게 읽어 보면 유언자가 도저히 자신의 소원이 이뤄지지 못하도록 만들어 뒀다는 사실을 알 수 있어. 그는 특정한 장소에 묻히기를 바라며 고드프리가 책임지고 그를 묻어 주도록 유언장에 썼어. 하지만 정작 고드프리에게 조항을 실행에 옮길 만한 힘이나 권위를 부여하지 않아. 게다가 고드프리 앞에 도저히 넘을 수 없는 장애물을 마련해 놓았지. 무슨 말인고 하니, 고드프리가 유언 집행인이 되기 전에는 그 조항을 실행에 옮길 힘이

나 권위가 없어. 한편 그 조항을 실행에 옮기지 않으면 그는 절대 유언 집행인이 될 수 없어."

"말이 안 나올 정도로 뒤죽박죽이군요."

저비스 선배가 말했다. 손다이크 박사님이 계속 말을 이었다.

"그래. 그런데 최악의 부분은 아직 나오지도 않았네. 존 벨링엄이 죽는 순간 그의 시신이 생기겠지. 그러면 그가 어디에서 사망을 하든 한동안 '안치되어' 있어야 해. 그런데 이런 경우가 생길 리는 거의 없겠지만, 그가 유언장에서 언급한 곳들 가운데 한 곳에서 사망하지 않는다면 그의 시신은 언급한 장소가 아닌 다른 곳에 한동안 '안치되어' 있어야 해. 그 경우 한동안은 2번 조항을 이행할 수 없어지지. 그래서 자동적으로 조지 허스트가 공동 집행인이 되어 버리는 거야.

그렇게 되어 버리면 조지 허스트가 2번 조항을 이행하려고 할까? 아마 아닐 거야. 그럴 필요가 없잖아. 유언장에는 그 점에 대해서는 아무런 지시 사항이 없어. 오로지 고드프리에게만 모든 짐을 지우고 있지. 만약 조지 허스트가 2번 조항을 이행하면 어떻게 될까? 그는 유언 집행인의 자격을 잃고 칠만 파운드가량의 유산도 잃겠지. 그러니 그가 절대 그렇게 하지 않으리라는 점은 불을 보듯 뻔해. 그러므로 두 조항을 검토해 보면 유언자가 유언장에 언급된 매장지 가운데 한 곳에서 사망하거나 사망 직후에 그의 시신이 언급한 장소 가운데 한 곳에 있는 공공 시체 안치소로 옮겨지는, 거의 불가능한 경우에만 유언자의 소원이 이루어질 수 있다는 결론이 나와. 이 두 경우가 아니라면 유언자는 분명히 자신이 소원했던 곳이 아닌 다른 곳에 매장될 것이고, 그의 동생은 준비할 여유나 알아차릴 새도 없이 유산을 완전히 잃게 되겠지."

"존 벨링엄은 그렇게 될 줄은 결코 몰랐을 거예요."

내가 말했다. 손다이크 박사님도 내 의견에 맞장구를 쳤다.

"확실히 그래. 유언장의 조항들을 살펴보면 그가 몰랐다는 내적 증거가 있다네. 그가 2번 조항이 이행되지 않을 경우에 조지 허스트에게는 오천 파운드를 남겼다는 사실을 생각해 봐. 반대의 경우에는 동생에게는 아무것도 남기지 않았어. 그는 이런 경우가 벌어질 수도 있다고는 생각조차 하지 않았던 거야. 분명히 그는 2번 조항은 반드시 이행될 것이므로 유언장에 내건 단서는 단지 형식상의 문제라고 여겼겠지."

그러자 저비스 선배가 말했다.

"그 경우에는 젤리코가 문제의 조항이 이행되지 않을 위험을 예상하고 의뢰인에게 알려 줬을 텐데요."

손다이크 박사님이 대뜸 말했다.

"그렇네. 그게 바로 수수께끼야. 우리가 알기론 그 변호사는 강력하게 반대를 했지만 존 벨링엄이 고집을 굽히지 않았어. 존 벨링엄이 자신의 재산에 대해서 얼마나 어리석고 삐뚤어진 집착을 갖고 있었는지 확실하게 알 수 있는 대목이지. 그는 유언장을 특정한 방식으로 작성해야 한다고 고집했지만, 절대 그의 바람을 이룰 수 없는 방식이라는 사실만 입증되었을 뿐이야. 나는 이렇게 된 미심쩍은 과정을 주의 깊게 살펴봐야 한다고 생각하네."

"만약 젤리코가 당사자라면 그가 비열한 수를 썼다고 의심을 할 수도 있겠죠. 하지만 2번 조항의 내용은 그와 아무런 관계도 없어요."

저비스 선배가 말했다. 손다이크 박사님이 맞장구를 쳤다.

"맞아. 이 난장판으로 이득을 보는 사람은 조지 허스트지. 하지만 그 사람은 유언장의 내용을 전혀 몰랐다고 하잖아. 그러니 유언장이 이 지경이 된 건 그 사람 책임이라고 볼 수가 없어."

그때 내가 끼어들었다.

"현실적인 질문을 하죠. 이제 어떤 일이 벌어질까요? 벨링엄 가족을 위해서 무슨 일을 할 수 있습니까?"

그 질문에 손다이크 박사님이 대답했다.

"다음 수는 허스트가 둘 가능성이 있어. 그는 직접적으로 관계가 있으니까. 분명히 사망 추정 결정을 받아 유언장을 집행하도록 허가해 달라고 법원에 신청하겠지."

"그 경우에 법원은 어떻게 나올까요?"

내 질문에 손다이크 박사님은 선선하게 미소를 지었다.

"지금 가장 큰 수수께끼를 물어봐 주었군. 법원은 아무도 예측할 수 없는 별스러운 기질을 갖고 있다네. 일단 법원이 사망 추정 결정을 그리 간단하게 내리지 않을 거라는 점은 확실해. 철저한 조사가 있을 거야. 그 과정에서 상당히 불쾌한 일들이 벌어지겠지. 유언자가 아직도 살아 있다는 선입관을 강하게 가지고 있는 판사가 증거를 검토할 거고. 그런데 지금까지 알려진 사실들은 하나같이 그가 이미 사망했을 가능성을 강하게 가리키고 있어. 이 경우에는 유언장이 좀 더 간단하고 모든 당사자들이 별 이견 없이 법원에 사망 추정 허가를 신청한다면 법원도 반대할 이유가 없지. 하지만 고드프리 씨의 입장에서는 유언장의 두 번째 조항을 빠짐없이 이행했다는 증거를 제시할 수 없다면 이 신청에 반대할 수밖에 없어. 지금 같은 상황에서 그가 증거를 제시할 수 있을 리 만무하지. 그러면 오히려 형이 살아 있다고 믿는 이유를 제시할 수 있을지도 몰라. 설령 제시를 못 한다고 해도 그가 주요 수혜자가 될 것이었다는 점이 확실하다는 사실을 고려하면 법원이 그의 반대를 꽤 중요하게 받아들일 수 있어."

내가 반색을 했다.

"그래요? 그렇다면 허스트가 상당히 수상한 냄새가 나는 짓을 하려고 했던 것도 이해가 되는군요. 제가 멍청하게도 이 이야기를 드리는 걸 깜박했어요. 그자는 고드프리 벨링엄 씨와 사적으로 합의를 하려고 그 댁을 찾아왔었어요."

"뭐라고? 도대체 어떤 합의였나?"

손다이크 박사님이 물었다.

"이런 제안을 했더군요. 고드프리 씨가 그와 젤리코가 법원으로부터 사망 추정 결정을 받고 유언장을 집행하도록 협조한다. 이게 성공하면 허스트는 고드프리 씨가 살아 있는 동안 매년 사백 파운드를 지급한다. 이 합의 내용은 어떤 결과에도 유효하다."

"마지막 말은 무슨 뜻이지?"

"앞으로 시신이 발견되어 2번 조항의 조건을 이행할 수 있다고 하더라도 허스트는 모든 재산을 그대로 보유하고 고드프리 씨가 죽을 때까지 매년 사백 파운드를 지급한다는 뜻입니다."

손다이크 박사님이 탄성을 질렀다.

"하, 대단하군! 그야말로 희한한 제안이군. 정말 희한해."

"구린 냄새를 풀풀 풍기는 건 말할 것도 없고요."

저비스 선배가 끼어들었다.

"법원이 그런 소소한 합의를 좋은 눈으로 봐 줄 것 같지 않은데."

그러자 손다이크 박사님이 맞장구를 쳤다.

"법은 유언장의 조항 이면에서 벌어지는 합의는 아무리 사소한 것이라도 호의적인 시선으로 보지 않아. '어떤 결과에도'라는 표현만 아니라면 이 제안에 불평할 거리는 없지만 말이야. 현실적으로 유언장을 실행하기가 힘들 경우 무익한 소송을 피하고 유언장 집행을 서두르기 위해서 필요하다면 여러 수혜자들이 사적으로 합의를 하는 게 이치에 맞지 않다거나 부적절하다고만 볼 수는 없어. 가령, 시신이 발견되지 않는 동안은 허스트가 고드프리에게 매년 사백 파운드를 지급하되, 시신이 발견되면 고드프리가 허스트에게 그가 죽을 때까지 매년 사백 파운드를 지급하는 조건으로 제안을 했다고 쳐. 그런 내용이라면 일반적으로 괜찮은 타협안을 제시했다고 생각할 수 있지. 하지만 '어떤 결과에도'라는 단서를 달았기 때문에 완전히 다른 차원의 문제가 되고 말았어. 물론 단순한 욕심으로 해석할 수도 있어. 하지만 이유가 뭐든 흥미로운 심사숙고가 오고 간 것이 분명해."

"그래요, 분명히 그럴 거예요. 허스트에게는 시신이 발견될 거라고 예상하는 특별한 이유가 있는 건 아닐까요? 아닐 수도 있지만요. 막대한 재산을 차지하기 위해 타인의 궁핍한 형편에서 비롯된 기회를 무슨 일이 있어도 꼭 붙잡겠다고 생각했을 수도 있죠. 아무리 좋게 봐 주려고 해도 이건 비열한 짓인데요."

"벨링엄 씨는 그 제안을 거절하셨겠지?"

손다이크 박사님이 물었다.

"네. 그러셨습니다. 확실하게요. 존 벨링엄 씨가 모습을 감춘 상황에 대해서도 체면이고 뭐고 집어치우고 속 시원하게 의견 교환을 했을 겁니다."

손다이크 박사님이 대답했다.

"아, 그것참 안된 일이군. 이 사건이 법정까지 가게 되면 앞으로 불쾌한 이야기를 잔뜩 해야 하고 더 불쾌한 말들이 신문에 실리게 될 텐데 말이야. 이런 마당에 당사자들끼리 서로 의심을 드러내면

이 상황이 어떤 막장으로 치달을지 모르겠군."

"그건 절대 안 되죠! 그 사람들이 서로 네가 죽였네 마네 떠들기 시작하면 불에 기름을 부은 것처럼 추문이 활활 타오를 텐데. 그건 중앙 형사 법원으로 가는 지름길이라고요."

저비스 선배가 말했다. 손다이크 박사님도 우려를 표했다.

"불필요한 추문은 어떻게든 막아야만 해. 사건이 세상에 폭로되는 것은 막을 수 없을지 몰라. 적어도 우리는 그 사실을 사전에 알고 있어야 해. 그런데 버클리, 이제 자네 질문으로 돌아가지. 이제 뭘 어떻게 해야 하느냐고 했지. 허스트는 분명히 조만간 모종의 조치를 취할 거야. 젤리코 변호사가 그에게 협조하고 있는지 혹시 알고 있나?"

"아뇨, 그렇지 않습니다. 그 사람은 벨링엄 씨의 동의가 없다면 어떤 조치도 취하지 않겠다고 했습니다. 적어도 지금까지는 그렇게 나오고 있습니다. 그 변호사는 누구보다 중립적인 태도를 취하고 있어요."

손다이크 박사님이 말했다.

"지금까지는 다행스럽군. 물론 법정으로 가게 되면 태도를 바꿀 수밖에 없겠지만. 지금 자네가 말한 대로라면 젤리코 변호사는 어서 유언장을 집행해 모든 일을 마무리 짓고 싶어 하는 것 같군. 그건 당연한 일이야. 특히 유언장에 그에게 현금 이천 파운드와 귀중한 소장품을 남긴다고 되어 있으니까. 결과적으로 우리는 이렇게 추측할 수 있겠군. 그가 설령 명백히 중립적인 태도를 유지한다고 해도 벨링엄 씨가 아니라 허스트에게 더 유리하게 작용할 거야. 이런 상황이기 때문에 벨링엄 씨가 자문을 통해서 적절한 조언을 받아야만 하는 거야. 그리고 이 사건이 법정으로 갔을 때 제대로 변호를 받아야 하고."

내가 말했다.

"하지만 자문이나 변호를 받을 형편이 안 되는걸요. 망한 교회에 사는 쥐만큼 가난한데 자존심은 악마가 울고 갈 정도거든요."

"흠."

손다이크 박사가 잠시 생각에 잠겼다.

"그것참 난감하군. 하지만 우리로서는 단지 전문적인 도움을 받지 못했다는 이유만으로 소위 '부전패'를 당하게 내버려 둘 수는 없어. 게다가 이렇게 흥미로운 사건은 난생처음이야. 그런 사건이 이대로 망가지는 꼴을 두고 볼 수는 없다고. 아무리 그래도 친구의 입장에서 비공식적으로 제공하는 일반적인 조언 몇 가지까지 거절하시지는 않을 거야. 늙은 브로드리브의 입버릇처럼 '법정 조언자' 정도로 보면 되겠지. 이제 우리가 추진할 예비 조사를 아무도 막을 수 없어."

"어떤 조사를 말씀하시는 겁니까?"

"음, 우선 2번 조항의 조건이 이행되지 않았다는 사실부터 확인해야겠지. 다시 말해서 존 벨링엄이 자신의 유언장에 언급한 교구들의 경계 내에 매장되지 않았다는 사실을 말이야. 당연히 그렇겠지만 아무것도 당연하게 받아들여서는 안 되니까. 그런 후에는 그 사람이 더 이상 살아서 만날 수 있는 사람이 아니라는 사실을 확인해야만 해. 그가 살아 있을 가능성도 당연히 존재해. 그러니까 그가 산 자의 땅에 있다면 우리는 그를 추적해야겠지. 저비스와 나는 벨링엄 씨의 양해를 구하지 않아도 이 정도 조사는 할 수 있어. 저비스가 런던 도심의 매장 등록을 살펴볼 거야. 화장도 빼놓지 말게. 나는 그 반대의 상황을 조사하도록 하지."

"정말 존 벨링엄이 살아 있다고 생각하시는 겁니까?"

내가 물었다.

"그의 시신이 나타나지 않은 한 살아 있을 가능성이 있어. 물론 그럴 가능성은 희박하다고 봐. 하지만 아무리 말도 안 되는 가능성이라도 조사도 하지 않고 무작정 배제해서는 안 돼."

"조사를 해도 아무 소득도 없을 것 같은데요. 어디서부터 시작하실 거예요?"

"우선은 영국 박물관부터 가야겠지. 그곳 관계자들이라면 존 벨링엄의 행동에 대해 몇 가지 실마리를 줄지도 몰라. 헬리오폴리스에서 몇 가지 중요한 발굴 연구를 진행하는 중이라고 들었네. 실제로 이집트부 책임자가 지금 그곳에 가 있지. 그 자리를 노베리 박사님이 임시로 맡고 있는데, 벨링엄 가족의 오랜 친구이기도 해. 그분을 찾아가서 존 벨링엄이 갑자기, 이를테면 헬리오폴리스 같은 해

외로 나가게 된 계기가 있었을지 알아봐야지. 게다가 존 벨링엄이 실종되기 직전에 파리를 방문했던 목적에 대해서도 들을 수 있을지 몰라. 그 여행은 상당 부분 의문에 싸여 있잖아. 파리를 다녀온 이유가 중요한 단서가 될지도 몰라. 그동안 버클리 자네는 우리가 그 사건에 주의를 기울이고 있다는 사실을 벨링엄 씨가 받아들이도록 살살 구슬려 봐. 내가 전적으로 지식을 넓힐 욕심에서 이 사건에 관여하고 있다는 점을 확실하게 이해시켜 주게."

"그럼 변호사를 고용하지 않으셔도 됩니까?"

"물론, 명목상으로는 고용해야지. 요식 행위일 뿐이야. 실질적인 조사는 우리가 할 테니까. 그런데 그건 왜 묻나?"

"변호사 비용 때문에요. 제가 모아 둔 돈이 조금 있어서 그 이야기를 드리려고."

"그 돈은 잘 넣어 두게, 친구. 개업을 할 때 써야 할 돈이 아닌가. 변호사는 걱정할 필요가 없네. 개인적으로 명목상의 변호사가 되어 달라고 부탁할 만한 친구가 한 명 있어. 마치몬트라면 분명 우리를 위해서 이 사건을 맡아 줄 걸세, 저비스. 분명히 그럴 거야."

"맞아요. 아니면 늙은 브로드리브에게 부탁하든가요. 그때는 변호사가 아니라 법정 조언자라고 해야겠죠?"

"제 친구들을 위해서 이렇게 기꺼이 은혜를 베풀어 주시다니 두 분께 어떤 말로 감사를 드려야 할지 모르겠습니다. 아마 그 두 사람도 가난한 귀족들이 종종 그러는 것처럼 마냥 뻣뻣하게 자존심만 내세우며 어리석게 굴지는 않을 겁니다."

내가 감사의 인사를 드렸다.

"잠깐, 내 이야기 좀 들어 봐!"

저비스 선배가 갑자기 소리를 쳤다.

"끝내주는 계획이 떠올랐어. 자네 집에서 우리가 저녁을 함께 드는 건 어때. 그 자리에 벨링엄 가족을 초대해서 우리에게 소개를 시켜 주는 거야. 그러면 자네와 나는 신사 영감님을 공략하고 손다이크 박사님은 유창한 언변으로 숙녀를 설득하는 거야. 이런 구제 불능의 독신자들을 거부하기는 꽤 힘들걸."

그러자 손다이크 박사님이 곧장 말했다.

"내가 아끼는 후배가 나를 평생 독수공방할 신세로 만들어 버리는 걸 자네는 지금 목격했군. 하지만 괜찮은 계획이군. 벨링엄 씨에게는 꼭 우리에게 의뢰하라고 압력을 가할 수는 없어. 억지로 그랬다가는 설령 우리가 한 푼도 받지 않는다고 해도 결국은 무리를 시키는 꼴이 될 테니까. 하지만 저녁을 들면서 가볍게 이야기를 나누는 자리라면 우리 입장을 고상하면서도 설득력 있게 전할 수 있을지 몰라."

"네, 저도 그렇게 생각합니다. 이 계획이 마음에 들어요. 하지만 그런 자리를 만들려면 당장은 힘들 것 같습니다. 남는 시간을 몽땅 투자해서 해야 할 일이 있거든요. 실은 지금도 그 일을 해야 해요."

여기까지 말을 하자 손다이크 박사님이 유언장을 분석한 의견을 듣는 데 정신이 팔려 시간을 까맣게 잊고 있었다는 생각에 가슴이 철렁했다.

두 사람이 나를 의아하게 바라보았으므로 나는 벨링엄 양이 손을 다친 일이며 텔엘아마르나 석판에 대해 털어놓아야 할 것만 같았다. 막상 이야기를 하다 보니 괜히 쑥스러워 저비스 선배와는 눈도 제대로 맞추지 못했다. 나는 선배가 슬며시 씩 웃으리라 생각했는데, 선배는 그러기는커녕 아주 진지하게 내 이야기를 들어 주고는 내가 상기된 채 이야기를 마치자 의대 시절 애칭을 다정하게 부르며 이렇게 말했다.

"폴리, 내가 이것 한 가지는 말해 주지. 자네는 좋은 친구야. 예전부터 그랬지. 네빌스 코트의 자네 친구들도 이 사실을 꼭 알아주길 바라네."

"그분들은 필요 이상으로 잘 봐 주고 계십니다. 그건 그렇고 저녁 초대로 돌아가서, 다음 주 오늘 괜찮으십니까?"

"나는 괜찮아."

손다이크 박사님은 저비스 선배를 힐끔 보며 대답했다.

"나도 괜찮아. 벨링엄가 사람들이 괜찮다고 하면 그날 만나는 걸로 알고 있겠네. 두 사람이 못 온다고 하면 다른 날을 잡아 봐."

저비스 선배가 말했다.

나는 일어서서 파이프를 톡톡 두드리며 대답했다.

"알겠습니다. 내일 초대하도록 하겠습니다. 이제 그만 가 봐야겠어요. 공책을 좀 더 옮겨 써야 하거든요."

　집으로 가는 내내 은둔하듯 숨죽이며 살고 있는 두 사람을 집 밖으로 불러내서 내(사실은 바나드의) 집에서 친구들과 즐거운 시간을 보낼 수 있을지도 모른다는 기대감에 가슴이 부풀어 올랐다. 솔직히 말하자면 나도 그런 생각을 안 해 본 건 아니다. 하지만 바나드의 가정부를 떠올리자 그런 생각이 쑥 들어가고 말았다. 거머 부인에게는 괴상한 버릇이 있는데, 진부할 정도로 간단한 요리조차 불길할 정도로 놀라운 규모로 준비를 해 일을 벌이곤 하기 때문이다. 하지만 이번에는 포기하지 않을 작정이었다. 두 사람을 보잘것 없는 내 집으로 불러올 수만 있다면 저녁 재료 정도야 밖에서 쉽게 조달할 수 있을 것이다. 잔뜩 들뜬 마음으로 어떻게 준비를 할지 요모조모 고민하는 동안 나는 어느새 내 책상에 앉아 북 시리아 전쟁에서 일어난 사건들이 적힌 두툼한 공책을 앞에 펼쳐 놓고 있었다.

박물관 연가

　박물관에서 한 작업 덕분에 한동안 잊고 지낸 속기 실력이 되살아난 걸까. 아니면 벨링엄 양이 작업 분량을 과대평가한 걸까. 이유는 모르겠지만 어쨌든 우리가 함께 작업을 시작한 지 넷째 날 오후가 되자 작업은 거의 마무리되어 버렸다. 덕분에 열람실을 한 번 더올 핑계로 약간 남은 마지막 분량을 다음 날 작업하자고 간청해야만 했을 정도였다.

　우리가 함께 작업한 기간은 짧았지만 둘의 관계가 또 다른 차원으로 나아가기에는 충분했다. 그도 그럴 것이 작업을 함께 한 동질감에서 비롯된 우정만큼 친밀하고 흡족한 것도 없거니와 설령 남녀사이라는 점을 어느 정도 감안하더라도 이토록 솔직하고 온전한 것도 없기 때문이다.

매일 도서관에 도착해 보면 표시를 해 둔 책이 산더미처럼 쌓여 있고 표지가 푸른 사절판 공책이 준비되어 있었다. 우리는 매일 배정된 책상에 앉아 꾸준하게 작업을 한 후 책을 반납하고 함께 열람실을 나와 찻집에 들러 매우 다정한 분위기에서 차를 마셨다. 그런 후에는 퀸 스퀘어로 우회해서 집으로 걸어갔다. 가는 내내 그날 작업한 내용에 대해 대화하고 아케나텐*이 왕이었고 텔엘아마르나 석판이 글이었던 세상에 대해 토론을 벌였다.

행복한 시간이었다. 너무나 달콤해서 마지막으로 책을 반납할 즈음에는 끝났다는 생각에 한숨이 절로 나왔다. 작업이 끝나기도 했거니와 나의 아름다운 환자의 손이 다 나아서 아침에 부목을 제거해 더 이상 내 도움이 필요 없게 되었기 때문이기도 했다.

나는 열람실에서 중앙 홀로 나가며 말을 걸었다.

"이제 뭘 하죠? 차를 한잔하기에는 너무 이른 시간이군요. 나가서 전시실이나 둘러볼까요?"

"그러죠. 우리가 지금까지 작업한 내용과 관련 있는 전시품들을 살펴보는 것도 좋고요. 이를테면 위층의 제3이집트실에는 아케나텐의 부조가 전시되어 있어요. 가서 그 작품을 보는 것도 좋겠군요."

그녀가 대답했다.

나는 기꺼이 제안을 받아들여 경험이 풍부한 그녀를 길잡이로 삼았다. 그리하여 작업을 마친 우리는 너무나 평범하고 현대적으로 생긴 로마 황제들이 길게 늘어서 있는 로마 전시실을 거쳐 위층으로 발길을 옮겼다.

벨링엄 양은 '트라야누스'라는 이름표가 붙은 (하지만 풍자만화가인 필 메이의 얼굴이 분명한) 흉상 앞에 잠시 멈춰 서더니 말문을 열었다.

"보답은 둘째치고라도 제게 해 주신 일에 도무지 어떻게 감사를 드려야 할지 모르겠어요."

"고마워하실 필요도 없고 따로 보답을 하실 필요도 없습니다. 당신과 즐겁게 작업을 하면서 저는 이미 보상을 받은걸요. 하지만 여전히 제게 크나큰 친절을 베풀어 주시고 싶다면 한 가지 방법이 있습니다."

내가 냉큼 말했다.

"그게 뭐죠?"

"제 친구인 손다이크 박사님과 관련된 일입니다. 그분이 지대한 관심을 가지고 계시다고 한 말 기억하시죠. 어떤 이유에서인지 그분은 존 벨링엄 씨에 관련된 모든 일에 촉각을 곤두세우고 계십니다. 우연한 기회에 들었는데, 박사님은 소송이 진행될 경우 친구 자격으로 이 사건에 기꺼이 도움을 주실 의향이 있으십니다."

"그렇다면 저는 뭘 하면 되죠?"

"이렇게 해 주세요. 혹시 박사님이 아버님에게 조언이나 도움을 드릴 기회가 생기면 거절하지 말고 받아들이시도록 잘 설득해 주세

● **아케나텐** _ 아멘호테프 4세. 다신교 태양신 아몬을 믿기를 거부하고 유일 태양신 아톤을 믿기 시작하면서 이름을 개명했다.

요. 당신은 아버님이 도움을 받으시는 일에 반감을 갖고 계시지 않은 것 같아 드리는 말씀입니다."

벨링엄 양은 잠시 나를 물끄러미 바라보더니 살며시 웃음을 터뜨렸다.

"제가 선생님에게 베풀어 드릴 크나큰 친절이란 게, 선생님이 친구를 통해 제게 베푸실 더 큰 친절을 받아들이는 건가요?"

"그런 게 아닙니다. 바로 그 부분을 당신은 착각하고 있어요. 손다이크 박사님은 친절을 베푸시려는 게 아닙니다. 단지 그분의 직업적인 열정에서 비롯된 행동입니다."

그녀가 씁쓸한 미소를 지었다.

"제 말을 안 믿으시는군요. 그렇다면 다른 예를 생각해 보세요. 의사는 왜 추운 겨울밤 병원에서 응급 수술을 하려고 잠자리를 박차고 일어날까요? 그 수술로 따로 돈을 받지도 않는데 말이죠. 그걸 자선 행위라고 생각하세요?"

"네, 물론이죠. 아닌가요?"

"절대 아닙니다. 의사가 수술을 하는 건 그게 일이기 때문입니다. 병과 싸워서 이기는 것이 의사의 일이죠."

"그 두 가지가 무슨 차이가 있죠? 의사는 결국 돈이 아니라 사랑에 이끌려 수술을 한 거잖아요. 어쨌든 기회가 나면 부탁하신 대로 할게요. 물론 그 일로 선생님의 친절을 제대로 갚았다는 생각이 들지는 않겠지만요."

"제 부탁대로만 해 주시면 아무래도 상관없습니다."

내 말을 끝으로 우리는 한동안 잠자코 걸었다.

문득 그녀가 말문을 열었다.

"이상하지 않아요? 왜 우리 대화는 늘 삼촌에게로 돌아가는 것 같죠? 아, 그러고 보니 삼촌이 박물관에 기증하신 유물이 아케나텐 부조와 같은 전시실에 있어요. 보시겠어요?"

"물론이죠."

"그러면 전시실에 가서 그것부터 봐요."

벨링엄 양은 이렇게 말한 후 잠시 입을 다물었다. 그러더니 볼을 살짝 붉히며 부끄러운 듯이 말을 계속했다.

"그리고 선생님에게 소개해 드리고 싶은 아주 친한 친구가 있어요. 물론 선생님이 괜찮다고 하시면요."

그녀는 마지막 말을 서둘러 덧붙였다. 왜냐하면 그녀의 말을 듣자마자 내 표정이 삽시간에 어두워졌기 때문이다. 친구라니 지옥에나 떨어져라, 남자라면 더더욱. 속으로 이렇게 구시렁거렸다. 하지만 겉으로는 그녀가 우정을 맺고 있는 사람이 누구든 그와 인사를 나눈다면 더할 나위 없이 기쁠 것이라고 말했다. 그런데 벨링엄 양이 그 말을 듣자 수수께끼 같은 웃음을 터뜨려 내 수심은 더욱 깊어졌다. 고귀한 비둘기가 구구거리는 것처럼 너무나 부드럽고, 나지막하고, 노랫가락 같은 웃음이었다.

나는 그녀와 나란히 걷는 동안 약간은 초조한 기분으로 곧 만날 그녀의 친구에 대해 이런저런 짐작을 해 보았다. 이 건물에 소속된 학자들 가운데 한 명의 은신처로 나를 이끄는 것은 아닐까? 그 남자는 이 북적거리는 황무지에서 **솔루스 쿰 솔라**(남자와 여자)로 완전하고 다정하기만 한 오붓한 우리 둘의 모임에 불필요한 세 번째 인물이 되려는 것일까? 무엇보다 그가 젊은 남자로 밝혀져 나의 사상누각이 와르르 무너지지 않을까? 그녀가 친구를 소개하겠다고 할 때 묘하게 쑥스러워하던 기색과 붉게 상기된 얼굴은 어쩐지 불길한 결말을 암시하는 듯해서, 나는 그녀와 함께 계단을 올라가 넓은 출입구를 통과하는 내내 뚱하니 생각에 잠겨 있었다. 나는 걱정스러운 눈빛으로 벨링엄 양을 힐끔 훔쳐보았다. 이런 내게 그녀는 아리송한 미소만 말없이 지을 뿐이었다. 바로 그때 그녀가 미라 관 앞에 발길을 멈추더니 나를 바라보았다.

"제 친구예요. 파이움에 살았던 아르테미도루스를 소개할게요. 오, 제발 웃지 마세요!"

그녀가 간청하듯 말했다.

"저는 퍽 진지하다고요. 선생님은 오래전에 죽은 성인에게 여전히 헌신하는 독실한 가톨릭 신자들에 대해 들은 적이 없나요? 아르테미도루스에 대한 제 감정이 바로 그래요. 외로운 여자의 마음에 이 친구가 얼마나 위안이 되었는지 선생님이 아신다면 놀랄 거예요. 아르테미도루스는 제가 친구 한 명 없이 쓸쓸하게 지내던 시절 조용하고 야단스럽지 않은 친구가 되어 줬어요. 늘 상냥하고 사려 깊은 표정으로 선뜻 맞아 주니, 그 사실만으로도 선생님도 제 친구를 좋아하게 되실 거예요. 그래서 저는 선생님도 그를 좋아하고 말 없는 우리의 우정을 함께했으면 좋겠어요. 제가 너무 어리석고 감상적이죠?"

안도감이 파도처럼 밀려오면서 거의 바닥까지 내려갔던 감정 온도계의 수은주가 한여름 무더위의 기온처럼 하늘로 솟구쳤다. 이런 신비로운 우정을 나와 나누자고 하다니 그녀는 얼마나 매력적이며 이 얼마나 달콤할 정도로 친밀한 관계란 말인가! 이곳에서 오래전에 세상을 떠난 그리스 사람과 말 없는 대화를 나누다니, 얼마나 기발한 발상인가! 게다가 이 기묘한 수수께끼 같은 아가씨는 이 그리스인과의 만남을 어쩌면 이다지도 좋아하는가! 새로 싹튼 친밀감의 환희가 넘실대는 가운데 이런 처지의 그녀를 향한 연민으로 마음 한구석이 묵직하게 아파 왔다.

"경멸하시는 거예요?"

내가 묵묵부답이자 그녀가 물었다. 그녀는 실망한 기색이 역력했다.

"아뇨, 절대 아닙니다."

내가 진지하게 대답했다.

"내가 얼마나 당신을 공감하고 이해하고 있는지 말하고 싶습니다. 괜한 호들갑으로 당신이 기분 상하지 않도록 잘 표현하고 싶어요. 그런데 어떻게 표현해야 할지 모르겠군요."

"그런 감정을 느끼고 계신다면 표현 따위는 신경 쓰지 마세요. 선생님이라면 이해해 주실 줄 알았어요."

그녀는 내게 미소를 지어 보였다. 그 모습을 보니 얼굴이 따끔따끔했다.

우리는 한동안 말없이 미라를, 아니, 그녀의 친구 아르테미도루스를 바라보았다. 그런데 여느 미라와는 달랐다. 미라의 형태는 이집트식이었지만 전체적인 분위기는 그리스풍이었다. 그리스인이 좋아했던 색으로 밝게 칠하고 관은 매우 세련된 취향으로 장식을 했기에 주변에 전시된 유물들이 유난스럽고 야만적으로 보일 정도였다. 그 가운데 가장 매혹적인 부분은 평소라면 가면이 있어야 할 자리에 대신 그려 놓은 매력적인 초상화였다. 이 그림을 본 순간 어떤 계시를 받은 느낌이 들었다. 유화가 아니라 템페라라는 점만 빼면 그 그림은 모든 면에서 현대적인 회화와 맞먹었다. 케케묵고 낡은 느낌은 전혀 들지 않았다. 자유로운 붓놀림과 정확하게 표현된 빛과 그림자를 보고 있으니 마치 어제 그린 것 같았다. 사실 이 초상화를 평범한 금박 액자에 넣어 현대 초상화 전시회에서 전시해도 들통이 나지 않을지도 모른다.

벨링엄 양은 찬탄을 감추지 못하는 내 모습을 보며 빙그레 웃음을 지었다.

"매력적인 초상화죠? 저 아름다운 얼굴을 보세요. 사려 깊고 인간적인 얼굴에 고독의 그림자가 살짝 드리워져 있잖아요. 하지만 전반적으로는 매력적이라는 느낌이 들어요. 저는 저 얼굴을 처음 보는 순간 사랑에 빠졌어요. 게다가 너무나 그리스인다워요!"

"네, 그렇군요. 이집트의 신과 상징 들로 장식이 되어 있는데도 말이에요."

"오히려 그것들 때문에 더욱 그런 느낌이 드는 것 같은데요. 저 관에는 전형적인 그리스적 접근법이 드러나 있어요. 가장 이질적인 예술 형태 속에서도 받아들일 만한 부분을 찾아낼 줄 아는 개방적 이고 세련된 절충주의의 결과물이니까요. 관 앞면에는 아누비스가 서 있어요. 저기에는 아이시스와 네프티스가 있고, 저 아래에는 호루스와 토트가 보여요. 그렇다고 아르테미도루스가 이 신들을 숭배 했거나 믿었다고는 볼 수 없어요. 그런데도 저런 신들로 장식한 건 장식적인 효과가 뛰어나고 관을 장식하기에 더할 나위 없이 적절하 기 때문이겠죠. 망자를 사랑했던 사람들의 절절한 심정은 제문에 새겨져 있어요."

벨링엄 양은 가슴 아래의 띠를 가리켰다. 그곳에는 금박을 입힌 대문자로 두 단어가 적혀 있었다.

ARTEMIDORE EYPSYCHI

"그렇군요. 매우 품위가 있으면서 동시에 인간적이기도 해요."

내가 감상을 말했다.

그러자 그녀가 말했다.

"너무나 진솔하면서 절절한 감정이 충만한 느낌이 들어요. 도저

히 말로 할 수 없는 감동을 느꼈어요. '아르테미도루스여, 안녕히!'
영원히 이별해야 하는 인간의 탄식과 비애가 고스란히 묻어나는 글
귀예요. 어쩌면 이렇게 세련되었을까요. 여기에 비하면 잔뜩 힘을
준 셈족의 비문은 천박하고, '영원한 이별이 아니라 먼저 간 것' 같
은 우리의 제문은 불쌍하고 거짓으로 감정을 쥐어짜는 듯한 느낌이
죠. 아르테미도루스는 그들을 영원히 떠난 거예요. 이제 그의 목소
리를 듣거나 얼굴을 볼 수 없을 거예요. 남은 사람들은 이것이 마지
막 이별이라는 것을 알았어요. 아, 저 단 두 마디에 그들의 사랑과
슬픔이 모두 담겨 있다니!"

한동안 우리는 말을 잇지 못했다. 오래전에 묻힌 슬픔을 추억하
는 비문이 주는 감동에 푹 빠져들었다. 나는 사랑스러운 동행과 나
란히 서서 입을 다물고 흡족하게 생각에 잠긴 채 까마득한 옛날에
잊힌 인간의 감정들을 유령처럼 되살리는 것만으로도 만족스러웠
다. 이윽고 그녀는 나를 돌아보며 솔직한 표정으로 미소를 지었다.

"선생님은 우정을 더 중시하시는군요. 그것만으로 부족하다고
보시지도 않고요. 남의 감정에 공감할 줄 아는 재능이 있으세요. 심
지어 감상에 빠진 여자의 환상에도 말이에요."

나는 상황에 따라 그런 귀중한 자질을 발휘할 줄 아는 좋은 남
자들이 많이 있을 것 같았지만 굳이 입에 담지는 않았다. 어떻게 딴
점수인데 내 손으로 깎아내릴 필요는 없지 않은가. 그녀에게 호감
을 산 것만으로도 충분히 기뻤다. 그래서 그녀가 마침내 미라에서

발길을 떼서 옆 전시실로 들어갈 때에는 나는 그녀와 동행하며 자아도취에 흠뻑 빠진 젊은이가 되어 있었다.

"이것이 아케나텐이에요. 전문가들이 상형 문자를 해독하기에 따라 '크후엔아텐'이라고도 하죠."

그녀는 이렇게 말하며 이름표가 붙은 채색 부조의 단편을 가리켰다. 그곳에는 '아멘호테프 4세의 얼굴상이 포함된 채색 석판의 일부'라고 씌어 있었다. 우리는 발길을 멈추고 위대한 왕의 노쇠하고 여성스러운 얼굴을 감상했다. 그는 두개골이 커다랗고 턱이 유난히 뾰족했다. 아텐의 햇살이 괴상하게 생긴 손을 죽 뻗어 그를 쓰다듬는 것처럼 보였다.

"삼촌이 기증하신 유물을 보려면 여기서 꾸물거리면 안 돼요. 오늘은 이 전시실의 폐관 시간이 오후 4시거든요."

벨링엄 양은 이렇게 말한 후 방의 반대편으로 향했다. 그녀는 바닥에 놓인 커다란 전시대 앞에서 발걸음을 멈추었다. 그 전시대에는 미라 하나와 부장품이 잔뜩 들어 있었다. 여러 내용물을 간단하게 흰 글씨로 설명을 해 놓은 검은색 이름표가 보였다.

제22왕조의 필경사인 세벅호테프의 미라와 무덤에서 함께 발굴된 부장품들. 부장품으로는 장기를 보관한 카노푸스의 단지 네 개와 우샤브티, 식량, 고인의 이름과 당시 통치자였던 오소르콘 1세의 이름이 새겨진, 고인이 생전에 소유했으며 제일 좋아한 의자와 머리 받침, 잉크 팔레트, 그 외 소품들이 나왔다. 존 벨링엄 기증.

벨링엄 양이 덧붙여 설명을 해 주었다.

"진열대 하나에 모두 전시해 놓았어요. 상류 계급의 무덤 부장품을 보여 주기 위해서죠. 보시면 망자가 불편하지 않게 일상적인 생활을 할 수 있도록 잘 갖추어 놓았어요. 식량도 있고 가구며 생전에 파피루스에 글을 쓸 때 사용했을 잉크 팔레트도 있죠. 시중을 들어 줄 하인들도 있어요."

"하인들요? 어디에요?"

내가 물었다. 그녀가 가르쳐 주었다.

"저 작은 우샤브티 조각상들요. 저 조각상들은 망자의 수행원들이에요. 지하 세계에서 부리는 하인들인 셈이죠. 발상이 참 예스럽죠? 하지만 육체와 상관없이 개인이라는 존재가 영속한다는 믿음을 받아들이면 이 발상은 너무나 완전하고 일관적이에요."

내가 맞장구를 쳤다.

"그렇군요. 주된 믿음을 받아들이고 나면 말씀하신 대로 이해하는 게 결국 이 종교 체계를 정당하게 판단하는 유일한 방법이겠죠. 그나저나 이 유물들을 이집트에서 런던으로 가져오다니, 보통 수고스러운 일이 아니었겠는데요?"

"하지만 그만한 가치가 있어요. 유물들이 모두 훌륭하고 많은 사실을 알려 주고 있거든요. 부장품들은 하나같이 질이 뛰어나요.

우샤브티 조각상들과 카노푸스 단지의 마개 역할을 하는 머리 부분을 한번 보세요. 디자인이 뛰어나죠. 미라도 상당히 잘생겼어요. 아쉽게도 뒤쪽에 역청을 너무 많이 발라서 미관에 도움이 되지는 않지만요. 어쨌든 세벡호테프는 생전에 미남이었을 거예요."

"얼굴 부분의 가면은 초상화겠죠?"

"네. 엄밀히 말한다면 그 이상이에요. 어느 정도는 고인의 실제 얼굴이라고도 할 수 있어요. 이 미라는 일명 '카토나지'에 싸여 있어요. 다시 말해서 관이 시신의 틀이죠. 카토나지는 아마 천이나 파피루스를 풀이나 회반죽으로 붙여 가며 미라를 여러 겹 감아서 만들어요. 그래서 관이 미라에 딱 맞아서 시신의 틀처럼 된 거예요. 그렇다 보니 이목구비와 팔다리의 전체적인 모습이 뚜렷하게 드러나죠. 회반죽이 굳으면 관에 엷게 회칠을 하고 얼굴의 형체를 좀 더 완벽하게 만들어요. 마지막으로 그 위에 온갖 장식을 하고 글을 새기는 거예요. 그래서 보시는 것처럼 카토나지에 안치된 시신은 붕대를 칭칭 감아서 목재 관에 안치한 이전의 미라와 달리 껍질 안에 든 땅콩 같은 모양새를 갖추게 되었어요."

바로 그때였다. 공손하지만 뭔가를 불평하듯 단조로운 음성으로 폐관 시간을 알리는 안내 소리가 들려왔다. 그 소리를 듣자마자 나는 아늑한 찻집에서 차를 마시고 싶어졌다. 전시실을 따라 안내를 해 주는 직원과 달리 우리는 품위 있게 느긋한 태도로 입구를 향해 걸어가며 무덤에 관한 대화에 흠뻑 빠져들었다.

우리는 평소 박물관에서 나오던 시간보다 조금 빨리 나왔다. 게다가 우리가 함께 작업하는 마지막 날이기도 했다. 적어도 당분간은 말이다. 그런 연유로 우리는 한참을 앉아 차를 마셨다. 찻집 아가씨가 싫은 기색을 보일 때쯤 비로소 찻집을 나와 집으로 발걸음을 옮기기 시작했다. 우리는 너무 여러 지름길을 쏘다닌 탓에 6시가 되었지만 집은 고사하고 링컨스 인 필즈까지밖에 가지 못했다. (여러 지역들 중에서도) 러셀 스퀘어부터 시작해 같은 이름의 예스러운 골목이 있는 레드 라이언 스퀘어, 베드퍼드 로, 자키스 필즈, 핸드 코트, 그레이트 턴스타일을 가로지르는 약간 둘러 가는 길을 돌아다녔기 때문이었다.

마지막 도로를 걷고 있을 즈음이었다. 우리는 놀라운 제목을 달고 신문 가판대 밖에 펄럭거리고 있는 벽보 한 장에 시선을 빼앗기고 말았다.

살해당한 남자의 유해가 추가로 발견되다

벨링엄 양은 벽보를 힐끔 보자마자 몸서리를 쳤다.
"끔찍하네요. 저 기사 읽으셨나요?"
그녀가 물었다.
"요 며칠 동안 신문을 못 봤어요."
내가 대답했다.

"그러셨겠네요. 읽으실 수가 없었을 거예요. 지겨운 공책을 붙잡고 노예처럼 일을 하셨으니. 아버지와 저는 신문을 자주 보지 않아요. 적어도 구독을 하지는 않아요. 그런데 오면 양이 어제인지 그제인지부터 신문을 계속 구해다 줘요. 그분은 어떨 때 보면 호기심 많은 도깨비 같다니까요. 온갖 종류의 공포담을 좋아해요. 게다가 이야기가 무서울수록 더 좋아해요."

"그런데 이번에는 또 뭘 찾았답니까?"

"살해당한 후에 절단된 어떤 불쌍한 사람의 시신 일부래요. 정말 무시무시한 이야기예요. 기사를 읽을 때마다 진저리가 쳐져요. 불쌍한 존 삼촌이 자꾸 떠올라서요. 아버지는 극도로 흥분해 계시고요."

"시드컵의 물냉이밭에서 발견된 뼈들 말입니까?"

"네. 이번에 유해가 더 나왔어요. 경찰이 어느 때보다 활발하게 움직이고 있더군요. 체계적으로 철저하게 수색을 했던가 봐요. 덕분에 시드컵과 리, 세인트 메리 크레이처럼 그다지 가깝지 않은 여러 지역에 광범위하게 흩어져 있던 유해를 더 찾아낸 거예요. 어제 나온 보도로는 쿠쿠 피츠(뻐꾸기 연못)라는 여러 연못 중 한 군데서 팔 하나가 나왔대요. 그런데 그 연못들이 옛날 우리 집 부근에 있어요."

"네? 에식스요?"

내가 깜짝 놀라 소리를 쳤다.

"네. 우드퍼드에서 꽤 가까운 에핑 숲에 있어요. 생각만 해도 끔찍하지 않아요? 우리가 사는 동안에도 그곳에 유기된 채 있었을지 몰라요. 아버지는 그 기사를 읽고 너무 흥분을 하셔서 신문을 창밖으로 몽땅 던져 버리셨어요. 신문이 담 너머로 날아가 버리는 바람에 불쌍하게도 오먼 양이 신문을 잡으려고 골목을 마구 달려야 했죠."

"아버님께서는 이번에 발견된 유해가 존 벨링엄 씨일 수도 있다고 생각하시나요?"

"그런 것 같아요. 물론 제게는 그런 말씀을 한 번도 안 하셨지만요. 저도 그런 이야기는 입 밖에 꺼내지도 않았어요. 아버지와 저는 서로 여전히 삼촌이 살아 계시다고 믿는 척하거든요."

"당신은 그렇지 않다고 생각하는군요, 그렇죠?"

"네. 아마도 돌아가시지 않았을까 싶어요. 아버지도 저와 같은 생각이신 것 같아요. 다만 그렇게 인정하기가 싫으신 거예요."

"혹시 이번에 발견된 뼈가 무엇인지 기억하십니까?"

"아뇨. 그것까지는 몰라요. 쿠쿠 피츠에서 한쪽 팔이 나왔고 허벅지 뼈가 세인트 메리 크레이 근처의 연못에서 발견되었다는 것 정도만 기억해요. 오먼 양이라면 이 일에 대해서 빠짐없이 들려주실 수 있을 거예요. 선생님이 관심이 있으시면요. 오먼 양은 단짝을 만나는 걸 기뻐하실 거예요."

벨링엄 양이 미소를 지으며 말했다.

"제가 도깨비와 단짝인지는 모르겠군요. 게다가 그렇게 성깔 있는 도깨비라면 특히요."

내가 말했다.

"어머나, 그분을 그렇게 흉보지 마세요, 버클리 선생님!"

벨링엄 양이 오먼 양의 편을 들었다.

"오먼 양은 성격이 모난 게 아니에요. 그냥 겉으로만 쌀쌀맞게
굴 뿐이에요. 도깨비니 뭐니 한 제가 잘못했어요. 그분은 그 누구보
다 상냥하고, 애정이 깊고, 남을 진심으로 위할 줄 아는 천사 같은
고슴도치형 인간이에요. 이 세상을 아무리 여행해도 그런 분은 다
시 못 만날걸요. 그거 아세요? 오먼 양은 제 낡은 드레스를 입고 갈
만한 상태로 만들려고 손끝이 닳도록 손질해 주셨어요. 선생님의
작은 저녁 모임에서 제가 어떻게든 예쁘게 보이게 하려고요."

"어떤 경우라도 당신은 아름답게 보일 겁니다. 그렇다면 오먼
양의 성격에 대해 했던 말을 지체 없이 철회하겠습니다. 솔직히 말
하면 진심도 아니었어요. 저도 처음부터 그분이 좋았거든요."

"알겠어요. 저, 잠시 들어오셔서 아버지와 이야기라도 나누시겠
어요? 느긋하게 왔는데도 꽤 일찍 왔네요."

나는 기꺼이 초대를 받아들였다. 더군다나 파티에서 먹을 음식
에 대해 오먼 양과 상의할 것도 있었는데, 친구들 앞에서는 그런 이
야기를 꺼내고 싶지 않았다. 나는 벨링엄 양과 함께 집으로 들어간
후 그녀의 아버지와 주로 박물관에서 한 작업에 대해 이야기를 나
누었다. 마침내 진료실로 돌아가야 할 시간이 되었다.

작별 인사를 건넨 후 나는 일부러 느릿느릿 계단을 내려왔다.

최대한 구둣발 소리를 요란하게 내면서 말이다. 그랬더니 예상대로 오먼 양의 방문 앞을 지나가려는데 문이 홱 열리면서 그녀가 얼굴을 내밀었다.

"내가 선생이라면 구두 수선공을 바꾸겠어요."

그녀가 다짜고짜 말했다.

그녀를 보자마자 '천사 같은 고슴도치형 인간'이라는 표현이 떠올라 하마터면 킬킬거리며 웃을 뻔했다.

"당연히 그러시겠죠, 오먼 양. 득달같이 말입니다. 하지만 그 불쌍한 친구도 행색이 말이 아닌걸요."

"정말 건방진 젊은이로구만."

오먼 양이 쌀쌀맞게 말했다. 그 말에 내가 씩 웃자 그녀는 나를 잡아먹을 듯한 눈빛으로 노려보았다. 문득 내가 그녀를 왜 불러냈는지 기억이 나 진지한 표정을 지으며 말문을 열었다.

"오먼 양, 몇 가지 중요한 문제에 대해서 조언을 꼭 듣고 싶습니다. 적어도 제게는 무척 중요한 문제라서요."

(그 말에 그녀의 귀가 솔깃해야만 했다. 희한하게도 아이작 월턴이 무시했던 '조언 미끼'는 어떤 날씨에서도 효과를 보장할 수 있다.)

그녀의 귀가 솔깃했다. 그녀는 눈 깜짝할 사이에 튀어 올라 미끼로 내민 수탉의 털과 몸통까지 전부를 꿀꺽 집어삼켰다.

그녀가 열을 내며 물었다.

"무슨 일이에요? 나 말고 다른 사람들도 들을 수 있는 자리에 그렇게 서 있지 말고 안으로 들어와서 앉아서 얘기해요."

나도 그 문제를 네빌스 코트에서 의논하고 싶지는 않았다. 게다가 시간도 없었다. 그래서 짐짓 신비로운 분위기를 연출하며 말문을 열었다.

"지금은 안 됩니다, 오먼 양. 당장 진료실에 가 봐야 하거든요. 하지만 오먼 양이 지나가시는 길에 잠시 시간이 되신다면 저를 찾아와 주시면 정말 감사하겠습니다. 뭘 어떻게 해야 할지 눈앞이 깜깜합니다."

"아무렴, 분명히 그럴 거예요. 원래 남자들은 그렇잖아요. 그래도 선생은 다른 사람들보다 좀 낫네요. 적어도 곤란한 지경이 되니 여자에게 상담을 할 분별력은 갖추고 있으니 말이에요. 그나저나 무슨 문제인데 그러는 거예요? 나도 미리 생각을 해 두면 좋지 않겠어요."

"음, 뭐랄까요."

나는 얼버무리듯이 말꼬리를 흐렸다.

"간단한 문제인데 제게는 무리입니다, 절대로 못 할 거예요!"

나는 시계를 힐끔 보며 이렇게 덧붙였다.

"이제는 정말 가 봐야겠습니다. 안 그러면 환자들이 줄줄이 기다릴 거예요."

그 말을 끝으로 말 그대로 궁금해서 죽을 지경인 오먼 양을 남겨 둔 채 허겁지겁 그곳을 떠났다.

009

링컨스 인의 스핑크스

아무도 스물여섯이라는 나이가 인생의 연륜이 쌓였을 만한 나이라고 할 수는 없을 것이다. 그럼에도 불구하고 그 짧은 세월에 축적된 인간 본성에 대한 지식 덕분에 나는 오면 양의 방문을 받은 그날 저녁 어느 정도는 자신만만해 있었다. 당시 상황만 생각해 봐도 그럴 만했다. 그래서 7시를 이 분 남겨 두었을 즈음 진료실 문을 두드리는 의미심장한 소리에 나는 그녀가 도착했음을 직감했다.

"우연히 근처를 지나가던 길이었어요."

그녀는 이렇게 둘러댔다. 나는 그 우연의 일치에 웃음이 나오려는 것을 애써 참았다.

"생각해 보니까 온 김에 잠시 들러서 선생이 나한테 뭘 부탁하고 싶은지 들어 보면 되겠더군요."

그녀는 탁자 위에 신문 꾸러미를 내려놓으며 환자용 의자에 앉아 어서 말을 해 보라는 표정으로 나를 빤히 바라보았다.

"고맙습니다, 오먼 양. 이렇게 들러 주시다니 정말 고맙습니다. 별것도 아닌 일로 폐를 끼치는 게 아닌가 염려가 되는군요."

그녀는 초조한 듯 주먹 쥔 손의 관절로 탁자를 톡톡 두드리며 이렇게 쏘아붙였다.

"그런 건 신경 쓰지 않아도 돼요. 도, 대, 체, 내, 게, 묻, 고, 싶, 은, 게, 뭐, 예, 요?"

나는 저녁 식사 초대로 내가 하고 있는 고민을 털어놓았다. 그런데 이야기를 하면 할수록 그녀의 얼굴은 실망감과 혐오감으로 서서히 일그러졌다.

"고작 이런 문제로 그렇게 비밀스럽게 굴 필요는 없었잖아요?"

그녀가 뚱하게 쏘아붙였다.

"비밀스럽게 굴 생각은 조금도 없었습니다. 다만 일을 엉망으로 만들까 봐 걱정을 했을 뿐이죠. 식탁에서 누리는 즐거움을 고고하게 경멸하는 척하면 아무 문제도 없겠죠. 하지만 맛있는 음식으로 풍성히 차린 식탁에는 대단한 미덕이 있지 않습니까. 특히 소박한 생활과 고귀한 사상이 유행이었던 시절이었다면요."

"말솜씨는 형편없지만 말은 바른 말이로군."

오먼 양이 말했다.

"그렇습니다. 지금 상황에서 거머 부인에게 모든 준비를 맡겨 두면 분명히 기름 덩어리가 둥둥 떠 있는 미지근한 아이리시스튜에 모양이 엉망인 슈이트 푸딩* 같은 걸 내놓을 게 분명합니다. 게다가 그것들을 준비하느라 집 안을 엉망으로 만들어 놓겠죠. 그래서 데우지 않아도 되는 음식들을 제가 따로 준비하면 어떨까 생각을 한 겁니다. 이왕이면 손님들이 제가 거창하게 준비를 했다고 여기지 않으면 더 좋고요."

"그분들도 하늘에서 내려온 음식이라고 생각하지는 않을 거예요."

오먼 양이 툭 말했다.

"그럼요. 그러시지는 않을 겁니다. 어쨌든 제가 무슨 말을 하고 싶은지 아시겠죠. 이번 모임의 재료를 어디서 마련하면 좋을지 한 말씀 부탁드립니다."

오먼 양은 잠시 생각을 해 보더니 마침내 말문을 열었다.

"차라리 장을 보고 음식을 만드는 일을 내게 맡기는 게 좋겠어요."

그녀의 최종 판결이었다.

이런 대답을 나는 기다리고 있었으므로 거머 부인의 감정은 생각지도 않고 감사히 그 제안을 받아들였다. 나는 그녀에게 당장 이 파운드를 주었다. 돈을 너무 많이 준다며 그녀는 사양했지만 결국 가방에 돈을 넣었다. 그런데 돈을 넣는 일이 이만저만 힘들지 않았다. 그도 그럴 것이 그녀의 가방에는 돈지갑 외에도 공립 기록 보관

● **슈이트 푸딩** _ 다진 쇠고기 지방과 밀가루에다 때로는 건포도, 양념 따위를 섞어 넣어 삶거나 보자기에 싸 쪄서 만드는 푸딩.

소를 방불케 할 정도로 낡고 닳은 청구서들이 잔뜩 들어 있는데다가 포목점에서 받은 직물 견본과 리본 조각 들, 리넨을 입힌 단추가 잔뜩 달린 종이 한 장, 호크 단추가 잔뜩 달린 종이 한 장, 끝을 잘근잘근 씹어 놓은 몽당연필 한 자루며 기억에도 없을 자잘한 물건들로 이미 불룩해져 있었던 것이다. 잠금장치가 금방이라도 뜯겨 나갈 것 같은 가방을 잘 닫은 후 그녀는 입을 꾹 다물고 매서운 눈빛으로 나를 노려보았다.

"선생은 언변이 좋으신 모양이에요."

그녀가 툭 던지듯 말을 했다.

"왜 그런 말씀을?"

내가 의아해했다.

"아름다운 아가씨들과 일을 핑계로 박물관을 전전하며 연애질을 하잖아요. 하! 일 좋아하시네! 벨링엄 양이 아버지에게 하는 이야기를 다 들었어요. 아가씨는 선생이 미라며 말린 고양이며 돌덩이며 온갖 쓰레기에 홀딱 빠졌다고 생각하는 것 같더군. 그런데 아가씨는 남자들이 얼마나 사기꾼들인지 모른다니까."

"맞습니다, 오먼 양."

내가 말문을 열었다. 그녀가 쏘아붙였다.

"쓸데없는 소리는 그만해요! 내 눈에는 훤히 보여요. 그러니 나한테 구구절절 설명하지 말아요. 선생이 유리 용기들을 들여다보며 그녀에게 계속 말을 하라고 부추기곤 발치에 쭈그리고 앉아 그녀의 이야기를 입을 헤벌쭉 벌리고 눈을 부릅뜨고 듣고 있는 모습이 눈에 선하니까. 내 말이 틀렸나요?"

"발치에 쭈그려 앉지는 않았습니다. 그러고 보니 그렇게 바닥이 미끄러워서야 자칫하면 그렇게 될 뻔했겠는데요. 하지만 정말 즐거웠습니다. 할 수만 있다면 또 그러고 싶을 정도로요. 벨링엄 양은 지금까지 이야기를 나눈 여성들 가운데 가장 똑똑하고 재주가 많은 분이거든요."

나만큼이나 벨링엄 양을 존경하고 그녀에게 충실한 오면 양으로서는 나의 극찬을 듣고 망설이지 않을 수 없었을 것이다. 그녀는 내 말끝마다 신나게 꼬투리를 잡았지만 이제 더 이상 그럴 수가 없었다. 그녀는 자신의 패배를 감추기 위해 신문 꾸러미를 홱 가져와 펼치기 시작했다.

"'상어질화'라는 게 뭐예요?"

그녀가 느닷없이 내게 질문을 던졌다.

"'상어질화'라고요?"

내가 소리쳤다.

"그래요. 세인트 메리 크레이에 있는 연못에서 발견된 뼈에서 그렇게 된 부분을 하나 찾아냈다는군요. 에식스의 다른 연못에서 발견된 뼈에서도 비슷한 부분이 발견되었고요. 그래서 지금 '상어질화'가 뭐냐고 물어보는 거예요."

나는 그녀의 대답을 잠시 생각해 본 후 되물었다.

"혹시 '상아질화'를 말씀하시는 거 아닌가요?"

"신문에는 '상어질화'라고 나왔던데. 기자라면 자기가 무슨 소리를 하는지 정도는 알고 썼지 않겠어요? 혹시 무슨 말인지 모르겠다면 솔직히 말해요. 뭐라고 안 할 테니."

"그럼 솔직히 말씀드리죠. 무슨 소리인지 모르겠습니다."

"그렇다면 이 기사를 직접 읽어 보면 알겠네요."

그녀의 말은 살짝 비논리적이었다. 그녀는 곧 말을 이었다.

"살인 사건을 좋아해요? 나는 끔찍할 정도로 좋아한답니다."

"그런 말씀을 하시는 걸 보니 호기심 많은 도깨비가 분명하군요!"

내가 깜짝 놀라 소리쳤다.

그녀는 나를 향해 턱을 추켜올린 채 따지듯 말했다.

"이봐요, 내 앞에서는 말을 좀 더 신경 써서 해요. 이래 봬도 내가 선생 어머니뻘이란 말이에요."

"말도 안 돼요!"

내가 소리를 쳤다.

"사실이에요!"

오먼 양이 다시 확인해 주었다.

"음, 나이가 유일한 자격은 아니죠. 게다가 오먼 양이 너무 늦어서 자리가 없는데 어쩌죠. 빈자리가 다 채워졌거든요."

오먼 양은 탁자 위에 올려놓은 신문을 탁 하고 치더니 벌떡 일어났다.

"이 신문을 읽고 분별력이라는 걸 좀 배워 봐요."

그녀는 이렇게 쏘아붙인 후 몸을 홱 돌리며 이렇게 덧붙였다.

"오, 그 손가락도 빼먹지 말아요! 그 부분이 진짜 스릴 넘치니까!"

"손가락요?"

내가 되물었다.

"그래요. 읽어 보면 알겠지만 손가락이 하나 없답니다. 경찰은 그 점이 중요한 단서가 될 거라고 생각한대요. 그게 무슨 말인지는 모르겠지만. 그러니까 기사를 읽어 보고 어떻게 생각하는지 의견을 들려줘요."

오먼 양은 이렇게 지시를 내린 후 호들갑을 떨며 진료실을 나갔다. 나는 그녀를 따라 나가 현관에서 거창하게 작별 인사를 건넸다. 나는 그녀의 자그마한 체구가 새처럼 총총걸음으로 페터 레인을 걸어가는 모습을 지켜보았다. 이윽고 진료실로 다시 들어가려는데 마침 반대편에서 걸어오는 초로의 신사가 내 눈길을 사로잡았다. 키가 크고 뼈만 남았나 싶을 정도로 마른 체격에 기묘한 용모의 남자였다. 그런데 그가 고개를 들고 있는 모습을 보니 의사의 관점에서는 꽤 심한 근시인 것 같았고 두꺼운 안경알로도 그 사실을 확신할 수 있었다. 문득 그가 나를 유심히 살피는 기색이 느껴졌다. 그는 이내 턱을 앞으로 살짝 내밀고 안경알 너머의 나를 날카로운 푸른 눈동자로 뚫어지게 바라보며 길을 건너왔다.

"선생님이 저를 도와주실 수 있을 것 같군요."

그는 점잖게 절을 하며 말을 걸었다.

"저는 지인의 집을 찾아가는 길입니다. 그런데 주소를 잊어버렸지 뭡니까. 분명히 무슨 코트였는데, 이름이 도무지 기억이 나지 않는군요. 제 지인의 이름은 벨링엄이라고 합니다. 혹시 그런 사람이 사는 집을 모르시나요? 의사 선생님들은 대체로 발이 넓지 않습니까."

"고드프리 벨링엄 씨를 말씀하시나요?"

"아! 그럼 아시는군요. 길을 물어본 보람이 있군요. 벨링엄 씨도 선생님의 환자군요, 그렇죠?"

"환자이시기도 하고 개인적으로도 친분이 있습니다. 그분의 집은 네빌스 코트 49번지입니다."

"고맙습니다. 정말 고마워요. 친분이 있다고 하시니 벨링엄가의 습관 같은 걸 알고 계시면 알려 주시겠습니까. 제가 간다고 미리 알리지 않았는데, 괜히 불편한 시간에 찾아가고 싶지 않군요. 벨링엄가에서는 대개 언제 저녁을 먹습니까? 지금 찾아가도 괜찮겠습니까?"

"저는 주로 지금보다 더 늦게 갑니다. 8시 반 정도에 맞춰 가죠. 그때면 저녁을 다 드셨더군요."

"아, 그렇군요, 8시 반이란 말씀이시죠? 그럼 그때까지 산책이나 해야겠군요. 그분들을 귀찮게 하고 싶지는 않거든요."

"그럼 잠시 들어오셔서 담배라도 한 대 피우시고 가시면 어떻겠습니까? 괜찮으시면 제가 길을 안내해 드릴 수도 있습니다."

"정말 친절하신 분이군요."

막 나의 새로운 지인이 된 신사는 안경알을 통해 호기심 어린 눈빛으로 나를 바라보았다.

"저도 잠시 앉고 싶군요. 길거리를 헤매고 다니려니 따분하더군요. 그렇다고 링컨스 인에 있는 집까지 갔다가 다시 올 시간도 없고 말이죠."

나는 방금 전까지 오먼 양이 있었던 진료실로 그를 서둘러 안내하며 물었다.

"혹시 젤리코 씨 아니신지요?"

그는 안경을 제대로 낀 후 의심에 가득 찬 날카로운 눈빛으로 나를 바라보았다.

"왜 그렇게 생각하시죠?"

"아, 댁이 링컨스 인이라고 하셔서요."

"하! 알겠습니다. 나는 링컨스 인에 산다. 젤리코 씨는 링컨스 인에 산다. 그러므로 나는 젤리코 씨다. 하하하! 논리는 빈약하지만 정답이군요. 네, 맞습니다. 나는 젤리코라고 합니다. 저에 대해 또 뭘 아시죠?"

"거의 없다고 봐야겠죠. 선생님께서 고故 존 벨링엄 씨의 변호사였다는 사실을 제외하면요."

"'고 존 벨링엄 씨'라고요! 이보시오, 당신이 어떻게 벨링엄 씨가 이미 고인이라는 사실을 아는 겁니까?"

"사실 저도 모릅니다. 다만 선생님께서 그렇게 믿고 계시다고 알고 있습니다."

"알고 있다고요! 그렇다면 당신은 누구에게 무슨 말을 듣고 그렇게 '알게' 되셨습니까? 고드프리 벨링엄 씨에게 들으셨나요? 흠! 그 사람은 내가 그렇게 믿고 있는지는 어떻게 알죠? 나는 한 번도 그 사람에게 그렇게 말한 적이 없는데. 친애하는 의사 선생, 타인이 무엇을 믿고 있다고 설명하는 것은 매우 불확실한 일입니다."

"그렇다면 변호사님은 존 벨링엄 씨가 생존해 계시다고 보십니까?"

"내가요? 누가 그러던가요? 아시다시피 아닙니다."

"하지만 존 벨링엄 씨는 살아 계시거나 돌아가셨거나 둘 중 하나 아닙니까?"

그러자 젤리코 씨가 맞장구를 쳤다.

"그 점에 대해서는 저도 동감입니다. 부정할 수 없는 진실을 말씀하셨군요."

"하지만 아무런 해답도 되지 않죠."

나는 웃음을 터뜨리며 대답했다.

"부정할 수 없는 진실이 가끔은 그렇기도 하죠. 그런 진실은 극도로 일반적인 경향이 있으니까요. 제시된 가정이 진실이라는 확신은 그것의 일반성과 비례한다고 단언할 수 있습니다."

"저도 그렇게 생각합니다."

"의심할 수 없는 사실이죠. 선생의 직업에서 예를 들어 볼까요. 이십 세 미만의 일반인이 백만 명 있다면 선생은 그들 중 대다수가 일정한 나이가 되기 전에 특정한 상황이나 질환으로 사망한다고 확실하게 말씀하실 수 있습니다. 그런데 그 백만 명 가운데 한 명을 콕 짚는다면 과연 그 사람에 대해 무슨 예상을 할 수 있습니까? 아무것도 할 수 없습니다. 그 사람은 내일 당장 죽을 수도 있고 이백 살까지 살 수도 있죠. 코감기로 죽을 수도 있고 손가락을 베이거나 세인트 폴 대성당의 십자가에서 떨어져 죽을 수도 있습니다. 구체적인 경우로 들어가면 아무것도 예측할 수 없습니다."

"완벽한 사실입니다."

내가 말했다. 문득 이야기 주제에서 멀리 벗어난 것을 깨닫고는 원래 주제인 존 벨링엄 씨 이야기로 은근슬쩍 말꼬리를 돌렸다.

"정말 기묘한 일이 벌어졌더군요. 존 벨링엄 씨가 실종된 사건 말입니다."

젤리코 씨가 대뜸 되물었다.

"왜 기묘하죠? 사람들은 때때로 행방을 감춥니다. 다시 돌아왔을 때 들려주는 (들려준다면 말이죠) 해명을 들어 보면 말이 되기도 하고 안 되기도 하죠."

"그분이 사라진 상황이 꽤 기묘하지 않습니까."

"어떤 상황이요?"

다시 젤리코 씨가 물었다.

"허스트 씨의 집에서 모습을 감춘 방식을 말하는 겁니다."

"그분이 어떤 식으로 그곳에서 모습을 감췄는데요?"

"음, 그건 저도 모르죠."

"그렇습니다. 저도 모릅니다. 그러므로 상황이 기묘한지 아닌지 저도 딱 잘라 말할 수 없는 겁니다."

"그분이 그 집을 나갔다는 것조차 불확실하죠."

내가 다분히 경솔하게 말했다.

젤리코 씨도 맞장구를 쳤다.

"그렇습니다. 그가 그곳을 떠나지 않았다면 지금도 그곳에 있겠죠. 지금도 그곳에 있다면 그는 사라진 적이 없습니다. 상황을 따져 보자면 말이죠. 그리고 사라지지 않았다면 수수께끼도 없죠."

나는 껄껄거리며 웃음을 터뜨렸다. 하지만 젤리코 씨는 목석이라도 된 듯 엄숙한 분위기로 안경을 통해 나를 찬찬히 살폈다. (나도 그를 살펴 안경알의 도수가 마이너스 오 정도 된다고 짐작했다.) 천연덕스럽게 논쟁을 벌이고 조심스럽지만 유머를 잃지 않는 음울한 분위기의 변호사에게는 어딘지 모르게 사람을 즐겁게 하는 구석이 있었다. 내놓고 몸을 사리는 모습에 나는 더 질문을 하고 싶어졌다. 경솔해 보이는 질문일수록 더 좋았다.

"그렇다면 이 상황에서는 사망 추정 결정을 신청하자는 허스트 씨의 제안에 동의하실 수 없겠군요?"

"어떤 상황 말입니까?"

그가 되물었다.

"변호사님께서 말씀하신 대로 존 벨링엄 씨가 정말로 돌아가셨는지 어떤지 의심스러운 상황이오."

"무슨 말씀을 하시는지 모르겠군요. 그분이 확실히 살아 있다면 죽었다고 추정하는 것이 불가능합니다. 확실히 돌아가셨다면 마찬가지로 사망 추정이 불가능합니다. 확실한 것을 추측할 수는 없죠. 불확실하기 때문에 추정을 하게 되는 겁니다."

나는 그의 말에 반박을 해 보았다.

"하지만 그분이 살아 있다고 정말로 믿고 계신다면 그분의 사망을 추정하고 유산을 배분하는 책임을 맡으면 안 되지 않습니까?"

"그렇습니다. 저는 책임을 맡지 않습니다. 저는 법원의 결정에 따라 움직일 뿐 이 문제에 대해 아무런 선택권이 없습니다."

그가 대답했다.

"하지만 법원이 사망 추정 결정을 내린다고 해도 여전히 존 벨링엄 씨가 살아 계실 수 있지 않습니까?"

"절대 그렇지 않습니다. 법원이 사망했다고 판결을 내리면 그때부터는 사망한 것으로 추정합니다. 단지 아무 상관 없는 물리적 상태로는, 살아 있을 수 있습니다. 하지만 법적으로 즉, 유언을 집행하는 입장에서는 사망한 것입니다. 이 차이를 잘 모르시는 것 같군요, 그렇죠?"

"그런 것 같습니다."

내가 선선히 인정했다.

"네, 선생님과 같은 직업을 가진 사람들이 대개 그렇죠. 그렇기 때문에 의료인이 법정에서 증인으로 형편없는 겁니다. 과학적 관점은 법률적 관점과 완전히 다릅니다. 과학자는 자신의 지식과 관찰, 판단에 의지합니다. 그래서 증언을 무시하죠. 어떤 남자가 와서 자신은 한쪽 눈이 멀었다고 주장을 한다고 칩시다. 그러면 선생은 그의 증언을 받아들이시겠습니까? 절대 아니죠. 선생은 색깔을 입힌 유리들로 만들어진 괴상한 기구로 남자의 시력을 측정할 겁니다. 그 결과 양쪽 눈이 멀쩡하게 잘 보인다는 사실을 알아내겠죠. 그리고 한쪽 눈이 멀지 않았다는 결론을 내립니다. 다시 말해서 자신이 확신하는 결과를 믿기 때문에 그의 증언을 부정하는 겁니다."

"하지만 논리적인 방법을 통해서 결론을 내리지 않았습니까?"

"과학적으로야 확실히 그렇죠. 하지만 법적으로는 아닙니다. 법정은 제시된 증거에 따라 판결을 내립니다. 그 증거란 선서를 한 후 이루어진 증언이죠. 만약 증인이 검은 것을 하얗다고 맹세를 했는데 이를 반박할 증거가 제시되지 않으면 법정에 제시한 증거는 검은 것이 하얀 것이 됩니다. 법정은 이에 따라 판결을 내려야 하죠. 판사와 배심원단은 달리 생각할 수 있습니다. 개인적으로는 그와 반대로 알고 있을 수도 있죠. 하지만 증거에 따라 판결을 내릴 수밖에 없습니다."

"그렇다면 판사는 알고 있는 사실에 반하는 판결을 내리는 것도 정당화될 수 있다는 말씀이십니까? 결백하다는 것을 아는데도 형을 내릴 수도 있고요?"

"그렇습니다. 그렇게 되어야 하는 겁니다. 다른 사람이 살인을 저지르는 장면을 실제로 목격한 판사가 있었습니다. 그런데도 그 판사는 엉뚱한 남자에게 사형을 구형하고 형을 즉시 집행하도록 허락한 경우가 있습니다. 절차의 정확성을 끝까지 고지식하게 따른 것이었죠."

"앙심이 개입된 것이었겠죠. 존 벨링엄 씨의 사건으로 돌아가죠. 법원이 그분이 사망했다고 판결을 내렸는데 어느 날 살아서 돌아온다면? 그러면 어떻게 됩니까?"

"아하! 그때는 그분이 신청서를 제출해야겠죠. 그러면 법원이 다시 제시된 증거에 따라 그분이 살아 있다고 판결을 내리겠죠."

"그동안 그분의 유산은 이미 분배되었겠죠?"

"아마도요. 하지만 사망 추정 판결이 내려진 것은 자업자득이라는 점을 명심하세요. 그런 식으로 행동해 자신이 죽었다고 생각되도록 했다면 그 결과에 대해서도 승복을 해야 하는 겁니다."

"네. 충분히 합리적인 사고방식이군요."

나는 이렇게 답하고 잠시 후 다시 물었다.

"이런 절차가 조만간 진행될 수도 있습니까?"

"그 말씀은 허스트 씨가 그런 종류의 조치를 숙고중이라는 사실을 알고 계신다는 거겠죠? 분명히 믿을 만한 소식통으로부터 그런 정보를 입수하셨겠죠."

젤리코 씨는 대답을 하는 내내 안경을 쓴 허수아비라도 된 것처럼 근육 하나 움직이지 않고 나를 뚫어져라 응시했다.

나는 살짝 미소를 지었다. 젤리코 씨로부터 뭔가 정보를 짜내는 과정은 호저와 권투 시합을 벌이는 것과 흡사했다. 그는 수동적인 저항에서 발군의 실력을 발휘했다. 하지만 나는 한 번 더 공격을 해 보기로 했다. 쓸 만한 정보를 캐내는 것은 포기했지만 그가 요리조리 공격을 막아 내는 솜씨를 더 구경하고 싶은 기분이 들었기 때문이다. 나는 당연히 '유해'에 관한 주제로 포문을 열었다.

"사람의 뼈가 발견되었다면서 요즘 신문에서 떠들썩하게 보도하고 있는 소식을 읽으셨습니까?"

그는 나를 냉랭한 시선으로 한동안 바라보더니 마침내 대꾸를 했다.

"인간의 뼈는 저보다는 선생의 전문 분야가 아닌가요. 그래도 이야기를 꺼내셨으니 말씀드리죠. 그런 기사를 본 기억이 납니다. 절단된 뼈들이 발견된 걸로 기억하고 있습니다만."

"맞습니다. 명백히 절단된 시신의 유해입니다."

"저도 그럴 거라고 짐작을 했습니다. 하지만 설명을 잘 이해하지 못하겠더군요. 살다 보면 흥밋거리가 틀에 박히게 되지 않습니까. 제게 그런 틀은 부동산 양도법입니다. 이번에 발견된 사실들은 형사법 전문 변호사가 좀 더 흥미를 가지겠죠."

"변호사님도 의뢰인이 실종된 상황과 그 신문 보도를 연관 지어 생각해 보셨겠죠?"

"제가 왜요? 어떤 식으로 연관을 지을 수 있다는 말씀이신가요?"

"음. 발견된 뼈가 남자의 것……."

"네. 제 의뢰인은 뼈를 가진 남자가 맞습니다. 이것이 두 가지 사실의 연관 관계죠. 구체적이거나 뚜렷한 관계라고는 할 수 없지만요. 물론 선생은 좀 더 구체적인 연관 관계를 염두에 두고 계시겠죠?"

내가 선선히 인정을 했다.

"그렇습니다. 그 뼈들 가운데 일부가 실제로 변호사님의 의뢰인이 소유한 땅에서 발견되었다는 사실이 제게는 상당히 의미심장해 보이더군요."

"정말로 그곳에서 발견되었나요?"

젤리코 씨가 되물었다. 그는 나를 한참이나 빤히 바라보며 생각에 잠기는 것 같더니 이내 말을 이었다.

"그 부분에서 저는 선생의 생각을 이해할 수 없군요. 인간의 시신 일부가 특정 지역에서 발견되면 일단은 시신을 유기한 장본인으로 그 땅의 주인이나 사용자가 제일 먼저 의심을 받을 수 있습니다. 하지만 선생이 상상하신 사건은 성립 자체가 불가능하죠. 왜냐하면 자신의 시신을 토막 내 땅에 묻을 수는 없으니까요."

"그럼요. 물론 그럴 수는 없죠. 저는 존 벨링엄 씨가 직접 자신을 묻었다는 뜻이 아니었습니다. 그러나 그분의 땅에 묻혀 있었다는 사실을 바탕으로 어떤 식으로든 이 유해와 존 벨링엄 씨를 연결지을 수 없을까 했던 거죠."

그러자 젤리코 씨가 대뜸 말했다.

"이번에도 선생의 논리를 따라갈 수가 없군요. 시신을 절단하는 살인범들이라면 꼼꼼하게도 피해자가 소유하고 있는 땅에 절단한 시신을 숨기는 것이 관례라는 말씀을 하시려는 게 아니라면 말이죠. 그렇다면 선생이 제시한 사실에 회의를 품지 않을 수 없군요. 저에게는 그런 관례가 존재한다는 사실이 금시초문입니다. 게다가 존 벨링엄 씨의 땅에서 발견된 것은 시신의 일부이고 나머지 부분들이 광범위한 지역에 흩어져 있다고 읽은 것 같은데요. 그렇다면 이 사실과 선생의 추측은 어떻게 연결을 지어야 합니까?"

나는 인정을 했다.

"그 두 가지를 연결시킬 수는 없지요. 하지만 변호사님도 좀 더 중요하다고 인정하실 만한 사실이 있습니다. 제일 처음 뼈가 발견된 곳은 시드컵이었습니다. 그런데 시드컵은 엘텀에 인접해 있죠. 엘텀은 벨링엄 씨가 살아 있는 모습이 마지막으로 목격된 곳이고요."

"그런데 그 사실이 왜 중요하죠? 시신의 일부가 발견된 여러 지역 가운데 유독 한 지역을 시신과 결부 짓는 이유가 무엇입니까?"

나는 정곡을 찌르는 질문에 은근히 당황했다.

"드러난 상황으로 보아 시신을 유기한 자는 실종자가 마지막으로 목격된 엘텀 인근 지역에서부터 유기를 시작했다고 추측을 해 볼 수 있겠더군요."

내 대답에 젤리코 씨는 고개를 가로저었다.

"시신을 발견한 순서와 유기한 순서를 혼동하고 계신 것 같군요. 시드컵에서 발견된 유해가 다른 곳에서 발견된 부분들보다 먼저 유기되었다는 증거가 어디에 있습니까?"

"그런 증거가 있는지는 모르겠습니다."

내가 솔직하게 대답했다.

"그렇다면 엘텀 지역부터 유기를 했다는 추측을 무엇으로 뒷받침하시려는지 감도 못 잡겠군요."

잠시 생각해 보고 내 이론을 뒷받침할 만한 구체적인 증거가 하나도 없다는 사실을 인정하지 않을 수 없었다. 실력의 차이가 현저히 나는 경쟁에서 마지막 화살까지 쏘아 버리고 말았으니 슬슬 화제를 바꿔야 할 때가 된 것 같았다.

"며칠 전에 영국 박물관을 찾았습니다. 존 벨링엄 씨가 조국에 마지막으로 기증한 유물들도 보았죠. 중앙 전시대에 잘 전시되어 있더군요."

내가 말했다.

"그렇습니다. 저도 그 유물이 전시되는 위치가 퍽 마음에 들더군요. 불쌍한 제 친구도 저와 같은 마음이었을 겁니다. 전시대를 볼 때마다 그 친구가 볼 수 있다면 얼마나 좋을까, 하는 생각을 하죠. 아마 볼 수 있겠죠, 언젠가는."

"저도 꼭 그렇게 되기를 바랍니다."

나는 젤리코 씨가 기대했던 것보다 훨씬 더 진지한 마음을 담아 말했다. 그도 그럴 것이 존 벨링엄이 무사히 돌아와야 복잡하게 얽힌 매듭이 말끔히 풀어지듯 고드프리 씨의 문제도 확실하게 해결이 날 것이기 때문이었다.

"변호사님도 이집트학에 상당히 관심이 많은 것으로 알고 있습니다."

내가 이렇게 덧붙였다. 젤리코 씨의 목석같은 표정에 생각지도 못한 생기가 돌기 시작했다.

"관심이 많다마다요. 매력적인 학문이죠. 자신에 대해 말해 주기 위해 호박에 갇힌 파리처럼 자신들이 세운 불변의 기념비 속에 영원히 갇힌, 인류의 머나먼 유년기에 꽃피었던 존경스러운 문명을 연구하는 학문이니까요. 이집트와 관련된 것은 그것이 뭐든 특유의 엄숙함으로 우리에게 깊은 인상을 남기죠. 시간과 변화를 거역하는 영원성과 안정이라는 느낌이 이집트를 지배하고 있어요. 그곳에서는 장소도, 사람도, 건축물도 모두 똑같이 영원을 호흡합니다."

나는 지금까지 무미건조하고 무뚝뚝한 줄로만 알았던 변호사의 입에서 터져 나오는 유려한 달변에 어안이 벙벙해졌다. 하지만 이런 열정적인 모습 때문에 좀 전보다 그가 인간적으로 보이면서 그가 더 좋아졌다. 그래서 그의 취미에 대해 좀 더 이야기하기로 했다.

"하지만 사람들은 몇 세기를 지나오면서 분명히 변했을 겁니다." 내가 지적했다.

"그래요. 그랬을 거예요. 캄비세스*에 맞서 싸웠던 사람들은 오천 년 전 이집트로 행군해 들어갔던 민족, 그러니까 초기 건축물에서 초상화를 볼 수 있는 왕조의 사람들이 아니었어요. 오천 년 동안 원래 그곳에서 살던 이집트인들의 피에 힉소스와 시리아, 에티오피아 사람들의 피가 섞였습니다. 그 외에 얼마나 많은 민족들의 피가 섞여 들었을지 누가 알겠습니까. 하지만 이집트의 삶은 면면히 이어져 왔습니다. 오래된 문화는 새로 온 사람들을 변화시켰어요. 이주해 온 이방인들은 이집트인으로 동화가 되었죠. 이것은 경이로운 현상입니다. 현재 시점에서 그때를 되돌아보면 한 국가의 생활사라기보다 지질 시대에 더 가까운 느낌입니다. 이런 이야기에 흥미를 느끼십니까?"

"그렇습니다. 물론 이런 이야기는 아무것도 모르지만요. 실은 이집트에 대해서는 아주 최근에 관심을 가지게 되었거든요. 이집트 유물들의 매력을 알게 된 것도 최근의 일입니다."

"벨링엄 양과 알게 된 후로 흥미가 일었겠군요?"

젤리코 씨는 이집트 조각상처럼 눈 하나 깜짝하지 않고 말했다.

나는 괜한 말을 꺼냈다는 생각에 얼굴이 벌게졌던 것 같다. 왜

캄비세스 _ 기원전 6세기에 이집트를 정벌했던 페르시아의 황제.

냐하면 그가 여전히 차분한 어조로 이렇게 말했기 때문이다.

"내가 그렇게 생각하는 건 벨링엄 양이 이집트학에 지적인 관심을 가지고 있는데다 실제로 조예가 깊다는 사실을 알기 때문입니다."

"그렇습니다. 그녀는 이집트의 유물에 대해 상당히 조예가 깊은 것 같더군요. 그러니 변호사님이 정확하게 보셨다고 인정하는 편이 낫겠습니다. 벨링엄 씨의 기증품을 보여 준 사람도 그녀였습니다."

"그럴 거라고 짐작했습니다. 그 기증품들은 매우 유익합니다. 대중적인 의미에서 말입니다. 전문가의 관심을 끌 만한 물건은 아무것도 없지만 공공 박물관에서 전시하기에는 더할 나위 없이 좋죠. 부장품으로 출토된 가구들은 최상품이고 미라가 안치된 관도 잘 만들어진데다 장식도 세련되었으니까요."

"네. 상당히 근사한 관이더군요. 그런데 그렇게 신경 써서 장식을 해 놓고 역청을 덕지덕지 발라 흉하게 만든 이유가 뭔지 아십니까?"

"아!"

젤리코 씨가 탄식을 내뱉었다.

"정말 흥미로운 질문이군요. 미라 관에 역청을 발라 놓는 경우는 그리 드물지 않습니다. 그 관이 있던 전시실의 옆 회랑에는 여사제의 미라가 전시되고 있는데, 금박을 한 얼굴을 제외하고 완전히 역청으로 발라 놓았죠. 그렇다면 역청은 왜 바를까요. 다 이유가 있습니다. 도굴범과 무덤을 훼손하는 사람들이 알아보지 못하도록 제문을 지워 신원을 감추기 위해서 역청을 바른 것입니다. 그런데 세벡호테프의 미라는 그런 점에서 특이합니다. 일단 제문을 지우려고 했던 것은 분명합니다. 뒷면 전체에 역청을 두껍게 발라 놓았고 발치에도 그렇게 했으니까요. 그런데 거기까지 작업을 한 후에 작업자들이 마음을 바꾸고 제문과 장식을 그대로 남겨 둔 겁니다. 왜 관에 역청을 바르다가 일부분만 작업을 한 후 관뒀는지는 지금도 풀리지 않은 수수께끼지요. 미라는 처음에 매장된 무덤에서 거의 훼손되지 않은 상태로 발견되었어요. 적어도 도굴범들은 거의 손을 대지 않았죠. 불쌍한 존 벨링엄은 그 사실을 어떻게 설명할 수 있을지 몹시 궁금해했죠."

내가 끼어들었다.

"역청 하니까 생각나는데. 얼마 전에 궁금했던 질문이 떠오르네요. 아시다시피 역청이라는 물질은 현대 화가들이 전부터 애용했는데 매우 위험한 특성을 지니고 있습니다. 그러니까 마르고 한참이 지나면 특별한 이유도 없이 액화되는 경향이 있지 않습니까."

"네, 저도 압니다. 역청을 사용했던 화가 레이놀즈의 그림에도 그런 일화가 있었지 않습니까? 어떤 부인의 초상화였던 것 같군요. 역청이 무르면서 그림 속 부인의 한쪽 눈이 뺨으로 흘러내렸죠. 할 수 없이 그림을 거꾸로 걸어 놓고 눈이 제자리로 돌아갈 때까지 실내 온도를 따뜻하게 유지했다더군요. 아니참, 질문이 뭐였죠?"

"고대 이집트의 예술가들이 사용한 역청이 오랜 세월이 흐른 후 물러진 경우가 알려져 있는지 궁금합니다."

"네, 그런 경우가 있는 걸로 알고 있습니다. 특정한 조건하에서 발라 놓은 역청이 물러 상당히 찐득거리게 된 경우를 여러 차례 들었거든요. 아차, 나 좀 보게! 여기서 노닥거리느라 선생의 시간을 이렇게나 빼앗은 줄 몰랐습니다. 벌써 8시 45분이군요!"

젤리코 씨는 서둘러 자리에서 일어났다. 나는 그를 붙잡아 둔 것을 몇 차례나 사과하고 목적지까지 바래다주겠다는 약속을 지키기 위해 따라나섰다. 길을 나서자 이집트의 영광도 서서히 사라지나 싶더니 벨링엄 씨의 집 앞에서 악수를 나눌 무렵에 젤리코 씨의 모습에서는 좀 전의 생기나 열정이 자취를 감추었고, 그는 어느덧 무미건조하고, 과묵하고, 적잖이 의심스러운 무뚝뚝한 변호사로 되돌아가 있었다.

010

새로운 동맹

내가 살게 된 곳의 수호신인 위대한 사전 편찬자 존슨 박사는 소화 불량에 걸린 도깨비처럼 먹는 행위의 정의를 내렸다. 그러니 후손들은 그 정의를 들으면 몸이 후들거릴 수밖에. '먹다: 입으로 걸신들린 듯 집어넣다.' 다정다감한 행위를 이렇게 충격적으로 바라보다니. 시니컬하고, 섬세하지 못하고, 한편으로는 도저히 용서가 되지 않는다. 그도 그럴 것이 먹는 행위를 너무나 노골적으로 묘사하지 않았는가. 따지고 보면 식사를 무례할 정도로 야만적으로 표현하려 들면 결국 무언가를 먹는 것은 위의 정의로 귀결된다. 그러나 옛날 공식에 현대적인 변용을 가미한 정의도 있으니, '영양분이 되는 물질의 섭취'이다. 이 정의가 본질적으로 물리적인 과정뿐 아니라 육욕까지 아우른다고 한다면, 먹는다는 행위가 정신적인 징후를 표현하는 데도 잘 어울린다는 점은 부정할 수 없을 것이다.

여분으로 밝힌 촛불에 힘을 얻은 가스등 불빛이 커튼을 걷어 피터 레인이 잘 보이는 2층 방의 조그마한 식탁을 환히 밝혔다. 그 가운데 포크와 나이프가 짤그락거리고, 잔이 쨍그랑거리고, 와인 병에서 와인이 경쾌하게 쏴르르 흘러나오는 소리가 울리며 밝고 정겨운 대화가 이어졌다. 그런데 우리 중 적어도 한 사람에게는, 더 정확하게 말해 고드프리 벨링엄 씨에게는 이 저녁이 흔치 않은 축제인 듯했다. 그랬기에 조촐한 저녁 식사에도 아이처럼 즐거워하는 그의 모습에서는 묵묵히 받아들이고는 있지만 뼛속 깊이 느끼고 있을 곤궁함과 고통의 시간이 유달리 애잔하게 느껴졌다.

우리는 이 주제 저 주제를 옮겨 다니며 대화를 했는데, 주로 예술과 관련된 이야기를 나누었다. 존 벨링엄의 유언장에 관한 민감한 주제는 아무도 입에 담지 않았다. 대화는 채색 기와를 쓴 사카라의 계단식 피라미드에서 중세의 교회 바닥으로, 엘리자베스 여왕 시절의 목공예품에서 미케네의 도자기로 이어진 후 급기야 석기 시대의 기술과 아스텍 문명에까지 다다랐다. 법조계에 몸을 담고 있는 은사와 선배가 흥미로운 이야기에 너무 빠져든 나머지 이 자리를 마련한 원래의 목적을 깜박한 것이 틀림없다는 생각이 슬그머니 들기 시작했다. 그도 그럴 것이 (거머 부인이 슬픔에 잠긴 유족이 장례식 음식을 대접하듯) 디저트를 식탁 위에 내놓을 때까지 '사건'에 대한 이야기는 눈곱만큼도 나오지 않았던 것이다.

손다이크 박사님은 눈치 게임이라도 하는 듯했다. 그는 호시탐탐 기회를 엿보며 친밀감이 무르익기를 기다렸다. 거머 부인이 다 먹은 접시와 잔들을 쟁반에 얹어 유령처럼 사라지자 마침내 기회가 생겼다.

"그러고 보니 어제 저녁에 손님이 있었죠, 버클리 선생. 내 친구 젤리코 말이외다. 그 사람이 선생을 만났다고 말하더군요. 선생이 어떤 사람인지 궁금해합디다. 젤리코가 그렇게 누군가에 대해서 꼬치꼬치 캐묻는 모습은 처음이었소. 인상이 어떻습디까?"

"괴짜 노인이랄까요. 재미있는 분이셨어요. 그분과 저는 질문에 질문으로 응수하고 배배 꼬인 대답을 하면서 한참을 보냈죠. 제가 끓어오르는 호기심을 못 참고 질문을 하면 그분은 무슨 문제든 모르쇠로 방어적인 태도를 취하셨어요. 요리조리 잘도 핵심을 피해 가시더군요."

그러자 벨링엄 양이 불쑥 말했다.

"어차피 오래전부터 온 세상이 우리 사건을 아는 마당에 그렇게 비밀스럽게 굴지 않으셔도 될 텐데."

"그렇다면 그 문제를 법정까지 가지고 가려는 거군요?"

손다이크 박사님이 묻고 벨링엄 씨가 대답했다.

"그렇소. 젤리코는 내 사촌인 허스트가 법원 신청 절차를 변호사들을 통해 진행하는 중이며 나도 협조하길 원한다는 말을 전하러 온 거였소. 이건 허스트가 보낸 최후통첩이었다오. 그런데 이런 법적인 문제로 즐거운 분위기를 망쳐서야 되겠소."

손다이크 박사님이 되물었다.

"안 될 게 뭐가 있습니까? 왜 그 문제를 필사적으로 회피해야 합니까? 혹시 그 문제를 거론하기가 불편하십니까?"

"아니오, 그런 말이 아니오. 함께 저녁을 드는 자리에서 의사에게 병명을 줄줄이 읊어 대는 작자를 보면 어떤 생각이 드시겠소?"

손다이크 박사님이 냉큼 대답했다.

"병명에 따라 다르겠죠. 그 사람이 평소 앓는 병이 만성 소화 불량이라서 닥터 스내플러의 여드름 환자용 자주색 알약의 효험을 구구절절 늘어놓는다면야 지루하겠죠. 반면 수면병의 일종인 트리파노소마증이나 말단 비대증 같은 희귀병으로 고생하고 있다면 그 의사는 반색을 하며 이야기를 들을 겁니다."

"그렇다면 이런 말이 되는 건가요? 법률적인 의미에서 우리가 희귀한 사례다?"

벨링엄 양이 말했다.

"두말하면 잔소리죠. 존 벨링엄 사건은 여러 면에서 독특합니다. 법조계 사람이라면 당연히 지대한 관심을 품을 겁니다. 하물며 법의학자는 말할 것도 없죠."

손다이크 박사님이 말했다.

"이렇게 영광스러울 데가! 우리 가족은 온갖 교재와 논문에 실려 변치 않는 명성을 누릴지도 모르겠네요. 하지만 아무리 중요한 인사가 되어도 우리는 절대 거만하게 굴지 않을 거예요."

벨링엄 양이 장단을 맞추자 벨링엄 씨가 이어서 말했다.

"그렇고말고. 우리는 그런 명성이 없어도 상관없지. 허스트도 마찬가지일 거야. 내 사촌이 한 제안에 대해 버클리 선생에게 들으셨소?"

손다이크 박사님이 대답했다.

"네. 버클리 군에게 들어 알고 있습니다."

"들은 대로요. 허스트는 젤리코를 보내서 한 번 더 기회를 줬지. 솔직히 받아들이고 싶었소. 하지만 내 딸이 절대 타협을 해서는 안 된다고 강력하게 반대를 했다오. 이 아이의 판단이 옳을 거요. 어쨌든 나보다 더 노심초사하는 사람은 이 애니까."

"젤리코 씨 생각은 어떻습니까?"

손다이크 박사님이 물었다.

"그 사람은 매우 조심스럽고 속내를 드러내지 않아요. 그런데도 불확실한 미래 대신 확실한 기회를 잡는 편이 현명한 처사라는 속내를 감추지 않더군요. 그도 내가 허스트의 제안을 받아들이기를 바랄 거요. 상황이 정리가 되어 유산을 어서 받고 싶은 게 인지상정 아니겠소."

"확실히 거절하셨습니까?"

"그렇소. 딱 잘라 제안을 물리쳤소. 그래서 허스트가 사망 추정 결정을 받아 유언장을 검인하려고 곧 법원에 신청을 할 거요. 젤리코는 그를 도울 거고. 선택의 여지가 없다고 자기 입으로 그러더군요."

"그러면 선생님은 어떻게 하실 작정이십니까?"

"일단은 신청을 반대할 생각이오만, 솔직히 무슨 근거로 반대를 한다고 해야 할지도 모르는 상황이라오."

그러자 손다이크 박사님이 말했다.

"확실한 조치를 취하시기 전에 이 상황을 면밀하게 검토해 보셔야 합니다. 제 생각엔 선생님께서는 존 벨링엄 씨가 돌아가셨다고 거의 확신하시는 것 같습니다. 정말로 돌아가셨다면 유언장에 의거해서 선생님께서 받으실 이득은 사망 추정이냐 사망 증명이냐에 따라 조건적일 것입니다. 혹시 법률 자문을 받고 계십니까?"

"아니오, 그런 건 없소. 우리 친구인 의사 선생이 아마 박사에게 말했을 거요. 내가 가진 걸로는, 아니 가진 게 없기 때문에 전문적인 자문을 받을 수 없소. 그래서 이 문제를 박사와 이야기하는 것이 조심스러운 거요."

"그렇다면 소송을 직접 진행하실 겁니까?"

"그렇소. 법정에 출두를 해야 한다면 그래야겠죠. 내가 신청을 반대하면 곧 출두해야 할 거요."

손다이크 박사님은 생각에 잠기는가 싶더니 진지한 태도로 말문을 열었다.

"벨링엄 씨, 이 소송을 직접 진행하지 않으시는 편이 훨씬 더 유리합니다. 이유는 여러 가지입니다. 우선 허스트 씨는 분명히 유능한 변호사를 자신의 대리로 내세울 겁니다. 그렇다면 법정에서 그 사람과 느닷없이 맞붙어야 할지도 모릅니다. 그런 상황에 대처하실 자신이 있으십니까? 아마도 상대방의 농간에 그대로 넘어가실 겁니다. 그리고 판사도 생각해 보아야 합니다."

"판사라면 변호인단을 구성할 형편이 못 되는 사람도 공평하게 대하지 않소?"

"대개 판사들은 변호사를 대리로 세우지 못한 소송 당사자를 최대한 돕고 상황을 고려하려고 할 겁니다. 영국 판사들은 대부분 자신의 업무에 대해 막중한 책임감을 통감하는 고결한 정신의 소유자들입니다. 그렇다고 무작정 운에 맡길 수는 없죠. 예외도 생각해 둬야 합니다. 판사도 원래 변호사였습니다. 그러니 판사가 된 후에도 그 시절의 직업적 편견을 버리지 않았을 수도 있습니다. 일부 판사들이 변호사가 증인을 상대할 때 터무니없는 짓을 하는 걸 용인하거나 증언을 해야만 하는 의료인과 여타 과학자에게 적대적인 태도를 보이는 것을 생각해 보십시오. 법관의 마음가짐이 늘 우리가 바라는 만큼 공명정대하지 않다는 걸 깨닫게 되실 겁니다. 특히 판사라는 직업의 특권과 면책 특권 등을 생각하면 더욱 그렇지요. 자, 선생님께서 법정에 직접 출두해 소송을 진행한다고 해 보죠. 그러면 법정에 상당한 불편함을 초래하실 겁니다. 선생님은 법적인 절차와 세부적인 내용을 모르시니 절차가 자꾸 늦어질 수밖에 없습니다. 마침 판사가 성마른 사람이라면 이렇게 불편하고 절차가 지연되는 상황이 달갑지 않을 수도 있습니다. 그로 인해 판결에까지 영향을 미친다는 말은 하지 않겠습니다. 그럴 리는 없으리라 봅니다. 하지만 판사의 감정을 건드리지 않는 편이 어느 모로 보나 현명하지 않겠습니까? 게다가 무엇보다 상대편 변호인의 각종 전략과 술책을 미리 감지하고 대응할 능력이 어느 때보다 절실한데, 선생님이 그 일을 해내실 수 있을 것 같지 않군요."

벨링엄 씨가 음울한 미소를 지으며 대꾸했다.

"이거야말로 훌륭한 자문이구려, 손다이크 박사. 하지만 나는 운을 시험해 볼 수밖에 없다오."

손다이크 박사님이 말했다.

"꼭 그러실 필요는 없습니다. 제가 한 가지 작은 제안을 할까 합니다. 아무런 선입견 없이 이 제안을 서로 편의를 봐주는 것으로 생각해 주시기 바랍니다. 아시다시피 이번 사건은 유례가 없이 흥미로운 상황입니다. 벨링엄 양이 내다보신 것처럼 교과서에 실릴 판례가 될 겁니다. 특히 저의 전문 분야에 관련된 사건이므로 저는 최대한 상세하게 사건의 추이를 추적할 생각입니다. 그러니 이 사건을 외부가 아니라 내부에서 조사할 수만 있다면 그보다 만족스러운 일도 없을 겁니다. 제가 사건을 성공적으로 끝낼 수만 있다면 그 공까지 챙길 수 있다는 점은 말할 것도 없죠.

그러니 이 일을 제게 맡겨 주십시오. 이 사건에서 제가 뭘 할 수 있을지 살펴보게 해 주십시오. 저희와 같은 직업을 가진 사람이 평소에 일을 의뢰받는 상황에 비해 이 경우가 평범하지 않다는 걸 압니다. 하지만 상황을 고려해 본다면 적절하지 않을 것도 없다고 생각합니다."

벨링엄 씨는 말없이 한참을 고민하는 듯 보였다. 그러더니 딸을 힐끔 본 후 약간은 허둥대며 말문을 열었다.

"정말 너그러운 분이시군요, 손다이크 박사……."

손다이크 박사님이 불쑥 말허리를 잘랐다.

"실례합니다만, 절대 그렇지 않습니다. 분명히 말씀드렸다시피 저는 순전히 이기적인 동기에서 제안을 드렸습니다."

벨링엄 씨가 불편한 듯 웃음을 터뜨리며 다시 한번 딸을 힐끔 쳐다보았다. 루스 벨링엄은 차분하고 신중하게 고개를 들지 않고 배를 깎느라 여념이 없었다. 딸에게서 아무런 도움을 받지 못하자 마침내 벨링엄 씨가 말문을 열었다.

"과연 승산이 있기는 하오?"

"네, 미미하나마 있습니다. 물론 지금 보이는 바로는 가능성이 적습니다. 하지만 아무런 희망도 보이지 않았다면 선생님께 일단 물러나서 사태를 관망하시라고 조언을 드렸을 겁니다."

"사건이 내게 유리하게 막을 내리게 된다면 통상적인 수준에서 수임료를 정하겠소?"

"칼자루를 쥔 사람이 저라면 기꺼이 '네'라고 답할 겁니다. 하지만 그렇지 않습니다. 법조계에서는 '추측에 기반을 한' 일에는 매우 확고하게 부정적인 태도를 취하죠. 유명한 도드슨 포그 사[•]를 생각해 보십시오. 큰 이득을 올렸지만 명성은 그렇지 못했죠. 왜 벌써부터 재판의 승산이나 수임료 같은 문제를 걱정해야 합니까? 선생님의 사건을 이기면 그것으로 저는 이미 성공을 거둔 것입니다. 상부상조하는 거죠. 벨링엄 양, 부탁드립니다. 오늘 우리는 저녁 초대를 받아 이 집 소금을 먹지 않았습니까? 비둘기 파이와 맛있는 요리들요. 그러니 제 편도 들어 주시고 동시에 버클리에게도 호의를 베풀어 주시지 않으시겠습니까?"

"버클리 선생님에게요? 선생님이 우리 결정에 관심이 있으신가요?"

"있다마다요. 쌈짓돈을 털어 제게 몰래 뇌물을 주려고 할 정도였다고 말하면 이해가 되시겠죠?"

"정말 그러셨어요?"

벨링엄 양은 경악에 찬 표정으로 나를 보며 물었다.

"음, 꼭 그런 건 아닙니다."

나는 난처하고 불편한 기분에 휩싸여 대답했다. 이렇게 입이 싼 손다이크는 악마에게나 잡혀가라는 생각밖에 들지 않았다.

"그…… 그…… 변호사 비용 같은 문제에 대해 의논을 드렸을 뿐입니다. 저를 비난하지 마세요, 벨링엄 양. 필요한 것은 손다이크 박사님이 모두 알아서 하셨으니까요."

그녀는 더듬거리며 변명을 쏟아 내는 나를 물끄러미 바라보더니 마침내 이렇게 말했다.

"비난하지 않겠습니다. 가난한 것도 좋은 면이 있구나, 라고 생각하겠습니다. 여러분은 모두 저희에게 너무 잘해 주세요. 저는 손다이크 박사님의 너그러운 제안을 진심으로 고맙게 받아들이겠습니다. 이렇게 선뜻 저희를 도와주셔서 정말 감사해요."

벨링엄 씨가 말했다.

"잘했다, 애야. 네 말마따나 가난한 덕을 마음껏 누려 보자. 지금껏 다른 종류의 덕만 실컷 봤으니까. 우리 마음이 상하지 않게 이렇게 조심스럽게 베풀어 주신 크나큰 친절을 기꺼이 받아들이자꾸나."

그러자 손다이크 박사님이 말했다.

"고맙습니다. 벨링엄 양, 당신에 대한 제 믿음을 실망시키지 않으시는군요. 버클리가 초대한 저녁에 대해서도요. 그렇다면 두 분이 사건을 제게 일임하시는 거죠?"

"기꺼이 맡기겠소. 뭐든 박사가 최선이라 생각되는 방향으로 처리하는 데 미리 동의하오."

벨링엄 씨가 선선히 말했다.

그때 내가 대화에 끼어들었다.

"그렇다면 이번 소송의 성공을 위해 건배를 하죠. 벨링엄 양, 괜찮으시다면 포트와인 어떠십니까? 빈티지는 적혀 있지 않지만 그

● **도드슨 포그 사** _ 찰스 디킨스의 첫 번째 장편 소설인 『픽윅 클럽의 기록The Pickwick Papers』에 나오는 악덕 법률 사무소.

래도 꽤 마실 만합니다. 게다가 우정의 염화나트륨*을 상징하기에 딱 맞는 물질이지 않습니까."

나는 그녀의 잔에 와인을 채웠다. 와인 잔을 다 채우자 우리는 자리에서 일어나 새로운 동맹을 엄숙하게 맹세했다.

"마지막으로 한 가지만 더 말씀드리고 오늘은 이 문제에 대해서 더 이상 말하지 않겠습니다."

손다이크 박사님이 운을 뗐다.

"이 일에 대해서는 비밀을 지키는 편이 현명합니다. 조만간 허스트 씨의 변호인단이 소송이 시작되었다는 통보서를 공식적으로 보낼 겁니다. 그러면 벨링엄 씨는 그쪽에 그레이스 인의 마치몬트 씨의 이름을 대시면 됩니다. 표면적으로는 이 변호사가 벨링엄 씨를 대리하게 될 겁니다. 실제로는 아무것도 하지 않습니다. 그리고 우리는 변호사로부터 소식을 전해 듣는 상황인 척해야 합니다. 그동안 법원에서 소송이 시작될 때까지 젤리코 씨는 물론 누구에게도 제가 이 사건에 관여하고 있다는 사실이 새어 나가서는 안 됩니다. 우리는 가능하면 음지에서 다른 쪽을 살펴야 하니까요."

벨링엄 씨가 다짐을 했다.

"조개처럼 입을 꾹 다물겠소. 사실 별로 어려울 것 같지 않소. 우연의 일치라고 하기에는 신기한 일이오만, 나는 마치몬트 씨와 안면이 있다오. 박사가 멋지게 활약해 진상을 밝혀 낸 스티븐 블랙모어 사건에서 그를 대리한 변호사가 바로 마치몬트 씨 아니오. 나는 블랙모어 일가와 알고 지내는 사이였소."

"그러셨습니까? 세상 참 좁군요. 두고두고 잊지 못할 사건이었죠! 사안이 복잡하고 얽히고설켜 넋이 빠질 정도로 흥미로운 사건이었습니다. 제게는 다른 점에서 기억할 만한 사건인데, 제가 저비스 박사와 함께 진상을 파헤친 초기의 사건들 가운데 하나이기도 합니다."

저비스 선배가 불쑥 끼어들었다.

"그랬죠. 제가 엄청난 도움이 되었습니다. 한두 가지 사실은 우연히 얻어걸린 것들이었지만요. 그런데 블랙모어 사건과 벨링엄 씨의 사건에는 공통점이 있습니다. 누군가가 사라졌고 유언장이 분쟁의 불씨가 되었죠. 사라진 사람은 학자이자 유물 전문가이고요."

"우리의 전문 분야에서 맞닥뜨리는 사건들은 대체로 닮은 구석이 확실히 있습니다."

손다이크 박사님이 말을 받았다. 말을 하면서 저비스 선배를 날카롭게 바라보았는데, 박사님이 느닷없이 대화의 방향을 다른 곳으로 틀자 그제야 그 눈빛의 의미를 어느 정도 알 것 같았다.

"존 벨링엄 씨가 실종된 사건에 대한 신문 보도를 보면 상당히 상세하더군요, 벨링엄 씨. 심지어 선생님 댁과 허스트 씨 댁의 도면까지 실려 있었습니다. 도대체 누가 그런 정보를 제공했는지 아십니까?"

● **우정의 염화나트륨** _ 염화나트륨은 소금이다. 우정의 소금이라는 말은 원래 '소금은 좋은 것이로되 만일 소금이 그 맛을 잃으면 무엇으로 이를 짜게 하리요 너희 속에 우정의 소금을 두고 서로 화목하라 하시니라.(『마가복음』 9장 50절)'에 나오는 표현이다. 앞에서 손다이크는 벨링엄 양에게 자신들이 버클리의 집에서 저녁을 먹었다는 말을 할 때 '그 집의 소금을 먹다'라는 표현을 썼다. 버클리는 여기에 착안해 『마가복음』의 소금을 인용하는 동시에 의사답게 화학 기호로 말장난을 한 것이다.

벨링엄 씨가 대답했다.

"아니오. 나는 모르오. 내가 아니라는 건 확실하지. 신문 기자들 중에는 정보를 얻으려고 내게 온 사람들도 있었소. 하지만 다 쫓아 내 버렸소. 허스트도 나와 똑같이 했을 거요. 젤리코에 대해서라면, 글쎄, 그 사람 입을 열게 하느니 차라리 조개를 심문하는 편이 나을 거요."

"음, 원래 기자들은 '사본'을 찾아내는 묘한 재주가 있죠. 그렇다 고 쳐도 존 벨링엄 씨의 인상착의와 신체적 특징과 두 집의 도면을 넘긴 사람이 분명히 있을 겁니다. 그게 누군지 알면 좋을 텐데. 어 쨌든 지금은 알 수 없군요. 이제 이런 법적인 이야기를 그만하죠. 불쑥 끄집어내어 죄송합니다."

손다이크 박사님이 정중하게 말했다.

내가 끼어들어 상황을 정리했다.

"응접실로 가시죠. 말이 응접실이지 바나드의 아지트입니다. 뒷 정리는 가정부에게 맡기고요."

우리는 경쾌한 분위기에서 허름하고 작은 방으로 자리를 옮겼 다. 거머 부인은 우리에게 커피를 내준 후 우울한 분위기를 풍기며 물러났다. (그녀의 표정은 이렇게 말하는 것 같았다. "이런 걸 마실 거면, 당연히 마시겠지만, 나중에 무슨 일이 일어나도 날 탓하지 말아요.") 나는 벨링엄 씨를 바나드가 가장 좋아하는 안락의자로 모셨다. 그 의자 는 한쪽이 꺼져 있었는데, 푹 꺼진 부분만 봐도 내 친구가 늘 그곳에 코끼리처럼 앉아 지냈다는 것을 짐작할 수 있었다. 그러고 나서 작은 피아노 뚜껑을 열었다.

"벨링엄 양이 저희에게 간단한 곡을 연주해 주실 수 있을까요?"

내가 물었다. 그녀가 빙그레 웃으며 되물었다.

"과연 할 수 있을까요? 아시는지 모르겠지만 저는 지난 이 년 가까이 피아노는 건드린 적도 없어요. 그러니 제게는 꽤 신 나는 실험이 되겠지만 실험이 실패하면 고통은 여러분의 몫이랍니다. 그러니 직접 결정하세요."

그러자 벨링엄 씨가 대답했다.

"내 판결은 피아트 엑스페리멘툼(실험을 하라)이란다. 이 경구를 끝까지 인용*하지는 않아야겠지. 그러면 바나드 선생의 피아노를 무시하는 처사가 될 테니. 하지만 루스, 네가 시작하기 전에 찜찜한 문제부터 먼저 해결하고 싶구나. 그래야 나중에 이 문제로 즐거운 시간을 망치지 않을 테니."

그는 이렇게 말한 후 입을 꾹 다물었다. 우리는 다음 말이 이어지기를 기다리며 그를 바라보았다.

"손다이크 박사, 박사도 그 신문 기사들을 읽으셨겠죠?"

손다이크 박사님이 대답했다.

"제대로 읽지는 않았습니다. 하지만 순전히 일 관계로 무슨 내용인지는 알아보았습니다."

벨링엄 씨가 운을 뗐다.

●　**피아트 엑스페리멘툼** _ Fiat Experimentum, 전문은 'Fiat experimentum in corpore vili'로 '실험은 값싼 신체에 하라'는 뜻이다.

"그렇다면 누군가의 유해가 발견되었다는 사실을 알겠군요. 그것도 절단된 시신이라는 사실을 말이오."

"네. 그런 보도를 보았습니다. 기사도 나중에 참고를 하기 위해 따로 모아 두었고요."

"알겠소. 신문 기사를 보면 그 유해가 어떤 불쌍한 사람이 살해된 후 절단된 거라고 확신을 하고 있던데, 내게 얼마나 중요한 의미를 지니는지 굳이 말할 필요는 없겠군요. 묻고 싶은 게 있소. 그 유해가 당신에게도 중요한 의미를 지니고 있소?"

손다이크 박사님은 즉답을 하지 않고 바닥만 뚫어져라 바라보았다. 우리는 잔뜩 긴장한 채 박사님이 말문을 열기만을 기다렸다.

마침내 박사님이 말문을 열었다.

"유해 소식을 접하신 후 사라진 형님을 떠올리셨다면, 그건 당연지사입니다. 잘못 생각하시는 거라고 말씀드리고 싶지만 그러면 제가 솔직하지 않은 걸 테죠. 분명히 몇 가지 사실을 보면 연관성을 확실히 떠올릴 수 있습니다. 게다가 현재까지는 반대의 의미를 지니는 명확한 사실은 아무것도 나오지 않았습니다."

그 말에 벨링엄 씨는 땅이 꺼져라 한숨을 쉬며 불편하게 몸을 뒤척였다.

그러더니 탁한 음성으로 말했다.

"정말 끔찍한 일이오. 끔찍해! 손다이크 박사, 괜찮다면 이 사건을 어떻게 보고 있는지 말해 주시겠소? 어떤 가능성이 있을 것 같소? 연관성이 있는 거요, 아니면 없는 거요?"

또다시 박사님은 생각에 잠겼다. 내 눈에는 박사님은 이 주제에 대해 별로 이야기를 하고 싶어 하지 않는 듯했다. 하지만 단도직입적으로 질문을 받았으므로 결국 대답을 했다.

"현 단계까지 진행된 조사 결과를 보면 어느 쪽으로 가능성을 점칠 수 있을지 단정하기가 쉽지 않습니다. 이 문제는 여전히 추측의 여지가 상당히 많습니다. 우리는 시신이 아니라 유골을 다루고 있으니까요. 지금까지 발견된 뼈들은 유독 신원 확인에는 아무 소용이 없습니다. 유골이 발견된 사실 자체는 무척 신기하고 충격적인 사실이죠. 발견된 뼈들의 일반적인 특징과 크기를 살펴보면 신장이 존 벨링엄 씨와 비슷한 중년 남성이며 유기된 날짜도 그분이 모습을 감춘 날짜와 거의 일치하는 것 같습니다."

"그 뼈들을 유기한 날짜가 밝혀졌단 말이오?"

벨링엄 씨가 되물었다.

"시드컵에서 발견된 유골의 경우 대략적인 날짜를 추정해 볼 수 있습니다. 물냉이밭은 이 년 전에 청소를 했습니다. 그러므로 발견된 뼈들이 그 전에 유기되었을 리는 없겠죠. 게다가 유골의 상태로 봐서는 청소한 뒤 한참 지나 유기되었을 리도 없습니다. 연한 조직의 흔적이 전혀 남아 있지 않다는 것만 봐도 확실합니다. 물론 신문에 보도된 사실을 근거로만 말씀드리는 겁니다. 그 사건에 대해 직접적으로 입수한 정보는 전혀 없습니다."

"시신을 전부 수습한 게 아니란 말이오? 신문을 직접 읽지는 않았다오. 내 친구인 오먼 양이 읽어 보라고 한 꾸러미를 가져왔는데 도저히 견딜 수가 없더군요. 그래서 그만 창문 밖으로 던져 버렸다오."

나는 순간 손다이크 박사님의 눈빛이 반짝하는 것 같았다. 하지만 박사님은 무겁고 진지한 태도로 대답했다.

"기억에 남아 있는 구체적인 날짜들은 말씀드릴 수 있을 것 같군요. 물론 그 날짜인지 장담은 못 합니다만. 제일 처음 시드컵에서 유골이 우연히 발견된 날짜는 7월 15일이었습니다. 발견된 유골은 세 번째 손가락을 제외하고 모두 남아 있는 왼쪽 팔과, 견갑골과 쇄골을 포함한 어깨뼈였죠. 이 발견으로 그 지역 사람들이 들썩거렸던 것 같습니다. 특히 십대 아이들이 그랬죠. 인근 지역의 연못과 하천을 모두 뒤지고……."

"흉측한 놈들!"

"그 결과 켄트 주의 세인트 메리 크레이 근처에 있는 어떤 연못에서 오른쪽 대퇴골을 건져 올렸습니다. 이 뼈에서는 신원을 파악할 수 있는 미미한 단서가 하나 발견되었습니다. 대퇴골의 상단부에 상아질화가 일어난 부분이 조금 있었거든요. 상아질화란 연골을 감싸고 있는 부분이 질병으로 파괴될 때 관절을 형성하는 뼈들의 일부분이 도자기처럼 광이 나게 변하는 현상을 말합니다. 이런 증상은 바깥에 보호막이 없어진 뼈와 똑같이 표면이 그대로 노출된

다른 뼈가 서로 갈리기 때문에 발생합니다."

벨링엄 씨가 의문을 표시했다.

"그런 것이 어떻게 신원 확인에 도움이 된다는 거요?"

"상아질화가 되었다는 말은 고인이 류머티즘성 관절염을 앓았다는 뜻이니까요. 흔히들 류머티즘성 통풍이라고 하죠. 죽은 사람은 생전에 분명히 다리를 살짝 절었으며 오른쪽 골반 부위에 통증을 호소했을 겁니다."

벨링엄 씨가 말했다.

"그렇다면 우리에게는 별 도움이 못 될 것 같군요. 왜냐하면 형님은 다른 이유로 다리를 확실히 저셨거든. 오래전에 왼쪽 발목을 다쳐서 그리되었다오. 통증이라면 글쎄올시다. 형님은 워낙에 정신력이 강한 분이셔서 아파도 특별히 겉으로 드러낸 적이 없었소. 아, 이제 불쑥 끼어들지 않겠소."

손다이크 박사님이 곧장 설명을 이어 나갔다.

"그다음으로는 리 근처에서 유골이 발견되었습니다. 이번에는 경찰이 찾아냈죠. 이즈음 경찰은 갑자기 수색에 적극적으로 뛰어든 것처럼 보입니다. 그래서 웨스트 켄트 인근 지역을 수색하던 중에 리 근처의 연못에서 오른쪽 발을 찾아냈습니다. 아마 오른쪽이 아니라 왼쪽 발이었다면 확실한 단서를 손에 쥘 수 있었을 겁니다. 존 벨링엄 씨가 왼쪽 발목이 부러졌으니 뼈에 부상의 흔적이 남아 있을 수도 있으니까요."

벨링엄 씨도 맞장구를 쳤다.

"맞소. 그렇겠군. 그 부상을 포트 골절이라고 부르더군요."

"맞습니다. 음, 경찰은 리에서 오른쪽 발을 찾은 후로 런던 근교의 연못은 물론이고 물이 있는 작은 저수지나 하천을 빠짐없이 철저하게 수색하기 시작한 것 같습니다. 그 결과 23일에 우드퍼드에서 그리 멀지 않은 에핑 숲의 쿠쿠 피츠에서 처음과 마찬가지로 견갑골까지 붙어 있는 오른쪽 팔뼈를 찾아냅니다. 그 뼈는 같은 사람의 것이 확실해 보입니다."

"그래요. 나도 그 이야기를 들었소. 우리가 예전에 살던 집과 상당히 가까운 곳이지. 끔찍해! 정말 끔찍한 일이야! 생각만으로도 진저리가 났소. 누가 정말로 나를 보러 온 형님을 불러 세워 살해했을지도 모른다고 생각하면 말이오. 뒷문이 잠겨 있지 않았다면 그곳으로 정원으로 들어왔다가 누군가의 미행을 받아 죽임을 당하셨을 수도 있지 않소. 기억하시오? 형님이 늘 시곗줄에 달아 놓으셨던 스카라베가 그곳에 떨어져 있었던 걸? 그런데 그 팔과 시드컵에서 발견된 팔이 한 사람의 것이라는 건 확실하오?"

"특징과 치수를 볼 때 틀림이 없으리라 보입니다. 그리고 그 사실은 이틀 뒤에 찾은 뼈로 확실하게 뒷받침이 되었죠."

손다이크 박사님이 대답했다.

"어떤 뼈를 찾았소?"

"몸통의 하반부로, 경찰이 라우턴에 있는 숲의 가장자리에 있는 비교적 깊은 연못에서 찾아냈습니다. 연못의 이름은 스테이플스 폰드라고 하더군요. 발견된 뼈들은 골반, 즉 볼기뼈 두 개와 척추뼈 중 관절 부분을 포함한 등뼈 여섯 개였습니다. 이것들을 찾은 후에 경찰은 하천을 막고 연못의 물을 뽑아냈습니다만 더 이상은 나오지 않았습니다. 이 부분이 이상합니다. 왜냐하면 상단 척추에 속하는 늑골 한 쌍 즉 열두 번째 흉추가 있어야 했는데, 보이지 않았거든요. 여기에서 시신을 절단한 방식에 대해 몇 가지 흥미로운 특징을 고려해 볼 수 있습니다만 지금 이 자리에서 불쾌하게 세세하게 설명하지는 않겠습니다. 요점은 오른쪽 골반 관절의 구멍과 세인트 메리 크레이에서 발견된 오른쪽 대퇴골 위쪽이 만나는 부분에서 두 뼈 모두 상아질화가 일어난 부분이 발견되었다는 사실입니다. 그러므로 이 뼈들이 한 사람의 것이라는 데는 의심의 여지가 없다고 봐도 무방합니다."

"알겠소."

벨링엄 씨가 툴툴거리듯 말했다. 그러고는 잠시 뭔가를 골똘하게 생각하더니 이런 질문을 했다.

"그렇다면 묻겠소. 그 뼈들이 우리 형님 것이오? 어떻게 생각하시오, 손다이크 박사?"

"현재까지 우리에게 알려진 사실들만으로는 그 질문에 대답할 수 없습니다. 다만 그럴 수도 있다는 정도는 말씀드릴 수 있습니다. 정황상 그렇게 추측할 수 있다는 정도로 말입니다. 하지만 좀 더 유골이 발견된 후에 단정해도 됩니다. 경찰이 언제라도 어떤 식으로든 이 문제에 해답을 알려 줄 유골을 찾아낼 가능성이 있으니까요."

"그렇다면 신원 확인 문제에서는 내가 박사를 도와줄 일이 전혀 없겠소?"

벨링엄 씨가 물었다.

"있습니다. 그렇지 않아도 청을 드리려고 했습니다. 이렇게 해 주십시오. 존 벨링엄 씨의 신체적 특징을 기록해 주십시오. 선생님께서 알고 계신 사실을 하나도 빠짐없이 상세하게 적어 주세요. 그분이 앓았던 병이나 부상에 대해서도 아시는 대로 기록해 주시고요. 지금까지 그분을 치료했을 내과와 외과, 치과 의사 들의 이름과 가능하다면 주소까지 알려 주십시오. 치과 의사들은 특히 중요합니다. 지금까지 발견된 유골의 빈자리를 채울 두개골이 나타나면 치과 의사들이 제공해 줄 정보가 무엇보다 중요할 테니까요."

손다이크 박사님은 이렇게 대답했다.

벨링엄 씨가 어깨를 으쓱하며 말했다.

"놀라운 부탁이구려. 하지만 박사의 말이 맞소. 의견을 정리하려면 당연히 사실을 확보해야겠지. 원하는 정보를 써서 곧장 보내 드리겠소. 오, 이제 잠시만이라도 이 끔찍한 이야기를 잊어버립시다! 루스, 바나드 선생의 악보 가운데 네가 칠 만한 곡이 뭐가 있니?"

바나드의 악보들은 대부분 고전주의 작품이었다. 하지만 우리는 악보를 뒤져 구식의 소품을 몇 곡 찾아냈는데, 그 가운데에는 멘

델스존의 〈무언가無言歌〉도 있었다. 벨링엄 양은 그 곡으로 실력을 시험해 보았고 뛰어난 취향과 충분한 솜씨로 연주를 마쳤다. 적어도 벨링엄 씨의 평가는 그랬다. 나로 말하자면 그녀의 연주를 곁에서 지켜볼 수 있다는 사실만으로도 행복의 극치를 느꼈다. 〈은파〉나 〈소녀의 기도〉를 연주했다고 해도 결코 행복감은 사라지지 않았을 것이다.

그리하여 소박하고 아늑한 음악에다 처음부터 끝까지 유쾌했고 때로는 지적이기까지 했던 대화로 가득했으며 내 인생에서 가장 유쾌했던 저녁 가운데 하나가 끝이 났다. 그것도 너무 빨리. 세인트 던스턴 교회 종소리가 그날 저녁의 옥의 티였다. 그도 그럴 것이 내 손님들이 이제 막 서로의 가치를 알아보기 시작했는데 난데없이 11시를 알리는 천둥 같은 종소리가 울렸기 때문이다. 결국 (아버지라는 작은 위성을 달고 있는) 태양이 나의 천국의 창공에서 떠나가고 말았다. 내가 의사로서 벨링엄 씨에게 세상없어도 일찍 잠자리에 들어야 한다고 엄격하게 지시를 했기 때문이었다. 그리고 지인의 입장에서 나는 미소를 머금은 채 '의사의 지시'가 인용되는 것을 들었다. 그렇게 열심히 돌봐 주었는데 이렇게 치사한 보답을 받아야 하다니.

벨링엄 부녀가 떠나고 박사님과 선배도 곧 집으로 갈 작정이었지만 내가 잔뜩 풀이 죽은 것을 알아차리고는 동정심과 선한 마음을 발휘해 남아서 위로의 파이프를 한 대씩 피우기로 했다.

011

증거를 검토하다

"마침내 게임이 시작되었군."

손다이크 박사님이 성냥을 그으며 말문을 열었다.

"시작은 상대팀이 조심스럽게 앞서 가고 있어. 아주 조심스럽지만 그다지 자신만만한 상태는 아니야."

"'그다지 자신만만하지 않다'니 무슨 말씀이세요?"

내가 물었다.

"음, 허스트는, 아마도 젤리코도 그렇겠지만, 벨링엄 씨를 매수해서 사망 추정 반대를 철회시키려고 안달이 나 있는 게 분명해. 그래서 그 상황에서 상당히 큰 비용을 마다하지 않는 거야. 벨링엄 씨가 형의 사망 추정에 반대할 만한 근거로 내세울 만한 것이 거의 없다는 점을 생각해 보면 허스트 씨도 별반 다르지 않은 것처럼 보이잖아."

저비스 선배가 맞장구를 쳤다.

"그렇죠. 그 사람도 가진 패가 많을 리 없죠. 그게 아니고서야 상대측에게 매년 사백 파운드를 지불하려고 하지 않겠죠. 따지고 보면 다행스러운 일이에요. 제가 보기엔 우리도 쥐고 있는 것이 별로 없으니까요."

손다이크 박사님이 대꾸했다.

"일단은 우리의 손을 샅샅이 검사해서 뭘 쥐고 있는지부터 확인해야 해. 현재 우리가 확보한 보잘것없는 패는 재산의 대부분이 자신의 동생에게 가게끔 한다는 것이 유언자의 명명백백한 의도였다는 사실이야."

"이제 직접 조사를 시작하시겠군요?"

내가 물었다.

"조사는 이미 얼마 전부터 시작했다네. 자네가 우리에게 유언장 사본을 가져오고 며칠 후부터 말일세. 저비스가 기록을 죄다 뒤져서 존 벨링엄 씨가 행방불명된 후부터 그런 이름으로 매장된 사람이 단 한 사람도 없다는 사실을 확인했어. 우리가 예상했던 결과야. 저비스는 우리와 같은 조사를 한 사람이 또 있다는 사실까지 알아냈다네. 그것도 예상했던 바야."

"그럼 박사님의 조사 결과는 어떻습니까?"

"조사하는 것마다 대부분 결과가 신통치 않아. 영국 박물관에서 노베리 박사님을 만났네. 친절하게 도움을 많이 주셨지. 사실 어찌나 친절하신지 내 개인적인 조사에 도움을 받아도 될지 송구스러울 정도였어. 특정한 물질의 물리적 특성이 시간이 흐르면서 어떻게 변하는지에 관한 거라네."

"아이쿠, 제게는 그런 말씀 없으셨잖아요."

저비스 선배가 말했다.

"응. 어차피 아직 실험 계획도 제대로 세우지 않았어. 그러니 당장은 실험을 해 봤자 어차피 아무 결과도 못 거둘 거야. 이런 생각이 문득 드는 거야. 어쩌면 시간이 흐르면 나무나 뼈, 도자기, 치장벽토 같은 다양한 일반적인 소재를 구성하는 물질의 분자가 변하지 않을까. 이런 변화로 인해서 분자 진동을 전도하거나 전달하는 능력에도 변화가 뒤따르지 않을까. 만약 이런 가정을 입증할 수만 있다면 법의학은 물론 여러 분야에서 상당히 중요한 사실이 될 거야. 왜냐하면 전기와 열, 빛, 기타 분자 진동을 가했을 때 어떤 반응을 보이는지 검사를 해 보면 알고 있는 구조물의 대략적인 나이를 확인할 수도 있을 테니까 말이야. 내가 노베리 박사님에게 도움을 구한 건 그분이라면 굉장히 오래된 물질의 반응을 실험하는 데 적절한 재료를 제공해 주실 수 있지 않을까 해서였어. 아, 이제 우리 사건으로 돌아가지. 존 벨링엄 씨에게 몇몇 지인들, 그러니까 수집가와 박물관 관계자 들이 파리에 있다는 사실을 박사님에게 알아냈네. 연구나 표본을 교환할 목적으로 그 사람들을 찾아가곤 했다더 군. 그래서 그 사람들에게 모두 문의를 했는데, 존 벨링엄 씨가 마지막으로 파리를 방문했던 기간 동안 그와 만난 사람이 아무도 없었어. 사실 이 시기에 파리에서 벨링엄 씨를 봤다는 사람은 아직까지 한 명도 없어. 그러니 이 방문은 여전히 수수께끼야."

"벨링엄 씨가 파리에서 돌아온 건 확실하니까 그 방문은 별로 중요하지 않은 것 같은데요."

내가 한마디 했다. 하지만 손다이크 박사님은 내 말에 반박을 하셨다.

"확인되지 않은 사실의 중요성을 섣불리 단정 지을 수 없다네."

그러자 저비스 선배가 말했다.

"자, 그렇다면 현재 우리가 알고 있는 증거로 상황을 정리해 보죠. 존 벨링엄 씨는 어느 날짜에 사라졌을까요? 그가 어떤 식으로 모습을 감추었는지 보여 줄 다른 증거가 있나요?"

손다이크 박사님이 대답했다.

"지금까지 우리가 아는 사실은 대부분 신문에서 보도된 내용인데, 종합해 보면 몇 가지 가설을 세워 볼 수 있어. 다가오는 심리를 고려하면 미리 검토를 할 필요가 있어. 분명히 어느 정도는 법정에서 다루게 될 테니까 말이야. 일단 생각해 볼 수 있는 가설은 다섯 가지야."

손다이크 박사님은 손가락을 하나씩 꼽으며 가설들을 설명하기 시작했다.

"첫째, 존 벨링엄 씨는 멀쩡히 살아 있다. 둘째, 이미 사망했고 신원 확인을 거치지 않은 채 매장되었다. 셋째, 미지의 인물에게 살해되었다. 넷째, 허스트에게 살해되어 어딘가에 암매장되었다. 다섯째, 동생에게 살해되었다. 이제부터 이 가설들을 차례대로 살펴보도록 하지.

첫째, 존 벨링엄 씨는 멀쩡히 살아 있을 수 있어. 그렇다면 자발적으로 모습을 감추었거나, 갑자기 기억을 잃어 자신이 누군지 알 수가 없거나 어딘가에 투옥이 되어 있겠지. 누명을 썼든 다른 죄목이든. 첫 번째 경우인 자발적인 실종부터 살펴보면 나는 가능성이 거의 없다고 봐."

내가 끼어들었다.

"젤리코 씨는 그렇게 생각하지 않던데요. 그분은 존 벨링엄 씨가 살아 있을 수 있다고 생각하시더군요. 사람이 한동안 종적을 감추는 일이 그리 드물지도 않다면서요."

"그렇다면 그 사람은 왜 사망 추정 결정을 받으려고 할까?"

"저도 그렇게 물어봤어요. 그게 올바른 결정이라고 하시더군요. 책임은 전부 법원이 지는 거라고요."

손다이크 박사님이 말했다.

"헛소리야. 젤리코 씨는 부재중인 의뢰인의 신탁 관리자야. 의뢰인이 살아 있다고 생각한다면 재산을 안전하게 보호하는 것이 그 사람의 의무야. 게다가 그도 그런 사실을 잘 알고 있어. 그것만 봐도 젤리코 씨는 나와 똑같은 생각이라고 봐도 되겠어. 존 벨링엄 씨는 사망했다고 보고 있는 거지."

"그럴 수도 있지만 사람들은 종종 모습을 감추었다가 몇 년 후에 불쑥 나타날 수도 있지 않습니까."

내가 재차 반박해 보았다.

"그래. 하지만 그럴 경우에는 분명한 이유가 있어. 자신의 책임을 아무렇게나 내팽개치는 무책임한 방랑자이거나 달갑지 않은 상황에 발목이 잡힌 사람일 수도 있어. 가령, 공무원이나 사무 변호사나 장사꾼이 어느 날 평생 같은 곳에서 못 견디게 지루한 일을 하며 살아야 한다는 사실을 깨달았다고 해 보지. 그런데 그 남자에게는 고약한 마누라가 있는 거야. 여자는 상냥하고 싹싹한 타입의 여자들처럼 자신도 남편이 절대 도망치지 않게 붙잡아 놓았다고 생각한 나머지 제 성질을 마음껏 부렸지. 몇 해 동안 남자는 어떻게든 참고 버텼네. 하지만 마침내 도저히 견딜 수 없게 되었어. 그래서 어느 날 갑자기 모습을 감춰 버렸어. 그렇다고 그의 잘못은 아니지. 그런데 벨링엄 사건은 이런 경우가 아니야. 그는 삶에 대한 욕구가 강렬한 부유한 독신자였어. 가고 싶은 곳은 어디든 갈 수 있고 하고 싶은 일은 뭐든 할 수 있었지. 그런데 왜 사라지겠나? 도저히 있을 수 없는 일이야.

기억을 잃어서 자신이 누군지 모른다는 가정도 말이 안 돼. 이 경우에 존 벨링엄 씨는 주머니에 명함과 편지를 지니고 있었으며 속옷에는 이름이 새겨져 있었어. 그러니 어디에 있든 경찰이 그의 신분을 조회할 수 있었어. 투옥설도 배제해야 해. 설령 죄수라고 해도 유죄 선고가 나기 전이나 후에 친지들과 연락을 취할 방법이 충분히 있었을 테니까.

두 번째 가설, 즉, 그가 급사를 해서 신원 확인 없이 매장되었을 경우도 거의 불가능해. 하지만 시신의 소지품을 누가 훔쳐 가서 신분을 증명할 만한 것이 없었을 수도 있으니 일단은 검토를 해야겠지. 그래 봤자 가능성은 희박하지만.

세 번째 가설, 미지의 인물에게 살해되었을 경우는 정황상 가능성이 희박한 건 아니야. 하지만 경찰이 꼼꼼하게 수색을 했고 실종자의 인상착의가 자세하게 신문에 실렸기 때문에 범인이 시신을 완벽하게 숨겨 두었다는 말이 돼. 그렇게 보면 가장 신빙성이 높은 범죄, 즉 우발적으로 일어난 강도 폭력 사건설을 배제해야만 해. 그러므로 이 가설은 가능성은 있지만 희박하지.

네 번째 가설은 벨링엄 씨가 허스트의 손에 죽은 경우야. 이 의견을 반박할 수 있는 한 가지 사실은 그 사람에게 살인을 저지를 동기가 없다는 점이야. 젤리코는 자신 말고 누구도 유언장의 내용을 몰랐다고 확인해 주었어. 그게 사실이라면 허스트의 입장에서는 사촌의 죽음으로 받을 재산이 있다고 추측할 근거가 없이. 하지만 명심하게. 우리에게는 그 주장을 믿을 만한 증거가 없지. 이 점만 아니라면 이 가설은 충분히 가능해. 존 벨링엄 씨는 마지막으로 허스트의 집에서 살아 있는 모습이 목격되었어. 들어가는 모습은 목격이 되었지만 나오는 모습을 본 사람은 아무도 없어. 신문에 실린 대로 검토하고 있다는 점을 유의하게. 이제 허스트는 사촌의 죽음으로 막대한 이득을 목전에 두고 있지."

내가 곧장 반박을 했다.

"하지만 그 사람이 실종된 후 허스트와 하인들이 온 집을 수색했다는 사실을 잊으셨습니까?"

"그랬지. 그 사람들이 뭘 찾아 집을 뒤졌나?"

"그야 물론 벨링엄 씨죠."

"맞아. 벨링엄 씨를 찾았지. 즉, 살아 있는 벨링엄 씨였어. 살아 있는 사람을 찾을 때 보통 어떻게 하나? 방마다 들여다보겠지. 그 사람을 찾아 방문을 열고 안을 들여다봤는데 그 사람이 보이면 있다고 하고, 안 보이면 없다고 하겠지. 소파 밑이나 피아노 뒤까지 뒤지지는 않아. 커다란 서랍을 열어 보거나 벽장문을 열지도 않지. 그냥 방 안을 들여다보는 거야. 그때 그 집 사람들도 그렇게 했을 거야. 그리고 그들은 벨링엄 씨를 보지 못했어. 그때 이미 벨링엄 씨는 시체가 되어 방 안을 들여다보는 사람들의 시선이 절대 미치지 않는 곳에 감춰져 있었을지도 몰라."

"무시무시한 발상이군요. 하지만 반박할 수 없는 사실이에요. 집을 수색할 때 그 사람이 죽은 채 숨겨져 있지 않았다는 증거는 어디에도 없으니까요."

저비스 선배가 맞장구를 쳤다.

하지만 나는 끈덕지게 물고 늘어졌다.

"설령 그렇다고 해도 어떻게든 처리해야 하는 시체가 남아 있지 않습니까. 어떻게 허스트가 아무에게도 들키지 않고 시체를 처리할 수 있었을까요?"

손다이크 박사님이 탄성을 질렀다.

"아하! 이제 우리는 중요한 문제에 다다랐군. 누군가 드퀸시처럼 불꽃같은 문학적 소양을 과시하기 위한 목적이 아니라 순수하게 실용적인 살인 기술에 대한 논문을 쓴다고 가정했을 때, 만약 시체를 처리하는 데 써먹을 수 있는 계획을 제대로 설명할 수만 있다면 다른 기술에 대해서는 신경 쓰지 않아도 될 거야. 늘 그렇듯이 시체 처리는 살인자들의 발목을 잡는 거대한 난관이지. 사람의 시체는……."

박사님은 옛날 내가 학생이었을 때 분필을 물끄러미 바라보던 것처럼 생각에 잠겨 파이프를 바라본 후 다시 말을 이었다.

"매우 놀라운 물체야. 시신은 온갖 물성을 지닌 물질이 뒤섞여 있어. 그래서 영원히 감추는 것이 하늘의 별 따기만큼 힘들지. 일단 부피가 크고 감추기 쉬운 모양이 아니야. 무겁고 완전히 타 버리지도 않아. 화학적으로 불안정한 상태라 부패가 시작되면 역겨운 가스가 다량으로 방출되지. 그리고 영구하다고 할 정도로 신원을 식별하기 쉬운 구조를 하고 있어. 시체가 변하지 않도록 보존하는 것은 극도로 어려운 일이야. 완전히 파괴하는 것은 더 어렵지. 인간의 시체에서 볼 수 있는 본질적인 영속성은 유진 아람 사건에서 발견된 시신에 잘 드러나 있어. 하지만 그보다 훨씬 더 확실한 예는 이집트 제17왕조의 마지막 파라오의 한 명이었던 세케넨라 2세의 미라야. 이 미라는 무려 사천 년이 흐른 지금도 사인이나 사망할 당시의 상황을 확인할 수 있어. 그가 쓰러진 자세와 치명상을 입힌 무기의 종류, 공격 당시 암살자의 자세까지도 추측해 낼 수 있지. 또 다른 조건에서 시신의 영속성을 보여 준 인상적인 경우라면 미국 보스턴 출신의 파크먼 박사를 들 수 있어. 그 박사의 신원은 실제로 화장터에 남은 재를 모아서 확인해 냈지."

"그렇다면 우리는 이 세상에 존 벨링엄 씨의 마지막을 목격한 사람이 아무도 없다고 봐야겠군요."

저비스 선배가 말했다.

손다이크 박사님이 대답했다.

"거의 확신할 수 있어. 언제 그가 다시 나타나느냐는 것이 매우 중요하면서 유일한 문제야. 내일이 될 수도 있고 지금부터 수 세기가 흘러 아무도 이 문제를 기억하지 않을 때일 수도 있어."

그때 내가 끼어들었다.

"논의를 진행하기 위해서 허스트가 그를 살해했고 식구들이 집을 뒤질 때 시신은 서재에 감춰져 있었다고 가정해 보죠. 그 시체를 어떻게 처리했을까요? 만약 박사님이 그 사람의 입장이라면 어떻게 일을 처리했겠습니까?"

손다이크 박사님은 퉁명스러운 내 질문에 미소를 지었다.

"자네는 마치 증인들 앞에서 유죄 진술을 하라는 것 같군. 하지만 연역적인 추측을 해 봐야 아무 소용이 없네. 우리는 아무것도 알려진 사실이 없는 상황을 순전히 상상만으로 재구성해야만 해. 그러니 재구성된 상황이 엉터리일 수밖에 없어. 우리가 백 퍼센트 확신을 가지고 추측할 수 있는 사실은 이것뿐이야. 분별력이 있는 사람이라면, 아무리 부도덕하다고 해도 자네가 주장하는 그런 상황으로 스스로를 몰고 가지 않을 거야. 살인은 대개 우발적으로 저지르는 범죄야. 그런 살인자는 자제력이 약한 법이지. 이런 사람들이 자신이 살해한 사람의 시신을 꼼꼼하고 기발한 수법으로 처리하다니, 그건 어불성설이야. 심지어는 살인을 하나에서 열까지 꼼꼼하게 계획해 실행한 냉혹한 살인자마저도 말했다시피 이 단계에 이르러서는 무너지고 마는 것 같아. 시체 처리는 살인자가 그 단계에 이르지 않으면 도저히 깨달을 수 없는 거의 넘을 수 없는 장애물이야.

자네가 가정한 경우에서 선택지는 두 가지라네. 집터 어딘가에 암매장을 하든지 절단해서 따로따로 유기해야 하지. 하지만 어떤 쪽을 택하든 결국에는 쉽게 발견되고 말 거야."

"박사님이 벨링엄 씨에게 말씀하셨던 그 유골에서 볼 수 있듯이 말이죠."

저비스 선배가 말했다.

"그렇지. 물론 뛰어난 지성을 가진 범인이 물냉이밭에 시신을 숨겼으리라고 우리 중 아무도 상상조차 못 했지만 말이야."

손다이크 박사님이 맞장구를 쳤다.

"그렇죠, 아무도 몰랐죠. 확실히 판단 착오였어요. 그건 그렇고 박사님이 벨링엄 씨와 말씀을 하실 때는 입을 다무는 게 상책이다 싶어 가만히 있었는데, 발견된 유골이 존 벨링엄 씨일 수도 있다는 이야기를 하시면서 왼손 중지가 발견되지 않았다는 말씀은 안 하시더군요. 깜박하신 건 절대 아닐 것 같은데, 그렇게 중요한 사항은 아니지 않습니까?"

"신원 확인에서? 현 상황에서는 나도 그렇게 생각해. 그 손가락을 잃은 사람이 실종되었다면 당연히 중요한 정보가 되겠지. 하지만 그런 사람에 대해서는 못 들었어. 혹은 손가락이 사망 전에 절단되었다는 증거가 있다면 중요하게 다루어야 하겠지. 하지만 그런 증거도 없어. 손가락은 사후에 절단되었을 거네. 사라진 손가락이 지니는 진짜 의미는 바로 거기에 있어."

"무슨 말인지 전 잘 모르겠는데요."

저비스 선배가 말했다.

"내 말은, 만약 왼손 중지가 없는 실종자가 있다는 신고가 들어오지 않았다면 손가락은 사후에 제거되었을 가능성이 있다는 거야. 그렇다면 동기에 대해서 흥미를 가지지 않을 수가 없지. 도대체 왜 손가락을 잘라 내야 했을까? 우연히 잘렸을 리는 만무해. 자네는 어떻게 생각하나?"

"글쎄요. 특별한 손가락이었을지도 모르죠. 이를테면 강직성 관절처럼 기형을 가진 손가락이었다거나. 그렇다면 신원을 쉽게 확인할 수 있을 테니까요."

"맞아. 하지만 그렇게 설명해도 문제는 여전히 그대로야. 손가락이 기형이거나 강직성 관절이 있는 실종자는 아직 보고된 적이 없어."

선배가 눈살을 찌푸리며 나를 바라보았다.

"다른 설명은 떠오르지도 않아. 버클리, 뭐 좋은 생각 없어?"

나도 고개를 가로저었다.

"사라진 손가락이 어느 손 몇 번째인지 기억하게. 왼손 중지였어."

손다이크 박사님이 불쑥 말했다.

"아, 알겠어요! 반지를 끼는 손가락이군요. 어쩌면 반지가 빠지지 않아서 잘랐을지도 모른다는 건가요?"

"그래. 그런 이유로 손가락을 자르는 것은 이전에도 많이 있었어. 반지가 너무 꽉 끼어서 빠지지 않을 경우 시신의 손가락을 잘랐지. 심지어 살아 있는 사람의 손가락도 그런 이유로 자르기도 하고. 손가락이 없는 손이 왼손이라는 사실도 이런 가정을 뒷받침해. 왜냐하면 불편할 정도로 꽉 끼는 반지는 주로 왼손에 끼는 경향이 있는

데, 대개는 왼손이 오른손보다 약간 작거든. 왜 그러나, 버클리?"

문득 어떤 기억이 번개처럼 내 뇌리에 떠올랐다. 아마도 그 때문에 내 안색이 변한 모양이었다.

"이렇게 멍청할 수가!"

내가 아쉬움에 탄식을 했다.

"이봐, 그런 말 하지 말고 어서 무슨 일인지 털어놓아!"

저비스 선배가 말했다.

"이 사실을 알고 있었으니 얼른 말씀을 드려야 했는데. 존 벨링엄 씨는 반지를 끼고 있었어요. 그런데 반지가 너무 꽉 끼는 바람에 한번 낀 후로는 다시는 뺄 수 없었다더군요."

"혹시 어느 쪽 손인지 아나?"

손다이크 박사님이 물었다.

"네. 왼손이었습니다. 벨링엄 양에게서 들었는데, 존 벨링엄 씨가 왼손이 오른손보다 살짝 작은 것만 아니었다면 애초에 반지를 낄 수도 없었을 거라고 했거든요."

"오호라, 그렇단 말이지."

손다이크 박사님이 말했다.

"새로운 사실을 알게 되었으니 손가락이 없다는 사실로 매우 흥미로운 추측을 시작할 수 있겠군."

"예를 들면 어떤 추측요?"

선배가 물었다.

"아, 지금 상황에서는 두 사람이 각자 머리를 굴려 보라고 해야겠군. 나는 지금 벨링엄 씨를 위해 움직이고 있으니까."

그 말에 저비스 선배는 빙그레 미소를 지으며 말없이 생각에 잠겨 파이프를 다시 채웠다. 파이프에 불을 붙인 후 비로소 말문을 열었다.

"실종 문제로 되돌아가죠. 존 벨링엄 씨가 허스트에게 살해되었을 가능성이 있다고 생각하시는 겁니까?"

"내가 비난을 한다고 생각하지는 마. 나는 단지 다양한 가능성을 개괄적으로 살펴보는 중이니까. 같은 추론을 벨링엄가에도 적용할 거야. 그들 중 누군가가 살인을 저질렀다면, 그건 성격의 문제겠지. 벨링엄가 사람들을 직접 만나고 보니 솔직히 그런 의심이 들지는 않아. 하지만 허스트라면 거의 아는 것이 없으니 아무래도 유리하다고는 할 수 없지."

"혹시 뭐 알아낸 거라도 있습니까?"

저비스 선배가 물었다.

"글쎄."

손다이크 박사님은 선뜻 대답을 하지 못했다.

"한 사람의 과거에서 소소한 문제를 들춰내는 것은 박정한 일인 것 같아. 하지만 해야만 하는 일이기도 하지. 이 일에 관련된 사람들에 대해서 평소처럼 통상적인 조사를 해 봤어. 그래서 몇 가지 사실들을 알아내게 되었지.

허스트는 자네들도 알다시피 증권 중개인이야. 지위도 꽤 안정되고 명성도 얻었지. 그런데 십 년쯤 전에 무분별한 일을 벌였던 것 같아. 약하게 표현하더라도 꽤나 심각한 처지가 될 뻔했지. 그 사람은 분수 이상으로 큰 투기를 했던 것 같아. 그러다가 갑자기 시장이 경직되면서 계산에 차질이 생긴 거야. 결국 고객의 돈과 증권을 착복한 사실이 밝혀졌어. 처음에는 문제가 심각해질 것 같았어. 그런데 필요한 자금을 마련해서 피해 보상 신청을 모두 해결한 거야. 그 돈을 어디에서 마련했는지 지금까지도 밝혀지지 않았어. 필요한 돈이 오천 파운드가 훨씬 넘었다는 사실을 감안하면 꽤 흥미로운 상황이지. 어쨌든 그가 돈을 구해서 빚을 몽땅 갚았다는 것이 중요해. 그래서 그는 말하자면 공급 횡령자가 되었을 가능성이 있었던 것으로 결론이 났어. 말할 것도 없이 불명예스러운 사건인 것은 분명하지만 그렇다고 지금 사건과 직접적인 관계가 있는 것으로 보이지는 않아."

"그건 그렇죠. 그런 사건이 없었다면 몰라도 이제 그의 입장을 좀 더 주의 깊게 바라보기는 하겠지만 말이지요."

저비스 선배가 말했다. 손다이크 박사님이 말했다.

"확실히 그렇지. 경솔한 도박꾼은 좀처럼 처신을 믿을 수 없는 인물이지. 운명의 장난에 휘말려 또 다른 종류의 잘못을 저지를 수밖에 없게 되었을지도 몰라. 수많은 횡령 사건을 보면 그 전에 불운하게 몰락한 경우가 많으니까."

"이번 사건의 책임이 허스트와, 음, 벨링엄가 중 어느 한쪽에 있다고 친다면."

나는 친구들의 이름을 입에 올리자 마음이 불편해 침을 꿀꺽 삼키며 말을 이었다.

"가능성의 저울은 어느 쪽으로 기울 거라고 보십니까?"

박사님이 대답했다.

"한 점 의심 없이 허스트 쪽이라고 말하겠지. 이 사건은 지금 이런 상태야. 이제부터는 존 벨링엄을 고인이라고 부르도록 하지. 우리에게 알려진 사실을 바탕으로 하면, 허스트는 고인을 죽일 동기가 없었던 것 같아. 하지만 고인이 그 집에 들어가는 모습을 본 사람이 있지만 나오는 모습을 본 사람은 없어. 그 후로 다시는 살아 있는 모습을 본 사람도 없어. 반대로 고드프리 벨링엄은 동기가 있었어. 유언장에 따라 자신이 주요 수혜자라고 믿었을 테니까. 하지만 그의 집에서 고인을 본 사람은 없었어. 그러므로 고인이 동생의 집이나 그 근처에 갔다는 증거는 그곳에서 발견된 스카라베를 제외하면 아무것도 없어. 하지만 스카라베라는 증거는 그것이 발견되었을 때 허스트가 함께 있었다는 사실로 그 의미가 훼손되었어. 스카라베는 몇 분 전에 허스트가 지나간 지점에서 발견되었으니까. 그러므로 허스트의 결백이 밝혀지지 않은 한 스카라베가 발견되었다는 사실이 벨링엄가에 불리하게 작용할 수 없을 것 같아."

"그렇다면 박사님은 전적으로 대중에 공개된 사실을 바탕으로 이 사건을 바라보고 계신 겁니까?"

내가 물었다.

"그래, 거의 그런 셈이지. 나는 일반에 제시된 사실이라고 해서 반드시 인정하지는 않아. 당연히 이 사건에 대한 나만의 견해가 있어. 하지만 그걸 공개적으로 왈가왈부할 입장은 아니라고 보네. 당분간 이 사건에 대한 토론은 우리가 확보한 사실과 관계자들이 제공한 추론에 한해서 해야만 해."

"그거야!"

저비스 선배가 불쑥 말하며 파이프를 탁탁 털며 일어섰다.

"박사님은 자네를 이렇게 만든 거야. 박사님은 자네가 아주 잘 '알고' 있다고 생각하게 내버려 두지. 그러다 자네는 어느 날 아침 눈을 번쩍 뜨면서 실은 멍하니 입이나 벌리고 있는 아웃사이더라는 사실을 깨닫는 거야. 그 순간 아연실색을 하는 거지. 그런데 그건 상대방도 마찬가지야. 우리는 이제 가 봐야겠어. 그렇죠, 존경하는 선배님?"

"이제 가야겠군."

손다이크 박사님이 대답했다. 그는 장갑을 끼면서 내게 물었다.

"바나드는 요즘 소식 없나?"

내가 냉큼 대답했다.

"오, 있었어요. 제가 스미르나로 편지를 써서 진료소는 잘되고 있고 저는 꽤 즐겁고 만족스럽게 지낸다고 알렸습니다. 있고 싶은 만큼 있다가 오라는 말도 덧붙였고요. 그랬더니 기회가 되면 휴가를 연장할 거라는 답장이 왔어요. 자세한 이야기는 다시 알려 주겠답니다."

저비스 선배가 문득 말했다.

"저런. 벨링엄 씨에게 마침 그렇게 훌륭한 따님이 있었다니 바나드는 운수 대통이었군그래! 나는 신경 쓰지 마. 자네는 어서 그녀의 마음을 얻어. 그녀는 그럴 만한 가치가 있으니까. 안 그런가요, 손다이크 박사님?"

"벨링엄 양은 매력적인 아가씨더군. 그 부녀에게 무척 좋은 인상을 받았네. 나는 그 두 사람이 도움이 되리라 믿어 의심치 않아."

손다이크 박사님은 이런 말을 차분하게 건네면서 나와 악수를 나눴다. 마침내 나는 두 친구가 페터 레인의 어둠 속으로 사라질 때까지 멀어지는 뒷모습을 가만히 지켜보았다.

012

새로운 발견을 찾아서

우리 집에서 소박한 저녁 모임이 열린 지 이삼일 뒤 아침이었다. 나는 진료실에서 오전 왕진을 나가기 위해 모자에 솔질을 하고 있었다. 그런데 아돌푸스가 문가에 나타나서는 신사 두 분이 기다리고 있다고 알렸다. 나는 두 분을 안으로 들이라고 전했다. 이윽고 손다이크 박사님이 저비스 선배와 함께 진료실로 들어왔다. 작은 방으로 들어서자 두 사람이 유난히 커 보였다. 특히 손다이크 박사님이 더 그랬다. 하지만 왜 그런 느낌이 드는지 곰곰이 생각하고 있을 틈이 없었다. 왜냐하면 박사님이 나와 악수를 하자마자 곧장 나를 찾아온 목적을 설명하기 시작했기 때문이다.

박사님이 말했다.

"자네에게 청이 있어 이리 왔네, 버클리. 자네 친구인 벨링엄가를 위해 매우 중요한 일을 해 주었으면 하네."

"그런 일이라면 기꺼이 청을 들어 드려야죠. 무슨 일입니까?"

내가 따뜻하게 말했다.

"차근차근 설명해 주겠네. 알다시피, 모를지도 모르겠지만, 경찰이 찾아낸 유골을 수습해 우드퍼드의 시체 안치소에 안치해 두었다네. 경찰은 그곳에서 검시 배심을 열 계획이야. 이제 신문에서 입수할 수 있는 수준보다 더 믿을 만하고 확실한 정보를 얻는 것이 필수야. 당연히 직접 가서 그 정보들을 검토해 보고 싶네만, 지금 상황으로는 내가 이 사건에 손을 대고 있다는 사실이 새어 나가지 않는 편이 좋지 않겠나. 그러니 나는 갈 수가 없어. 같은 이유로 저비스도 안 돼. 그런데 경찰은 발견된 유골을 존 벨링엄 씨가 거의 확실하다고 보고 있다는 정보가 공공연하게 떠돌고 있으니 고드프리 벨링엄 씨의 담당의인 자네가 그분을 대신해서 그곳에서 심리를 보고 오는 것이 한편으로는 당연하지 않겠나."

"저도 그러고 싶습니다. 갈 수만 있다면 뭐든 하죠. 그런데 어떻게 짬을 낼 수 있을지 모르겠어요. 심리를 보고 오려면 하루가 꼬박 걸릴 텐데 그러려면 진료를 쉬어야 하거든요."

박사님이 말했다.

"그 문제는 어떻게든 될 것 같네. 검시 배심은 두 가지 이유에서 꼭 참관해야 해. 첫 번째 이유는 배심이 당장 내일 열린다는 점이야. 누군가는 고드프리 씨를 대신해서 그 과정을 지켜보아야 해. 두 번째 이유로는 우리 의뢰인이 허스트의 변호인단에게 통지를 받았 거든. 며칠 후 유언 재판소에서 사망 추정 심리가 열릴 예정이라고 말이야."

"이렇게 급작스럽게 말입니까?"

내가 깜짝 놀라 되물었다.

"우리가 알고 있는 것보다 훨씬 더 활발하게 일이 진행중이었던 게 분명해. 이제 상황이 얼마나 화급한지 알겠나? 검시 배심은 유 언 재판소에서 곧 열릴 심리의 최종 리허설인 셈이야. 그러니 어떻 게 진행될지 가늠해 볼 수 있는 천금 같은 기회이지 않나."

"네. 무슨 말씀이신지 알겠습니다. 그럼 진료는 어떻게 하죠?"

"우리가 진료소를 대신 봐 줄 사람을 찾아보겠네."

"의료 에이전트를 통해서요?"

저비스 선배가 대답했다.

"그래. 터시벌이 사람을 찾아봐 주기로 했어. 사실 벌써 찾아 뒀네. 오늘 오전에 만나고 왔거든. 시내에서 인수할 만한 진료소가 나오기를 기다리는 사람을 알고 있더군. 이 기니에 진료소를 하루 맡아 주기로 이야기가 되었어. 꽤 믿을 만한 사람이야. 자네만 결정 을 내려 주면 당장 애덤 스트리트로 달려가서 그 사람과 계약을 하 겠네."

"잘되었군요. 그 의사를 얼른 채용하세요. 저는 그 사람이 오는 대로 우드퍼드로 출발할 준비를 해 두겠습니다."

손다이크 박사님이 기쁜 듯 말했다.

"좋았어! 이제야 마음이 놓이는군. 오늘 저녁에 우리 집에 들러 파이프를 한 대 피울 수 있다면 작전에 대해 이야기를 하지. 그때 우리가 꼭 알아야 할 정보가 무엇인지 알려 주겠네."

나는 가능한 한 8시 반에 진료가 끝나는 대로 킹스 벤치 워크로 가겠다고 약속을 했다. 그러자 두 친구는 들뜬 기분으로 몇 건 되지 않는 왕진을 나설 준비를 하는 나를 남겨 둔 채 병원을 나섰다.

관점이 달라지면 보이는 풍경도 완전히 달라지다니 참으로 놀라운 일이다. 삶이 처해 있는 조건과 상황에 대한 우리의 예상은 얼마나 상대적인가. 가령 도시의 노동자를 예로 들어 보자. 숙련된 제빵사나 재봉사처럼 해가 바뀌어도 같은 건물에서 일하는 사람이라면 휴일에 햄프스티드 히스를 산책하는 것만으로도 새로운 사실을 알아 가는 항해처럼 여겨질 것이다. 하지만 선원이라면 끊임없이 변하는 세상의 풍경이 단지 평소와 다름없는 일과에 불과할 것이다.

그리하여 나는 이튿날 생각에 잠긴 채 리버풀 스트리트에서 기차에 올라탔다. 기차가 에핑 숲의 경계에 접어들 때까지는 스릴 넘치는 경험과는 거리가 멀었다. 하지만 페터 레인에서 원체 조용하게 지내다 보니 그런 기차 여행마저도 가슴 뛰는 모험처럼 느껴졌다.

기차 여행을 하는 동안은 어쩔 수 없이 앉아 있어야 하니 생각하기에 좋았다. 게다가 나는 생각할 것이 많았다. 지난 몇 주 동안

내 세계관은 엄청난 변화를 겪었다. 새로운 관심사가 생겼고 새로운 우정이 등장했다. 무엇보다 좋든 싫든 내 운명에 따라, 심지어 내 삶이 다할 때까지 삶에 영향을 주고 좌지우지할 막강한 존재가 나도 모르게 내 삶으로 들어왔다. 열람실에서 함께 작업을 하고, 포근한 분위기의 찻집에서 차를 마시고, 친근한 런던의 거리를 즐겁게 산책하며 집으로 돌아갔던 며칠 동안 내 인생에 새로운 세상이 열렸다. 루스 벨링엄이라는 우아한 여인이 모든 것을 압도하는 세상이 내게 유일한 현실이었다. 나는 불을 붙이지 않은 파이프를 손에 쥔 채 객차의 한구석에 기대서는 가장 최근에 일어난 일들은 물론 곧 닥칠 미래의 골치 아픈 문제들에 골몰했다. 본의 아니게 우드퍼드 시체 안치소에 안치되어 있는 유골을 살펴보아야 한다는 당면한 문제는 머릿속에서 잠시 밀려나 버렸다. 하지만 기차가 스트랫퍼드에 다가가며 열린 창으로 비누 공장과 골분 비료 공장의 악취가 훅 쏟아져 들어오자 자연스러운 연상의 결과로 퍼뜩 여행의 목적이 떠올랐다.

여행의 정확한 목적이 무엇인지 나는 잘 모른다. 손다이크 박사님의 대리인으로 움직이고 있다는 사실은 확실히 인지하고 있으며, 그 사실에 자부심 섞인 전율마저 들었다. 하지만 내가 벌일 조사가 마구 엉킨 실타래 같은 벨링엄 사건에 어떤 실마리를 제공할지 감도 잡히지 않았다. 도착해서 해야 할 일을 숙지할 요량으로 나는 주머니에서 손다이크 박사님이 적어 준 지시 사항을 꺼내 꼼꼼하게 읽기 시작했다. 지시 사항은 명확하고 완전해 법의학 분야에 부족한 내 경험을 보완할 수 있었다.

1. 세심하게 조사를 하는 티를 내거나 주의를 끄는 행동을 삼갈 것.

2. 부위별로 뼈가 모두 있는지 확인할 것. 만약 그렇지 않다면 어떤 뼈가 없는지 확인할 것.

3. 주요 뼈들의 최대 길이를 측정하고 좌우 뼈들의 길이를 비교해 볼 것.

4. 유골을 관찰해 고인의 연령과 성별, 근육 발달 정도를 알아볼 것.

5. 체질성 질환이나 뼈와 인접한 부위의 국소성 질환, 오래되었거나 최근의 부상, 평범하거나 일반적인 상황에서 벗어난 증세 유무를 확인할 것.

6. 시랍의 형성 여부를 확인하고, 시랍이 형성되어 있다면 위치를 확인할 것.

7. 힘줄이나 인대 등 기타 연한 조직이 남아 있는지 확인할 것.

8. 시드컵에서 발견된 손에서 문제의 손가락이 죽기 전이나 후에 제거되었는지 확인할 것.

9. 물에 잠겨 있었던 대략적인 시기를 알아 올 것. 물이나 진창의 성질로 인해 (예를 들어 광물성 혹은 유기성 변색 같은) 변화한 부분이 있는지 확인할 것.

10. 유골이 발견되기까지 (최근과 훨씬 이전까지) 관련된 정황과 관

련된 사람들의 이름을 알아 올 것.

11. 입수한 정보는 가능한 한 빨리 기록으로 남길 것. 상황이 허락하는 한 그곳에 대한 도면과 도표를 그려 둘 것.

12. 처음부터 끝까지 무관심한 태도를 유지할 것. 주의 깊게 듣되 절대 관심을 드러내지 말 것. 질문은 가능한 한 적게 할 것. 그곳에서 조사를 진행하면서 떠오른 의문은 뭐든 알아볼 것.

박사님의 지시 사항은 이런 내용이었다. 물에서 건진 뼈를 조사하러 가는 것치고는 조사할 사항이 상당했다. 솔직히 지시 사항을 읽으면 읽을수록 내가 이 일을 해낼 수 있을지 의심스러웠다.

시체 안치소가 가까워지자 손다이크 박사님의 지시 사항 가운데 적어도 몇 가지는 결코 쓸모없는 것이 아니었음이 명확해졌다. 그곳은 경사 한 명이 지키고 있었는데, 내게서 의심에 찬 눈초리를 거두지 않았다. 신문 기자가 확실한 듯한 남자 여섯 명가량이 한 무리의 자칼처럼 입구 주위를 서성거리고 있었다. 나는 마치몬트 씨가 확보해 준 검시관의 명령서를 경사에게 보여 주었다. 경사는 기자들이 어깨 너머로 명령서를 훔쳐보지 않도록 벽에 등을 기댄 채 읽었다.

내가 내민 명령서가 만족스러웠는지 문을 열어 주기에 안으로 들어섰다. 눈치 빠른 기자들 세 명이 잽싸게 따라 들어왔지만 경사가 그들을 내쫓고는 나를 유골이 안치된 곳으로 안내해 주었다. 그러고는 유심히 내 행동을 지켜보았는데 나는 그 관심이 상당히 부담스러웠다.

유골은 커다란 테이블 위에 놓인 채 하얀 시트로 덮여 있었다. 경사는 시트를 천천히 벗기며 그 광경을 바라보는 내 표정에 어떤 변화가 생기는지 유심히 관찰했다. 경사는 나의 무덤덤한 태도에 살짝 실망을 한 것 같았다. 나로선 그도 그럴 것이 유골은 학생들의 허름한 교재용 해골보다 더 나을 것이 없는 상태였기 때문이다. 경사가 귀띔해 준 바에 의하면 발견한 유골은 전부 경찰의가 해부학적 위치에 맞춰서 배열해 둔 상태였다. 당연히 나는 하나라도 빠진 것이 없는지 확인하기 위해 뼈를 일일이 다 세어 박사님이 준 목록대로 확인을 해 나갔다.

"왼쪽 대퇴골도 찾았군요."

나는 그 뼈가 목록에 없다는 사실을 확인하고 그렇게 물었다.

경사가 대답했다.

"그렇습니다. 그 뼈는 어제 저녁에 리틀 멍크 우드 근처에 있는 샌드핏 들판의 커다란 연못에서 찾았습니다. 볼드윈스 폰드라고 부르는 곳이었죠."

"여기서 가깝습니까?"

"라우턴으로 가는 길목에 있는 숲에 있습니다."

나는 그 사실을 기록했다. (이 모습을 본 경사는 괜한 말을 했다고 후회하는 것 같았다.) 다음으로 나는 자세하게 조사를 하기 전에 전반적인 상태를 살피기 시작했다. 뼈들을 싹싹 문질러 닦아 놓았다면 전반적으로 보기도 좋고 조사를 하기도 편했겠지만 뼈들은 묻혀 있던 곳에서 가져온 그대로 보관되어 있었다. 때문에 불그레하거나 누런 부분이 원래 그렇게 변색된 것인지 표면에 뭔가가 침전된 것인지 분간할 수가 없었다. 어느 쪽이든 똑같이 변색된 것을 보니 흥미로운 특징이라는 생각에 기록을 해 두었다. 유골에는 발견이 될 때까지 연못에 잠겨 있었던 흔적이 수도 없이 남아 있었다. 하지만 그런 흔적들로는 연못에 얼마나 들어가 있었는지 가늠하는 데 전혀 도움이 되지 않았다. 당연히 표면에는 진흙이 딱딱하게 말라붙어 있었고 연못에서 자라는 수초 줄기가 여기저기 휘감겨 있었다. 하지만 그런 사실들은 연못에 잠겨 있었던 기간을 가늠할 수 있는 가장 애매한 단서일 뿐이었다.

쓸모 있는 정보를 담고 있는 흔적들도 있었다. 가령, 어떤 뼈에는 평범한 우렁이알 덩어리가 말라붙어 있었다. 오른쪽 견갑골에 난 구멍들(일명 가시아래오목) 가운데 한 곳에는 붉은 민물 기생충이 진흙으로 만든 관이 잔뜩 모여 있었다. 이런 흔적은 물속에 잠긴 지 상당한 시간이 흘렀다는 증거였다. 살이 몽땅 없어진 후에야 이런 생물들이 뼈에 자리를 잡을 수 있었을 터이므로 이 흔적은 물에 잠긴 기간이 꽤 오래된다는 증거였다. 어쨌든 한두 달은 지났을 것이다. 우연히도 벌레와 기생충이 분포되어 있는 위치를 보니 뼈들이 어떻게 놓여 있었는지 추측할 수 있었다. 현 상황에서 이런 정보들이 무슨 의미가 있을까 싶었지만 나는 뼈들이 묻혀 있던 자세를 보여 주는, 생물들이 들러붙은 상황을 간략하게나마 스케치했다.

그런 내 모습을 경사는 흐뭇한 미소로 지켜보았다.

"마치 정기 재고 조사라도 하는 것 같습니다, 선생님. 이것들을 죄다 경매에 내놓을 것처럼 말입니다. 신원 확인에 그런 우렁이알이 무슨 도움이 될지 모르겠군요."

그는 이렇게 말하더니 내가 줄자를 꺼내 들자 덧붙였다.

"지금까지 하신 작업들도 마찬가지고요."

"아마도요. 하지만 독립적인 조사를 하고 필요하면 다른 것들도 확인하는 것이 제 일이니까요."

나는 이렇게 대꾸하고 주요 뼈들의 크기를 따로 측정한 후 좌우 뼈의 크기를 비교했다. 짝을 이루는 뼈들의 치수와 일반적인 특징이 일치하는 것으로 볼 때 한사람의 뼈라는 사실은 의심의 여지가 없었다. 이런 결론은 오른쪽 대퇴골의 윗부분과 오른쪽 골반의 움푹한 곳이 맞닿는 부분에 똑같이 상아질화가 일어났다는 사실로도 확인할 수 있었다. 나는 치수를 모두 측정한 후 전체 뼈들의 상태를 세부적으로 살피며 손다이크 박사님이 살피라고 한 흔적의 유무를 찾아 최대한 꼼꼼하게 관찰을 했다. 하지만 내가 이끌어 낸 결과는 하나같이 부정적인 것들뿐이었다. 걱정스럽고 실망스러울 정도로 뼈들은 정상적이었다.

"선생님, 어떻게 생각하십니까?"

내가 수첩을 덮으며 등을 곧게 펴자 경사가 짐짓 유쾌한 어조로 말을 걸었다.

"이 뼈의 주인이 누구일까요? 벨링엄 씨라고 생각하시나요?"

"누구의 뼈인지 말할 수가 없겠군요. 뼈가 원래 다 비슷비슷하잖아요."

"그러실 줄 알았습니다. 그렇게 치수를 재고 수첩에 잔뜩 기록을 하시기에 뭔가를 확실히 알아내셨나 싶었는데."

그는 내게 실망을 한 것이 분명했다. 솔직히 손다이크 박사님의 꼼꼼한 지시 사항과 나의 보잘것없는 조사 결과를 비교해 보니 나도 내 자신이 실망스러웠다. 내가 알아낸 사실이 무슨 의미가 있을까? 수첩에 끼적인 몇 가지 사실들이 곧 열릴 심리에 얼마나 도움이 될까?

유골을 살펴보니 생전에 근육은 그리 발달하지 않았지만 꽤 건장한 체격이었음이 분명했다. 삼십 세가 넘은 것은 확실했지만 정확한 연령은 추측할 수 없었다. 신장은 대략 173센티미터였지만 내가 입수한 데이터를 바탕으로 손다이크 박사님이 더 정확하게 추정할 것이다. 유골은 이런 특징을 제외하면 지극히 평범했다. 일반 질환이든 국소성 질환이든 아무런 흔적도 없었다. 최근 혹은 더 오래된 부상의 흔적도 없었고 정상 또는 일반적인 상황에서 벗어나는 흔적도 보이지 않았다. 조심스럽게 절단을 하였는지 절단면에는 긁힌 흔적 하나 남아 있지 않았다. 습한 환경에서 서서히 부패가 진행된 시신에서 흔히 발견되는 밀랍이나 비누 같은 독특한 물질인 시랍도 전혀 보이지 않았다. 오른쪽 팔꿈치 끝 부분에 힘줄이었을 물질이 풀이 말라붙은 모양으로 붙어 있는 것이 유일하게 남은 연한 조직이었다.

경사가 막 전시를 끝낸 흥행사처럼 시트를 다시 유골 위로 덮고 있는데 누군가 안치소의 문을 요란하게 두드리는 소리가 울렸다. 경사는 꼼꼼하게 공무를 처리하듯 시트를 덮고는 나를 로비로 안내했다. 그리고 열쇠로 문을 열어 세 사람이 들어오게 했다. 그는 사람들이 들어오고 내가 나가도록 문을 잡아 주었다. 그런데 막 도착한 사람들을 보니 좀 더 있어야겠다는 생각이 들었다. 한 명은 이번 수색 작업의 책임을 맡고 있는 경관이었고 다른 한 명은 옷이 흠뻑 젖고 진흙 범벅이 된 것을 보니 작업 인부였다. 게다가 그는 작은 자루도 들고 있었다. 마지막으로 들어온 사람을 본 순간 나는 같은 직업에 종사하는 동료라는 직감이 들었다.

경사가 문을 연 채 계속 잡고 있었다.

"도와 드릴 일이 또 있습니까?"

그가 사람 좋게 물었다.

"저분이 경찰의입니까?"

나의 물음에 본인이 직접 대답해 주었다.

"네. 제가 경찰의 맞습니다. 제게 무슨 용건이라도 있습니까?"

그러자 경사가 냉큼 설명을 했다.

"이분은 유해를 검사해도 좋다는 검시관의 허가증을 받아 온 의사 선생님입니다. 고인의 유족을 대리하고 있습니다. 그러니까 벨링엄 씨의 가족 말입니다."

그는 경찰의가 호기심 어린 눈빛을 보내자 덧붙여 설명했다.

경찰의가 대답했다.

"알겠소. 음, 몸통 부분을 마저 다 찾았습니다. 제가 알기로는 이미 찾은 부분에서 빠져 있던 갈비뼈도 함께요. 그렇지 않나, 데이비스?"

경관이 대답했다.

"맞습니다. 배저 경위님은 갈비뼈가 전부 여기에 있고 목뼈도 전부 있다고 하셨습니다."

"그 경위는 해부학자라도 되는 모양이군요."

내가 한마디 하자 경사가 씩 웃으며 대답했다.

"무척 박학다식한 분이죠, 배저 경위님 말입니다. 오늘 아침 일찍 이곳에 내려오셨는데 한참 동안 뼈를 검사하고 수첩에 기록한 내용과 맞춰 보셨어요. 분명히 뭔가 알아내신 것 같은데, 그게 뭔지는 입을 꾹 다무시더군요."

경사는 이렇게 말한 후 갑자기 입을 꾹 다물어 버렸다. 마치 상관의 행동과 자신의 행동을 비교하기라도 한 듯 말이다.

"새로 찾은 뼈들을 테이블 위에 꺼내 놓겠습니다."

경찰의가 말했다.

"먼저 시트를 걷게. 석탄처럼 함부로 던지지 말고 조심스럽게 꺼내게."

일꾼은 자루에서 진흙으로 뒤덮인 축축한 뼈를 하나씩 꺼냈다. 뼈를 테이블 위에 놓을 때마다 경찰의가 위치를 잡아 가며 적절하게 배열을 했다.

경찰의가 말했다.

"누가 했든 작업을 아주 깔끔하게 했군요. 작은 도끼나 톱으로 되는 대로 자른 흔적이 전혀 없어요. 뼈들이 관절 부위에서 말끔하게 분리되었어요. 이 짓을 한 자는 해부학에 대해 어느 정도 지식이 있을 겁니다. 푸주한이 아니라면. 뭐, 푸주한일 가능성도 없지 않겠죠. 이자는 칼을 다루는 솜씨가 보기 드물게 능숙해요. 여길 보세요. 유골의 양쪽 팔이 푸주한이 양의 어깨를 해체할 때처럼 견갑골까지 함께 절단되어 있어요. 그 자루에 뼈가 더 남았나?"

"아닙니다, 선생님. 그게 전부입니다."

일꾼은 다 끝났다는 듯이 양손을 바지의 뒤쪽에 문지르며 대답했다.

경찰의는 골똘히 생각에 잠겨 뼈들을 바라보더니 마지막으로 배열을 정리한 후 말문을 열었다.

"경위의 말이 맞았군. 목뼈는 여기에 다 있어. 정말 희한하군. 그렇게 생각하지 않습니까?"

"선생님 말씀은……."

"내 말은 이 기묘한 살인자가 우리는 짐작조차 못 할 이유로 말도 못하게 고생스러운 짓을 했다는 겁니다. 예를 들어 여기 경추골을 봅시다. 그자는 목을 바로 절단하지 않고 두개골을 제1경추에서 조심스럽게 분리해야 했을 겁니다. 몸통을 절단한 방식을 보세요. 방금 가져온 뼈들 가운데에는 열두 번째 갈비뼈 두 대가 있었습니다. 그런데 그 뼈에 붙어 있는 열두 번째 흉추는 아래쪽 몸통에 달려 있어요. 이렇게 절단을 하기 위해 얼마나 고생을 했을지 상상을 해 보세요. 게다가 뼈를 되는 대로 자르거나 마구 내려찍은 곳이 한 군데도 없어요. 매우 독특합니다. 한편으로는 상당히 흥미롭기도 하군요. 조심해서 다루세요."

그는 축축한 진흙으로 뒤덮여 있는 흉골을 조심스럽게 집어 들고 내게 건네며 이렇게 말했다.

"이 뼈가 우리가 확보한 가장 확실한 증거입니다."

"양쪽의 뼈들을 한 사람의 유골로 이어 주는 이 뼈로 이 유해를 중년 남자의 유골이라 확신할 수 있다는 말씀이십니까?"

"그렇습니다. 거의 틀림없는 가정이죠. 게다가 늪연골에 포함된 뼈의 침전물로 확인할 수 있고요. 새로 찾은 뼈들을 모두 조사했고 여기에 뼈들이 빠짐없이 있다고 경위에게 알려도 좋네, 데이비스."

"기록은 하지 않으실 겁니까? 배저 경위님이 제게 전부 기록하라고 하셨거든요."

데이비스 경관이 말했다.

경찰의는 수첩을 꺼내서 기록을 할 만한 부분을 찾으며 이렇게 물었다.

"고인의 신장에 대해서 생각해 두신 것이 있습니까?"

"네. 제가 보기에는 173센티미터 정도 될 것 같군요."

(이때 다 안다는 듯 음흉하게 웃는 경사의 눈빛을 나는 놓치지 않았다.)

경찰의가 말했다.

"저는 174센티미터가량으로 추정을 했습니다. 종아리뼈가 있었다면 더 정확하게 추정할 수 있었을 텐데요. 이 뼈들은 어디서 찾았나, 데이비스?"

"로즈 부시스로 난 길에서 약간 벗어난 곳에 있는 연못에서요, 선생님. 경위님이 방금 그곳으로……."

"경위님이 어디로 가셨는지 신경 쓸 필요 없네. 질문에만 대답하고 자네 일이나 봐."

경사가 재빨리 말을 막았다.

경사가 부하를 나무라는 소리를 듣자 나도 재빨리 행동해야겠다는 생각이 들었다. 경찰의는 직업적인 동료 의식으로 우호적이지만 경찰은 나를 가능한 한 뭔가를 '알아내지' 못하도록 거리를 두어야 하는 침입자로 여기는 낌새가 역력했기 때문이다. 나는 경찰의와 경사에게 호의를 베풀어 주어 고맙다며 심리에서 만나자는 인사를 남기고 그곳을 나섰다. 나는 서둘러 발걸음을 옮겨 내가 있는 곳에서는 안치소의 문이 잘 보이지만 내 모습은 보이지 않는 곳을 찾아냈다. 잠시 후 데이비스 경관이 나와 성큼성큼 길로 향했다.

나는 그의 모습이 재빨리 사라지는 모습을 지켜보며 안심해도 좋겠다 싶을 때까지 기다렸다가 그의 뒤를 따르기 시작했다. 길은 마을에서 곧장 나 있었으며 일 킬로미터도 못 가서 숲의 가장자리로 들어섰다. 그곳에서 나는 발걸음을 재촉해 경관과의 거리를 어느 정도 좁혔다. 그렇게 한 것은 올바른 결정이었다. 왜냐하면 갑자기 경관이 길에서 벗어나 숲으로 들어간 후 얼마 동안은 그가 시야에 나타나지 않았기 때문이었다. 허둥지둥 앞으로 가는데 호랑가시나무 덤불이 무성하게 자라는 너도밤나무 숲 쪽 오솔길로 들어가는 경관이 보였다. 나는 몇 분 동안 오솔길을 따라가며 거리를 좁혀 나갔다. 얼마나 갔을까. 어디선가 펌프가 규칙적으로 철커덕거리는 소리가 들렸다. 뒤이어 남자들의 목소리가 들렸고 경관은 길에서 벗어나 다시 숲으로 모습을 감추었다.

그곳에서부터는 좀 더 조심스럽게 앞으로 나아갔다. 들려오는 펌프 소리로 수색 작업을 하는 사람들의 위치를 가늠하려 해 보았다. 나는 조심스럽게 위치를 가늠하며 빙 둘러 접근했다. 경관이 나타난 곳의 맞은편에서 작업터로 다가갈 수 있도록 말이다.

나는 펌프 소리를 길잡이 삼아 나무들 사이의 작은 공터로 나와 한참 동안 상황을 살폈다. 공터의 중앙에는 작은 연못이 있었는데 폭이 십 미터를 약간 넘는 것 같았다. 연못의 가장자리에는 건축 현장에서 쓰는 손수레가 세워져 있었다. 그 작은 수레로 근처 땅바닥에 쌓여 있는 연장들을 실어 온 것이 분명했다. 땅바닥에는 물이 가득 담긴 커다란 통과 삽, 갈퀴, 체, 휴대용 펌프가 놓여 있었고, 펌프에는 기다란 호스가 연결되어 있었다. 경관 외에도 남자가 세 명이 더 있었다. 한 명은 펌프질을 하고 있었고 다른 한 명은 경관이 막 전해 준 종이를 힐끔거리고 있었다. 그는 내가 나타나자 고개를 홱 쳐들고는 불쾌한 기색이 역력한 눈빛으로 나를 바라보았다.

"이보시오, 선생! 여기에 오면 안 됩니다!"

하지만 내가 이미 '여기'에 온 것을 봤으므로 그 말은 오류였다. 나는 감히 그의 오류를 지적했다.

"여기에 계속 계시면 안 됩니다. 우리 일은 비공개로 진행해야 하거든요."

"무슨 일을 하고 계시는지 잘 알고 있습니다, 배저 경위님."

"아, 그러십니까?"

그는 여우 같은 미소를 지으며 나를 살피듯 바라보았다.

"그렇다면 나도 선생이 무슨 일을 하고 있는지 알 것 같군요. 그런데 우리는 당신네 신문쟁이들이 우리 일을 염탐하는 짓거리를 용납할 수 없소. 그러니 어서 꺼지시오."

나는 당장 그의 오해를 푸는 것이 상책이다 싶었다. 그래서 내가 누구인지 밝히고 검시관의 허가증을 보여 주었다. 경위는 짜증스러운 표정으로 허가증을 읽었다.

"서류는 아무 문제가 없습니다, 선생."

그는 허가증을 내게 돌려주며 딱딱거렸다.

"그렇다고 해서 경찰의 업무를 몰래 염탐할 권리까지 보장해 주지는 않습니다. 여기서 유해가 나오면 안치소로 가져갈 겁니다. 그곳에서 실컷 보시면 됩니다. 그러니 여기서 우리를 지켜보지 마세요."

나도 경위의 작업을 지켜보고 있어야 할 뚜렷한 이유는 없었다. 하지만 경사가 무심코 흘린 말 때문에 호기심이 일었다. 배저 경위가 서둘러 나를 쫓아내려는 모습이 호기심을 더욱 부채질했다. 게다가 우리가 이야기를 하는 동안 펌프가 멈췄고 연못의 진흙 바닥은 이제 상당히 드러난 상태였다. 경위의 조수는 초조하게 삽을 만지작거리고 있었다.

나는 회유 조로 말했다.

"제 말을 들어 보시죠, 경위님. 경위님께서 유가족의 적법한 대리인을 내몰았다는 말이 나게 행동하시는 게 과연 현명할까요? 경위님께서 나중에 어떤 발표를 하든 간에 유가족이 내용을 인정해 줘야 할 텐데요."

"그게 무슨 소리요?"

그가 되물었다.

"이런 소리죠. 혹시라도 경위님이 존 벨링엄 씨의 시신의 일부로 확인될지 모르는 유골을 찾아낸다고 해 보죠. 그렇다면 그 사실은 누구보다 유가족에게 중요할 겁니다. 경위님도 아시겠죠. 상당한 액수의 유산과 골치 아픈 유언장 문제가 걸려 있다는 사실을요."

"나는 그런 건 모릅니다. 그게 지금 이 상황과 무슨 상관이 있는지도 모르겠고요."

(솔직히 나도 그랬다.)

"하지만 이 수색 작업에 꼭 있어야겠다고 하면 몰아낼 수는 없겠군요. 우리 일에 방해나 하지 마시오, 그거면 돼요."

상황이 이렇게 해결된 것을 듣고 사복 경찰처럼 보이는 조수가 삽을 들고 연못의 바닥을 가득 메운 진창 속으로 들어갔다. 그는 구부정한 자세로 걸으며 물을 뺀 연못에 남겨진 수초 더미 사이를 살폈다. 경위는 초조하게 조수를 지켜보며 때때로 발밑을 잘 살피라고 주의를 주었다. 일꾼도 펌프에서 손을 놓고 진창 끄트머리에서 목을 빼고 조수를 바라보았다. 경관과 나도 각자 연못이 잘 보이는 위치에서 지켜보았다. 한참을 뒤졌지만 아무것도 나오지 않았다. 한번은 조수가 몸을 웅크리고 뭔가를 주웠는데, 자세히 보니 썩은 나뭇조각이었다. 그다음으로 찾은 것은 오래전에 죽은 어치였다. 그는 그것을 한참 살펴본 후 버렸다. 그러다가 깊게 파인 구덩이 하나에 생긴 작은 웅덩이 옆으로 몸을 구부리나 싶더니 진창을 뚫어져라 보다가 벌떡 일어났다.

"여기에 뼈 같은 게 있습니다, 경위님."

그가 소리쳤다.

"그러면 주위를 들쑤시지 말게."

경위가 대답했다.

"대신 자네가 발견한 것이 묻혀 있는 진창을 삽으로 떠서 곧장 체로 가져오게."

조수는 상관의 지시를 잘 따랐다. 그가 삽에 미끌미끌한 진창을 가득 퍼서 연못가로 나오자 우리는 체 주위로 모여들었다. 경위는 체를 통 위에 들고 선 채 경관과 일꾼에게 "손을 빌려 달라"고 했는데, 그 말뜻인즉 통 주위를 에워싸서 최대한 내 시야를 가리라는 것이었다. 경위의 조수까지 합세해 여럿이서 나를 효과적으로 막았다. 한 삽 가득 뜬 진창을 체에 놓자 남자 네 명이 몸을 구부려 거의 가리다시피 하는 바람에 나는 목을 길게 뽑은 채로 한 번은 이쪽 끝에서, 한 번은 저쪽 끝에서 보아야 했다. 결국 체에 놓인 진창을 얼핏얼핏 볼 수밖에 없었다. 체를 물에 넣고 앞뒤로 흔들 때마다 진창이 서서히 물에 풀려 사라졌다.

마침내 경위가 물에서 체를 꺼내 그 위로 몸을 바짝 구부린 채 남은 내용물을 살피기 시작했다. 하지만 정확히 뭔지 알 수가 없었던지 미심쩍은 듯 툴툴거리는 소리가 연신 들렸다.

드디어 몸을 곧게 편 경위가 나를 돌아보았다. 그는 상냥한 듯하지만 어딘가 여우 같은 미소를 짓고는 체의 내용물을 살펴보라며 내 쪽으로 쑥 내밀었다.

"우리가 뭘 찾았는지 궁금하시죠, 의사 선생?"

나는 고맙다는 인사를 한 후 고개를 숙여 체를 보았다. 체에는 잔가지들과 줄기만 남은 잎사귀들, 수초, 우렁이, 우렁이의 빈 껍질, 민물 홍합처럼 오래된 연못의 진창에서 건져 낼 만한 것들이 남아 있었다. 그런데 이것들 사이로 작은 뼈 세 개가 보였다. 그것들을 알아보자마자 나는 깜짝 놀랐다.

경위는 호기심 어린 눈초리로 나를 보면서 말했다.

"그래서요?"

"그렇군요. 매우 흥미롭군요."

내가 대답했다.

"사람의 뼈죠, 흠?"

"의심의 여지가 없습니다."

내가 인정했다.

"자, 이렇게 봐서 이 뼈들이 몇 번째 손가락일 것 같습니까?"

그가 물었다.

나는 이 질문이 나올 것을 은근히 기대했기 때문에 삐져나오려는 웃음을 참으며 대답했다.

"이렇게 봐서는 어느 손가락도 아니라고 말할 수 있겠군요. 이 뼈들은 왼쪽 엄지발가락입니다."

경위가 입을 떡 벌렸다.

"이런 젠장맞을!"

그가 중얼거렸다.

"음. 좀 뭉툭하다고는 생각했어요."

"이 뼈들이 나온 부근의 진창을 뒤져 보면 나머지 발가락도 찾을 수 있겠군요."

내가 말했다.

사복 경관이 당장 내가 말한 대로 그 근처를 뒤지기 시작했다. 시간을 절약하기 위해 직접 체를 들고서 말이다. 내 말대로 웅덩이 바닥에서 퍼낸 진창을 두 번 체에 거른 후에 모든 발가락뼈가 세상의 빛을 보게 되었다.

"이제는 기분이 좋으시겠습니다."

내가 건진 뼈들을 살펴서 온전히 다 있는 것을 확인하자 경위가 말했다.

"여러분이 이 연못에서 찾고 있는 게 무엇인지 알면 더 좋을 텐데요. 발을 찾고 계셨던 건 아니지 않습니까, 그렇죠?"

내가 캐물었다.

"뭐가 되었든 찾을 수 있는 걸 찾고 있었습니다."

그가 요리조리 빠져나갔다.

"온전한 시신이 될 때까지 수색을 멈추지 않을 겁니다. 나는 카나트 워터를 빼고 이 근방에 있는 하천과 연못을 죄다 뒤질 겁니다. 카나트 워터는 마지막으로 남겨 둬야죠. 왜냐하면 그곳은 보트를 타고 바닥을 훑어야 하거든요. 소소한 연못들처럼 작업을 할 수는 없으니까요. 아마 머리는 그곳에 있을 겁니다. 수심이 제일 깊으니까요."

그 말을 듣자 충분하지는 않지만 알아낼 만한 것은 모두 알아냈다는 생각이 들었다. 경위가 편하게 수색 작업을 할 수 있도록 얼른 자리를 뜨는 것이 좋겠다 싶었다. 나는 협조해 줘서 고맙다는 인사를 한 후 왔던 길로 되돌아 나왔다.

응달진 오솔길을 되짚어 숲을 빠져나오는 동안 경위의 수색 작업을 골똘하게 생각해 보았다. 절단된 손뼈를 살펴본 결과 문제의 손가락은 사후나 죽기 직전에 절단되었다고 판단되었다. 하지만 둘 중 어느 쪽인지 정해야 한다면 사후라고 보아야 할 것 같았다. 다른 누군가도 나와 같은 결론을 내렸고 배저 경위에게 그 의견을 밝혔을 것이다. 어느 모로 보나 경위는 사라진 손가락을 찾기 위해 전력을 다하고 있었기 때문이다. 그런데 시드컵에서 손이 발견되었는데 왜 이곳에서 손가락을 찾고 있을까? 손가락을 발견한다면 그것에서 무엇을 알아낼 수 있으리라 기대한 걸까? 손가락 혹은 적어도 손가락의 뼈에는 아무런 특징이 없지 않은가. 이번 수색 작업의 목적은 유골로 발견된 사람의 신원을 밝히는 것이었다. 상황이 돌아가는 모습을 보니 어딘가 의심스러운 구석이 있었다. 배저 경위만 아는 모종의 정보가 있다고 짐작게 하는 구석이 말이다. 그런데 어떤 정보를 입수한 것일까? 내 짐작이 옳다면 어디서 정보를 알아냈을까? 이런 고민을 아무리 해 봐야 내가 답을 알 리 만무했다. 그렇지만 나는 검시 배심이 열릴 예정인 소박한 여인숙에 도착할 때까지 해답을 알 수 없는 의문들을 좀처럼 머릿속에서 몰아내지 못했다. 나는 검시 배심에 참석할 것을 대비해 그 여인숙의 분위기에 걸맞게 조촐하게 나온 점심을 들면서 기운을 차리기로 했다.

013

검시관의 탐색

검시 배심이라는 유서 깊고 훌륭한 제도가 진행되는 모습을 보면, 심리가 진행되는 장소의 주위 환경이 법정과 살짝 어울리지 않아 체면이 깎여도 그럭저럭 잘 굴러가고 있음을 알 수 있다. 이번 심리는 여인숙에 붙어 있는 기다란 방에서 열렸는데, 방에 갖춰진 다양한 물건들을 보니 평소에는 좀 더 유쾌한 분위기의 모임이 열리는 장소가 분명했다.

나는 오랫동안 점심을 먹고 생각에 잠겨 파이프를 한 대 피운 후 이곳으로 왔다. 도착해 보니 아무도 없었다. 그도 그럴 것이 배심원들은 이미 선서를 마치고 유골을 살펴보기 위해 시체 안치소로 간 후였기 때문이다. 홀로 남은 나는 방 안에 있는 물건들을 살펴보며 그곳을 주로 사용하는 사람들의 평소 모습을 추측하며 시간을 때웠다. 맞은편 벽에는 다트가 몇 개 꽂혀 있는 나무 과녁이 걸려 있어 마을의 로빈 후드들이 실력을 발휘하도록 유혹하고 있었다. 떡갈나무 탁자에 새겨진 자국을 보니 여기서 동전 밀어내기를 하는 사람들이 있구나 싶었다. 뚜껑을 열어 놓은 커다란 상자에는 하얀 가발과 화려한 색상의 가운들, 나무로 만든 창과 검 들, 금박 종이를 조잡하게 씌운 훈장이 가득 들어 있었다. 그것들은 드루이드 단의 유치한 의식을 치를 때 쓰이는 것이 분명했다.

자질구레한 물건들을 살피는 것도 슬슬 지겨워져 벽에 걸린 그림들로 시선을 옮길 즈음 방청객들과 증인들이 속속 도착했다. 나는 아마도 검시관의 자리일 듯한 탁자 상석의 옆자리에 앉았다. 그의자가 유일하게 안락한 의자이기도 했다. 자리에 막 앉자마자 검시관이 배심원들과 함께 방으로 들어왔다. 그들의 뒤를 따라 경사와 배저 경위, 사복 경찰 한두 명이 들어왔고 마지막으로 경찰의가 도착했다.

검시관은 탁자의 상석에 앉아 서류를 펼쳤다. 배심원들도 기다란 탁자의 한쪽에 두 줄로 놓인 긴 의자에 자리를 잡았다.

나는 호기심을 가지고 열두 명의 '훌륭하고 선량한 남자들'을 살펴보았다. 그들은 전형적인 영국의 상인들을 대표하고 있었다. 모두 입이 무겁고, 주의 깊고, 근엄한 분위기를 풍기는 남자들이었다. 그런데 그들 가운데 머리가 유난히 크고 부스스한 머리카락이 위로 뻗친 자그마한 체구의 남자가 내 관심을 끌었다. 똑똑해 보이지만 반항적인 외모와 무릎 부분이 닳아 반들거리는 바지를 보자마자 구두 수선공이라는 사실을 대번에 짐작할 수 있었다. 그는 대장장이로 보이는 어깨가 넓은 배심원 대표와 전체적으로 기름이 좔좔 흐르는 듯한 모습에서 푸주한이 떠오르는 고집스럽고 불그레한 얼굴의 남자 사이에 앉았다.

마침내 검시관이 심리를 시작했다.

"배심원 여러분, 여러분이 참석하신 이 심리는 두 가지 문제를 안고 있습니다. 첫째로 신원을 밝혀내야 합니다. 우리가 막 보고 온 시신은 누구였을까요? 둘째로 그 사람은 언제, 어떻게, 어떤 방법으로 죽음을 맞이했을까요? 먼저 시신의 신원에 대해 먼저 이야기를 한 후 시신이 발견된 상황을 다루도록 하겠습니다."

그러자 구두 수선공이 벌떡 일어나 유난히 지저분한 손을 번쩍 들었다.

"검시관님, 이의 있습니다."

그가 말했다. 다른 배심원들은 호기심 어린 눈빛으로 그를 바라보았다. 유감스럽게도 몇몇은 빙그레 웃기까지 했다.

"방금 우리가 막 시신을 보고 왔다고 말씀하셨지 않았습니까. 저는 우리가 본 것이 시신이 아니었다는 점을 지적하고 싶습니다. 우리는 모아 놓은 뼈들을 봤습니다."

"이제부터는 유해라고 말하도록 하겠습니다. 그게 더 마음에 드신다면요."

검시관이 말했다.

"그게 더 마음에 듭니다."

구두 수선공은 이렇게 말하며 자리에 앉았다.

"이제 되었겠죠."

검시관이 말했다. 그는 곧장 증인을 소환했다. 첫 번째로 나온 증인은 물냉이밭에서 유골을 발견한 인부였다.

증인이 뼈를 발견하게 된 상황을 증언한 뒤 검시관이 물었다.

"그 물냉이밭을 마지막으로 정리한 때가 언제인지 아십니까?"

"태퍼 씨가 그 밭을 내놓기 직전에 그분 지시로 작업을 했습니다. 그게 이 년이 좀 더 된 일이죠. 오월이었습니다. 그때 저도 작업을 도왔습니다. 이번에 작업할 때와 같은 장소에서 했습니다. 그때는 뼈 같은 건 절대 없었습니다."

검시관이 배심원을 힐끔 보더니 물었다.

"여러분, 질문 있습니까?"

아니나 다를까 구두 수선공이 증인의 기를 죽이려는 것처럼 노려보며 질문을 했다.

"이 유해가 나타났을 때 뼈를 찾고 있었던 거 아니오?"

증인은 소스라치게 놀라며 말했다.

"내가요? 내가 그곳에서 왜 뼈를 뒤지겠습니까?"

구두 수선공이 엄하게 말했다.

"어물쩍 넘어가려고 하지 마시오. 질문에 대답해요. 그런 거요, 아니요?"

"아닙니다. 절대로 아닙니다."

그 배심원은 커다란 머리를 애매하게 가로저었다. 이번에는 봐주지만 다음에는 절대 그냥 넘어가지 않겠다는 의도를 전하려는 듯 말이다. 증인 신문은 계속되었지만 내가 처음 듣는 정보나 새로운 사실은 없었다. 하지만 경위가 쿠쿠 피츠에서 오른쪽 팔을 발견한 상황을 설명하는 부분이 되자 분위기가 슬슬 바뀌기 시작했다.

"우연히 그 팔을 발견했습니까?"

검시관이 물었다.

"아닙니다. 런던 경시청에서 이 근방의 연못들을 전부 수색해보라는 지시가 내려왔습니다."

검시관은 그 문제에 대해서는 더 이상 파고들고 싶지 않은 듯했다. 그러나 우리의 구두 수선공은 그 점에 촉각을 곤두세우고 있는 것이 분명했다. 나는 배저 경위가 증인석에 나오면 불꽃 튀는 반대 신문이 이어지기를 내심 기대했다. 경위도 같은 의견인 것 같았다. 그가 꼬치꼬치 파고드는 성 크리스핀*의 제자에게 악의에 찬 눈빛을 보내는 것을 보면 말이다. 경위가 증인석에 나오자 수선공의 머리카락이 불경한 즐거움에 빳빳하게 곤두서는 것처럼 보였다.

라우턴익 스테이플스 폰드에서 아래쪽 몸통을 찾아낸 것은 경위의 공이었다. 하지만 그는 굳이 그 점을 강조하려 들지 않았다.

<hr>

● **성 크리스핀** _ 구두 수선공과 제조인의 수호 성인.

다만 쿠쿠 피츠에서 발견된 뼈를 따라가다 자연스럽게 그곳에 닿게 되었다고만 말했다.

"하필 이 근방을 수색하게 된 것은 비공식적인 정보가 있었기 때문이 아닙니까?"

구두 수선공이 물었다.

"그런 정보는 일체 없습니다."

경위가 대답했다.

"그럼 이런 이야기는 어떻습니까."

그 배심원은 경위를 향해 시비를 걸 듯 지저분한 검지를 흔들며 추궁하기 시작했다.

"유해는 여기 시드컵에 있었습니다. 다른 부분은 세인트 메리 크레이에서 발견되었고, 일부는 리에서도 발견되었습니다. 이 지역들은 다 켄트 주에 있죠. 그런데 당신이 곧장 에식스 주에 있는 에핑 숲으로 내려와서 유골을 수색해 찾아냈다는 사실이 정말 놀랍지 않습니까?"

"우리는 유해가 발견될 가능성이 높은 지역을 체계적으로 수색했을 뿐입니다."

경위가 반박했다.

구두 수선공이 사악한 미소를 지으며 말했다.

"그렇습니다. 제가 말하고 싶은 게 바로 그겁니다. 템스 강을 건너 이곳에서 이십 킬로미터나 넘게 떨어져 있는 켄트 주에서 유해를 발견한 후에 뼈를 찾으러 이곳에 와서는 곧장 스테이플스 폰드로 갔는데, 그곳에 뼈가 있어서 어쩌다가 발견했다고요? 신기한 일 아닌가요?"

"뼈가 없었는데 어쩌다가 뼈를 찾았다면 그게 더 신기하지 않을까요?"

배저 경위가 신랄하게 비꼬았다.

나머지 열한 명의 배심원들 사이에서 후련하다는 듯 낄낄거리는 소리가 들렸다. 구두 수선공은 소리 없이 사납게 웃었다. 그가 적절한 말로 받아치려는데 검시관이 말을 끊었다.

"그 질문은 그리 중요하지 않습니다. 불필요한 신문으로 경찰을 당황하게 해서는 안 됩니다."

그러자 수선공이 말했다.

"뼈들이 그곳에 있다는 사실을 저 경찰이 알고 있었던 것이 분명하다고 믿습니다."

"증인은 비공식적인 정보는 없었다고 증언을 했습니다."

검시관은 이렇게 지적한 후 비판적인 배심원이 유심히 관찰하고 있는, 경위의 다른 증거물에 대한 신문을 진행했다.

경위가 유해를 발견한 상황을 상세하게 증언한 후 이번에는 경찰의가 소환되어 선서를 했다. 배심원들은 기대에 찬 모습으로 등을 꼿꼿이 세우고 앉아 있었다. 나는 수첩을 한 상 넘겼다.

"현재 안치소에 안치되어 있으며 이 검시 배심이 열린 이유인 유골을 검사하셨죠?"

검시관이 물었다.

"그렇습니다."

"관찰하신 내용을 설명해 주십시오."

"그 유골은 인간의 것이 맞습니다. 제 소견으로는 한사람의 뼈입니다. 두개골과 왼손의 중지, 슬개골, 양 다리뼈, 그러니까 무릎에서 발목까지의 뼈를 제외하면 지금까지 발견된 뼈들로 사람 하나의 골격이 완벽하게 만들어집니다."

"없어진 손가락에 대해 설명하실 사항이 있습니까?"

"없습니다. 기형인 흔적도 없고 생전에 절단된 흔적도 없습니다. 사후에 절단된 것 같습니다."

"고인의 신체적 특징에 대해 설명해 주시겠습니까?"

"유골의 주인은 예순이 넘었을 중년 남성으로 신장은 174센티미터이며 비교적 건장하고 근육이 발달한 체격으로 나이에 비해 젊어 보였을 것입니다. 오른쪽 고관절에 오래된 류머티즘성 통풍을 제외하면 질병을 앓았던 흔적도 없습니다."

"사인에 대해서 의견이 있으십니까?"

"없습니다. 폭력이나 부상을 당한 흔적이 없습니다. 두개골을 보기 전에는 사인에 대해 아무런 판단도 내릴 수 없습니다."

"유의해야 할 점이 있던가요?"

"네. 시신을 절단한 사람이 해부학적인 지식과 실력을 갖추었다는 사실에 놀랐습니다. 그자가 해부학을 안다는 사실은 시신을 해부학적으로 정확하게 절단했다는 것으로 입증되었습니다. 가령, 목뼈는 완전하게 남아 있으며 아틀라스라고 하는 경추의 제일 윗부분 연결 부위까지 달려 있습니다. 해부학 지식이 없는 사람이었다면 그냥 목을 잘라 절단했을 겁니다. 한편 양팔에는 견갑골이라고도 하는 어깨뼈와 빗장뼈라고도 하는 쇄골이 달려 있었는데, 팔을 해부할 때 바로 그런 식으로 절단합니다.

해부학 실력을 갖춘 것도 시신을 깔끔하게 절단한 것을 보면 알 수 있습니다. 각 부위들을 마구잡이로 난도질한 것이 아니라 매우 능숙하게 연결 부위를 따라 분리해 놓았습니다. 그래서 어느 뼈에도 칼에 긁히거나 파인 흔적이 없었습니다."

"어떤 부류의 사람이 방금 말씀하신 지식과 기술을 갖추었을 가능성이 높습니까?"

"당연히 외과 의사와 의대생이겠죠. 푸주한일 가능성도 있습니다."

"이 시신을 절단한 자가 외과의나 의대생일지도 모른다고 생각하십니까?"

"네. 푸주한일 수도 있고요. 시신을 절단하는 데 익숙하고 칼을 잘 다루는 사람일 겁니다."

이때 구두 수선공이 벌떡 일어섰다.

"검시관님, 지금 나온 증언에 항의합니다."

"어떤 증언 말입니까?"

검시관이 되물었다.

구두 수선공은 웅변조로 요란하게 말을 이었다.

"명예로운 직업에 대해 비방을 하지 않았습니까."

"무슨 말씀이신지 모르겠군요."

검시관이 되물었다.

"서머스 씨가 이 살인을 푸주한이 저질렀을지도 모른다는 뜻을 내비치셨습니다. 지금 그 명예로운 직업을 가진 사람이 여기 배심원으로……."

"나는 내버려 둬."

푸주한이 툴툴거렸다.

"나는 내버려 둘 수가 없어. 저는……."

구두 수선공이 고집을 부렸다.

"이봐 포프, 입 좀 다물어!"

배심원 대표는 이렇게 일갈하며 털이 북실북실한 커다란 손으로 구두 수선공의 웃옷의 뒷자락을 확 잡아당겨 실내가 울릴 정도로 요란하게 털썩 주저앉게 했다.

하지만 포프 씨는 자리에 끌려 앉혀진 후로도 입을 다물지 않았다.

"제 항의를 꼭 기록으로 남겨 주십시오."

"그럴 수는 없습니다. 그리고 증언을 방해하도록 허락할 수 없습니다."

검시관이 말했다.

"저는 이곳에 온 제 친구의 이익과 명예로운……."

바로 이때 푸주한이 무섭게 그에게 달려들어 쉰 목소리로 모두에게 들리게 소리쳤다.

"이봐 포프, 이제 그만 좀 해. 고양이가 제 발 핥는 것……."

"배심원 여러분! 배심원 여러분!"

검시관이 엄격한 목소리로 주목시켰다.

"이런 식의 부적절한 행동은 더 이상 용납하지 않겠습니다. 이 자리가 얼마나 엄숙한 자리이며 여러분이 얼마나 막중한 책임을 맡으셨는지 잊으신 겁니까? 좀 더 품위 있고 점잖게 행동하시기를 요구하는 바입니다."

주위는 쥐 죽은 듯 조용해졌다. 그런데 푸주한이 아까 하던 말을 쉰 목소리로 마저 끝내는 것이 아닌가.

"발 핥는 것 같은 짓거리를……."

검시관이 무시무시한 눈초리로 그를 노려본 후 증인을 돌아보며 신문을 재개했다.

"서머스 씨, 고인이 사망한 지 얼마나 되었는지 말씀해 주실 수 있습니까?"

"적어도 일 년 반, 혹은 훨씬 더 되었을 거라고 생각합니다. 지금까지의 검사만으로는 얼마나 더 되었는지 말씀드릴 수 없습니다.

유골의 상태는 완벽하게 깨끗합니다. 다시 말해서 연한 조직이 전혀 남아 있지 않습니다. 앞으로도 이런 상태를 유지할 것입니다."

"물냉이밭에서 유해를 발견했다는 증언을 바탕으로 유골이 이년 이상 그곳에 유기되었을 수 없다고 추측할 수 있습니다. 서머스 씨의 소견으로 유골의 상태가 그런 추정에 합치합니까?"

"네, 완벽히 들어맞습니다."

"짚고 넘어갈 것이 하나 더 있습니다, 서머스 씨. 아주 중요한 사항입니다. 검사하신 유골 가운데에서나 혹시 유골 전체에서 특정한 개인의 유골이라고 확인할 수 있을 만한 것을 발견하셨습니까?"

서머스 씨가 단언했다.

"아니요. 신원을 확인할 단서가 될 만한 특이 사항은 전혀 찾아내지 못했습니다."

검시관이 말머리를 돌렸다.

"우리는 어떤 실종자의 신체적 특징을 입수했습니다. 연령은 오십구 세, 신장은 173센티미터, 건강하고 나이보다 젊어 보이며, 체격이 비교적 건장하고 왼쪽 발목에 오래된 포트 골절의 흔적이 있는 남성입니다. 서머스 씨, 조사하신 유해와 이 특징이 일치합니까?"

"네. 일치한다고 할 수 있습니다. 일치하지 않는 부분은 없습니다."

"유해가 실종자의 것일 수 있습니까?"

"그럴 수도 있습니다. 하지만 꼭 그렇다는 증거는 없습니다. 이 특징은 골절 부분을 제외하면 대다수 중년 남자에 적용할 수 있습니다."

"그런 골절 흔적은 못 보셨습니까?"

"네, 그런 흔적은 없었습니다. 포트 골절은 비골이라 부르는 종아리뼈가 부러지는 것입니다. 지금까지 찾은 뼈들 가운데 비골은 없었습니다. 그래서 그 점에 대해서는 증거가 없습니다. 왼쪽 발은 거의 정상이었습니다. 다만 골절로 인해 심각하게 기형이 되지 않았다면 그럴 수도 있습니다."

"서머스 씨는 고인의 신장을 실종자보다 일 센티미터가량 더 크게 추정하셨지요. 그렇다면 일치하지 않는 겁니까?"

"그렇지는 않습니다. 제 추정치는 대략적인 수치일 뿐입니다. 양팔은 완전하지만 다리는 그렇지 않습니다. 그렇기 때문에 양팔을 완전히 벌렸을 때의 폭을 바탕으로 계산을 했습니다. 대퇴골의 수치로도 같은 결과를 얻을 수 있습니다. 대퇴골의 길이는 약 십구 센티미터입니다."

"그렇다면 고인은 173센티미터보다 더 크지 않을 수도 있겠군요?"

"그렇습니다. 173센티미터에서 175센티미터 사이일 겁니다."

"고맙습니다. 배심원단께서 더 질문이 없으시다면 원하는 내용은 다 질문한 것 같군요."

그는 위엄 있게 앉아 있는 배심원단을 불안한 눈빛으로 힐끔 보았다. 아니나 다를까 포프 씨가 도저히 참지 못하고 자리에서 발딱 일어서더니 말문을 열었다.

"없어졌다는 손가락 말입니다. 사후에 잘렸다고 하셨죠?"

"저는 그렇게 보고 있습니다."

"그러면 왜 손가락을 잘랐는지 말해 주실 수 있습니까?"

"아뇨, 말할 수 없습니다."

"에이, 이보세요, 선생님. 그 문제에 대해서 나름대로 의견이 있으실 것 아닙니까."

검시관이 끼어들었다.

"서머스 씨는 유해를 직접 조사해서 얻어 낸 증거로만 판단을 하십니다. 심중에 품고 있을지도 모르는 개인적인 의견이나 추측은 증거가 아닙니다. 그러니 그런 질문을 박사님께 해서는 안 됩니다."

하지만 포프 씨는 포기하지 않았다.

"하지만 검시관님, 우리는 왜 손가락이 잘렸는지 알고 싶습니다. 아무 이유 없이 자르지는 않았을 것 아닙니까. 실종자의 손가락에 특이한 점이 있었는지 여쭤도 됩니까?"

"그 점에 대해서는 문서에 아무런 언급도 없습니다."

검시관이 말했다.

"어쩌면 배저 경위가 말해 줄 수 있을지 모르겠군요."

포프 씨는 화살을 경위에게 돌렸다.

그러자 검시관이 말했다.

"경찰에게 질문을 너무 많이 하지 않는 편이 좋겠습니다. 공표하고 싶은 내용이 있으면 뭐든 먼저 우리에게 밝힐 테니까요."

구두 수선공이 매섭게 말했다.

"오, 잘 알겠습니다. 그렇게 쉬쉬해야 하는 일이라면 입 꾹 다물고 있겠습니다. 하지만 우리에게 제시되지 않은 사실이 있다면 우리가 어떻게 판결을 내릴 수 있을지 모르겠군요."

증인 신문이 끝나자 검시관은 내용을 정리해서 배심원에게 말했다.

"여러분은 여러 증인의 증언을 방금 들으셨습니다. 그러므로 이 검시 배심을 열게 된 여러 의문 가운데 어느 하나도 답할 수 없다는 사실을 잘 이해하셨을 것입니다. 우리는 고인이 예순 살가량의 중년 남성으로 신장은 173에서 175센티미터 사이라는 사실을 알고 있습니다. 고인은 십팔 개월에서 이 년 전 어느 시점에 사망에 이르렀습니다. 우리가 아는 것은 이것이 전부입니다. 시신을 처리한 모습으로 보아 사망 당시의 상황에 대해 추측을 할 수는 있습니다. 하지만 우리가 알 수 있는 다른 사실은 아무것도 없습니다. 고인이 누구였는지 혹은 어떻게 사망했는지 아무것도 모릅니다. 그러므로 이 심리는 새로운 사실이 확보될 때까지 휴정을 해야 합니다. 새로운 사실이 입수되면 여러분에게 참석을 알리는 통지서가 발송될 것입니다."

조용했던 법정은 어느새 의자를 움직이고 왁자지껄하게 떠드는 소란스러운 소리로 뒤덮였다. 그런 가운데 나는 자리에서 일어나 거리로 나왔다. 문가에서 서머스 씨와 마주쳤다. 그의 이륜마차가 근처에 대기중이었다.

"런던으로 돌아가십니까?"

그가 물었다.

"네. 기차를 잡는 대로 바로 가야죠."

내가 대답했다.

"그럼 얼른 내 마차에 타세요. 5시 1분발에 맞춰 데려다 드릴 수 있습니다. 걸어가면 기차를 놓칠 겁니다."

나는 그의 제안을 고맙게 받아들였다. 마차는 역을 향해 질주했다.

서머스 씨가 말문을 열었다.

"포프라는 남자, 꽤 성가시더군요. 성격 있죠. 사회주의자에, 노동자 옹호 단체에 가입해 있고 선동가 기질에 전형적인 괴짜죠. 싸움이라면 무엇에든 달려드는 자예요."

내가 대답했다.

"그렇군요. 겉모습만 봐도 그럴 것 같았습니다. 검시관이 배심원단에 그런 골치 아픈 악당을 집어넣고 맘고생을 좀 했겠군요."

서머스 씨가 웃음을 터뜨렸다.

"그야 모르죠. 그래도 덕분에 꽤 재미있었어요. 그런 치들도 나름대로 쓸모가 있어요. 그 사람 질문 중에 몇 개는 상당히 예리했잖아요."

"배저 경위도 그렇게 생각하는 것 같더군요."

"바로 그겁니다."

그가 다시 껄껄거리며 웃었다.

"배저는 그 사람을 좋아하지 않아요. 그런데 그 유능한 경위가 증언을 하면서 아슬아슬한 모험을 한 게 아닌지 의심이 되는군요."

"경위가 정말 비공식적인 정보를 가지고 있다고 보십니까?"

"당신이 말하는 '정보'가 뭐냐에 달렸죠. 경찰은 추정만으로 움직이는 곳이 아닙니다. 누군가로부터 상당히 확실한 정보를 입수한 게 아니라면 이런 수고를 감수할 리가 없죠. 벨링엄 씨와 벨링엄 양은 어떻게 지내십니까? 두 분이 이곳에 사실 때 알고 지냈거든요."

내 질문에 대한 경찰의의 조심스러운 대답을 곰곰이 생각하고 있는데, 우리를 태운 마차가 쏜살같이 역내에 들어섰다. 동시에 기차도 플랫폼에 정차를 했다. 나는 서둘러 악수를 하고 감사의 인사를 전한 후 용수철처럼 마차에서 튀어나와 역으로 달려 들어갔다.

느긋한 속도로 집으로 향하는 동안 나는 수첩에 적은 내용을 다시 검토하며 겉으로 드러난 것보다 더 큰 의미를 품고 있는 사실들을 골라 보려고 애를 썼다. 하지만 별 성과를 거두지 못했다. 어느덧 손다이크 박사님이 심리에서 제시된 증거에 대해 어떻게 생각하실지, 내가 가져가는 정보에 대해 흡족해하실지 슬슬 걱정이 되기 시작했다. 간간이 딴생각을 할 때를 빼고는 기차에서 내려 템플 구역에 도착해 친구들의 집 계단을 힘차게 뛰어 올라갈 때까지도 내 머릿속은 온통 이런 생각과 추측 들로 어지러웠다.

하지만 나를 기다리는 것은 실망뿐이었다. 두 사람은 없고 폴턴이 집을 지키고 있었다. 연구실 문가로 나온 그는 하얀 앞치마를 두르고 양손에 코가 납작한 펜치를 하나씩 들고 있었다.

"박사님은 급한 사건에 자문을 하시기 위해서 브리스틀로 가셨습니다. 저비스 박사님도 함께요. 두 분은 그곳에 하루 이틀 머무르실 것 같습니다. 대신 박사님이 이 메모를 남기고 가셨습니다."

그는 선반에서 편지를 집어 들었는데, 가장자리의 눈에 잘 띄는 곳에 놓여 있었다. 그는 편지를 내게 건넸다. 손다이크 박사님은 짧은 편지에서 갑자기 집을 비워 미안하다며 내가 기록한 내용과 혹시 적어 놓았을 의견까지 폴턴에게 건네라고 부탁했다.

편지는 이어졌다.

궁금해할 것 같아서 덧붙이네. 내일모레 유언 재판소에서 심리가 열릴 예정이야. 당연히 나는 참석하지 않을 걸세. 저비스도 마찬가지고. 그러니 자네가 참석해서 심리중에 발생하는 일을 직접 보고 오면 좋겠네. 마치몬트의 서기가 지시를 받지 않아 기록하지 않을 수 있는 상황도 하나도 빠짐없이 직접 확인을 해 주게. 페인 박사가 계속 대기하면서 진료를 봐 주도록 계약을 연장해 두었네. 그러니 편안하게 심리에 참석할 수 있을 걸세.

　편지를 읽고 나자 꽤 으쓱한 기분이 든 것은 물론 위안도 되었
다. 특히나 손다이크 박사님이 나를 이렇게나 신뢰한다는 생각이
들자 가슴속 깊이 감사하는 마음이 들었다. 나는 그런 기분에 휩싸
여 편지를 주머니에 넣고 하루 종일 기록한 것을 폴턴에게 건넸다.
그리고 잘 자라는 인사를 한 후 페터 레인으로 발걸음을 옮겼다.

014

이제 이야기의 무대인
유언 재판소로

벨링엄 양과 그녀의 아버지와 함께 들어간 유언 재판소는 학문에 열중하다가 잠시 휴식을 취하는 듯한 분위기가 느껴지는 곳이었다. 호기심에 구름처럼 모인 방청객들은 곧 시작될 절차에 대해 잘 알지 못하거나 선정적인 그 '토막 사건'과 관련이 있을 줄은 꿈에도 모르는 것이 분명했다. 하지만 변호인단과 소식이 빠른 기자들은 잔뜩 긴장한 채 삼삼오오 모여 있었다. 그들이 두런두런 나누는 이야기 소리가 예배 시간에 울려 퍼지는 오르간 독주곡처럼 실내를 메웠다.

우리가 들어가자 유쾌한 얼굴의 노신사가 자리에서 일어나 우리를 맞으러 나왔다. 그는 벨링엄 씨와 다정하게 악수를 나누고 벨링엄 양에게는 공손하게 절을 했다.

"의사 선생, 이 사람이 마치몬트 변호사라오."

벨링엄 씨가 내게 소개를 해 주었다. 변호사는 내가 일부러 검시 배심에 다녀와 준 것에 대해 고마움을 표한 후 우리를 자리로 안내했다. 기다란 의자의 반대편에는 어떤 신사가 혼자 앉아 있었는데, 허스트인 것 같았다.

벨링엄 씨는 나와 동시에 그를 알아보고는 분노에 찬 눈빛으로 노려보았다.

"저기 악당이 앉아 있군!"

그는 주위에 다 들리게 크고 똑똑하게 소리쳤다.

"나를 못 본 척하는 것 보라지. 부끄러워서 내 얼굴을 똑바로 못 보겠지. 하지만……."

"쉬! 쉬! 진정하세요."

마치몬트 씨가 질겁을 하고 벨링엄 씨를 진정시켰다.

"그런 식으로 말을 하면 안 됩니다. 특히 이곳에서는요. 부탁드립니다. 부디 감정을 잘 다스려 주십시오. 경솔한 발언을 하지 않도록 조심하세요. 아예 입을 꾹 다물고 계세요."

그는 벨링엄 씨가 입만 열면 경솔한 말을 한다고 단단히 확신한 듯 그렇게 덧붙였다.

벨링엄 씨가 뉘우치며 말했다.

"실례했소, 마치몬트 씨. 자제하도록 하겠소. 정말 경솔한 말을 할지도 모르니까 말이오. 저 녀석을 다시는 쳐다보지도 않겠소. 또 봤다가는 저기로 건너가 욕을 한바탕 퍼부어 줄 것 같으니 말이오."

벨링엄 씨의 잇따른 경솔한 발언에 마치몬트 씨는 좀처럼 마음이 놓이지 않는 눈치였다. 만약을 대비해 벨링엄 씨 양쪽에 벨링엄 양과 나를 앉혀서 벨링엄 씨와 그의 적을 확실하게 떨어뜨려 놓은 것을 보면 말이다.

"젤리코와 이야기를 하고 있는 코가 길쭉한 자는 누구요?"

벨링엄 씨가 물었다.

"왕실 변호사 로럼 씨입니다. 허스트 씨의 변호인이죠. 그 옆의 인상 좋은 신사가 우리 변호인인 히스 씨입니다. 누구보다 유능하죠. 그리고……."

이 대목에서 마치몬트 씨는 손으로 입을 가리고 목소리를 낮추었다.

"손다이크 박사님에게 처음부터 끝까지 지시를 받았습니다."

바로 이때 판사가 들어와 자리에 앉았다. 안내인이 놀라운 속도로 배심원단의 선서를 진행했다. 점차 법정은 조용한 수업 시간처럼 차분한 분위기가 되더니 재판 내내 차분함이 유지되었다. 이런 차분함이 깨어지는 때는 부산스러운 사환이나 기자가 시끄러운 반회전문을 들락날락할 때뿐이었다.

판사는 상당히 독특하게 생긴 노신사였다. 얼굴은 매우 짧은데, 입은 무척 길었다. 심리 내내 감고 있는 크고 툭 튀어나온 눈까지 더해져서 전체적으로 개구리 같은 인상이었다. 게다가 커다란 딱정벌레를 꿀꺽한 개구리처럼 눈꺼풀을 천천히 내리감는 신기한 재주도 있었다. 그런 행동은 감정이 드러나는 유일무이한 신호였다.

배심원단의 선서가 끝나자마자 로럼 씨가 자리에서 일어서 사건 진술에 들어갔다. 그러자 판사는 의자에 등을 푹 기대고 눈을 감았다. 마치 고통스러운 수술을 앞두고 마음을 단단히 먹는 것처럼 말이다.

로럼 씨는 진술을 시작했다.

"이번 심리는 블룸즈버리, 퀸 스퀘어 141번지에 거주하는 존 벨링엄 씨가 약 이 년 전에, 정확하게 말하면 1902년 11월 23일에 감쪽같이 자취를 감춘 사건으로 인해 열렸습니다. 그날 이후 벨링엄 씨로부터 아무런 소식도 없었으며 그가 이미 사망했다고 믿을 수 있는 상당한 근거가 있으므로 그의 유언장에 따라 주요 수혜자인 조지 허스트 씨는 유언자가 사망한 것으로 추정해 유언장을 검인해주실 것을 법원에 신청하는 바입니다. 유언자가 살아 있는 모습이 마지막으로 목격된 지 겨우 이 년밖에 되지 않았으므로 이번 신청은 실종 당시의 정황에 근거해 이루어졌습니다. 당시 정황은 여러 면에서 매우 독특한데, 느닷없이 완벽하게 사라졌다는 점이 무엇보다 눈길을 끕니다."

판사는 미동도 않은 채 나지막한 목소리로 이렇게 말했다.

"유언자가 점차 불완전하게 사라졌다면 그편이 더 눈길을 끌 것 같군요."

로럼 씨가 맞장구를 쳤다.

"그렇습니다, 판사님. 하지만 제가 지적하고 싶은 점은 평소 생활이 규칙적이고 한 치 흐트러짐 없었던 유언자가 앞서 언급한 날짜에는 평소와 달리 자신의 일정에 대해 아무런 준비도 하지 않은 채 사라졌으며 그 이후로 누구도 그를 보거나 소식을 들은 사람이 없다는 사실입니다."

로럼 씨는 이렇게 서두를 뗀 후 존 벨링엄 씨의 실종과 관련된 일을 진술하기 시작했다. 그 내용은 내가 신문에서 읽은 내용과 대동소이했다. 그는 배심원단에게 관련 사실들을 들려준 후 그것들이 어떻게 중요한지 논하기 시작했다.

"자, 기이하고 그 무엇보다 신비한 사건들이 연달아 벌어진 상황을 지적 능력을 갖춘 사람이 아무런 편견 없이 살펴본다면 어떤 결론에 도달할까요?"

그가 이렇게 질문을 던졌다.

"여기에 한 남자가 있습니다. 남자는 자신의 사촌이든 동생이든 어느 한 사람의 집에서 나간 후 눈 깜짝할 사이에 인간 세상에서 자취를 감추었습니다. 이 상황을 어떻게 설명할 수 있을까요? 아무도 모르게 빠져나와 누구에게도 자신의 의도를 들키거나 귀띔해 주지 않은 채 기차로 어느 항구에 도착한 후 곧장 미나민 곳으로 떠났을까요? 자신의 일을 고스란히 내버려 두고 친지들은 그의 소재에 대해 아무런 짐작도 못 하게 내버려 둔 채로요? 상당한 재산의 미래와 친지의 마음의 평화가 어떻게 될지 아랑곳하지 않은 채 해외나 자신의 집에 은신해 있을까요? 불시에 병이나 사고로 아니면 좀 더 신빙성이 있는 미지의 범죄자에 의해 죽은 것은 아닐까요? 이제 이런 가능성들을 살펴보겠습니다.

존 벨링엄이 스스로 교묘하게 모습을 감출 수 있을까요? 당연히 그럴 수 있죠! 이런 경우는 어떻습니까? 사람들은 때때로 종적을 감추기도 합니다. 그러다가 몇 년 후 우연히 발견되거나 스스로 나타나 이제는 거의 기억하는 사람도 없는 자신의 신원을 회복하고 새로운 사람이 차지한 자신의 자리를 찾아가지요. 그렇습니다. 그렇지만 이런 종류의 실종에는 반드시 이유가 있습니다. 설령 좋지 않은 이유라고 해도 말입니다. 가정불화는 삶을 황폐하게 만들죠. 재정적인 문제가 있으면 근심이 끊이지 않습니다. 특정한 상황이나 도저히 탈출구가 보이지 않는 환경이 못 견디게 싫어질 수도 있습니다. 정처 없이 떠돌아다니는 방랑자의 피를 타고났을 수도 있죠. 구체적인 이유를 대자면 끝이 없습니다.

그러면 이런 설명 가운데 지금 사건에 적용할 만한 것이 있습니까? 없습니다. 아무것도 없습니다. 가정불화는, 적어도 만성적인 불행을 몰고 올 불화라면 기혼 상태에서만 있을 수 있습니다. 그런데 유언자는 그럴 만한 상대가 전혀 없는 독신자였습니다. 마찬가지로 재정적인 원인도 배제할 수 있습니다. 유언자는 안락하게, 더 정확히 말하면 유복하게 살고 있었습니다. 그의 생활 방식은 누가 봐도 온당했고 삶에 대한 관심과 활력으로 가득 차 있었습니다. 그러므로 원하기만 하면 뭐든 바꿀 수 있는 자유를 누리며 살았습니다. 그는 여행을 자주 했었습니다. 그러므로 이렇게 모습을 감추지 않고 그냥 여행을 할 수도 있었습니다. 그의 나이에는 이제 급격한 변화가 바람직하지 않습니다. 그는 한결같은 생활 습관을 지닌 남자였습니다. 이런 규칙적인 생활은 강박이나 필요가 아닌 자발적인 선택의 결과였습니다. 앞으로 제가 증명하겠지만, 친지들이 그를 마지막으로 보았을 때 그는 약속을 지키기 위해 돌아오겠다는 의도를 확실히 밝힌 후 구체적인 목적지로 향했습니다. 그는 얼마 후 돌아왔지만 약속은 지키지 못한 채 사라졌습니다.

그가 자발적으로 사라졌으며 지금은 어딘가에 은신해 있다고 가정해 봅시다. 그러면 지금까지 알려진 중요한 사실들과 완전히 배치되는 의견을 채택해야 합니다. 반면 유언자가 급사를 했거나 사고나 다른 이유로 죽었다는 의견을 채택한다면 불가능해 보이는 구석이 없고 알려진 사실과도 완전히 합치합니다. 그 사실들은 제가 곧 소환할 증인의 증언으로 입증될 것입니다. 유언자가 사망했다는 추정은 생존설보다 개연성이 더 높은 정도가 아닙니다. 저는 사망설이 존 벨링엄이 사라진 정황을 사리에 맞게 설명하는 유일한 추정이라고 주장하는 바입니다.

이것이 전부가 아닙니다. 유언자가 의심스럽고 급작스럽게 자취를 감추었기 때문에 불가피하게 사망한 것으로 추정하려 했으나, 최근에 결정적이고 끔찍한 방식으로 이러한 추정이 사실로 확인되었습니다. 지난 7월 15일에 시드컵에서 어떤 시신의 일부분, 팔 하나가 발견되었습니다. 배심원 여러분, 그 팔은 왼쪽 팔이었는데 손에는 중지, 즉 반지를 끼는 손가락이 사라지고 없었습니다. 팔을 조사한 경찰의가 그 손가락이 사후에, 혹은 죽기 직전에 절단되었다는 사실을 여러분에게 증언할 것입니다. 게다가 발견 장소에 팔이 유기된 시기는 유언자가 사라졌을 무렵이 틀림없다는 사실도 결정적으로 증언할 것입니다. 왼팔이 처음 발견된 후 같은 시신에서 절단된 부분들이 속속 발견되었습니다. 토막 난 부분들이 모두 엘텀이나 우드퍼드 인근 지역에서 발견된 것은 기묘하면서도 중요한 사실입니다. 배심원 여러분, 유언자가 살아 있는 모습이 마지막으로 목격된 곳이 엘텀 아니면 우드퍼드라는 사실을 명심하시기 바랍니다.

그렇다면 지금부터는 우연하게도 완벽하게 일치하는 사실들을 말씀드리겠습니다. 잠시 후 경험과 학식을 갖춘 의료인으로서 이 시신을 철저하게 샅샅이 조사한 증인의 증언을 듣게 되시겠지만, 이 죽은 남성의 연령은 육십 세가량, 신장은 백칠십삼 센티미터, 몸은 나이에 비해 젊고 상당히 건강하고, 체격은 실팍한 근육질입니다. 다른 증인이 이 실종자가 육십 세가량으로 신장은 백칠십삼 센티미터, 근육질에 나이에 비해 젊고 상당히 건강하고, 실팍한 체격의 남자라고 증언해 줄 것입니다. 그리고 가장 중요하고 놀라운 사실이 하나 있습니다. 유언자는 왼손 중지에 반지를 끼고 다녔는데, 이번에 발견된 시신에서 사라진 손가락이죠. 그 반지는 생김새가 매우 독특할 뿐만 아니라 손가락에 너무 꽉 끼어서 한 번 낀 후로는 도저히 빼낼 수가 없었습니다. 배심원 여러분, 그 반지는 시신과 함께 발견되었더라면 금세 신원을 확인할 수 있을 정도로 독특한 형태였습니다. 한마디로, 이번에 발견된 시신은 유언자와 똑같은 남자입니다. 시신은 실종자와 모든 점에서 일치합니다. 시신이 절단된 것은 신원을 확인할 수 있을 정도로 확실하게 남아 있는 특징을 감추기 위한 시도로 보입니다. 자, 여러분은 지금까지 신뢰할 수 있는 증인들의 선서 공술을 통해 입증된 사실들을 들으셨습니다. 또한 실종에 관련된 사실도 모두 들으셨습니다. 그러므로 그 증거에 합당한 판결을 내려 주실 것을 부탁드리는 바입니다."

로럼 씨가 자리에 앉았다. 그가 코안경을 조절하고 재빨리 변론 취지서를 훑어보는 동안 안내원이 첫 번째 증인을 불러내 선서를 시켰다.

첫 번째 증인은 젤리코 씨였다. 그는 증인석에 들어가 차가운 눈빛으로 분명히 의식이 없을 판사를 곧장 바라보았다. 통상적인 예비 절차가 끝나자 로럼 씨가 그를 신문하기 시작했다.

"선생님은 유언자의 사무 변호사이자 대리인이었죠?"

"그랬습니다. 지금도 그렇습니다."

"그분을 안 지 얼마나 되었습니까?"

"이십칠 년입니다."

"그분은 겪어 보기에 자발적으로 종적을 감추고 느닷없이 친지와 연락을 끊을 분이었습니까?"

"아닙니다."

"그렇게 생각하시는 근거를 자세하게 들려주십시오."

"유언자가 그런 행동을 했다면 그것은 지금까지 제가 알고 있는 그의 습관과 성격에 정면으로 배치되기 때문입니다. 그는 나와 일을 처리할 때도 지나칠 정도로 규칙적이고 사무적이었습니다. 외국을 여행할 때면 항상 소재지를 알려 주었습니다. 혹시라도 연락을 할 수 없는 상황에 처할 것 같으면 항상 미리 연락을 해 주었습니다. 제 의무 가운데 하나가 외무부에서 그에게 지급하는 연금을 수령하는 것이었습니다. 그가 사라지기 전에는 필요한 서류를 제때에 주지 않은 적이 한 번도 없었습니다."

"선생님이 아시는 한 그분이 모습을 감추고 싶어 할 이유가 있었습니까?"

"아니요."

"그분이 살아 있는 모습을 언제 어디서 마지막으로 보셨습니까?"

"1902년 10월 14일 저녁 6시에 블룸즈버리 퀸 스퀘어 141번지에서 만났습니다."

"그때 무슨 일이 있었는지 자세하게 말씀해 주시죠."

"유언자는 3시 15분에 제 사무실로 찾아와서 자신의 집에서 함께 노베리 박사를 만나자고 했습니다. 저는 그와 동행해 퀸 스퀘어 141번지에 갔습니다. 우리가 도착한 직후 노베리 박사가 유언자가 영국 박물관에 기증하기로 한 유물 몇 가지를 보러 왔습니다. 기증품은 미라 한 구와 내장을 담은 항아리 네 개, 갖가지 부장품이었습니다. 유언자는 이 유물을 전시대 하나에 넣어서 그대로 전시해야 한다는 조건을 달았습니다. 기증품 가운데 조사를 할 준비가 된 유물은 미라뿐이었습니다. 당시 부장품은 일주일 내에 영국에 도착할 예정이었습니다. 노베리 박사는 박물관을 대신해 기증품을 받았습니다. 하지만 관장과 협의를 거쳐 공식적인 권한을 얻기 전에는 유물을 가져갈 수가 없었습니다. 그래서 유언자는 제게 유물의 인도 절차에 대해 몇 가지 지시 사항을 알려 주었습니다. 그날 저녁에 그는 영국을 떠날 예정이었거든요."

"그 지시 사항이 이번 심리 주제와 관련이 있습니까?"

"그럴 겁니다. 유언자는 파리로 갈 예정이었습니다. 어쩌면 그곳에서 다시 빈으로 갈 계획이었는지도 모릅니다. 그는 제게 부장품이 도착하는 대로 인수해 포장을 푼 후에 미라와 함께 특정한 방에 보관하라고 일렀습니다. 유물은 그 방에서 삼 주간 보관할 예정이었습니다. 그가 그 기간 내에 돌아오면 직접 유물을 박물관 당국에 넘길 계획이었습니다. 기간 내에 돌아오지 못하면 박물관이 유물을 인수해 편할 대로 가져가라고 이르라고 했습니다. 이런 지시 사항을 들었기 때문에 저는 유언자도 영국을 얼마나 떠나 있을지, 여행 기간은 얼마나 될지 잘 모른다고 판단했습니다."

"행선지를 정확하게 밝혔습니까?"

"아닙니다. 그는 파리로 갈 계획인데 빈에도 갈 수 있다고만 했습니다. 더 구체적으로 밝히지도 않았고 저도 더 묻지 않았습니다."

"그분이 어디로 가셨는지 실은 아시는 게 아닙니까?"

"모릅니다. 그는 길고 육중한 외투를 입고 옷 가방 하나와 우산을 챙겨서 저녁 6시에 집을 나섰습니다. 나는 대문에서 그에게 '잘 다녀오라'고 인사를 했고 그가 사우샘프턴 로를 향해 멀어지는 모습을 내내 지켜보았습니다. 그가 어디로 갔는지 모릅니다. 그 후로 한 번도 보지 못했고요."

"옷 가방 외에 다른 짐은 없었습니까?"

"저는 모릅니다. 하지만 없었을 겁니다. 그는 꼭 필요한 물건만 챙겨서 여행을 하곤 했으니까요. 뭔가가 필요하면 현지에서 구입을 했습니다."

"귀국을 할 수도 있는 날짜에 대해 하인들에게도 아무 말도 없었습니까?"

"그곳에 하인은 관리인밖에 없었습니다. 주거용 집이 아니었거든요. 유언자는 그 집에 옷만 두고 식사와 잠은 클럽에서 해결했습니다."

"그분이 출발한 후 따로 연락을 받은 적이 있으십니까?"

"아니요. 그 후로 다시는 소식을 듣지 못했습니다. 그가 지시한 대로 삼 주를 기다린 후 박물관에 유물을 인도할 준비를 마쳤다고 통보를 했습니다. 닷새 후에 노베리 박사가 와서 공식적으로 인수한 후 곧장 박물관으로 옮겨 갔습니다."

"그 후로 유언자에 대해 들은 건 언제입니까?"

"11월 23일 저녁 7시 15분이었습니다. 그날 조지 허스트 씨가 제 집에 찾아왔더군요. 제 집은 사무실 위층입니다. 허스트 씨는 자신이 외출을 한 사이 유언자가 찾아왔고 그를 기다리기 위해 서재로 안내되었다고 말했습니다. 얼마 후 그가, 그러니까 허스트 씨가 집에 도착했더니 유언자는 하인들에게 간다는 말도 없이 사라지고 없었답니다. 집 안에서 그가 나가는 모습을 본 사람은 아무도 없었습니다. 허스트 씨는 그 일이 너무 이상해서 서둘러 제게 알리러 런던으로 온 것이었습니다. 저도 묘한 상황이라고 생각했습니다. 유언자로부터 아무런 연락도 받지 못했기에 더 신경이 쓰이더군요. 그래서 우리는 유언자의 동생인 고드프리 벨링엄 씨에게 그 일을 알리는 편이 좋겠다고 생각했습니다.

당연히 허스트 씨와 저는 최대한 빨리 리버풀 스트리트로 가서 제일 먼저 우드퍼드로 출발하는 기차를 탔습니다. 당시 고드프리 벨링엄 씨는 그곳에서 살았기 때문입니다. 우리가 그 댁에 도착한 시각은 8시 55분이었습니다. 우리를 맞은 하인이 고드프리 씨는 출타중이지만 그의 딸은 서재에 있다고 알려 줬습니다. 서재는 부지 내의 별채에 있습니다. 그 하인은 등불을 밝히고 부지를 가로질러 우리를 서재로 안내했습니다. 그곳에 가 보니 마침 부녀가 함께 있었습니다. 고드프리 씨는 막 도착해서 뒷문으로 들어왔는데, 뒷문에 달린 벨은 서재에서 울리게 되어 있었습니다. 허스트 씨는 고드프리 씨에게 저녁에 일어난 일을 전했습니다. 우리는 곧장 서재에서 나와 본채로 향했습니다. 서재에서 나와 몇 걸음 걸었을까, 고드프리 씨가 들고 있는 등불 불빛에 풀밭에 놓인 작은 물건이 보였습니다. 나는 그에게 그것을 가리켰고 그가 집어 들었습니다. 그것은 우리가 다 아는 스카라베로, 유언자는 그것을 늘 시곗줄에 끼워서 가지고 다녔습니다. 그 스카라베에 난 구멍으로 꿰어 놓은 금줄에 반지를 매달아 함께 들고 다녔거든요. 금줄은 잘 달려 있었습니다만 반지는 우그러져 있었습니다. 우리는 집으로 가 하인들에게 손님이 오지 않았는지 물어보았습니다. 하지만 그들 중에 유언자를 본 사람은 아무도 없었고 그날 오후나 저녁에 그 댁을 찾아온 손님은 아무도 없었다고 한결같이 대답했습니다. 고드프리 씨와 루스 양도 유언자를 보거나 소식을 듣지 못했다고 확실히 밝혔지요. 두 사람은 그가 영국으로 돌아온 사실조차 모르고 있었습니다. 상황이 심상치 않아서 이튿날 아침에 제가 경찰에 신고를 해서 수사를 요청했습니다. 경찰의 수사로 채링 크로스 역의 수하물 보관소에서 아무도 찾아가지 않은 채 보관되어 있던 옷 가방이 발견되었습니다. 그 가방에는 유언자의 이니셜인 'J.B.'가 새겨져 있었죠. 나는 유언자가 그 가방을 가지고 퀸 스퀘어를 떠나는 모습을 보았기 때문에 확실히 알아볼 수 있었습니다. 수하물 보관소의 직원에게 물어보니 가방은 23일 오후 4시 15분경에 맡겨졌다는 사실을 알려 주었습니다. 그는 가방을 맡기고 간 사람에 대해서는 기억하지 못했습니다. 철도 회사는 석 달 동안 가방을 보관한 후 아무도 찾아가지 않자 제게 넘겨주었습니다."

"그 가방에는 여행 경로를 알 만한 표식이나 라벨이 붙어 있었습니까?"

"가방에는 이니셜 'J.B.' 외에 라벨이나 표식은 아무것도 없었습니다."

"유언자의 나이를 혹시 아십니까?"

"네. 그는 1902년 10월 11일에 오십구 세가 되었습니다."

"그분의 신장을 말씀해 주시겠습니까?"

"그럼요. 그 사람의 키는 정확하게 173센티미터였습니다."

"건강 상태는 어땠나요?"

"제가 아는 한 건강했습니다. 병을 앓고 있었다고 해도 저는 몰랐습니다. 겉모습만으로 판단하건대, 건강해 보였습니다."

"그분을 나이에 비해 젊어 보였다거나 이런 식으로 표현해 주십시오."

"그 사람은 나이에 비해 한참 젊어 보였습니다."

"체격은 어떻게 설명하실 수 있습니까?"

"그 사람은 어깨가 꽤 넓고 체격이 실팍했습니다. 근육이 두드러지지 않았지만 꽤 근육질이었죠."

로럼 씨는 이 대답을 재빨리 기록한 후 이렇게 말했다.

"젤리코 씨, 선생님은 방금 이렇게 말씀하셨습니다. 지난 이십칠 년 동안 유언자와 친밀하게 지냈다고요. 그분이 손가락에 반지를 끼는지 안 끼는지 혹시 아십니까?"

"그는 오시리스의 눈이 새겨진 골동품 반지의 모조품을 왼손 중지에 끼고 다녔습니다. 제가 아는 한 그 반지밖에 끼지 않았습니다."

"반지를 항상 꼈습니까?"

"네, 그럴 수밖에 없었죠. 반지가 너무 작아서 억지로 낀 후로는 뺄 수가 없었거든요."

이것으로 젤리코 씨의 증언이 끝났다. 젤리코 씨는 벨링엄 씨의 변호사를 호기심에 찬 눈빛으로 힐끔 보았다. 하지만 히스 씨는 자리에 앉은 채 방금 기록한 내용을 꼼꼼히 살폈다. 반대 신문을 할 만한 내용이 없었으므로 이윽고 젤리코 씨는 증인석에서 내려왔다. 나는 의자에 등을 편히 기댄 채 고개를 돌려 골똘히 생각에 잠긴 벨링엄 양을 지켜보았다.

"어떻게 생각하십니까?"

내가 물었다.

"완벽하고 확실하네요."

그녀는 이렇게 대답했다. 그러더니 한숨을 푹 쉬며 중얼거리듯 말했다.

"가여운 존 삼촌! 삼촌을 '유언자'라고 부르는 건 너무 냉혹하고 사무적이에요. 삼촌이 수학 기호에 불과한 것 같잖아요."

"유언 재판소에서 열리는 심리는 그런 감상에 젖을 여지가 없을 것 같군요."

내가 말했다. 그 말에 그녀도 수긍하더니 문득 이렇게 물었다.

"그런데 저 아가씨는 누구죠?"

세련되게 차려입은 '아가씨'는 막 증언석에 올라와 선서를 하는 중이었다. 예비 절차가 끝나자 이내 벨링엄 양의 의문이 풀렸다. 로럼 씨가 그녀가 오거스티나 그웬덜린 돕스라고 밝힌 덕분이었다. 그의 말에 따르면 그녀는 엘텀에 있는 조지 허스트 씨의 집인 '포플러 저택'의 하녀였다.

"허스트 씨는 혼자 사시죠?"

로럼 씨가 물었다.

"무슨 말씀을 하시는지 모르겠어요."

돕스 양이 대답했다. 그러자 변호사가 설명해 주었다.

"내 말은 허스트 씨가 미혼이냐는 겁니다."

"음, 그런데 그게 뭐 어때서요?"

그녀가 쏘아붙이듯 되물었다.

"지금 질문을 하고 있는 겁니다."

증인이 사납게 대답했다.

"저도 알아요. 내 말은요, 집에 요리사와 주방 하녀도 같이 사는데 참한 아가씨에게 그런 식의 암시를 할 권리는 없다는 거예요. 게다가 주인님은 우리 아버지뻘⋯⋯."

이때 판사가 놀랍게도 눈꺼풀을 천천히 내리감았다. 로럼 씨가 그녀의 말을 뚝 잘랐다.

"저는 아무런 암시도 하지 않았습니다. 단지 질문을 하는 것뿐입니다. 아가씨의 고용주인 허스트 씨는 결혼을 하지 않았습니까? 했습니까?"

"저는 한 번도 여쭤 보지 않았어요."

그녀가 샐쭉해서 대꾸했다.

"제발 질문에 예, 아니요로 대답해 주세요."

"선생님의 질문에 제가 어떻게 대답할 수 있겠어요? 주인님은 기혼일 수도 있고 아닐 수도 있죠. 제가 어떻게 알아요? 저는 사립 탐정이 아니라고요."

로럼 씨는 얼빠진 표정으로 증인을 뚫어져라 바라보았다. 얼마간 정적이 흘렀을까 판사석에서 애처로운 목소리가 들렸다.

"그 점이 중요합니까?"

"그렇습니다, 판사님."

로럼 씨가 대답했다.

"그렇다면 당신이 허스트 씨를 증인으로 소환할 것 같으니 그에게 물어보는 게 낫겠소. 그러면 잘 알지 않겠소."

로럼 씨는 판사를 향해 고개를 까닥했다. 그러자 판사는 예의 혼수상태로 돌아갔다. 마침내 변호사는 한껏 의기양양해진 증인을 돌아보며 물었다.

"재작년 11월 23일에 일어난 일 가운데 특히 기억에 남는 일이 있습니까?"

"네. 존 벨링엄 씨가 방문하셨어요."

"그 사람이 존 벨링엄 씨라는 걸 어떻게 알았죠?"

"저는 몰랐어요. 다만 그분이 자신을 그렇게 소개했어요. 자신이 누군지 본인은 잘 알지 않겠어요?"

"그때가 몇 시였습니까?"

"저녁 5시 20분이었어요."

"그래서 어떻게 했습니까?"

"주인님이 아직 오시지 않았다고 말씀을 드렸어요. 그랬더니 그분이 서재에서 편지를 쓰면서 기다리겠다고 하셨어요. 그래서 서재로 모셔다 드리고 문을 닫았지요."

"그리고 무슨 일이 일어났습니까?"

"아무 일도 안 일어났어요. 잠시 후에 주인님이 늘 오시던 시간에 집에 오셨어요. 5시 45분이죠. 열쇠로 문을 열고 들어오셨어요. 그리고 곧장 서재로 가셨어요. 저는 당연히 존 벨링엄 씨도 거기에 계실 줄 알았기 때문에, 아무런 말씀도 하지 않으셨지만 저녁은 두 사람분을 차렸어요. 6시에 주인님이 식당으로 오셨어요. 주인님은 시내에서 차를 드시지만 저녁은 6시에 집에서 드시거든요. 주인님이 왜 두 사람분 식사를 차렸냐고 물어보셨어요. 그래서 벨링엄 씨가 저녁을 드시고 가는 줄 알았다고 대답했죠.

'벨링엄 씨라고! 사촌이 여기에 온 줄 몰랐군. 왜 내게 말을 안 했나?'

이렇게 물으시는 거예요. 그래서 '그분과 함께 계시는 줄 알았거든요. 제가 서재까지 안내해 드렸습니다'라고 대답했어요.

'음, 내가 들어갔을 때는 거기에 없던데. 서재에는 아무도 없어. 응접실로 가서 기다리고 있는지도 모르겠군.'

주인님이 이렇게 말씀하셨어요. 그러곤 주인님이 응접실로 곧장 가 안을 들여다보셨지만 그곳에도 안 계셨어요. 주인님은 벨링엄 씨가 기다리다 지쳐서 그냥 간 모양이라고 하셨어요. 하지만 제가 절대 그럴 리가 없다고 말씀드렸어요. 왜냐하면 제가 줄곧 지켜보고 있었거든요. 주인님은 벨링엄 씨 혼자였는지 따님과 함께 오셨는지 물어보셨죠. 저는 그 벨링엄 씨가 아니라 존 벨링엄 씨라고 말씀드렸죠. 그랬더니 주인님이 좀 전보다 더 놀라시는 거예요. 저는 집을 뒤져서 집에 계신지 아닌지 알아보는 게 좋겠다고 말씀을 드렸어요. 그랬더니 주인님이 함께 찾아보자고 하셨어요. 그래서 주인님과 저는 집 안을 돌아다니면서 방마다 찾아봤지만 벨링엄 씨는 코빼기도 보이지 않았어요. 주인님은 불안해하시며 화를 내셨죠. 저녁을 드는 둥 마는 둥 하시고는 6시 30분 기차로 다시 런던으로 돌아가셨어요."

"방금 증인은 자신이 계속 지켜보고 있었기 때문에 벨링엄 씨가 집을 나갔을 리 없다고 증언을 하셨죠. 지켜보는 동안 증인은 어디에 있었습니까?"

"부엌에 있었어요. 부엌 창문으로 현관이 잘 보여요."

"저녁은 두 사람분을 차렸다고 하셨죠. 어디에 차렸습니까?"

"그거야 당연히 식당이죠."

"식당에서 현관이 보입니까?"

"아뇨. 하지만 서재 문은 보여요. 서재가 식당의 맞은편이거든요."

"부엌에서 식당까지 한 층을 올라가야 합니까?"

"네, 당연하잖아요!"

"그렇다면 증인이 계단을 오르는 중에 벨링엄 씨가 집을 나갔을 수도 있지 않습니까?"

"아니에요, 그럴 수는 없어요."

"왜죠?"

"왜냐하면 불가능하니까요."

"왜 불가능하죠?"

"왜냐하면 그럴 수가 없으니까요."

"벨링엄 씨가 당신이 계단을 오르는 동안 몰래 집을 빠져나갈 수도 있다는 말을 하는 겁니다."

"아뇨, 그러지 않으셨어요."

"그걸 증인이 어떻게 압니까?"

"저는 확실히 알아요."

"어떻게 확실히 안다는 거죠?"

"왜냐하면 그분이 그렇게 하셨다면 제 눈에 뜨였을 테니까요."

"그러니까 나는 증인이 계단에 있는 동안을 말하는 겁니다."

"제가 계단을 오르내리는 동안에도 그분은 서재에 계셨어요."

"서재에 있었다는 걸 어떻게 압니까?"

"왜냐하면 제가 그분을 서재에 안내해 드렸고 그분은 그곳에서 나오지 않으셨으니까요."

로럼 씨는 말문이 막혀서 땅이 꺼져라 한숨을 쉬었다. 판사가 이번에도 눈꺼풀을 내리깔았다.

"저택 부지 내에 쪽문이 있습니까?"

변호사가 피곤한 듯 신문을 재개했다.

"네. 그 문으로 나가면 집 옆으로 난 좁은 길이 나와요."

"서재에 프랑스식 창이 있죠, 그렇죠?"

"네. 창문을 열면 작은 풀밭이 나오고 그 끝에 쪽문이 있어요."

"창문과 쪽문은 안쪽에 걸쇠가 있습니다. 그렇다면 벨링엄 씨가 그 좁은 길로 몰래 빠져나갔을 수도 있지 않을까요?"

"그 창문과 쪽문은 안쪽에 걸쇠가 있어요. 그러니까 몰래 나가셨을 수도 있어요. 하지만 그러지 않으셨어요."

"왜요?"

"어떤 신사가 도둑놈처럼 뒷문으로 살그머니 나가겠어요?"

"벨링엄 씨가 사라진 후 그 프랑스식 창이 닫혀 있고 걸쇠도 걸려 있는지 확인해 보셨습니까?"

"그날 밤에 집의 문단속을 하면서 봤어요. 닫혀 있었고 안쪽의 걸쇠도 걸려 있었어요."

"쪽문은요?"

"그 문도 닫혀 있고 걸쇠도 걸려 있었어요. 그 문은 걸쇠를 채우려면 힘껏 쳐야 해요. 그러니 누가 그 문으로 나갔다면 분명히 소리가 들렸을 거예요."

그것으로 직접 신문이 끝이 났다. 로럼 씨는 한시름 놓았다는 듯이 다 들릴 정도로 한숨을 푹 쉬며 자리에 앉았다.

돕스 양이 증인석에서 막 내려오려는데 갑자기 히스 씨가 반대 신문을 하려고 자리에서 일어섰다.

"밝은 곳에서 벨링엄 씨를 보셨습니까?"

그가 물었다.

"네. 밖은 어두웠지만 홀의 전등은 환했거든요."

변호사는 증인에게 작은 물건을 내밀었다.

"이 물건을 한번 봐 주세요. 이것은 벨링엄 씨가 회중시계의 줄에 걸고 다니던 장신구입니다. 혹시 벨링엄 씨가 집에 도착했을 때 이런 식으로 장신구를 차고 있었는지 기억하십니까?"

"아뇨. 하고 있지 않았어요."

"확실히 기억하시는군요."

"네, 확실해요."

"고맙습니다. 그러면 좀 전에 말씀하셨던 수색에 대해서 물어보겠습니다. 집 안을 다 찾아보았다고 말씀하셨죠. 서재에도 들어가셨습니까?"

"아니요. 적어도 주인님이 런던으로 출발하시기 전에는 안 들어갔어요."

"서재에 들어가셨을 때 창문은 잠겨 있었나요?"

"네."

"밖에서 잠글 수도 있습니까?"

"아니요, 바깥에는 손잡이가 없어요."

"서재에는 어떤 가구들이 있습니까?"

"책상하고 회전의자가 있어요. 안락의자 두 개와 커다란 책꽂이가 두 개 있죠. 주인님이 코트와 모자를 걸어 두시는 옷장이 하나 있고요."

"옷장은 잠겨 있었습니까?"

"네."

"들어가셨을 때도 잠겨 있었나요?"

"그건 모르겠어요. 선반이랑 서랍은 열어 보지 않으니까요."

"응접실에는 어떤 가구가 있습니까?"

"진열장 하나랑 의자가 예닐곱 개 있어요. 등받이와 팔걸이가 있는 소파와 피아노 한 대, 은제 테이블 하나, 예비 테이블도 한두 개 있어요."

"피아노는 그랜드입니까? 업라이트입니까?"

"업라이트 그랜드 피아노예요."

"응접실 어디에 있습니까?"

"창가 구석 자리에 있어요."

"피아노 뒤로 남자 한 명이 몸을 숨길 만한 공간이 있습니까?"

돕스 양은 질문이 우스운 듯 킬킬거리며 대답했다.

"오, 물론이에요. 공간이 충분해서 남자 한 명 정도는 숨을 수 있어요."

"그렇다면 응접실을 둘러보셨을 때 피아노 뒤도 살피셨습니까?"

"아뇨. 그러지 않았어요."

돕스 양이 비웃듯 대답했다.

"소파 밑은 보셨습니까?"

"볼 리가 없잖아요!"

"그렇다면 뭘 어떻게 찾아보셨습니까?"

"우리는 문을 열고 방 안을 들여다보았어요. 고양이나 원숭이를 찾는 게 아니었잖아요. 우리는 중년 신사를 찾고 있었다고요."

"그렇다면 집의 나머지 부분도 그런 식으로 살펴보았다고 생각해도 되겠습니까?"

"네. 우리는 방마다 안을 들여다보았지 침대 밑이나 선반을 뒤지거나 하지는 않았어요."

"집 안의 방은 모두 누군가가 쓰거나 잠을 자는 용도로 사용중입니까?"

"아뇨. 2층에 잡동사니를 보관하는 창고로 쓰는 방이 하나 있고 1층에도 주인님이 트렁크 몇 개와 사용하지 않는 물건들을 보관하는 방이 하나 있어요."

"벨링엄 씨를 찾을 때 그 방들도 살펴보았습니까?"

"아뇨."

"그렇다면 그 후에 그곳을 들여다본 적이 있습니까?"

"그 후에 2층 창고에 한 번 들어갔었어요. 하지만 1층 방은 안 갔어요. 거기는 항상 잠가 놓거든요."

바로 이때 판사의 눈꺼풀이 불길한 조짐을 보이며 내려오락 말락 했다. 그러나 히스 씨가 더 이상 질문이 없다며 자리에 앉자 어느새 그 모습은 자취도 없이 사라졌다.

돕스 양은 이번에야말로 증인석에서 내려오려고 했지만 이번에는 로럼 씨가 용수철처럼 자리에서 발딱 일어섰다. 그가 말문을 열었다.

"증인은 벨링엄 씨가 회중시계의 줄에 늘어뜨려서 걸고 다녔던 스카라베에 대해서 증언을 하셨습니다. 증인은 벨링엄 씨가 1902년 11월 23일 허스트 씨의 댁에 찾아왔을 때 그 장신구를 하고 있지 않았다고 증언을 했습니다. 확신할 수 있습니까?"

"확실해요."

"이 점에 대해서 신중하게 증언해 주실 것을 부탁드리는 바입니다. 이 질문은 매우 중요합니다. 그 스카라베가 회중시계 줄에 늘어져 있지 않았다고 맹세합니까?"

"네, 맹세합니다."

"시곗줄을 혹시 보셨습니까?"

"아뇨, 딱히 그러지는 않았어요."

"그렇다면 스카라베가 시곗줄에 걸려 있지 않았다고 어떻게 확신할 수 있습니까?"

"그랬을 리가 없어요."

"왜죠?"

"왜냐하면 그랬다면 제가 봤을 테니까요."

"벨링엄 씨는 어떤 종류의 시곗줄을 하고 계셨죠?"

"음. 평범한 종류였어요."

"체인이었나요? 끈이었나요? 아니면 가는 띠 같은 거였나요?"

"체인이었어요. 아니면 가는 띠였을지도 몰라요. 끈이었을 수도 있고요."

판사의 눈꺼풀이 스르르 내려왔지만 그 이상의 동작은 없었으므로 로럼 씨는 신문을 계속했다.

"벨링엄 씨가 어떤 종류의 시곗줄을 차고 계신지 혹시 보셨습니까? 못 보셨습니까?"

"못 봤어요. 제가 그걸 왜 봐야 하죠? 저랑 무슨 상관이 있다고요."

"하지만 스카라베가 시곗줄에 분명히 없었다고 증언을 했지 않습니까?"

"네, 분명히 그랬어요."

"그렇다면 시곗줄을 봤겠군요."

"아뇨. 못 봤다니까요. 없는 걸 어떻게 봐요?"

로럼 씨는 말문을 닫고 무기력한 표정으로 증인을 바라보았다. 마침내 법정 여기저기서 킥킥거리는 웃음이 조금씩 터져 나왔다. 판사석에서도 들릴락 말락 하게 꾸짖는 소리가 났다.

"질문에 똑바로 대답하지 못하겠소?"

그러자 돕스 양은 아무 말도 못하고 그만 울음을 터뜨리고 말았다. 로럼 씨는 자리에 털썩 주저앉으며 반대 신문을 포기했다.

돕스 양이 빠져나간 증인석으로 이번에는 노베리 박사와 허스트 씨, 수하물 보관소의 직원이 차례로 불려 나왔다. 하지만 그들을 신문해도 새로운 사실은 아무것도 나오지 않았고 젤리코 씨와 하녀의 증언이 확인되었을 뿐이었다. 다음으로는 시드컵에서 유골을 발견했던 일꾼이 증인으로 나왔다. 그는 검시 배심에서 했던 증언을 반복했다. 그의 증언으로 유해가 이 년이 넘게 물냉이밭에 유기되어 있었을 리 없다는 사실이 증명되었다. 마지막으로 경찰의인 서머스 씨가 증인으로 소환되었다. 그가 검사를 했던 유골의 상태를 간략하게 설명하자 로럼 씨가 신문을 시작했다.

"젤리코 씨가 증언한 유언자의 신체적 특징을 들으셨죠?"

"들었습니다."

"그 설명이 선생님이 검사하신 시신과 일치합니까?"

"전반적으로 그런 편입니다."

"예, 아니요로 직접적으로 대답해 주십시오. 일치합니까?"

"예, 일치합니다. 하지만 제가 추정한 고인의 신장은 대략적인 수치라는 점을 밝혀 두고 싶습니다."

"그렇겠군요. 선생님이 유골을 조사하신 결과와 젤리코 씨의 설명을 비교해 보면 그 시신이 유언자인 존 벨링엄 씨의 시신일 수도 있겠죠?"

"네, 그럴 수도 있습니다."

긍정적인 답변을 들은 후 로럼 씨는 자리에 앉았다. 히스 씨가 곧장 반대 신문에 들어갔다.

"유해를 검사하실 때 그 유해가 벨링엄 씨와 비슷한 신장과 연령, 체격을 가졌다는 것 말고 신원을 특정할 수 있을 만한 개인적인 특징을 보셨습니까?"

"아뇨. 그 유해를 누군가로 특정 지을 만한 특징은 아무것도 없었습니다."

더 이상 히스 씨가 할 질문이 없었으므로 증인은 증인석을 내려갔다. 로럼 씨는 판사에게 변론을 마친다고 말했다. 판사는 졸린 듯 고개를 숙여 절을 했다. 그러자 히스 씨가 의뢰인을 대리해 변론을 시작했다. 그의 변론은 길지도 않고 화려한 언변을 자랑하는 것도 아니었다. 대신 신청자의 변호인이 내세운 논거를 반박하는 데만 집중했다.

그는 존 벨링엄 씨가 행방불명이 된 기간이 사망 추정 신청을 하기에는 너무 짧다는 사실부터 간략하게 지적했다. 그리고 이렇게 변론을 이어 갔다.

"그러므로 이 신청은 사망을 추정할 수 있는 증거에 의지할 수밖에 없습니다. 상대편 변호인은 유언자가 사망했을 거라고 주장을 합니다. 그러기 위해 자신이 단언한 주장을 증명해야 합니다. 자, 한번 보죠. 변호인은 과연 그 주장을 증명했을까요? 저는 결론적으로 증명하지 못했다고 주장하는 바입니다. 상대편 변호인은 유언자가 독신으로 아내나 자식이 없고, 어딘가에 의존하고 있거나 무언가를 책임지고 있는 사람도 아니고, 공적으로나 사적으로 맡은 의무나 유대, 책임 등 그의 자유를 구속할 조건이 아무것도 없는 홀몸이므로 스스로 종적을 감출 이유나 동기가 없었다고 열렬하고 독창적으로 주장을 했습니다. 이것이 상대측 변호인의 논거로, 그는 이런 주장을 노련하고 기발하게 전개한 덕분에 자신의 논거를 증명할 수 있었습니다. 게다가 수많은 사실을 입증했습니다. 그것도 너무 많이 말입니다. 왜냐하면 방금 상대편 변호인이 주장한 내용이 사실이라면, 즉 어떤 종류의 의무도 질 필요가 없는 남자는 종적을 감출 이유가 없다는 주장이 옳다면, 그가 스스로 종적을 감추지 않을 이유는 더 없다는 주장이 옳지 않습니까? 변호인은 유언자가 어디로 훌쩍 떠나고 싶을 때 자신이 원하는 방식으로 떠날 자유가 있었다고 주장했습니다. 그러므로 종적을 감출 필요가 없었다고 말입니다. 저는 이렇게 대답하겠습니다. 만약 유언자가 언제, 어디든, 원하는 대로 자유롭게 떠날 수 있었다면 그 사람이 자유를 맘껏 누린 일에 대해 우리가 왜 놀라야 합니까? 변호인은 유언자가 떠나려는 계획을 아무에게도 알리지 않았으며 자신의 행방에 대해 아무에게도 전하지 않았다고 지적했습니다. 묻겠습니다. 유언자가 그걸 꼭 누군가에게 알려야 합니까? 그는 책임져야 할 사람이 아무도 없습니다. 돌봐야 할 사람도 없습니다. 그가 존재하건 아니건 다른 누구도 아닌 자신의 문제입니다. 그가 외국으로 가는 편이 좋을 상황이 갑자기 발생했다면 못 갈 이유가 뭡니까? 그런 이유는 어디에도 없습니다.

상대편 변호인은 유언자가 자신의 일을 내팽개친 채 모습을 감추었다고 말했습니다. 배심원 여러분, 이건 이렇게도 말할 수 있지 않을까요? 오래전부터 그래 왔던 것처럼 유언자보다 그의 일에 대해 더 잘 알고 있는 매우 유능하고 전적으로 신뢰할 수 있는 대리인에게 모두 맡겨 두었다고 말입니다. 부정할 수 없겠죠.

상대방 변론에서 이 부분에 대한 결론을 내리자면, 소위 유언자가 행방불명인 현재의 상황은 정상에서 벗어난 점이 조금도 없다고 주장하는 바입니다. 유언자는 상당한 재력가이며, 이동을 구속당할 만큼 막중한 책임을 지고 있는 것도 아니고, 늘 여행을 했으며 멀리 떨어진 오지도 자주 다녀왔습니다. 단지 그가 평소보다 좀 더 오래 이곳을 떠나 있다는 사실은 그를 사망한 것으로 추정하는 끔찍한 심리를 진행하고 그의 재산을 처분할 근거로 충분하지 않습니다.

이 사건과 관련해 언급되었던 시신에 대해서는 약간만 말씀드리겠습니다. 유해를 유언자와 관련지으려는 시도는 완전히 수포로 돌아갔습니다. 여러분도 서머스 씨가 그 유해는 구체적으로 누군가의 시신으로 특정 지을 수 없다고 한 증언을 들으셨습니다. 이 증언으로 관련성은 확실하게 배제해도 될 것 같습니다. 다만 신청자를 대리하는 상대편 변호인이 제기했던 매우 특이한 점을 잠시 짚고 넘어가겠습니다. 바로 이런 사실이었습니다.

그는 유해가 엘텀과 우드퍼드 인근 지역에서 발견되었으며 유언자가 살아 있는 모습이 마지막으로 목격된 곳이 이 두 곳 가운데 한 곳이라고 지적했습니다. 그는 모종의 이유를 바탕으로 이 사실을 매우 의미심장하게 보고 있습니다. 하지만 저는 그 의견에 동의할 수 없습니다. 유언자가 우드퍼드에서 마지막으로 살아 있는 모습이 목격되었고 유해가 우드퍼드에서 발견되었거나, 유언자가 엘텀에서 실종되고 유해가 그곳에서 나왔다면 그때는 중요하게 다루어야 할 것입니다. 그런데 그는 두 곳 중 한 곳에서 살아 있는 모습이 마지막으로 목격되었는데 유해는 두 곳에서 발견되었습니다. 바로 이 지점에서도 변호인은 너무 많은 사실을 증명한 듯 보입니다.

이제 여러분의 시간을 더 빼앗을 필요가 없습니다. 다시 말씀드리지만, 유언자가 사망했다는 추정이 타당함을 증명하려면 분명하고 확실한 증거가 있어야 합니다. 하지만 그런 증거는 전혀 제출되지 않았습니다. 그러므로 유언자가 언제라도 돌아오면 자신의 재산을 온전하게 되찾아야 한다는 점을 고려하시어 평범한 정의를 실현할 조치를 보장할 평결을 내려 주시기를 부탁드리는 바입니다."

히스 씨가 이렇게 변론을 마치자 판사는 낮잠에서 깨어나 원기를 회복한 사람처럼 눈을 번쩍 떴다. 그의 감정을 대변하던 눈꺼풀이 말려 올라가자 놀랍도록 예리하고 명민해 보이는 눈이 나타났다. 그는 먼저 유언장 일부와 눈을 감은 채로 신비로운 방법을 동원해 기록한 것이 분명한 메모를 읽어 보았다. 그러더니 증거와 배심원단을 겨냥한 양측 변호인의 변론도 검토했다.

마침내 판사가 말문을 열었다.

"배심원 여러분, 방금 전에 들었던 증거를 검토하시기 전에 우리가 지금 다루고 있는 사건의 제반 사항에 대해 몇 가지 말씀을 드려야 할 것 같습니다.

어떤 사람이 집과 일상적으로 생활하던 장소에서 자취를 감추거나 외국으로 나간 후 긴 시간이 흐르도록 돌아오지 않으면 그의 소식을 마지막으로 들은 날로부터 칠 년이 지난 후 사망 추정을 하게 됩니다. 다시 말해서 어떤 사람이 칠 년 동안 행방불명이라면 그가 죽었다고 추정할 증거 요건이 됩니다. 그러므로 사망 추정 결정은 실종자가 칠 년의 기간 내 어떤 시점에서 살아 있었다는 사실을 입증해야만 무효로 할 수 있습니다. 한편 실종된 기간이 칠 년이 안될 경우에는 실종자가 죽었을 가능성이 매우 높다고 판단할 수 있는 증거를 제시해야 합니다. 물론 추정이라는 것은 사실로 입증된 것과는 전혀 다른 가정임을 암시합니다. 그럼에도 불구하고 사망 추정을 위해 제시된 증거는 실종자가 사망했다고 확실하게 믿을 수 있는 것이어야 합니다. 부재 기간이 짧을수록 증거는 더욱더 납득할 수 있어야만 한다는 점은 두말할 필요가 없겠죠.

이 사건에서 유언자인 존 벨링엄이 행방불명된 기간은 이 년이 채 안 됩니다. 비교적 짧은 기간이며 이 사실만으로는 사망 추정을 할 수도 없습니다. 그런데 어떤 사건은 부재 기간이 훨씬 더 짧은데도 사망이 인정되었으며 보험도 적용받을 수 있었습니다. 그 사건에는 유언자가 사망했다고 믿을 수 있을 만큼 유력한 증거가 있었기 때문입니다.

방금 예로 든 사건의 유언자는 선장이었습니다. 그가 사라짐과 동시에 런던에서 마르세유로 항해중이던 그의 배는 물론 승무원들까지 모두 사라졌습니다. 선장의 실종을 유일하게 합리적으로 설명할 수 있는 사실은 바로 배와 승무원들이 함께 사라졌다는 상황입니다. 사실 입증을 못 한다 하더라도 이 사실들이 전 승무원이 사망했다고 납득할 수 있는 증거가 되었습니다. 이 사건은 일례로 든 것입니다. 배심원 여러분, 이 자리는 추측에 근거한 개연성을 다루는 곳이 아닙니다. 여러분은 매우 중요한 사건을 심사숙고하셔야 합니다. 결정을 내린 근거를 굳게 확신할 수 있어야 합니다. 여러분이 어떤 일을 하셔야 하는지 잘 생각해 보시기 바랍니다.

신청자는 유언자의 재산을 유언장에 따라 수혜자들에게 배분할 수 있도록 유언자가 사망한 것으로 추정하게 해 달라고 합니다. 그런 신청을 허가해 주면 우리는 무겁고도 무거운 책임을 지게 됩니다. 잘못된 판단으로 유언자는 몹시 부당한 일을 겪을 수 있습니다. 도저히 만회할 수 없을 정도로 말입니다. 그러므로 여러분은 심사숙고해서 증거를 검토하셔야 합니다. 모든 사실을 철저하게 숙고하기 전에는 어떤 결론도 내려서는 안 됩니다.

여러분이 지금까지 들으신 증언은 크게 두 부분으로 나눌 수 있습니다. 하나는 유언자가 행방불명된 정황에 관한 것이고, 다른 하나는 어떤 시신에 관한 것이었습니다. 시신에 관한 증언과 관련해서 저는 왜 신청자가 검시 배심이 완전히 마무리 될 때까지 신청을 미루지 않고 여러분에게 그 증거를 검토하게 했는지 놀랍고 유감스럽다는 말밖에 할 말이 없습니다. 여러분은 서머스 씨가 발견된 시신을 어떤 개인으로 특정 지을 수 없다고 확실하게 진술했다는 사실을 명심하십시오. 하지만 유언자와 신원 불명의 고인 사이에 흡사한 점이 매우 많아서 동일인일 수도 있다는 사실도 고려해 주십시오.

유언자가 행방불명이 된 당시의 정황에 관해서는 그때까지 유언자가 여행지를 알리지 않고 떠난 적이 한 번도 없었다는 젤리코 씨의 증언을 들으셨습니다. 이 진술에 어떤 의미를 부여할지 따져보실 때에는 다음을 염두에 두시기 바랍니다. 즉, 유언자는 노베리박사와 이야기를 나눈 후 파리로 떠날 때 젤리코 씨에게 구체적인 목적지나 파리에서 머무를 장소, 정확한 귀국 일정에 대해 아무런 말도 하지 않았습니다. 그러므로 젤리코 씨는 유언자가 어디로 갔는지 혹은 무슨 용무로 갔는지 우리에게 진술할 수가 없었습니다. 실제로 젤리코 씨는 한동안 유언자를 추적하거나 그의 소재를 알아낼 방법이 전혀 없었습니다.

하녀인 돕스 양과 허스트 씨의 증언도 혼란스럽습니다. 유언자는 그 집에 분명히 왔지만 후에 찾았을 때는 나타나지 않았습니다. 집과 정원을 모두 찾아보았지만 그가 집에 없다는 사실만 입증되었습니다. 그러므로 유언자는 그곳을 이미 떠난 것으로 보입니다. 그런데 가겠다는 의사를 전해 들은 사람이 없었고 그 또한 허스트 씨를 만나기 위해 기다리겠다고 말했다는 점을 고려하면 그런 식으로 몰래 집을 빠져나가는 행동은 기이하게 보입니다. 그러므로 여러분은 이제부터 이 점을 검토해 주십시오. 하인들에게 알리지도 않고 남몰래 기이하게 떠날 수 있는 사람이 친지에게 미리 알리거나 떠난 후 행방에 대해서 알리지 않은 채 평소에 살고 일상적으로 생활하던 장소를 남몰래 기이하게 떠날 수도 있는가 하는 것입니다.

배심원 여러분, 그러므로 여러분이 평결을 내리시기 전에 검토해 보아야 할 문제는 이 두 가지입니다. 첫째, 유언자가 모습을 감춘 후 계속 나타나지 않는 이 상황이 여러분에게 알려진 그의 습관과 개인적인 성격과 정말 부합하지 않는가? 둘째, 유언자가 죽었다는 사실을 확실하게 보여 주는 증거가 있는가? 배심원 여러분, 이 질문들을 잘 따져 보십시오. 그리고 지금까지 들은 증언을 바탕으로 구한 해답을 길잡이 삼아 평결을 내려 주시기 바랍니다."

　　판사는 이렇게 지시 사항을 전한 후 직업적인 흥미로 존 벨링엄의 유언장을 숙독하기 시작했다. 이윽고 합의를 거둔 배심원단의 배심원장이 평결을 발표하는 바람에 그는 한창 빠져들어 읽고 있던 유언장을 내려놓았다.

　　판사는 자리에 앉아 배심원석을 힐끔 보았다. 배심원장이 평결을 읽자 그는 찬성한다는 듯이 고개를 끄덕였다.

　　"우리는 유언자인 존 벨링엄이 사망했다고 추정할 만한 근거가 충분하지 않다고 결론을 내렸습니다."

　　판사도 그렇게 판단했던 듯 로럼 씨에게 허가서 발부를 거절한다는 결정을 전할 때는 자세하게 설명을 곁들이기까지 했다.

　　배심원의 결정을 듣자 가슴을 묵직하게 누르던 돌을 내려놓은 기분이었다. 벨링엄 양도 마찬가지였을 것이다. 하지만 평결에 가장 환호한 사람은 벨링엄 씨였다. 그는 선한 품성과 예의 바른 태도를 타고난 덕분에 터져 나오는 승리의 미소를 더 이상 참을 수 없자 자리에서 일어나 다급하게 법정 밖으로 뛰쳐나갔다. 덕분에 심기가 불편해진 허스트 씨는 기쁨에 겨운 사촌을 보지 않아도 되었다.

　"우리가 평생 가난뱅이로 살 운명이라고 확정된 건 아니네요. 아직도 운명의 대반전을 맞을 기회가 있어요. 가여운 존 삼촌도 마찬가지고요."

015

정황 증거

이튿날 아침 오전 진료를 시작하는 내 마음은 평소보다 훨씬 가뿐하고 힘이 넘쳤다. 오전 중에 잡힌 진료도 얼마 되지 않았다. 왕진 명단에는 '만성병'을 호소하는 환자 두 명의 이름이 다였다. 온 세상이 장밋빛으로만 보이는 데는 이 상황이 한몫을 했을 것이다. 하지만 진짜 이유는 달리 있었다. 우선 법원의 판결로 기대하지도 않았는데 불행이 유예되어 서서히 다가오던 친구의 몰락을 잠시 미룰 수 있게 되었다. 게다가 손다이크 박사님이 브리스틀에서 돌아와 내게 와 달라고 연락을 하셨다. 마지막으로 벨링엄 양은 오늘 오후 나와 만나기로 했다. 우리는 함께 영국 박물관의 전시관을 돌아볼 계획이었다.

환자 두 명을 진료하고 나니 시곗바늘은 10시 45분을 가리키고 있었다. 그로부터 삼 분 후 나는 마이터 코트를 힘차게 걷고 있었다. 손다이크 박사님이 검시 배심에 관한 내 기록에 대해 뭐라고 하실지 어서 듣고 싶어 마음이 급했다. 박사님 댁에 도착해 보니 오크 문이 열려 있었다. 나는 곧장 들어가 안쪽 문에 달린 작은 청동 노커를 점잖게 두드렸다.

박사님이 직접 나를 맞으러 나왔다.

"이렇게 일찍 나를 찾아와 주다니 고맙네, 버클리. 지금 혼자 있는데, 어제 심리의 증언 보고서를 훑어보고 있었어."

박사님이 나와 악수를 하며 다정하게 말했다.

그는 나를 위해 안락의자를 가져온 후 타자기로 친 서류를 주섬주섬 모아 탁자 한쪽으로 밀어 놓았다.

"어제 판결에 놀라셨습니까?"

"아니. 이 년은 실종 기간으로는 짧아. 그렇다고 해도 판결은 쉽게 뒤집어질 수 있었어. 어쨌든 한시름 놓았네. 잠시 숨 돌릴 여유가 생겼으니 불필요하게 조사를 서두르지 않아도 되겠어."

"제 기록이 쓸모가 있었습니까?"

내가 물었다.

"히스에게 쓸모가 있었다네. 폴턴이 그에게 전해 줬어. 반대 신문을 하는 데 큰 도움이 되었어. 나는 아직 보지 못했다네. 기록을 지금 막 돌려받았거든. 같이 살펴보도록 하세."

그는 서랍을 열어 내 수첩을 꺼낸 후 자리에 앉아 집중해서 읽어 나갔다. 그동안 나는 박사님의 뒤에 서서 겸연쩍게 어깨 너머로 내 기록을 따라 읽었다. 시드컵에서 발견된 팔과 그 팔에 우렁이의 알들이 끼어 있던 위치를 스케치해 놓은 페이지에 이르러 박사님의 얼굴에 희미한 미소가 어리는 것을 보자 내 얼굴은 그만 벌겋게 달아올랐다.

"스케치가 죄다 부실합니다. 하지만 뭐라도 수첩에 담아야 했으니까요."

"그럼 이 부분을 그리면서도 별로 중요하게 생각하지 않았단 말인가?"

"네. 알이 낀 흔적이 몇 군데 있어서 그 사실을 기록한 것뿐입니다. 별 뜻은 없었습니다."

"이거 칭찬을 해 주어야겠는걸, 버클리. 그다지 중요하지 않거나 관련이 없어 보이는 사실도 자세하게 기록하는 선견지명을 가진 사람은 스무 명에 한 사람도 안 될 테니 말이야. 중요해 보이는 것들만 기록하는 조사원은 전혀 쓸모가 없다네. 주의 깊게 살펴볼 만한 자료를 아무것도 안 주니까. 하지만 설마 이 알 덩어리와 새날개갯지렁이를 보고도 뭐가 중요한지 모르겠다는 말은 아니겠지?"

"오, 그럼요. 그 벌레들 때문에 뼈가 놓여 있던 자세를 알 수 있잖아요."

"바로 그거야. 이 팔은 죽 펴서 팔등이 위로 가게 놓여 있었어.

그런데 알이 낀 자국을 보면 손이 연못에 유기되기 전에 절단되었다는 사실을 알 수 있지. 바로 거기에 주목해야 할 게 있어."

나는 박사님의 어깨 너머로 스케치를 보면서, 각각의 뼈를 대충 그린 스케치만 가지고 박사님이 순식간에 사지를 재구성하는 모습에 감탄을 했다.

"어떻게 그런 결론에 도달하셨는지 잘 모르겠는데요."

내가 털어놓았다.

"음, 자네가 그린 그림들을 한번 보게. 알의 흔적은 견갑골과 상완골, 아래팔뼈 각각의 등 쪽에 있어. 그런데 여길 보면 자네는 손뼈를 여섯 개 그려 놓았군. 손바닥뼈 두 개와 유두골, 지골 세 개, 이렇게. 이 뼈들을 살펴보면 알의 흔적이 손바닥에 있어. 그러므로 손은 손바닥이 위로 오게 놓여 있었던 거야."

"어쩌다가 손이 내전•된 것일 수도 있잖아요."

"자네의 말뜻은 팔을 그대로 둔 채 손이 내전을 한다는 건데, 그건 불가능하잖아. 알을 깐 자리를 보면 팔뼈는 분명히 외전••을 한 상태니까. 그런데 팔의 등 쪽과 손바닥이 각각 위를 보고 있다는 건 손이 팔에 붙어 있는 동안은 해부학적으로 불가능하지."

"팔이 연못에 한동안 유기된 후에 손이 자연적으로 분리되었을 수도 있지 않습니까?"

"그것도 아니야. 그 경우 인대가 부패하기 전이라면 손이 분리되지 않고, 연한 조직이 모두 부패한 후에 분리되었다면 뼈들이 마구 뒤섞였겠지. 그런데 이 알 자국들을 보면 전부 손바닥에 있지. 그걸 보면 뼈들이 여전히 제 위치를 유지하고 있다는 걸 알 수 있어. 손은 손목에서 절단된 후에 연못에 유기된 거야, 버클리."

"그렇다면 왜 손을 잘라야 했을까요?"

내가 물었다.

"아, 자네가 생각해 봐야 할 작은 문제가 하나 있네. 그 전에 내 말부터 들어 보게. 자네는 검시 배심에 가서 놀라운 성과를 가져왔어. 자네는 훌륭한 관찰자야. 유일한 결점은 어떤 사실을 기록하면서 그것이 지닌 중요성을 충분히 깨닫지 못했다는 것뿐이야. 그건 단지 경험이 부족한 탓이지. 자네가 모아 온 사실들을 놓고 보면 그 가운데 몇 가지는 엄청나게 중요한 의미를 지닌다네."

"마음에 드신다니 다행입니다. 우렁이알 말고 제가 또 뭘 찾아냈는지 짐작도 못 하겠지만요. 게다가 그 알도 그다지 중요하게 보이지는 않았거든요."

"버클리, 확실한 사실은 확실한 자산이라네. 어쩌면 우리는 방금 이 복잡한 퍼즐에서 절단된 손이 끼어들 수 있는 작은 공간을 찾아낸 것일지도 몰라. 그런데 이 뼈들을 살펴보면서 의외였다거나 뭔가 떠오르는 점이 없던가? 이를테면 뼈의 수라거나 상태 말이야."

"음. 견갑골과 쇄골이 있는 걸 보고 이상하다는 생각이 살짝 들었어요. 저는 팔을 견관절에서 절단했을 줄 알았거든요."

손다이크 박사님이 말했다.

●   **내전** _ 內轉. 팔과 손의 경우 손바닥이 아래쪽을 향하게 하기 위해 아래팔을 움직이는 것.

●●   **외전** _ 外轉. 팔과 손의 경우 손바닥이 위쪽을 향하게 하기 위해 아래팔을 움직이는 것.

"맞아. 나도 그렇게 예상했네. 지금까지 접한 사체 절단 사건들만 봐도 모두 견관절을 잘라 놓았더군. 일반인은 팔이 견관절 부위에서 몸통에 붙어 있다고 생각하지. 그러니 그 부분을 절단하는 것이 자연스럽지. 이렇게 독특하게 팔을 절단한 이유를 뭐라고 생각하나?"

나는 서머스의 말을 떠올리며 물었다.

"범인이 푸주한일 수도 있다고 생각하십니까? 양의 어깨를 절단할 때도 이렇게 하지 않습니까."

손다이크 박사님이 딱 잘라 대답했다.

"그건 아니야. 푸주한이 양의 어깨에 견갑골을 붙여서 절단하는 것은 따로 이유가 있어. 정해진 양만큼 고기를 떼어 내기 위해서지. 또 한 가지, 양은 빗장뼈가 없기 때문에 앞다리를 그렇게 자르는 게 가장 쉬워. 하지만 푸주한이 그런 식으로 사람의 팔을 절단하려고 했다면 금방 어려움에 봉착했을 거야. 빗장뼈라는 낯설고 당황스러운 뼈가 버티고 있으니까. 게다가 푸주한은 작업물을 그렇게 섬세하게 다루지 않아. 푸주한이 관절을 자른다면 단칼에 잘라내지 뼈에 자국을 남기지 않으려고 공을 들이지는 않을 거야. 자네는 어느 뼈를 봐도 긁힌 자국이나 상처는 하나도 없다고 기록하지 않았나. 심지어 손가락이 절단된 자국도 말끔하다고 했지. 자네가 나처럼 박물관에 보낼 뼈를 준비한다고 해 보게. 그러면 나처럼 자네도 관절을 분리할 때 뼈의 관절 말단에 칼자국이나 긁힌 자국이 남아 형태가 손상되지 않도록 극도로 조심해야 한다는 사실을 명심하겠지."

"그렇다면 박사님은 이 시신을 절단한 자가 해부학 지식과 기술을 어느 정도 가지고 있다고 생각하십니까?"

"주어진 증거를 보면 그렇게 추측할 수 있지. 하지만 나는 추측을 하지 않는다네."

"그러면 그렇게 생각하지 않으신다고 봐야 할까요?"

내 말에 손다이크 박사님이 빙그레 미소를 지었다.

"알쏭달쏭하게 말을 해서 미안하네. 하지만 나는 지금 어떤 진술도 할 수가 없다는 점을 이해해 주게. 다만 자네가 알고 있는 사실들로부터 자네가 직접 추론을 이끌어 내도록 길잡이가 되어 주겠네."

"제가 올바르게 추론을 하면 그렇다고 말씀해 주시겠습니까?"

"꼭 그럴 필요는 없지."

박사님은 이렇게 대답한 후 조용히 미소를 지었다.

"퍼즐을 딱 맞게 맞추었다면 들을 필요도 없지 않겠나."

이렇게 애를 태우는 말도 또 없을 것이다. 내가 어찌나 눈에 힘을 주고 수첩을 노려보았던지 박사님은 그만 웃음을 터뜨렸다.

나는 마침내 말문을 열었다.

"제가 보기에는 시신의 신원을 확인하는 문제가 가장 중요합니다. 그건 사실의 문제죠. 시신의 신원을 아무리 추측해 봐야 소용이 없는 것 같아요."

"맞는 말이야. 이 뼈들이 존 벨링엄의 시신일 수도 있고 아닐 수도 있어. 유골을 전부 찾으면 그 문제는 확실해질 거야. 물론 뼈가 다 있다면 말이지만. 그 문제를 해결하면 다음 문제의 해결의 실마리가 나타날 거야. 누가 유골을 발견된 장소에 유기했을까? 지금은 일단 자네가 관찰한 내용으로 돌아가지. 다른 뼈에서 알아낸 건 또 없나? 이를테면 경추가 완벽한 상태로 보존되어 있었던 점에 대해서는 어떻게 생각하나?"

"음, 그자가 두개골을 아틀라스에서 분리하는 수고를 마다하지 않았다는 점에서 다른 특징들보다 훨씬 더 이상하게 보였습니다. 전에도 해 본 것처럼 메스를 그렇게 깔끔하게 다루다니 솜씨가 보통이 아닐 거예요. 하지만 왜 그렇게 가장 힘든 방식으로 목을 잘랐는지 모르겠어요."

"방법의 통일성에 주목하게. 머리의 경우 그자는 다른 사람들처럼 훨씬 아래쪽에 있는 척추를 절단하는 대신 척추에서 분리해 냈어. 팔을 단순하게 견관절에서 절단하는 대신 견갑대肩甲帶 전체가 달린 상태로 떼어 냈어. 대퇴골에서조차 그런 독특한 모습이 똑같이 나타나. 그런데 어느 경우에도 슬개골이 대퇴골과 함께 발견되지는 않아. 물론 수색은 했었던 것 같지만. 다리를 절단하는 흔한 방법은 슬개골이 대퇴골에 붙어 있는 채로 슬개 인대를 절단하는 거야. 그런데 이 사건에서는 슬개골이 정강이뼈에 붙은 채로 절단이 된 것 같아. 이자가 왜 이렇게 독특하고 불편한 방법을 택했어야만 했는지 설명할 수 있겠나? 이렇게 처리할 수밖에 없었던 동기를 제시하거나 이런 방법을 선호하게끔 만든 정황을 생각해 낼 수 있을까?"

"어떤 이유로 시신을 정확하게 해부학적 구조에 따라 나누고 싶었던 것 같은데요."

내 대답에 손다이크 박사님이 껄껄 웃음을 터뜨렸다.

"지금 그걸 설명이라고 제시하는 건 아니겠지? 그렇게 설명해 버리면 원래 문제보다 설명할 게 더 많아지지 않나. 게다가 옳은 판단도 아닐세. 해부학적으로 보자면 슬개골은 정강이보다 대퇴골에 속해 있어. 대퇴근에 속해 있는 종자골이야. 그런데 이 경우에는 분명히 정강이뼈에 붙어 있는 채로 절단했을 거야. 아니야, 버클리, 자네의 설명은 말이 안 돼. 수수께끼의 작업자는 박물관 표본용으로 두개골을 절단한 게 아니야. 그는 여기저기에 있는 연못까지 운반하기에 편한 크기로 시신을 절단한 거야. 그런데 왜 하필이면 이렇게 독특한 방식으로 시신을 절단했을까?"

"저는 아무 생각도 떠오르지 않는군요. 박사님은 어떻게 생각하세요?"

손다이크 박사님은 갑자기 애매한 태도를 취하셨다.

"내 생각에는 그런 상황을 몇 가지 떠올릴 수 있을 것 같네. 자네도 곰곰이 생각해 보면 할 수 있을 거야."

"검시 배심에서 나온 증거에서 중요한 걸 발견하셨습니까?"

박사님이 대답했다.

"딱 잘라 대답하기 어렵군. 나는 이 사건에 대한 결론을 증거에 입각해 내리겠지만, 그 증거가 따지고 보면 모두 정황 증거뿐이지 않은가. 이 사건에서는 단 한 가지 해석만 가능한 사실을 하나도 보지 못했어. 하지만 가장 모호한 사실이라도 충분하게 모이면 매우 결정적인 결론을 이끌어 낼 수 있다는 점을 명심하게. 지금 내가 모으고 있는 증거 더미는 조금씩 커지고 있어. 그러니 대낮에 이렇게 잡담이나 나누고 있으면 안 되겠지. 나는 마치몬트 씨와 협의할 일이 있네. 자네도 이른 오후에 약속이 있다고 하지 않았나. 플리트 스트리트까지 가면서 계속 이야기하도록 하세."

잠시 후 우리는 각자의 길로 헤어졌다. 손다이크 박사님은 롬바드 스트리트로, 나는 페터 레인으로 말이다. 돌아오는 내 머릿속은 즐겁기만 할 약속으로 꽉 차 있었다.

나를 기다리는 전갈은 하나뿐이었다. 그래서 (튀긴 넙치가 생각나는, 지하에서 올라오는 고약한 연기 사이로) 아돌푸스가 그 전갈을 전해 주자마자 나는 청진기를 주머니에 집어넣고는 귀족적인 집에 살고 있는 환자를 진료하기 위해 건파우더 앨리로 나섰다. 이제는 익숙한 고프 스퀘어와 와인 오피스 코트의 골목길을 발걸음도 경쾌하게 걸으며 잘 알려지지 않은 이 지역에 깃들어 있는 신기한 문학적 향취를 떠올리며 즐거움을 맛보았다. 왜냐하면 『라셀라스』*의 작가

새뮤얼 존슨이 그가 기울인 각고의 노력과 거대하고 온화하며 온건한 기쁨의 무대가 된 장소에 여전히 그림자를 드리우고 있는 것 같기 때문이다. 이곳에서 마주치는 정원이며 골목길은 책과 책을 만드는 일을 속삭여 준다. 잉크가 잔뜩 묻은 소년들이 활자판이 담긴 손수레를 요란하게 끌고 가는 소리가 들린다. 외진 구석에 있는 여행자들에게 사람들은 인사를 던진다. 잔뜩 쌓아 놓은 마분지, 두루마리로 말아 놓거나 더미로 쌓은 종이, 잉크통이며 롤러 들이 어두컴컴한 입구 바깥의 보도에 세워 놓은 스탠드 위에 놓여 있다. 공기 중에는 압착기가 윙윙 돌아가는 소리며 풀과 반죽과 기름 냄새가 떠돈다. 동네 곳곳에 인쇄기와 제본기가 보인다. 심지어 내 환자도 선한 외모와 온순한 태도와 전혀 어울리지 않게 무시무시하고 혁명적인 일을 하는 사람이었는데, 종이를 절단하는 기요틴 나이프의 날을 가는 사람이었다.

튀긴 넙치와 병약한 기요틴 전문가의 방해에도 불구하고 나는 벨링엄 양과의 약속 시간보다 훨씬 일찍 도착했다. 하지만 그릇에 꽃이 한가득인 것을 보니 벨링엄 양은 그보다 더 일찍부터 정원에서 나를 기다리며 언제라도 길을 나설 준비를 마친 것 같았다.

우리가 페터 레인 쪽으로 발걸음을 돌리자 벨링엄 양이 불쑥 말을 꺼냈다.

"꽤 오랜만이죠? 이렇게 박물관에 함께 가는 거요. 텔엘아마르나 석판이며 선생님이 베풀어 주신 친절과 아무 대가도 바라지 않고 해 주신 작업이 새삼 떠올라요. 오늘은 이대로 걸어갈 거죠?"

"네. 저는 승합 마차의 평범한 사람들 사이에 당신이 끼어 가게 하고 싶지 않아요. 어느 모로 보나 죄받을 쓸데없는 짓이에요. 게다가 이렇게 걸으면서 가면 더 즐겁잖아요."

"네, 맞아요. 게다가 소란스러운 길을 걸어 박물관에 도착하면 그곳의 고요함을 더 잘 즐길 수 있어요. 도착하면 뭘 볼까요?"

"당신이 정해요. 나보다 소장품을 더 많이 알잖아요."

"음, 선생님이 뭘 보고 싶어 하실지 궁금하네요. 그러니까 선생님이 뭘 보면 좋을지 말이에요. 옛 영국 도자기 작품들이 상당히 근사해요. 특히 풀럼 자기가 볼만하죠. 선생님에게 그 자기들을 보여 드리면 좋을 것 같아요."

벨링엄 양이 생각에 잠긴 채 말했다.

그녀는 잠시 뭔가를 생각하는 듯하더니 우리가 스테이플 인의 입구에 도착하자 우뚝 멈춰 섰다. 그러고는 여전히 생각에 깊이 잠긴 표정으로 그레이스 인 로드를 빤히 바라보았다.

"선생님은 우리 일에 관심이 무척 많으시죠. 손다이크 박사님의 표현을 빌리자면 우리 '사건'에 말이에요. 존 삼촌이 돌아가시면 묻어 달라고 하신 교회 묘지를 보고 싶지 않으세요? 우리 목적지에서 좀 떨어진 곳이지만 서두를 이유도 없잖아요, 안 그래요?"

물론 서두를 필요는 없었다. 샛길로 빠지면 우리가 함께하는 산책 시간이 길어진다는 점에서 대환영이었다. 그래도 하필 그런 장소라니. 하지만 그녀만 옆에 있다면 어디든 어떠랴 싶었다. 게다가 그 교회 묘지라면 흥미가 끌렸다. 그도 그럴 것이 유언장의 고약한 2번 조항이 이토록 주목받는 이유이기도 하니까 말이다. 나는 그곳을 보고 싶다고 대답했다. 우리는 이내 그레이스 인 로드로 발을 들여놓았다.

"혹시 익숙한 장소들이 이백 년 전에는 어떤 모습이었을지 상상해 보신 적 있나요?"

우중충한 큰길로 접어들 무렵 그녀가 물었다.

"물론 있죠. 하지만 잘되지 않더군요. 옛 모습을 재구성할 만한 재료가 있어야 하잖아요. 그런데 현재의 모습이 자꾸 상상을 방해하니까요. 물론 다른 곳보다 옛 모습을 떠올리기 쉬운 곳들도 있죠."

내가 대답하자 그녀가 맞장구를 쳤다.

"제 말이 그 말이에요. 이를테면 홀본 같은 곳은 옛 모습을 재구성하기가 쉬워요. 물론 원래의 모습과 흡사할지 모르겠지만요. 스테이플 인이나 그레이스 인의 외양에는 옛 모습이 몇 군데 남아 있어요. 오래된 미들 로와 여러 선술집의 그림만 봐도 상상의 밑천이 될 재료를 어느 정도 모을 수가 있죠. 그런데 지금 우리가 걷는 길은 언제 봐도 당황스러워요. 언뜻 보면 굉장히 오래된 것 같지만 대부분 새로 만든 것들이잖아요. 이를테면 사람들이 로저 드 커벌리 경•을 추면서 그레이스 인의 길들을 걸어가는 모습이나 더 과거로 올라가서 프랜시스 베이컨이 그레이스 인에 살았던 모습이 잘 상상

●　**로저 드 커벌리 경** _ 여러 명이 두 줄로 추는 영국의 민속춤.

이 가지 않아요."

"아마도 여러 가지 성격이 뒤죽박죽된 동네라 그럴 거예요. 여기 이쪽 오래된 그레이스 인이 있는 곳은 베이컨이 살았던 시대와 크게 달라지지 않았어요. 아마 입구 너머로 그가 살던 곳도 여전히 보일걸요. 한편 저기 클러큰웰 방면은 인구가 밀집되어 있는 지저분한 동네인데, 근처 교외까지 동네가 확장되면서 전체적으로 계속 모습이 변했어요. 백니그 웰스와 호클리 인 더 홀 같은 곳들은 지금까지 남아 있을 만한 옛 건물이 별로 없었을 거예요. 존재하는 표본이 없다면 상상이 제대로 될 리 없고요."

"저도 그렇게 생각해요. 확실히 오래된 클러큰웰 주변을 돌아보면 어리둥절한 그림만 그려져요. 반대로 그레이트 오몬드 스트리트 같은 거리는 지금 들어선 현대적인 건물을 싹 들어내고 그 자리에는 그곳에 몇 채 남아 있는 고풍스러운 집들 같은 건물을 채우고 포장된 도로를 뜯어내고 대신 조약돌을 깔고 나무 기둥들을 심어 등을 달면 완벽하게 변신할 수 있을 거예요. 정말 유쾌한 변신이 되겠죠."

"유쾌하다마다요. 하지만 그런 생각을 하고 있자니 어쩐지 울적해지는군요. 따지고 보면 우리는 조상들보다 더 잘해야 하는데 실제로 우리가 하는 짓이라고는 오래된 건물을 부수고, 그곳에서 나온 문짝이며 현관 지붕이며 벽에 붙은 장식 판자와 맨틀피스를 죄다 박물관에 모셔 두고는 싸구려에 실용성만 강조한, 조금도 흥미를 끌지 않는 것들을 그 자리에 세우고 있지 않습니까."

그러자 벨링엄 양이 나를 빤히 바라보며 살며시 웃음을 터뜨렸다.

"유쾌한 성품에 늘 즐겁기만 하신 줄 알았는데 지금 보니 놀랄 만큼 회의적이시군요. 비관론자인 예레미야의 망토가 선생님에게 떨어지기라도 한 것 같아요. 예레미야가 정말 망토를 걸쳤는지는 모르겠지만요. 전 단지 건축 이야기를 한 거지 선생님의 기분을 망칠 의도는 없었어요."

"오히려 고맙게 생각하고 있는걸요. 아름다운 숙녀의 안내로 박물관으로 가려던 길 아니었습니까? 그 숙녀는 제가 미라의 관을 구경할 때 곁에 계시다가 그릇으로 위안을 주실 거고요."

"도자기요."

그녀가 바로잡았다. 이윽고 옆길에서 심각한 표정을 하고 나오는 여자들과 마주치자 그녀가 말했다.

"아마 의대에서 공부하는 아가씨들일 거예요."

"네. 로열 프리 병원 쪽으로 가는 걸 보면 그렇겠네요. 저 여대생들의 진지한 모습을 보세요. 경박한 남자 의대생과 대조적이지 않습니까?"

"저도 그런 생각을 했어요. 전문적인 직업을 가진 여자들은 남자들보다 늘 그렇게 진지한지 궁금해요."

"선택의 문제겠죠. 일을 가지고 싶어 하는 여자는 특별한 부류지만 남자는 누구나 생계를 유지하기 위해 돈을 벌어야 하니까요."

"네, 그렇게 볼 수도 있겠어요. 저기서 돌아가야 해요."

우리는 히스컷 스트리트로 접어들었다. 그 거리가 끝나는 지점에 런던의 구 시가지에서나 보일 법한, 오랜 세월 동안 쇠락하여 황폐한 묘지 한 곳으로 들어가는 입구가 나왔다. 그 묘지에는 안식처를 빼앗긴 망자들이 산 자들을 위해 구석으로 모여 있었다. 비석은 대부분 여전히 제자리를 지키고 있었지만 일부는 뽑혀 아스팔트 보도와 벤치에 자리를 내어 주고는 이제는 아무 의미도 없어진 비문을 여전히 몸에 담은 채로 담 주변에 쪼르르 늘어서 있었다. 풀밭은 누렇게 시들어 가고 나뭇가지 사이에 모습을 감춘 새들이 지저귀는 소리는 벤치와 얼마 남지 않은 무덤 주위에서 뛰놀며 야단법석을 떠는 공립 초등학교 꼬맹이들의 소리에 묻혔다. 그렇다고는 해도 우리가 걸어온 우중충한 거리에 비하면 여름 오후에 산책하기 좋은 유쾌한 곳이었다.

"이곳이 그 유명한 벨링엄 가문의 마지막 안식처군요."

"네. 하지만 이곳에서 영면을 취하는 유명인은 우리 집안뿐만이 아니에요. 다름 아닌 리처드 크롬웰의 딸이 여기에 잠들어 있죠. 무덤이 아직도 저기 있어요. 전에도 와 보셨을 테니 제가 말하지 않아도 이미 아시겠죠."

"저는 이곳이 처음인 것 같은데요. 그런데도 어딘지 친숙한 느낌이 나요."

나는 주위를 둘러보며 이곳이 흐릿한 추억 같은 감상을 불러일으킨 이유를 설명해 줄 실마리를 찾아 머릿속을 열심히 뒤졌다. 그런데 주위를 둘러보는 내 시야에 서쪽에 우뚝 솟은 건물 몇 채가 들어왔다. 그곳은 격자 구조물로 된 높은 나무 담장으로 에워싸여 있었다.

나는 기쁨에 겨워 소리쳤다.

"그래, 바로 그거야! 이제 이곳이 기억이 나요. 이곳에 온 건 오늘이 처음이지만 저 너머에 울타리가 쳐진 곳은 아니에요. 저곳은 헨리에타 스트리트가 끝나는 곳으로 입구가 나 있죠. 저곳에는 제가 기억하는 한 해부학 교실이 있었어요. 지금도 있을 거예요. 제가 의대 일 학년일 때 저곳에서 공부를 했거든요. 처음으로 해부 실습을 한 곳이기도 하죠."

벨리엄 양이 말했다.

"위치가 오싹할 정도로 잘 어울리는데요. 사람들이 부활하는 때가 되면 정말 편리하겠어요. 문만 열면 실습 재료가 배달되어 있겠군요. 학교는 컸나요?"

"일 년 중 어느 시기냐에 따라 수강생들이 달랐습니다. 가끔은 저 혼자 수업을 받은 적도 있었죠. 직접 열쇠로 문을 따고 들어가서 음침한 탱크에서 쇠사슬로 실습 재료를 꺼내곤 했어요. 정말 무시무시했죠. 탱크에서 시신이 천천히 올라오니 아직 숙련되지 않은 실습생은 얼마나 무서웠겠어요. 오래된 비석에 새겨져 있는 부활 장면을 보는 듯했죠. 죽은 사람이 관에서 걸어 나오면 죽음을 의미하는 해골이 와르르 무너지면서 데굴데굴 굴러가잖아요.

이런 것도 기억납니다. 해부 실습을 담당한 선생님은 푸른 앞치마를 두르고 계셨는데, 그런 차림으로 실습을 하시는 걸 보면 사육제의 정육점이 떠오르곤 했어요. 이런, 저 때문에 놀라셨군요."

"아니에요, 그렇지 않아요. 어느 직업이나 불쾌한 면이 몇 가지씩은 있잖아요. 외부인에게는 차마 보일 수 없는 것들 말이에요. 조각가의 작업실이나 점토로 거대한 형상이나 군상群像을 만드는 조각가를 생각해 보세요. 겉모습만 봐서는 조각가가 아니라 벽돌공이나 도로의 청소부 같을지도 몰라요. 제가 방금 얘기했던 무덤이 바로 여기예요."

우리는 평범한 돌덩이 앞에 멈춰 섰다. 오랜 세월과 비바람에 씻겨 나간 흔적이 역력했다. 그러나 충직한 사람들이 잘 관리해 온 덕에 아직도 자부심이 은은하게 전해지는 비문을 읽을 수 있었다. 그곳에는 '호민관•'의 여섯 번째 딸인 애나가 잠들어 있다고 새겨져 있었다. 어디서나 흔히 볼 수 있는 단순한 형태의 비석이었다. 하지만 비석이 만들어진 시대를 풍미했던 극단적인 금욕주의가 여전히 생생하게 느껴졌다. 문득 그레이스 인 로드에 무성한 가로수 잎사귀들 사이로 무기가 철컹거리고 무장한 남자들의 저벅거리는 발소리가 울려 퍼지는 혼란의 시대로 내 마음이 빨려 들어갔다. 맨땅의 쉼터가 되어 버린 이곳도 그 시대에는 신록이 우거진 들판과 산울타리들 사이에 자리 잡은 시골의 교회 마당이었으리라. 말에 짐을 잔뜩 신고 그레이스 인 로드를 따라 런던으로 향하던 시골 사람들이 잠시 발걸음을 멈추고 나무 문 뒤를 힐끔 보곤 했겠지.

우뚝 서서 이런저런 생각에 빠져 있는 나를 벨링엄 양이 날카로운 눈빛으로 바라보며 이런 말을 툭 내뱉었다.

"선생님과 저는 생각하는 습관이 비슷한 것 같아요."

나는 의아한 표정을 지으며 그녀를 바라보았다. 그러자 그녀가 말했다.

"오래된 비석을 보면서 생각에 푹 빠지시더군요. 저도 잘 그러거든요. 오래된 기념비나 특히 낡은 비석을 보고 있으면 무의식적으로 비석에 비문을 새기던 시절을 떠올리고 있지 뭐예요. 왜 이러는 걸까요? 왜 비석은 우리의 상상력을 이렇게 자극하죠? 별 볼 일 없는 비석이 다른 것들보다 훨씬 더 우리의 상상력을 자극하는 이유가 뭘까요?"

나는 여전히 생각에 잠긴 채 대답했다.

"교회 묘지의 비석이야말로 다분히 개인적인 사물이면서 독특한 방식으로 특정한 시간에 속해 있기 때문이 아닐까요. 주변의 모든 것이 변했지만 이 비석이 세워진 곳만은 수많은 세월이 흘러도 그대로잖아요. 그래서 그 시간의 간격을 그릴 수 있도록 도와주죠. 평범한 비문일지라도 바로 이 마을에서 살다가 죽은 농부나 일꾼에 대한 추억을 담은 기념물은 좀 더 친밀한 감정을 자극하고 많은 것을 상상하게 하죠. 현학적인 비문에 예술적인 장식물을 새겨 넣은

●   **호민관** _ 고대 로마에서 평민의 권리를 지키기 위하여 평민 중에서 선출한 관직. 청교도 혁명을 일으킨 올리버 크롬웰과 그의 아들 리처드 크롬웰도 이 칭호를 썼다.

비석은 젠체하는 느낌을 줘요. 반면 마을의 석공이 새긴 촌스럽고 유치한 조각과 마을 교사가 쓴 소박하지만 엉터리인 시를 보면 그 사람이 살았던 시간과 공간은 물론 삶의 조건이 훨씬 더 생생하게 다가오잖아요. 그런데 벨링엄가의 비석들은 어디에 있나요?"

"저쪽 구석에 있어요. 하필 이런 때에 웬 똑똑해 보이는 사람이 비문을 베껴 쓰고 있군요. 어서 가 주면 좋겠는데. 비문들을 선생님께 보여 드리고 싶어요."

나는 그제야 처음으로 손에 공책을 들고 오래된 비문들을 정성스럽게 조사하는 남자가 눈에 들어왔다. 그는 분명히 비문을 베껴 적고 있었다. 왜냐하면 비석에 새겨진 글들을 뚫어지게 바라보다가 때때로 손가락 끝으로 세월에 마모된 글씨를 훑어 의미를 파악하는 것 같았기 때문이다.

"저 사람이 지금 베끼고 있는 건 제 할아버지의 비석이에요."

벨링엄 양이 말했다. 그런데 그녀가 말을 하자마자 문제의 남자가 고개를 돌렸다. 그리고 안경을 낀 예리한 두 눈으로 우리를 살피듯 물끄러미 바라보는 것이 아닌가.

남자도 우리도 놀라서 소리를 지르고 말았다. 왜냐하면 그 남자는 젤리코 씨였기 때문이다.

016

아르테미도루스여, 안녕히!

젤리코 씨가 우리를 보고 놀랐는지 어땠는지는 알 도리가 없었다. (영양분을 섭취하고 기도로 이어지는 입구는 물론 주요 감각을 감지하는 기관까지 갖추었다는 점에서 얼굴의 일반적인 목적을 담당하는) 그의 얼굴은 감정을 표현하는 기관으로서는 완전히 실패작이었다. 표정으로 생각을 읽는 사람에게는 그의 얼굴이 우산의 손잡이에 새겨진 장식 정도로밖에 쓸모가 없을 것이다. 하필 왜 우산 손잡이의 장식과 비교하느냐. 그건 둘이 똑 닮았기 때문이다. 그는 공책을 펼쳐 들고 연필을 쥔 채 구식으로 요란하게 모자를 벗으며 뻣뻣한 몸짓으로 먼저 절을 했다. 류머티즘에 걸린 것 같은 악수를 한 후 우리가 먼저 말문을 떼기를 기다렸다.

"생각지도 못한 곳에서 만나 뵈어서 반갑습니다, 젤리코 씨."

벨링엄 양이 말했다.

"반갑다고 해 주니 고맙군요."

젤리코 씨가 대답했다.

"대단한 우연의 일치인데요. 한날한시에 이런 곳에서 마주치다니."

그가 맞장구를 쳤다.

"확실히 우연의 일치군요. 그리고 우리가 모두 이곳에 오지 않았다면, 그런 일이 훨씬 잦겠지만 그 또한 우연의 일치였겠죠."

"그렇겠네요. 저희는 선생님을 방해하고 싶지는 않습니다."

"마음은 고맙습니다만, 저는 상관없습니다. 두 분을 알아보고 반가워했을 때는 마침 하던 일도 끝났거든요."

"사건과 관련해 어떤 기록을 하고 계셨던 것 같군요."

내가 끼어들었다. 상당히 뻔뻔스러운 질문이었지만 그가 어떻게 요리조리 빠져나가는지 보고 싶다는 심술궂은 호기심을 억누를 수가 없었다.

그가 되물었다.

"사건이라고요? 스티븐스 대對 교구 위원회 사건을 말씀하시는 건가요?"

"버클리 선생님은 제 삼촌의 유언장과 관련된 사건을 말씀하시는 것 같아요."

벨링엄 양의 표정은 자못 진지했지만 입가에 보조개가 살짝 파인 것을 보니 내 의도를 알아차린 것 같았다.

"저런, 사건이 있나요? 아하, 소송 말입니까?"

젤리코 씨가 물었다.

"허스트 씨가 제기한 소송 말입니다."

"오, 그건 단순히 법원에 신청을 한 것 아닙니까, 게다가 이미 끝난 일이고요. 적어도 나는 그렇게 이해하고 있소이다만. 잘못을 바로잡고 싶군요. 나는 허스트 씨의 대리인이 아니니, 이 사실을 유념해 주시면 좋겠습니다. 솔직히 말해서……."

그는 여기까지 말한 후 잠시 말을 끊은 후 다시 말했다.

"나는 여기 비석에 새겨진 내용에 대해 기억을 되살리던 중이었습니다. 특히 아가씨의 조부이신 프랜시스 벨링엄 씨의 비문 내용을 말이죠. 문득 이런 생각이 들더군요. 검시 배심의 결과로 아가씨의 삼촌이 사망한 것으로 판결이 나면 추도식은 이곳에서 하는 것이 적절하고 경우에도 맞지 않을까. 하지만 이 묘지는 폐쇄되었으니 새로 묘비를 세우기는 힘들 테고 차라리 이미 세워 놓은 묘비에 몇 줄 더 보태는 것은 가능하지 않을까요. 그래서 이렇게 비문을 살피고 있답니다. 조부님의 비문에 '여기에 프랜시스 벨링엄의 육신이 잠들어 있다'라고 새겨져 있었다면 '고인의 아들 존 벨링엄의 육신과 함께'라고 덧붙이기가 보기에 좋지 않았겠죠. 다행스럽게도 비문이 훨씬 간소하게 사실만 알리고 있더군요. '이승을 떠난 프랜시스에 대한 추억을 위하여'라고 말이죠. 시신의 위치에 대해서는 구체적으로 언급하고 있지 않아요. 아, 내가 두 분을 방해하고 있군요."

"아뇨, 그렇지 않습니다."

벨링엄 양이 서둘러 대답했다. (그녀의 말은 사실과 거리가 한참 멀었다. 이 변호사가 나를 견딜 수 없을 정도로 방해하고 있으니 말이다.)

"저희는 영국 박물관에 가던 길이었는데, 잠시 이곳에 들른 거예요."

그러자 젤리코 씨가 말했다.

"하, 나도 박물관에 가던 길입니다. 노베리 박사를 만나려고요. 이것도 우연의 일치겠죠?"

"물론이죠."

벨링엄 양이 대답했다. 그러더니 곧장 이렇게 물었다.

"같이 가실까요?"

그러자 괴짜 영감이 "좋죠!"라고 하는 것이 아닌가. 이런 망할 영감 같으니라고!

우리는 그레이스 인 로드로 되돌아갔다. 그곳에서부터는 세 사람이 나란히 서서 걸을 수 있을 정도로 도로 폭이 넉넉했기 때문에 나는 가면서 실종자 문제를 화제로 삼아 불청객 변호사와 함께 가게 된 상황에 대한 보상으로 삼아야겠다고 속으로 다짐했다.

"변호사님, 존 벨링엄 씨가 급사를 했을지도 모른다고 추측할 만한 건강상의 문제가 혹시 있었습니까?"

변호사는 내게 의심스러운 눈빛을 한동안 보내더니 이렇게 대답했다.

"존 벨링엄 씨와 그분의 문제에 관심이 지대하시군요."

"그렇습니다. 제 친구들도 그 일에 관심이 많죠. 게다가 전문적인 관점에서 보면 그 사건 자체가 일반적인 수준을 훌쩍 뛰어넘을 정도로 흥미로우니까요."

"방금 하신 질문이 그 사건과 무슨 관련이 있습니까?"

나는 대뜸 대답을 했다.

"당연히 이런 거 아니겠습니까. 만약 실종자가 평소에 심장병이나 동맥류나 동맥 관련 질환을 앓고 있었다면 그 사실은 실종자의 생사 여부를 판단하는 데 꽤 믿을 만한 근거가 되겠죠."

젤리코 씨가 선선하게 대답을 했다.

"확실히 그 말씀이 옳습니다. 나는 의학적인 문제에 대해서는 별로 아는 것이 없습니다. 하지만 선생 말은 의심의 여지가 없겠죠. 그 질문에 답하자면 나는 벨링엄 씨의 변호사이지 주치의가 아닙니다. 그분의 건강은 제 소관 밖의 문제지요. 하지만 비전문가인 제 눈에 유언자는 건강한 사람처럼 보였다고 법정에서 한 증언을 듣지 않았습니까? 이제 더 할 말이 없습니다."

벨링엄 양이 끼어들었다.

"그 문제가 조금이라도 중요하다면 주치의를 불러서 그 점을 확실히 하지 않은 게 의아하군요. 제 느낌을 말씀드리자면, 삼촌은 상당히 튼튼하고 건강하셨어요. 아니면 건강하시다고 말해야 할까요. 사고 후에 매우 빠르게 완쾌하셨거든요."

"사고라뇨?"

내가 물었다.

"어머, 아버지에게서 못 들으셨어요? 삼촌이 우리와 함께 사실 무렵에 사고가 났었어요. 도로 경계석에서 미끄러져 넘어지면서 왼쪽 발목의 뼈 하나가 부러졌거든요. 무슨 골절이라고 하던데."

"포트 말씀이신가요?"

"네. 바로 그 이름이었어요. 포트 골절요. 그리고 양쪽 슬개골도 부러지셨죠. 모건 베넷 경이 수술을 집도하셔야 했어요. 안 그러면 평생 절름발이로 살아야 할 정도였거든요. 삼촌은 몇 주 만에 훌훌 털고 일어나셨어요. 왼쪽 발목이 약간 약해진 걸 제외하면 완쾌하셨어요."

"계단을 오르실 수도 있었습니까?"

내가 물었다.

"물론이죠. 골프도 치고 자전거도 타신걸요."

"양쪽 슬개골이 다 부러진 게 확실합니까?"

"확실하다마다요. 그렇게 다치는 경우는 흔하지 않다는 말까지 들은 기억이 나는걸요. 그래서인지 모건 경은 수술을 집도하게 되셔서 상당히 좋아하시는 것 같았어요."

"그분의 명예에 민감한 말인 것 같군요. 하지만 경도 수술 결과는 무척 좋아하셨겠어요. 그럴 만도 하죠."

잠시 대화가 끊어졌다. 내가 젤리코 씨에게 던질 곤란한 질문을 생각해 내기도 전에 그 신사가 기회를 놓치지 않고 대화 주제를 슬며시 다른 곳으로 돌렸다.

"이집트 전시실로 가실 겁니까?"

이렇게 말이다.

"아뇨. 저희는 도자기 전시실을 둘러볼 생각이에요."

벨링엄 양이 대답했다.

"고대? 아니면 현대?"

"일단은 옛날 플럼 자기에 제일 관심이 있어요. 17세기산으로요. 변호사님은 그 시기를 고대와 현대 가운데 어느 쪽이라고 하실지 모르겠네요."

젤리코 씨가 대답했다.

"어느 쪽도 아닙니다. 고대와 현대 같은 용어는 의미를 딱 부러지게 고정할 수가 없죠. 두 용어의 의미는 순전히 상대적이니까요. 그래서 특정한 상황에서 사용하려면 일종의 차등제를 적용해야 합니다. 가령, 가구 수집가에게 튜더 의자나 제임스 1세 시대의 서랍장은 오래된 골동품이죠. 하지만 건축가에게 이 시기는 현대인 반면 11세기 교회는 고대에 속합니다. 이집트 연구가는 까마득한 옛날의 유물을 다루는 일에 익숙하죠. 그러니 앞서 말한 가구든 교회

든 그리 길지 않은 시간 차를 두고 만들어진 현대의 산물입니다. 아마도…….”

그는 생각에 잠긴 표정으로 이렇게 덧붙였다.

“지질학자가 보기에는 인류의 역사에 동이 트기 시작한 바로 그 순간의 흔적들조차 최근에 속하겠죠. 시간은 다른 모든 개념들처럼 상대적인 개념입니다.”

“허버트 스펜서•의 제자라도 되시는 것 같습니다.”

내가 말했다.

“저는 아서 젤리코의 제자입니다, 선생.”

그가 쏘아붙였다. 그가 진심이었음을 나는 믿어 의심치 않는다.

박물관에 도착할 무렵 노변호사의 태도는 다정다감하다고 할 수 있을 정도로 부드러워졌다. 그는 흥겹다기보다 훨씬 더 유익하고 즐거운 기분에 빠져 있었기 때문에 나는 감히 그에게 미끼를 던지는 것을 삼갔다. 대신 그가 제일 좋아하는 주제를 방해받지 않고 이야기하도록 내버려 두었다. 하필 벨링엄 양이 눈을 반짝이며 그의 이야기를 들으니 나도 어쩔 수가 없었다. 박물관의 커다란 홀로 들어섰지만 그는 우리를 놓아줄 분위기가 아니었다. 고분고분 그의 뒤를 따라 니네베에서 출토된 날개 달린 소들과 거대한 좌상이 늘어서 있는 통로를 지나가다 보니 반항할 틈도 없이 어느새 벨링엄 양과 나의 우정이 싹트는 모습을 지켜보았던 위층 전시실의 눈부신 미라 관들 사이에 서 있었다.

젤리코 씨가 이야기를 시작했다.

"헤어지기 전에 요전 날 저녁에 이야기를 나눴던 그 미라를 보여 드리고 싶습니다. 기억하시겠죠. 내 친구인 존 벨링엄이 모습을 감추기 직전에 이 박물관에 기증한 미라 말입니다. 내가 언급한 요점은 세부에 불과합니다. 이제부터 어떤 설득력 있는 해석이 나오냐에 따라 더 흥미로워질지도 모르죠."

그는 방을 따라 우리를 이끌었다. 마침내 우리는 존 벨링엄의 기증품이 담긴 진열대 앞에 도착했다. 우리는 그곳에 서서 전문가다운 애정이 담긴 시선으로 미라를 바라보았다.

"관에 입힌 역청에 대해서 일전에 이야기를 했었지요, 벨링엄 양. 물론 보셨을 테지요."

젤리코 씨가 운을 뗐다.

"네. 형편없는 솜씨예요, 그렇죠?"

그녀가 되물었다.

"미학적으로 보자면 탄식이 나올 지경이죠. 하지만 이 역청 덕분에 관에 대해 생각할 거리가 더 생긴 것도 사실입니다. 역청이 중요한 장식들과 제문을 전혀 건드리지 않은 것을 알아차리셨나요. 보통은 이 부분을 역청으로 덮어 버렸을 거라고 생각하잖습니까. 반면 발치와 뒷부분은 아무 글도 넣지 않았을 텐데 역청으로 상당히 두껍게 발라 버렸죠. 허리를 구부려서 보면 뒤쪽의 가는 끈들 위에도 역청을 발라서 그것들까지 단단히 박히게 되었죠. 정작 역청은 여기서는 아무 쓰임새도 없어요."

그는 말을 하면서 몸을 구부리고 양쪽의 지지대 사이로 보이는 미라의 등을 호기심에 찬 시선으로 올려다보았다.

"노베리 박사님은 이 문제에 대해 어떻게 해석을 하고 계신가요?"

벨링엄 양이 물었다.

젤리코 씨가 대답했다.

"아무런 해석도 없습니다. 박사도 나만큼 이 문제를 의아해하고 있어요. 관장님이 돌아오시면 의견을 제시하지 않을까 기대하고 있습니다. 관장님은 이 분야에서 대단한 권위자인데다가 경험이 풍부한 발굴가이기도 하죠. 그나저나 이런 이야기를 늘어놓으면서 두 분이 도자기를 못 보도록 붙잡아 놓아서는 안 되겠죠. 벌써 너무 오래 두 분을 붙잡아 둔 것 같군요. 괜찮으시다면 저는 여기서 그만 가 보겠습니다."

젤리코 씨는 느닷없이 평소의 목석같은 태도로 돌아가더니 우리와 악수를 하고 뻣뻣하게 절을 한 후 큐레이터의 사무실로 총총 멀어져 갔다.

"저렇게 괴상한 분이 또 있을까요. 괴상한 존재라고 해야 할 것 같기도 해요. 아무리 봐도 저분이 사람 같다는 생각이 들지 않아요. 여지껏 저런 분은 한 번도 못 봤거든요."

벨링엄 양이 노변호사가 방의 건너편에 있는 문으로 사라지는 모습을 지켜보면서 말했다.

"확실히 괴상한 노인네죠."

내가 맞장구를 쳤다.

"네. 그런데 괴상하다는 말로는 부족한 뭔가가 있어요. 저분에게는 감정이 느껴지지 않아요. 일상에서 벌어지는 잡다한 문제에서 멀찌감치 떨어져 있는 것 같아요. 평범한 사람들의 틈바구니를 돌아다니고 있지만 단지 그곳에 존재할 뿐이에요. 실제로는 미동도 않은 채 아무런 관심도 없이 객관적인 눈으로 타인의 삶을 구경하는 존재처럼요."

"맞아요. 저분은 오로지 자신밖에 없어요. 당신이 말한 것처럼 사람들 사이를 이리저리 다니지만 일종의 자신만의 지옥에 갇혀 있는 것 같아요. 말리의 유령●처럼 말이죠. 하지만 고대 이집트에 관한 이야기만 나오면 갑자기 생기가 돌고 인간적으로 변하더군요."

"생기는 돌지만 인간적이지는 않아요. 제가 느끼기에 저분은 언제 봐도 인간미가 없었어요. 가장 흥미를 느끼고 열정에 차 있을 때조차도 단지 지식이 사람의 모습을 하고 나타난 것 같아요. 자연은 토트 신●●처럼 저분에게 따오기의 머리를 주었어야 했어요. 그랬다면 잘 어울렸을 거예요."

"만약 그랬다면 링컨스 인에서 좀처럼 보기 드문 돌풍을 일으켰겠어요."

내가 말했다. 우리는 기다란 부리에 높은 모자를 쓰고 링컨스 인과 왕립 재판소에서 바삐 업무를 보는 토트 젤리코를 머릿속에

● **말리의 유령** _ 찰스 디킨스의 『크리스마스 캐럴』에 나오는 유령. 살아 있을 때 지은 죄 때문에 쇠사슬에 감겨 있는 모습으로 주인공 스크루지 앞에 나타난다.

●● **토트 신** _ 고대 이집트인이 숭배했던 지식의 신으로 이집트에 상형 문자를 알려 주었다고 한다.

그리며 마음껏 웃었다.

이야기에 빠져 걷다 보니 우리는 어느새 아르테미도루스의 미라 근처에 와 있었다. 벨링엄 양은 진열대 앞에서 발걸음을 멈추었다. 그리고 생각에 잠긴 듯한 잿빛 눈동자를 들어 우리를 바라보고 있는 얼굴을 꿈꾸듯이 바라보았다. 나는 찬탄을 금치 못하며 그녀를 정신없이 바라보았다. 신비로운 애정을 품은 사랑스럽고도 진지한 표정으로 대상을 뚫어져라 바라보는 저 자태는 얼마나 근사한가! 몸가짐은 또 얼마나 여성스러운 우아함과 품위가 철철 넘치고 조심스러운지! 문득 우리가 처음 만난 날 이후로 그녀의 모습이 완전히 변했다는 생각이 들었다. 그녀는 소녀 같은 분위기가 느껴질 정도로 어려지고 좀 더 부드러워졌다. 처음 봤을 때는 나보다 연상으로 보였다. 얼굴에는 수심이 가득했고 지치고 엄숙하고 수수께끼 같고 우울하다고도 할 만한 분위기를 풍겼다. 때때로 씁쓸하고 역설적인 유머 감각을 내보였고 태도는 차갑고 데면데면하기까지 하지 않았던가. 그런데 지금 그녀는 어디를 보아도 소녀처럼 사랑스러웠다. 진지한 분위기는 사라지지 않았지만 어딜 봐도 솔직하고 우아하고 사랑스럽지 않은 곳이 없었다.

우리의 우정으로 이렇게 변한 걸까? 이런 생각을 떠올리는 순간 내 가슴은 새로운 희망으로 쿵쾅거리기 시작했다. 그녀가 내게 어떤 존재인지 털어놓고 싶어졌다. 앞으로 오랫동안 함께할 수 있기를 바란다고 모든 것을 고백하고 싶었다.

마침내 내가 백일몽에 빠진 그녀에게 말을 걸었다.

"뭘 그렇게 진지하게 생각하시는 거죠, 아름다운 아가씨?"

그녀는 환한 미소를 지으며 몸을 돌려 반짝이는 두 눈으로 나를 똑바로 바라보았다.

"저이가 내 새 친구에게 질투를 하지 않을지 궁금해서요. 어머, 이런 말을 하다니 제가 너무 유치하죠?"

그녀는 사랑스럽게 살짝 낯을 붉히며 즐거운 듯 살며시 웃음을 지었다.

"저 친구가 왜 질투를 하죠?"

내가 짐짓 모른 척 물었다.

"글쎄요. 예전에, 그러니까 우리가 친구가 되기 전에는 아르테미도루스가 제 관심을 독차지했었어요. 저는 친구들 가운데 남자는 한 명도 없었어요. 친구 같은 아버지가 계시기는 하지만 정말 친한 친구는 없었어요. 우리 집이 몰락해 형편이 곤란해진 후로 너무나 외로웠어요. 저는 혼자서도 잘 지내지만 아무리 그렇다고 해도 철학자가 아니잖아요. 평범한 젊은 여자일 뿐이에요. 그래서 어쩌다가 외로움이 사무칠 때면 이곳으로 와서 아르테미도루스를 바라보게 되었어요. 그러면 내가 느끼는 고독을 알고 나를 동정해 줄 거라고 믿으면서. 바보 같은 짓이죠. 저도 잘 알아요. 하지만 그렇게 하면 정말 위안을 받은 것 같았어요."

"당신의 행동은 절대 바보 같지 않았어요. 아르테미도루스는 생전에 훌륭한 남자였을 거예요. 아름다운 용모에 상냥한 남자여서 그를 아는 이들의 사랑을 한 몸에 받았겠죠. 이렇게 아름다운 기념비를 보면 알 수 있어요. 수백 년이 흐르는 동안 소복하게 쌓인 먼지 속에서 활짝 피어난 인간적인 사랑의 향기로 씁쓸한 고독을 달래다니 현명하고 훌륭한 행동이었어요. 당신은 결코 어리석지 않았어요. 그리고 아르테미도루스도 당신의 새 친구를 질투하지 않을 거예요."

"진심이세요?"

그녀는 여전히 미소를 잃지 않은 채 내게 확인했다. 그녀의 눈빛이 부드러워지면서 다정하게까지 느껴졌다. 그런데 그녀의 목소리에는 어울리지 않게 걱정스러운 기색이 배어 있었다.

"진심입니다. 제가 확실하게 장담합니다."

그녀가 경쾌하게 웃었다.

"그렇게까지 말씀하시니 믿을게요. 왜냐하면 선생님이 잘 아시리라는 걸 확신하니까요. 미라의 생각까지 읽는 위대한 초능력자가 여기 있군요. 친구치고는 무시무시한걸요. 말씀해 주세요. 어떻게 그렇게 잘 아시죠?"

"왜냐하면 제가 친구가 될 수 있도록 당신이 그를 소개해 줬으니까요. 잊으셨습니까?"

그녀가 상냥하게 대답했다.

"설마요, 잘 기억하고 있어요. 바로 그날 저는 선생님이 제 어리석은 상상에 깊게 공감을 해 주셔서 우리가 정말 친구일지도 모른다고 느꼈죠."

"저는 당신이 그 귀여운 상상을 고백해 주셨을 때 우정을 만들어 낼 줄 아는 당신의 능력에 감사하며 그것을 소중하게 여겼습니다. 지금도 그 마음은 변치 않았습니다. 이 세상 무엇보다 소중하게 여기고 있습니다."

그녀는 나를 바라본 후 시선을 떨어뜨렸다. 그녀의 태도에서 까닭 모를 초조함이 느껴졌다. 당황스러운 정도의 침묵이 잠시 흐른 후 대화를 덜 감정적인 쪽으로 돌리려는 듯 그녀가 이렇게 말문을 뗐다.

"혹시 이 미라를 두 부분으로 나누는 흥미로운 특징을 눈여겨보셨나요?"

"무슨 말씀이시죠?"

나는 갑자기 분위기가 가라앉자 약간 당황하며 되물었다.

"잘 보시면 이 미라는 순전히 장식적인 부분과 감정적이라고 해야 하나, 뭔가를 표현하려는 부분으로 나뉘어 있어요. 전체적인 디자인과 장식을 보면 그리스풍이면서도 이집트의 관습을 엄격하게 따르고 있다는 걸 알아차리실 거예요. 그런데 초상화는 전적으로 그리스식이에요. 가슴 아픈 이별의 말을 남길 때에도 자신들에게 익숙한 문자로 자신들의 언어를 쓰지 않을 수 없었던 거예요."

"맞아요. 저도 그 점에 주목했어요. 제문이 전체적인 장식과 충돌하지 않도록 튀지 않게 배려한 취향에 감탄했지요. 그리스 문자가 너무 도드라졌다면 장식에 드러난 전체적인 통일성이 깨졌을 겁니다."

"네, 정말 그랬을 거예요."

그녀는 내 말에 맞장구를 치긴 했지만 정신은 딴 데 가 있는 듯 멍해 보였다. 그러더니 다시 골똘히 생각에 잠긴 표정으로 미라를 물끄러미 바라보았다. 나는 깊은 만족감에 빠져 그녀의 옆모습을 지켜보았다. 볼의 윤곽은 사랑스러웠고 부드럽게 물결치는 머리카락이 이마에서 옆으로 미끄러진 모습이 너무나 품위 있었다. 그녀는 이제껏 이 땅을 밟은 생명체 가운데 가장 아름다운 존재일 것이라고 생각했다. 그런데 그녀가 갑자기 나를 빤히 바라보았다.

"어쩌다가 아르테미도루스에 대해서 선생님께 털어놓게 되었는지 모르겠어요. 어리석고 유치한 상상 친구 같은 거였는데. 이 세상 누구에게도 그런 이야기는 하지 않을 작정이었어요. 아버지에게도. 그런데 어떻게 선생님이 제 이야기를 이해하고 공감해 주실 줄 알고 털어놓았을까요?"

그녀는 진지하게 보이는 잿빛 눈동자에 호기심을 가득 담고 내 눈을 응시하며 핵심만 골라내 간단하게 질문을 했다. 그 질문을 듣는 순간 내 심장은 쿵쾅거리기 시작했다.

"당신이 어떻게 알았는지 제가 알려 드리죠, 루스."

나는 열정을 가득 담은 목소리로 속삭였다.

"그건 지금껏 당신을 사랑했던 그 누구보다 제가 당신을 사랑하기 때문입니다. 당신은 제 마음속 사랑을 느끼고 그것을 공감이라고 부르셨죠."

나는 우뚝 말을 멈췄다. 왜냐하면 그녀의 얼굴이 타는 듯 달아오르나 싶더니 백지장처럼 하얗게 질렸기 때문이다. 그러더니 나를 공포에 가까운 눈빛으로 뚫어져라 바라보았다.

나는 미안한 마음에 서둘러 말했다.

"나 때문에 많이 놀랐나요, 루스? 내가 너무 성급하게 고백을 했나요? 그런 거라면 용서해 줘요. 하지만 말하지 않을 수 없었어요. 언제부터인가 나는 당신을 향한 사랑으로 심장이 타들어 가는 듯했어요. 아마 우리가 처음 만난 순간부터 당신을 사랑하게 된 것 같아요. 루스, 당신에게 아직 이런 말을 털어놓지 말았어야 했나 봅니다. 하지만 당신이 얼마나 사랑스러운지 안다면 날 탓할 수 없을 거예요."

그녀가 거의 속삭이다시피 말했다.

"저는 당신을 탓하지 않아요. 제 탓이에요. 저는 지금까지 당신에게 나쁜 친구였어요. 저를 이렇게 사랑해 주고 충실했던 당신에게 말이에요. 일이 이렇게 되지 않도록 제가 제대로 처신해야 했어요. 왜냐하면 이렇게 될 수는 없으니까요, 폴. 저는 당신이 듣고 싶어 하는 말을 해 줄 수 없어요. 우리는 서로에게 친구 이상으로 가까워질 수 없어요."

얼음처럼 차가운 손이 내 심장을 움켜쥐는 듯했다. 내가 사랑하는 것, 나를 살아가게 만드는 모든 것을 잃은 것 같은 무시무시한 공포에 심장이 옥죄어 들었다.

"왜 우리는 안 된다는 거죠? 혹시 마음에 둔 다른 남자가 있어요? 그런 뜻인가요?"

내가 따지듯 물었다.

"아니에요, 그런 말이 아니에요."

그녀가 화가 나기라도 한 듯 다급하게 대답했다.

"물론 그런 뜻이 아니에요."

"그렇다면 이유는 단 하나뿐이겠군요. 당신이 날 사랑하지 않는 거예요. 물론 그렇겠죠. 날 꼭 사랑해야 하는 건 아니잖아요? 하지만 언젠가는 사랑하게 될 거예요. 그날이 올 때까지 꾹 참고 기다리겠어요. 애원하고 구애하며 당신을 괴롭히지도 않겠습니다. 라헬을 기다린 야곱처럼 기다릴게요. 라헬을 향한 사랑으로 오랜 세월도 단 며칠처럼 짧게 느꼈던 야곱처럼 말이에요. 그러니 당신이 아무런 희망도 주지 않은 채 나를 버리지만 않는다면 그 사랑으로 나도 버틸 거예요."

그녀는 여전히 하얗게 질리고 정말 어디가 아프기라도 한 듯 입술을 굳게 다문 채 땅만 바라보았다. 그녀가 다시 속삭였다.

"당신은 몰라요. 있을 수 없는 일이에요. 있어서도 안 되는 일이고요. 지금도 앞으로도 당신의 바람대로 될 수 없는 이유가 있어요.

이 이상 더는 말할 수 없어요."

"루스, 언젠가는 이루어질 수도 있지 않아요? 언젠가는 바람대로 될 수도 있잖아요? 나는 기다릴 수 있어요. 하지만 당신을 포기할 수는 없어요. 우리 사이를 가로막는 장애물이 뭐든 언젠가는 사라지지 않을까요?"

나는 절망에 차 매달리듯 말했다.

"그럴 가능성은 거의 없어요. 절대로 안 될 거예요. 안 돼요, 폴. 아무 희망이 없어요. 이 이야기는 더 이상 못 하겠어요. 이제 가 봐야겠어요. 여기서 그만 헤어져요. 그리고 당분간 만나지 말아요. 언젠가는 다시 친구가 될 수 있을 거예요. 당신이 나를 용서해 준다면요."

"용서라뇨, 루스! 용서하고 말고 할 게 뭐가 있어요. 우리는 친구예요, 루스. 무슨 일이 일어나도 당신은 내게 가장 가까운 친구예요. 아니, 이제껏 내가 가장 가까이 사귄 친구라고요."

그녀가 가냘픈 목소리로 인사를 했다.

"고마워요, 폴. 당신은 내게 너무 좋은 사람이에요. 하지만 지금은 보내 줘요, 제발요. 혼자 있고 싶어요."

그녀는 떨리는 손을 내게 내밀었다. 그 손을 잡은 순간 그녀가 어찌나 마음이 흔들리고 아파 보이는지 나는 그만 충격을 받았다.

"데려다 줄까요?"

내가 간청하듯 물었다.

"아뇨, 그러지 마세요!"

그녀가 숨 쉴 겨를도 없이 소리쳤다.

"혼자 가야 해요. 혼자 있고 싶어요. 안녕히 가세요."

"루스, 가야만 한다면 가기 전에 진심을 담아서 내게 한 가지만 약속해 줘요."

그녀는 슬픔에 젖은 잿빛 눈을 들어 내 눈을 바라보았다. 차마 질문을 입 밖으로 내지 못한 그녀의 입술이 파르르 떨리고 있었다.

"꼭 약속해 줘요. 언제든 우리 사이에 가로놓인 장애물이 사라진다면 당장 내게 알려 준다고. 내가 늘 당신을 사랑한다는 사실을 기억해요. 이 세상에 살아 있는 한 언제까지 당신을 기다릴 거라고."

그녀는 갑자기 흐느끼며 내 손을 꼭 쥐었다.

"네. 약속할게요. 안녕."

그녀가 속삭이듯 말했다.

그녀는 다시 내 손을 꼭 쥔 후 자리를 떠났다. 나는 그녀가 빠져나간 문을 바라보았다. 층계참에 걸려 있는 거울에 그녀가 잠시 발걸음을 멈추고 눈가를 훔치는 모습이 살짝 보였다. 그런 식으로 그녀를 훔쳐보는 것이 무례한 듯 느껴져 나는 이내 고개를 돌려 버렸다. 그러면서도 마음 한구석은 그녀도 나와 같은 마음이기에 그렇게 슬퍼했다는 생각에 이기적인 만족감을 누렸다.

그런 기분도 잠시, 그녀가 마침내 박물관을 떠나자 이루 말할 수 없는 외로움에 사로잡히고 말았다. 무엇으로도 메울 수 없는 상실감이 이제야 절절히 느껴지자 사랑의 열정에 나도 모르게 삶을 빼앗겼다는 것이 무엇을 의미하는지 비로소 알 것 같았다. 사랑의 열정으로 현재는 미화되었고 흐릿하게 알 수 없는 미래는 찬란한 환희로 뒤덮이지 않았던가. 온갖 즐거움과 욕망, 희망과 야망은 사랑의 열정을 초점으로 해서 찾아들지 않았던가. 인생의 다른 모든 상황이 형체도 실체도 없이 보일 듯 말 듯 희미하게 일렁이는 배경에 불과할 때 사랑의 열정만이 단 하나의 커다란 현실로 우뚝 솟아나지 않았던가. 그런데 이제 그 모든 것이 사라져 버렸다. 아무런 희망도 품을 수 없을 정도로 말이다. 그렇게 내 손에 남겨진 것이라고는 그림이 사라진 액자뿐이었다.

반쯤 감각이 마비된 듯 멍하니 생각에 잠겨 고통도 제대로 느끼지 못한 채 그녀가 떠나간 자리에서 얼마나 서 있었을까. 최근에 일어난 일들이 꿈처럼 내 마음속에서 되살아났다. 열람실에서 즐겁게 함께 작업했던 일이며 처음으로 박물관을 찾았던 때, 너무나 쾌활하게 시작되었으며 기쁨에 찬 기대감으로 가득했던 바로 오늘 아침에 이르기까지. 사라진 행복을 품은 환영들이 하나씩 주마등처럼 나타났다 사라졌다. 화랑은 오후에 거의 텅 비어 있었는데 때때로 전시실을 찾은 방문객들이 느긋하게 돌아보다 꼼짝도 않고 서 있는 나를 호기심 어린 눈빛으로 힐끔거리다가 제 갈 길을 가곤 했다. 가슴속에 견딜 수 없는 무지근한 통증이 계속되었다. 그 통증이야말로 내게 유일하게 남겨진 생생한 느낌이었다.

마침내 나는 눈을 들어 관에 그려진 초상화를 마주 보았다. 고대 그리스에 살았던 남자가 생각에 잠긴 아름다운 표정으로 나를 물끄러미 보고 있었다. 아쉬운 듯한 표정이 나를 위로라도 하는 것 같았다. 그도 햇살 따사로운 파이윰에서 살 때 슬픔을 맛본 적이 있다고 말하는 듯했다. 오래된 장미 꽃잎에 남아 있는 희미한 향기처럼 섬세한 위로가 행복이 피어났다가 서서히 사위어 사라지는 내 모습을 모두 지켜본 상냥한 얼굴에서 뿜어져 나오는 것같이 느껴졌다. 뒤를 돌아보자 그는 돌아가는 내게 다정한 고별사를 들려주는 듯했다.

비난하는 손가락

최후의 심판이라도 닥친 듯 암울하고 침울한 상태로 박물관을 나온 후 어디를 어떻게 헤매고 다녔는지 희미한 기억밖에 남아 있지 않다. 어쨌든 상당히 걸어 다닌 것은 분명했다. 진료실까지 돌아오는 데 한두 시간이 걸렸으니 말이다. 나는 주위에서 일어나는 일에는 아랑곳하지 않은 채 나를 덮친 불행에 온 정신이 팔려 잰걸음으로 골목과 광장을 헤매고 다녔다. 지치도록 몸을 놀려 마음의 위로를 받아야 한다는 본능적인 충동에 사로잡힌 상태였다. 왜냐하면 정신적으로 스트레스를 받으면 육체적 불안이라는, 말하자면 유도 전류 같은 것이 형성되기 때문이다. 이것은 결국 육체와 정신 모두에 도움이 되는데, 감정적 흥분이 위험할 정도로 과잉 상태가 되면 그 흥분이 운동 에너지로 전환이 되어 그 결과 안전하게 해소되기 때문이다. 이때 운동 기관은 신체의 안전밸브와 같다. 이를테면 신체의 엔진이 한동안 열심히 돌아가 신체적 피로가 증가하기 시작하면 감정적 압력계는 정상 눈금을 가리키는 것이다.

바로 내가 그런 상황이었다. 처음에는 모든 희망이 난파선처럼 부서진 것 같은 철저한 상실감만 들었다. 하지만 제 갈 길을 가는 사람들 틈바구니를 돌아다니니 어느새 기분이 훨씬 나아졌다. 따지고 보면 아무것도 잃은 것이 없었다. 루스는 여전히 내가 사랑하고 생각했던 그 모습 그대로였다. 아니, 내게 그녀의 의미는 더 커졌다. 어제 그녀의 매력이 날 사로잡았다면 오늘이라고 뭐가 다르겠는가? 게다가 그녀의 잘못도 아니고 해결책도 없는 상황 때문에 실의에 빠져 징징거리고 울고 있다면 그건 그것대로 그녀에게 못 할 짓이 아닌가? 이렇게 스스로 마음을 다잡았다. 계속 마음을 다독인 끝에 페터 레인에 도착했을 무렵에는 낮에 느낀 상실을 견딜 수 있을 정도가 되었다. 나는 최대한 빨리 고백하기 전의 평정심을 되찾기로 다짐을 했다.

8시 무렵, 나는 홀로 진료실에 앉아 받아들이는 수밖에 없다고 우울하게 마음을 달래고 있었다. 마침 아돌푸스가 등기 소포를 내게 가져왔는데, 포장에 적힌 필체를 본 순간 심장이 미친 듯이 뛰어서 간신히 인수증에 서명을 했다. 아돌푸스가 (삐뚤삐뚤한 서명을 보더니 대놓고 나를 무시하며) 진료실을 나가자마자 나는 소포의 포장을 뜯었다. 편지를 꺼내는데 작은 상자가 탁자 위로 떨어졌다.

편지는 짧았다. 나는 사형수가 형 집행 취소 통지서를 읽듯이 온 정신을 집중해 편지를 읽고 또 읽었다.

나의 다정한 폴

오늘 오후에 그렇게 갑작스럽게 당신을 두고 떠난 걸 용서해 줘요. 내 행동으로 당신을 불행하게 만든 것도요. 지금은 훨씬 더 냉정해졌고 침착함을 되찾았어요. 그래서 당신에게 이 편지를 써서 절대 이루어질 수 없는 일에 슬퍼하지 말라고 부탁을 하는 거예요. 그렇게는 절대 안 돼요. 이렇게 간청할게요. 당신이 나를 아낀다면 다시는 그 이야기를 꺼내지 말아요. 당신이 내게 모든 것을 주려고 하는데 나는 아무것도 줄 수 없다는 기분이 들게 하지 말아 주세요. 그리고 당분간은 나를 찾지도 말아요. 우리 집을 찾아 주던 당신이 몹시 그리울 거예요. 아버지도 그러시겠죠. 아버지는 당신을 무척 좋아하시니까요. 하지만 예전의 관계를 회복할 때까지 서로 시간을 가지는 편이 좋을 것 같아요. 과연 그럴 수 있을지 모르겠지만요.

우리가 인생의 물결에 휩쓸려 헤어지게 될지도 모르니 당신에게 작은 기념품을 함께 보내요. 일전에 당신에게 얘기했던 반지요. 삼촌이 제게 주셨다는 반지 말이에요. 당신도 손이 작은 편이니 직접 낄 수도 있을 거예요. 끼든 안 끼든 우리의 우정에 대한 기념품으로 잘 간직해 줘요. 그 반지에 새겨진 것이 오시리스의 눈이에요. 제가 감상에 빠져 미신에 가까운 애정을 품고 있는 신화의 상징이죠. 가련한 삼촌도 그러셨어요. 가슴에 붉은색으로 오시리스의 눈 문신을 새기셨을 정도였으니까요. 이 눈은 망자를 심판하는 위대한 판관이 사람들을 굽어보며 정의가 실현되고 진실이 승리하는지 살피는 것을 의미해요. 그러니 당신을 훌륭한 오시리스에게 맡기는 거예요. 그의 눈이 당신을 굽어살펴 내가 없더라도 당신의 행복을 지켜 주기를 바랍니다.

당신의 애정 어린 친구, 루스

쓰린 내 가슴에 위안은 별로 되지 않았지만 그래도 다정한 편지였다. 편지를 쓴 주인공처럼 차분하면서 수다스럽지 않았고 은근한 애정이 느껴졌다. 나는 마침내 편지를 내려놓고 상자에서 반지를 꺼내 애틋한 눈길로 여기저기를 살펴보았다. 복제품이긴 했지만 고대 진품의 아취와 분위기가 잘 살아 있었다. 무엇보다 루스의 영혼의 향기가 깃들어 있었다. 동으로 무늬를 넣고 금과 은이 어우러져 얌전하면서 섬세한 분위기가 풍기는 이 반지를 나는 코어누르°와도 바꾸지 않을 셈이었다. 반지를 손가락에 끼자 푸른 에나멜로 만든 작은 눈이 어찌나 다정다감하게 나를 바라보던지 고대 신앙의 찬란함에 나조차 빨려 들어갈 것 같았다.

이날 저녁에는 환자가 한 명도 오지 않았다. 내게는 (당연히 환자에게도) 다행스러운 일이었다. 그래서 장문의 답장을 쓸 수 있었다.

하지만 참을성 없는 독자들을 위해 전문이 아닌 마지막 단락만 공개하도록 하겠다.

이제 하고 싶은 말은 다 했어요. 처음이자 마지막으로 이렇게 말을 했으니 무슨 변화가 생기기 전까지 다시는 이 문제에 대해서 입도 벙긋하지 않겠어요. (지금도 나는 입도 벙긋하지 않고 있답니다.) '세월이 바뀌 놓기 전에는.' 만약 아무 변화가 없더라도, 그렇게 세월이 흘러 어느 적당한 때에 백발이 성성하고 얼굴에는 주름이 자글자글해진 우리가 나란히 앉아 각자의 지팡이에 늙고 보잘것없어진 턱을 괸 채 오시리스가 출발을 했을지 아닐지 같은 문제들을 놓고 횡설수설 중얼거리고 있게 된다고 해도 나는 여전히 흡족할 거예요. 왜냐하면 루스, 당신과의 우정은 이 세상 어떤 여자와의 사랑보다 귀할 테니까요. 자, 봐요. 나는 벌을 받고 웃으며 다시 일어났으니, 당신의 말대로 다시는 당신을 힘들게 하지 않겠다고 약속할게요.

당신을 사랑하는 충직한 친구, 폴

나는 주소를 쓰고 우표를 붙인 후 경쾌한 미소를 짓는답시고 온갖 우거지상을 한 후 (아돌푸스에게 시키지 않고) 내가 직접 밖으로 나가 편지를 우체통에 집어넣었다. 그런 후에 시므온의 노래를 웅얼거리며 이 일은 이걸로 끝난 것이라고 다짐하면서 내 자신을 기만했다.

●　**코어누르** _ 1849년 이래 영국 왕실이 소장하고 있는 인도산 다이아몬드. 106캐럿으로 세계에서 가장 크다.

하지만 내 마음이 편하자고 한 다짐도 아무 소용 없이 그 후로 며칠 동안 나는 이 세상 그 누구보다 비참하게 지냈다. 이런 종류의 정신적인 고통을 글로 쓴다 한들 남들에게는 시시하고 감상적으로밖에 들리지 않으리라는 것을 잘 알고 있다. 하지만 내 고통은 그런 것과 완전히 달랐다. 진지한 품성의 남자가 여성에 대해 품고 있던 이상적인 덕목을 모두 갖춘, 이 세상에 단 한 명밖에 없는 여자를 찾았다. 그런 여자는 만 명에 한 명 있을까 말까 할 정도이다. 남자는 여자에게 자신이 가진 사랑과 흠모의 정을 모두 바쳤다. 그런데 그가 품었던 희망이 느닷없이 산산조각이 난다면 그것은 그저 그런 재앙 수준이 아니다. 그 무렵 나는 그런 사실을 몸소 체험했다. 씁쓸한 현실에 무기력하게 몸을 내맡겼고 '이럴 수도 있었는데'라는 망령이 밤낮으로 나를 따라다녔다. 그리하여 나는 시간이 날 때마다 멍하니 내키는 대로 걸어 다니며 머릿속을 텅 비우려고 했다. 물론 아무 소용이 없었고 정신적으로 몹시 불안정한 상태에 다다르게되었다. 그러던 어느 날 나는 바나드에게 편지를 한 통 받았다. 마데이라에 정박해 있는데, 집으로 오는 길이라고 했다. 그 편지를 읽자 비로소 안도의 한숨이 나왔다. 앞으로 무엇을 할지 아무런 계획도 없었지만 매일 똑같이 환자를 진료하는 지루한 일상에서 도망치고 싶었다. 내가 원할 때 원하는 방식으로 어디든 오가고 싶었다.

어느 날 저녁이었다. 혼자 먹는 저녁을 깨작거리고 있는데, 문득 외롭다는 생각이 들었다. 그때까지 내가 처한 불행한 상황을 곱

씹으며 혼자만 있고 싶다던 바람은 흔적도 없이 사라지고 사람을 만나 마음을 나누고 싶었다. 하지만 가장 가지고 싶은 마음은 내게 금지되어 있었다. 만나지 말자는 루스의 간청을 들어주지 않을 수 없었다. 루스를 만나지 못해도 내게는 손다이크 박사님과 저비스 선배가 있지 않은가. 그들을 본 지 벌써 일주일도 넘었다. 내 생에 가장 불행했던 그날 오전 이후로 한 번도 못 만났다. 두 사람은 내가 요즘 어떻게 지내고 있는지 궁금해할 것이다. 그런 생각을 하자마자 나는 벌떡 일어났다. 그리고 손가방에 담배 상자를 넣고 킹스 벤치 워크로 향했다.

주위가 슬슬 사월 무렵 5A번지에 다 와서 공교롭게도 손다이크 박사님과 딱 마주쳤다. 박사님은 접이식 의자 두 개와 독서등, 책 한 권을 주섬주섬 들고 집에서 나오는 중이었다.

"아니, 버클리! 자네가 맞나? 우리는 자네가 요즘 어떻게 지내는지 궁금해하던 참이었다네."

"찾아뵌 지 한참 되었죠."

내가 대답했다.

박사님은 건물 입구에 달린 등의 불빛에 나를 요모조모 뜯어보더니 이렇게 말했다.

"페터 레인은 자네와 잘 맞지 않는 것 같군. 그동안 많이 수척해졌어. 꼭 아픈 사람 같아."

"어쨌든 곧 있으면 끝납니다. 바나드가 열흘 후면 돌아오거든요. 그 친구가 탄 배가 마데이라에 정박해서 석탄을 보충하고 화물을 실을 거랍니다. 그 작업이 끝나면 집으로 돌아온다더군요. 그나저나 이 의자들은 뭡니까?"

"이 길 끄트머리에 있는 울타리 옆에 앉아 있으려고. 집 안보다 거기가 더 시원하거든. 여기서 잠시 기다리면 가서 저비스의 의자를 가져오겠네. 저비스는 좀 더 있어야 돌아올 걸세."

박사님은 서둘러 위층으로 올라가 의자를 하나 더 가지고 내려왔다. 마침내 우리는 산책로의 조용한 모퉁이에 가져간 짐을 내려놓았다.

우리가 의자에 자리를 잡고 등을 울타리에 걸자 박사님이 이야기를 시작했다.

"그렇다면 자네의 대리 근무도 곧 끝이 나겠군. 다른 소식은 없나?"

"없습니다. 박사님은요?"

"나도 특별한 소식은 없어. 지금까지 진행한 조사는 아무 소득도 없어. 물론 상당한 증거를 수집했고, 그것들이 모두 한 방향을 지목하고 있다는 건 확인했어. 하지만 좀 더 확실한 증거를 확보하기 전에는 결정적인 수를 두고 싶지 않아. 그 문제에 대한 내 의견을 확신할 수 있거나 폐기할 수 있게 해 줄 증거를 기다리고 있어. 아니면 아예 새로운 증거라든가."

"더 나올 증거가 있을지 모르겠군요."

손다이크 박사님이 되물었다.

"그렇게 생각하나? 자네는 나만큼 알고 있어. 중요한 사실을 모두 알고 있지. 하지만 그 사실들을 순서대로 끼워 맞춰 분석하고 의미를 끄집어내지는 못한 것 같군. 만약 그랬다면 그 사실들이 얼마나 중요한지 깨달았을 텐데."

"어떤 점에서 중요한지 여쭤 보면 안 되겠죠?"

"그래. 안 그러는 게 좋겠어. 사건을 조사할 때 나는 추측한 내용을 절대 남에게 알리지 않는다네. 저비스에게도 말이야. 그래야만 정보가 새지 않았다고 확실하게 말할 수 있지 않겠나. 그렇다고 자네를 신뢰하지 않는다고 생각하지는 말게. 내 머릿속에 든 것은 고객의 재산이야. 그리고 전략의 핵심은 상대에게 우리가 아는 것을 비밀로 하는 거라네."

"네, 알겠습니다. 절대 여쭤 봐서는 안 되겠죠."

손다이크 박사님이 활짝 웃으며 지적했다.

"자네는 물어볼 필요가 없을 걸세. 모든 사실을 한데 모은 후 그것들을 바탕으로 추론을 하기만 하면 돼."

나는 우리가 이야기를 나누는 동안 박사님이 때때로 나를 호기심 어린 표정으로 힐끔거리는 것을 알아차렸다. 한동안 이어진 침묵을 박사님이 갑자기 깼다.

"무슨 문제라도 있나, 버클리? 친구들의 문제를 걱정하는 거야?"

"아뇨, 꼭 그런 건 아닙니다. 그분들의 미래가 썩 밝지 않은 건 사실이지만요."

"아마 보이는 것만큼 그렇게 나쁘지는 않을 걸세. 그런데 뭔가가 계속 자네를 괴롭히는 것 같군. 평소의 쾌활하던 모습이 전혀 보이지 않아."

박사님은 잠시 말문을 닫았다가 다시 말했다.

"자네의 사생활을 꼬치꼬치 캐묻고 싶은 마음은 조금도 없어. 하지만 조언이나 다른 걸로 내가 도움이 될 수 있다면 우리가 오랜 친구이며 자네는 내 후학이라는 사실을 잊지 말게."

속내를 털어놓기를 꺼리는 남자 특유의 본능이 발동한 나는 그런 게 아니라며 잘 알아듣지도 못할 말을 중얼중얼 주워섬기기 시작했다. 그러다가 문득 입을 다물었다. 박사님에게 털어놓지 못할 이유가 뭔가? 박사님은 직업과 관련된 분야에서는 비밀스럽고 수수께끼 같지만 본디 선량하고 현명하신 분이 아닌가. 상대방을 동정할 줄 아는 인간미도 갖추신 분이다. 게다가 지금처럼 친구를 간절히 원했던 적이 또 있었던가.

나는 쑥스러워 머뭇머뭇 말문을 열었다.

"실은 도움을 받아야 할 정도는 아닙니다. 괜히 말씀드려서 박사님에게 걱정을 끼칠 일은 더더욱 아니고요."

"이보게, 그 일로 자네가 불행하다면 친구에게 진지하게 생각해볼 기회를 줄 만하지 않나. 하지만 굳이 내게 털어놓고 싶지 않다면……."

"그런 게 아닙니다, 스승님!"

내가 다급하게 말했다.

"그럼 어서 말해 봐. 그리고 나를 '스승님'이라고 부르지 말게. 이제 자네나 나나 다 같은 의사 동료가 아닌가."

그렇게 용기를 얻은 나는 혼자만 끙끙거렸던 작은 로맨스를 남김없이 털어놓았다. 처음에는 쭈뼛거리고 말도 뚝뚝 끊어졌지만 점점 더 편안하고 자신감 있게 말을 잇기 시작했다. 박사님은 진지한 태도로 내 이야기에 귀를 기울였다. 이야기가 끊어질 때마다 질문을 하기도 했다. 마침내 말을 마치자 박사님은 내 팔에 살며시 손을 얹으며 말했다.

"마음고생이 심했겠군, 버클리. 자네가 지금 불행하다고 느끼는 것도 당연해. 이루 말할 수 없이 마음이 아프군."

내가 인사를 했다.

"고맙습니다. 이렇게 이야기를 들어 주시니 어떻게 감사를 드려야 할지. 하지만 감상적인 문제로 심려를 끼치다니 송구스럽습니다."

"버클리, 그런 생각은 말게. 전혀 성가시지 않으니까 그렇게 생각하지 마. 자연의 가장 큰 관심사의 중요성을 과소평가한다면 우리는 형편없는 생물학자이자 의사로서는 더 형편없는 사람들일 걸세. 가장 중요한 생물학적 진실의 하나가 성性의 어마어마한 중요성 아니겠나. 만약 온 세상을 살피면서 살아 있는 모든 것들에게서 성적인 것을 듣지도 보지도 못한다면 우리는 귀도 눈도 먼 것일 게야. 봄에 새들이 지저귀는 소리를 듣거나 들판에 핀 백합들을 볼 때를 떠올려 봐. 하지만 인간은 고등 생물이니만큼 인간의 사랑도 하등 생물이 본능적으로 표현하는 암수의 행위를 넘어선다네. 나는 이렇게 생각하네. 자네도 내 말에 동의할 거야. 신중하고 명예로운 남자가 그의 사랑을 받을 만한 여자를 사랑하는 것은 모든 인간사 가운데 가장 중요한 일이야. 그런 사랑은 사회의 토대가 되지. 그러므로 사랑이 이루어지지 않으면 끔찍한 재앙인 거야. 그로 인해 삶이 엉망진창이 될 당사자들뿐만 아니라 이 사회에도 말이지."

내가 선선히 맞장구를 쳤다.

"당사자들에게는 심각한 문제죠. 하지만 그렇다고 친구들을 괴롭힐 이유는 되지 않습니다."

"괴로울 리가 있겠나. 친구라면 서로 도와야지. 나는 그게 바로 친구의 특권이라고 생각하는데."

"박사님이 어떤 분인지 잘 아는데 제가 왜 도움을 청하러 달려오지 않겠습니까. 하지만 이런 경우에는 누구도 이 가련한 인간을 도울 수 없어요. 설령 법의학자라고 해도요."

"이봐, 버클리! 우리를 그렇게 무시하지 말라고. 아무리 보잘것없는 생물도 나름대로 쓸모가 있는 법이라네. 아이작 월턴이 말했다시피 '자그마한 개미 한 마리조차'도 말이야. 나는 어떤 우표 수집가에게 결정적인 도움을 받은 적도 있어. 스피드광과 지렁이와 쇠

파리를 한번 생각해 봐. 이런 보잘것없는 존재들도 자연이라는 틀 안에서 나름대로 역할을 하고 있어. 그런 마당에 우리 법의학자가 아무 가치가 없을 리 없지 않은가?"

나는 스승의 다정한 농담에 맥없이 웃음을 터뜨렸다.

"제 말은 기다리는 것 외에 아무것도 할 수 없다는 겁니다. 아마 영원히 기다려야 할 겁니다. 왜 그녀가 저와 결혼을 할 수 없다는 건지 모르겠어요. 게다가 이유조차 물어보면 안 됩니다. 이미 결혼한 몸일 리는 없어요."

"그럴 리는 없을 거야. 다른 남자가 있는 건 아니라고 확실하게 말했다면서."

"네. 그러니 나와 결혼을 결심할 만큼 좋아하는 건 아니라는 것 외에 타당한 이유가 떠오르지 않아요. 그거라면 확실한 이유가 되겠죠. 하지만 단편적인 이유일 뿐, 그녀가 말하는 넘을 수 없는 장애물일 리가 없어요. 우리 두 사람이 정말 잘 어울리는 한 쌍이었다는 걸 고려해 보면 말이죠. 여자 특유의 말도 안 되는 양심의 가책 같은 이유가 아니기만 바랄 뿐이에요. 왜 그러는지 도무지 모르겠지만 여자들이 가끔 말도 못하게 고집을 부릴 때가 있잖아요."

손다이크 박사님이 운을 뗐다.

"글쎄. 완벽하게 타당한 설명이 코앞에 버젓이 있는데 왜 비정상적으로 왜곡된 동기를 찾아봐야 하는지 나는 잘 모르겠군."

"네?"

나는 깜짝 놀라 되물었다.

"저는 전혀 모르겠는데요."

"당연한 일이지만 자네는 벨링엄 양을 둘러싼 여러 상황을 간과하고 있어. 반면 그녀는 자신이 처한 상황을 제대로 간파하고 있는 것 같군. 지금 그녀의 입장이 어떤지 알고 있나? 그 아가씨의 삼촌이 실종된 상황과 관련해서 말이야."

"무슨 말씀을 하시는지 잘 모르겠습니다."

"음, 엄연한 사실을 외면해 봐야 아무 소용도 없네. 지금 상황이 이래. 만약 존 벨링엄이 우드퍼드에 있는 동생의 집에 정말로 갔다면 허스트의 집을 먼저 갔다가 그곳으로 간 것이 거의 확실해. '그가 갔다면'이라고 한 점에 유념하게. 그가 갔다고 믿는다는 말이 아니야. 하지만 그가 그곳에 간 것으로 보인다는 증언이 있었어. 만약 동생의 집에 갔다면 그 후에 살아 있는 모습이 목격된 적이 없다는 말이 되네. 자, 존 벨링엄은 정문으로 들어가지 않았어. 아무도 그가 동생의 집에 들어가는 모습을 본 사람이 없어. 그런데 그 집에는 뒷문이 있고, 그 사실을 존 벨링엄도 알고 있었어. 그 문에 달린 벨은 서재에서 울리게 되어 있다는 사실도. 자네도 기억하겠지. 허스트와 젤리코가 그 집에 갔을 때는 고드프리 벨링엄이 막 도착한 직후였어. 그 전에 벨링엄 양은 혼자 서재에 있었어. 즉, 그 아가씨는 존 벨링엄이 동생의 집을 찾았다고 알려진 시각에 혼자 서재에 있었던 거야. 바로 이런 상황이라네, 버클리. 지금까지 이런 내용을 지적한 사람은 아무도 없었어. 하지만 존 벨링엄이 죽었든 살았든 계속 발견되지 않는다면 조만간 이 문제가 수면 위로 떠오를 걸세. 그렇게 되면 허스트는 당연히 자신을 보호하기 위해 누가 되든 상관없이 자신 이외의 사람에게 의심을 돌릴 수 있는 사실이라면 최대한 활용하려 들 거야. 그리고 그 누구는 바로 벨링엄 양이 되겠지."

나는 한동안 꼼짝도 할 수 없었다. 말 그대로 공포로 온몸이 얼어붙었다. 처음의 충격과 공포는 서서히 분노로 변해 갔다.

"제기랄."

나는 이렇게 소리치며 말했다.

"이런 말을 내뱉어서 죄송합니다. 하지만 도대체 어떤 뻔뻔한 인간이 그토록 상냥하고 고귀한 숙녀가 삼촌을 죽였다는 말을 할 수 있겠습니까?"

"공공연하게 주장하지 않아도 은근히 암시를 할 수는 있겠지. 그 사실을 벨링엄 양은 잘 알고 있어. 이렇게까지 말해 줬는데도 그녀가 자네와 정식으로 교제하기를 거절한 이유를 아직도 모르겠나? 자네의 명예를 경찰 재판소나 중앙 형사 법원의 질척거리는 일로 끌고 들어갈 위험을 감수하지 않으려는 이유를? 자네가 끔찍한 추문에 휘말리는 걸 막으려는 이유를?"

"오, 그만하세요! 이건 말도 안 돼요! 너무 끔찍해요! 저를 위해서 이런 말을 하는 게 아닙니다. 저는 필요하다면 기꺼이 그녀와 함께 흙탕물을 뒤집어쓸 각오가 되어 있단 말입니다. 제가 화가 나는 건 감히 그녀를 그런 식으로 몰아가는 신성 모독 같은 생각입니다."

"그래. 자네 마음 이해하고 자네 입장도 알아. 솔직히 이런 부당한 상황에 자네가 느끼는 의분에도 공감해. 그러니 이 사건을 사실 그대로 말했다고 나를 피도 눈물도 없는 사람으로 생각하지는 마."

"그렇게 생각하지 않습니다. 박사님께서는 제가 멍청한 탓에 알아차리지 못한 위험을 보여 주셨을 뿐이니까요. 그런데 박사님의 말씀에서 이 끔찍한 상황이 교묘하게 유도된 것일지도 모른다고 생각하신다는 인상을 받았습니다."

"당연히 나는 그렇게 생각하네! 이 일은 결코 우연의 결과가 아니야. 물론 겉으로 드러난 모습이 실제로 벌어진 사건을 보여 줄 수도 있어. 나는 그렇지 않다고 확신하지만. 그런 게 아니라면 겉모습은 잘못된 결론을 이끌어 내기 위해 조작된 거야. 상황을 검토하면 할수록 점점 정교한 음모가 숨어 있다는 사실을 확신하게 돼. 그래서 나는 기다리고 있는 걸세. 모든 것을 감내하는 기독교도의 흉내를 내려는 게 결코 아니야. 언젠가는 이 일을 저지른 악마를 직접 잡기 위해 기다리는 거야."

"구체적으로 뭘 기다리시는 거죠?"

내가 물었다. 박사님이 곧장 대답했다.

"일어날 수밖에 없는 일이 일어날 때를 기다려. 가장 교활한 범죄자라고 해도 피해 갈 수 없을 자충수를. 지금 그자는 몸을 잔뜩 낮추고 있어. 하지만 조만간 다음 수를 둬야 할 거야. 그러면 나는 그를 붙잡을 수 있어."

"만약 계속 몸을 낮추고 움직이지 않으면요. 그러면 어떻게 하실 겁니까?"

"그래, 그게 바로 위험한 부분이지. 상황을 쓸데없이 들쑤시지 않고 내버려 둬야 할 때가 언제인지 아는 완전무결한 악당을 상대하는 중인지도 몰라. 그런 악당은 여태 본 적이 없지만 그렇다고 그런 자가 없다는 건 아니지."

"그러면 우리는 우두커니 서서 친구들이 이대로 몰락하는 모습을 지켜봐야 하는 겁니까?"

"어쩌면."

손다이크 박사님이 짧게 대답했다. 우리는 입을 꾹 다문 채 우울한 생각에 점점 빠져들었다.

그곳은 런던에서도 변두리에서나 그렇듯이 한적하고 평화로웠다. 멀리서 예인선과 증기선이 때때로 울리는 기적 소리가 배로 북적이는 강의 소란스러움을 전해 주었다. 구역 외곽의 거리로부터 희미하게 차 소리가 들렸다. 카르멜라이트 스트리트 방향에서 쉴 새 없이 합창하는 듯한 신문팔이 소년들의 새된 목소리가 들렸다. 소년들은 멀리 있어서 방해가 될 정도는 아니었다. 거리가 멀어서 고함 소리에 섞인 흥분의 기색은 한풀 꺾여 들렸다. 그런데도 어찌된 일인지 그들의 목소리가 뼈에 사무치는 듯했다. 손다이크 박사님이 암시했던 미래가 벌어질지도 모른다고 무시무시한 기색으로 예고하는 듯했다. 소년들의 목소리는 한 발 한 발 다가오는 불길한 미래의 전조처럼 들렸다.

그들의 고함 소리에 손다이크 박사님도 비슷한 생각을 하셨는지 문득 이렇게 말했다.

"오늘따라 신문팔이들이 불길한 새처럼 사방에 퍼져 있군. 뭔가 이상한 일이 일어났을 거야. 아마 다수나 개인이 불운한 일에 휘말렸겠지. 그러니 저렇게 하이에나들이 잔해를 놓고 떠들썩하게 소리치며 파티를 벌이는 거겠지. 기자들은 전쟁터 위를 맴돌다가 시체를 뜯어 먹는 새들과 비슷해."

또다시 우리는 잠자코 각자의 생각에 빠져들었다. 이윽고 내가 침묵을 깼다.

"어떤 식으로든 박사님의 조사를 도울 수 없을까요?"

"그렇지 않아도 지금 그 부탁을 하려던 참이었어."

손다이크 박사님이 기다렸다는 듯이 대답했다.

"자네가 하는 것이 마땅한 일일 거야. 자네라면 할 수 있을 걸세."

"뭘 어떻게 하면 되죠?"

내가 흥분해서 되물었다.

"지금 당장은 말할 수 없네. 저비스가 곧 휴가를 떠날 예정이야.

오늘 밤도 일을 하지 않을 거야. 할 일이 거의 없지. 곧 긴 휴가가 시작될 테니까. 나는 저비스가 없으면 수사를 계속할 수가 없어. 하지만 자네가 이곳에 와서 저비스를 대신해 준다면 내게 큰 도움이 될 거야. 벨링엄 사건에서 자네가 도울 수 있는 일이 있다면 그 열의로 부족한 경험을 메울 수 있을 거야."

"제가 저비스 선배를 대신할 수는 없을 겁니다. 하지만 어떤 식으로든 돕게 해 주신다면 감사하겠습니다. 넋 놓고 앉아 있으니 박사님 구두라도 닦겠습니다."

"아주 좋네. 바나드가 돌아와 진료소를 인수하는 대로 자네는 이곳으로 오는 걸로 하지. 저비스의 방을 쓰도록 해. 저비스는 요즘 그 방을 자주 쓰지 않아. 게다가 자네는 다른 곳보다 여기서 지내는 편이 훨씬 좋을 거야. 아예 지금 내 열쇠를 받아 두게. 나는 위층에 복사해 둔 열쇠가 또 있으니까. 명심하게, 이제부터 내 집은 자네 집이기도 해."

박사님이 열쇠를 건넸다. 나는 진심으로 고마움을 전했다. 박사님은 나를 곁에 두고 도움을 받기 위해서가 아니라 내 마음의 평화를 위해서 선뜻 방을 내주었다는 것을 느낌으로 알 수 있었기 때문이었다. 감정이 복받쳐 말을 끝내기도 전에 도로를 빠른 속도로 걷는 발걸음 소리가 내 귓전을 두드렸다.

손다이크 박사님이 말했다.

"저기 저비스가 오는군. 떠나고 싶으면 후임이 기다리고 있다고 알려 주자고."

박사님은 등불로 우리 앞을 환히 비추었다. 잠시 후 겨드랑이에 신문 꾸러미를 끼고 잰걸음으로 걸어오는 저비스 선배가 보였다.

나는 저비스 선배가 어둑한 불빛 속에서 나를 알아보고는 기묘한 표정을 짓는 모습을 놓치지 않았다. 게다가 내가 있어서 당황스럽다는 듯이 태도도 미묘하게 경직되었다. 선배는 내가 곧 박사님의 집으로 들어오게 되었다는 이야기를 전해 들었지만 큰 관심을 보이거나 선배 특유의 농담 섞인 인사도 던지지 않았다. 그러더니 또 한 번 나를 힐끔 훔쳐보는 것이 아닌가. 호기심 반 불안함 반인 그의 표정을 보니 점점 더 영문을 알 수 없게 되었다.

"그거 잘되었군요."

손다이크 박사님이 자초지종을 설명하자 선배는 그렇게 대꾸했다.

"버클리가 나만큼 도움이 될 겁니다. 어떤 경우든 그가 바나드와 있는 것보다는 이곳에서 지내는 편이 좋을 거예요."

저비스 선배는 평소와 달리 진지한 태도로 말했다. 어쩐지 그의 목소리에는 나를 배려하는 듯한 기색이 느껴졌다. 손다이크 박사님도 그런 기색을 느꼈는지 아무 말도 하지 않았지만 그를 호기심 어린 눈빛으로 바라보았다. 하지만 잠시 후 박사님이 이렇게 물었다.

"자네는 무슨 소식을 가져왔나? 멀리 야만인들은 목이 터져라 소리를 질러 대고 자네는 겨드랑이에 신문을 한 꾸러미 끼고 돌아왔군. 특별한 일이라도 일어났나?"

선배는 전보다 더 불편해하는 것처럼 보였다.

"저…… 맞습니다."

선배는 내키지 않는 듯 인정을 했다.

"정말 일 났어요. 이것 좀 보세요! 이리저리 말을 돌려 봐야 소
용없겠군요. 버클리가 저기서 소리를 빽빽 질러 대는 악마에게 소
식을 듣느니 제게서 듣는 편이 낫겠죠."

선배는 꾸러미에서 신문 두 부를 꺼내 말없이 나와 박사님에게
한 부씩 건넸다.

그의 불길한 태도에 당연히 나는 소스라치게 놀랐다. 나는 실체
가 없는 두려움에 휩싸여 신문을 펼쳤다. 하지만 내가 어떤 두려움
을 느꼈든 실제로 일어난 일에 비하면 아무것도 아니었다. 밖에서
들려오는 고함 소리가 무시무시한 기사 제목과 큼직큼직한 글자로
내 눈에 들어온 순간 공포에 속이 울렁거리고 머리가 아찔했다.

기사는 짧아서 일 분 만에 다 읽어 버렸다.

사라진 손가락, 우드퍼드에서 극적으로 발견

절단된 시신의 유해 일부가 켄트와 에식스 곳곳에서 발견된 사건을
둘러싼 수수께끼가 불길한 뒷맛을 남긴 채 일부 해결되었다. 경찰
은 발견돼 유해가 이 년 전 의심스러운 상황에서 종적을 감춘 존 벨
링엄일지도 모른다고 줄곧 짐작해 왔다. 그런데 이제 시신의 신원은

의심의 여지가 없게 되었다. 왜냐하면 시드컵에서 발견된 손에서 빠져 있던 손가락이 버려진 우물 바닥에서 발견되었기 때문이다. 손가락에는 반지가 함께 있었는데, 이 반지는 존 벨링엄이 항상 끼고 다니던 것으로 확인되었다.

문제의 우물은 살해 피해자의 땅에 위치한 집의 정원에 있다. 피해자가 실종되었을 무렵 그 집에는 그의 동생인 고드프리 벨링엄이 살고 있었다. 하지만 고드프리 벨링엄은 실종 사건이 발생한 직후 그곳을 떠났기 때문에 그 집은 현재 비어 있는 상태이다. 최근에 집을 수리하면서 우물의 물을 비우고 청소를 하게 되었다. 인근 지역에서 계속 유해를 수색중이던 배저 경위는 우물을 비운다는 소식을 듣고 양동이를 내려 바닥을 조사한 결과 뼈 세 개와 문제의 반지를 찾아냈다.

그리하여 시신의 신원은 의심의 여지 없이 확인되었다. 이제 남은 의문은 한 가지이다. 누가 존 벨링엄을 살해했을까? 피해자의 시곗줄에서 떨어진 장신구가 피해자가 사라진 당일 그 집 부지에서 발견되었으며 그 후 피해자가 살아 있는 모습을 본 사람이 아무도 없다는 사실에 유의해야 한다. 이 사실들이 품고 있는 의미는 곧 드러날 것이다.

기사는 그것이 다였다. 하지만 그것으로 충분했다. 나는 신문을 땅바닥으로 떨어뜨린 후 슬며시 저비스 선배를 돌아보았다. 그는 뚱한 표정으로 구두코만 바라보고 있었다. 어떻게 이렇게 끔찍한 일이! 믿을 수 없어! 어찌나 충격이 컸던지 온몸이 그대로 얼어붙어 버렸다. 한동안 정상적인 생각을 할 수가 없었다.

나는 손다이크 박사님의 목소리에 정신이 번쩍 들었다. 차분하고 사무적이며 침착함을 잃지 않은 목소리였다.

"역시 시간이 흐르니 서서히 드러나는군! 우리는 그만큼 더 신중하게 움직여야겠어. 지나치게 불안해할 필요는 없어, 버클리. 어서 집으로 돌아가. 진정제에 흥분제를 조금 섞어서 먹고 잠을 푹 자게. 상당히 충격을 받은 것 같으니까."

나는 꿈을 꾸듯 의자에서 일어나 손다이크 박사님에게 한 손을 내밀었다. 어둑어둑한 불빛을 받으며 멍한 상태로 박사님의 얼굴을 보았는데, 여지껏 한 번도 못 본 표정을 짓고 있었다. 단호하고 엄격하고 도저히 거역할 수 없을 것 같은 표정을 보니 박사님의 얼굴이 운명의 신의 화강암 가면처럼 보였다.

두 사람은 나를 이너 템플 레인의 입구까지 데려다 주었다. 그곳에 다다랐을 무렵 길을 따라 다급히 걸어오던 낯선 사람이 우리를 따라잡은 후 앞서 갔다. 낯선 남자는 관리인실 밖을 환하게 밝힌 등불의 빛 속에서 재빨리 고개를 돌려 어깨 너머로 우리를 보았다. 그는 우리를 보고도 발길을 멈추거나 인사를 하지 않았지만 나는 그 남자를 알아보았다. 몽롱한 가운데 그때나 지금이나 이해가 되지 않는 일에 놀라움이 서서히 머릿속을 채웠다. 그도 그럴 것이 그 남자는 젤리코 씨였던 것이다.

　나는 한 번 더 친구들과 악수를 나눈 후 성큼성큼 플리트 스트리트를 걷기 시작했다. 하지만 입구를 빠져나온 후 발걸음은 곧장 네빌스 코트로 향했다. 무슨 생각으로 그랬는지 지금도 모르겠다. 내 여인이 코앞에 닥친 사악한 악의에 대해 아무것도 모른 채 쉬고 있을 그곳으로 이끈 것은 아마도 일종의 보호 본능 같은 것이었으리라. 코트로 들어가는 입구에는 키가 크고 완력이 있어 보이는 남자 한 명이 벽에 느긋하게 기대 있었다. 내가 지나가자 호기심 어린 눈빛으로 나를 바라보는 것 같았다. 하지만 나는 그를 눈여겨보지 않은 채 좁은 골목길을 향해 걸었다. 나는 허름한 대문 옆에서 걸음을 멈추었다. 그리고 담 너머로 눈에 들어오는 창문을 올려다보았다. 어느 창문에서도 불빛이 보이지 않았다. 집 안의 식구들은 모두 잠자리에 든 것이 분명했다. 그 사실에 어렴풋이 안도감을 느낀 나는 코트에서 뉴 스트리트 방향으로 걷기 시작했다. 얼마를 걷다가 주위를 둘러보았다. 이번에도 키가 크고 덩치가 좋은 남자 한 명이 어슬렁거리고 있었다. 그가 내 얼굴을 유심히 바라보자 나는 몸을 돌려 다시 코트로 들어가 천천히 오던 길을 되돌아갔다. 다시 한번 그 집 대문에 다다르자 발걸음을 멈추고 창문을 다시 살폈다. 고개를 돌리니 방금 전에 본 남자가 내 뒤를 밟는 것이 아닌가. 순간 번쩍 불이 들어오듯 나는 모든 것을 이해했다. 그 두 사람은 사복 경찰이었다.

나는 한동안 맹렬한 분노에 사로잡혔다. 맥박이 미친 듯이 뛰기 시작하며 침입자에게 싸움이라도 걸 판이었다. 그 사람이 그곳에 있는 것만으로도 모욕이므로 그 모욕을 갚아 주고 싶었다. 다행스럽게도 이런 충동은 금세 잦아들고 분노의 기색을 드러내지 않은 채 냉정을 되찾았다. 그러나 사복 경찰들의 출현으로 위험이 코앞으로 다가왔다는 사실을 깨닫자 온갖 위험과 공포가 비로소 생생하게 실감이 났다. 비틀거리며 페터 레인으로 걸어가는 내내 공포로 이마에는 차가운 식은땀이 솟고 두 귀는 윙윙 울렸다.

018

드디어 나타난 존 벨링엄

그 후로 며칠은 공포와 우울로 점철된 악몽 같은 시간이었다. 잠시 만나지 말자던 루스의 부탁을 받아들이기는 했지만 이런 상황에서는 약속을 깨뜨릴 수밖에 없었다. 적어도 나는 그녀의 친구였고 이런 급박한 시기에 내가 있을 곳은 그녀의 옆이었다. 그녀는 매우 고맙게도 아무 말 없이 그 사실을 받아들이고 다시 내가 자유롭게 그곳에 드나들게 해 주었다.

숨기고 말고 할 것도 없이 상황이 죄다 까발려지고 말았으니 어쩔 수 없었다. 신문팔이 소년들은 아침부터 밤까지 플리트 스트리트를 오가며 목청 높여 소식을 전했다. 모골이 송연해지는 벽보들 앞은 입을 벌리고 정신없이 구경하는 사람들로 북적거렸다. 신문은

'충격적인 최신 소식'을 속속 전하느라 정신이 없었다.

사실 특정인에게 혐의를 둔 기사는 한 건도 없었다. 하지만 기자들은 존 벨링엄이 실종되었을 당시 기사들을 다시 실으며 나름대로 논평을 해 댔다. 나는 그 글들을 볼 때마다 끓어오르는 분노로 절로 이가 갈렸다.

그 며칠 동안 내가 뼈저리게 느꼈던 비참함은 죽는 날까지 기억 속에서 지워지지 않을 것이다. 매 순간 나를 짓누르던 두려움과 거리에 나붙은 벽보를 슬금슬금 훔쳐볼 때마다 심장을 옥죄어 들어오는 끔찍한 긴장감과 공포를 결코 잊을 수가 없다. 네빌스 코트 입구 주변에서 얼쩡거리는 지긋지긋한 형사들조차 내 눈에는 고맙게 보일 지경이었다. 그도 그럴 것이 사랑하는 여인을 위협하는 흉악한 위험이 실체를 가지고 얼쩡거리니 적어도 그들의 존재는 결정적인 무언가가 아직 나오지 않았다고 말해 주는 것 같았다. 사실 시간이 흐르면서 서로 눈짓을 주고받으며 인사를 나누는 사이가 되었다. 형사들은 루스와 내게 미안해하는 것 같았고 그런 이유로 감시임무에 그다지 열의가 있는 것 같지 않았다. 그 낡은 집에 있으면 어디에 있는 것보다 더 가슴이 아팠다. 그래도 나는 남는 시간 대부분을 그곳에서 지냈다. 나는 되도록 쾌활하고 자신만만하게 보이려고 애를 썼지만 마음처럼 잘되지는 않았다. 예전처럼 오먼 양과 티격태격 말싸움이라도 해 볼 요량으로 시시껄렁한 농담까지 던져 보았지만 완전히 실패로 돌아갔다. 오먼 양이 봇물 터지듯 달변을 늘어놓더니 내 가슴팍에 얼굴을 묻고 발작적으로 울음을 터뜨린 것이다. 그 후로 다시는 그런 시도를 하지 않았다.

허름한 집 위로 무시무시한 암흑이 내려앉았다. 불쌍한 오면 양은 소리를 내지는 않지만 잠시도 가만히 있지 못하고 침침한 눈에 턱을 덜덜 떨며 낡은 계단을 오르락내리락하거나 결코 받지 못할 서명을 기다리며 방 안 탁자에 놓여 있는 의회 청원서를 가지고 방 안을 서성거릴 뿐이었다. 내 기억이 정확하다면 그 청원서는 이혼과 제반 문제를 처리하는 여성 판사의 임명을 요구하는 내용이었다. 벨링엄 씨는 처음에는 불같이 화를 내거나 극도로 패닉에 빠지는 상태를 오가다가 순식간에 신경 쇠약 증세를 보이게 되었다. 그런 모습을 지켜보는 나의 근심은 점점 커져 갔다. 사실 우리 가운데 자제력이 뛰어난 사람은 루스였다. 그런 그녀도 슬픔과 긴장감과 곧 닥쳐올 위험에 몸과 마음이 피폐해져 가는 모습이 역력했다. 그녀의 태도는 거의 변함이 없었다. 엄밀히 말하자면 우리가 처음 만났을 때의 상태로 되돌아갔다고 해야 할 것이다. 조용하고 말을 극도로 아끼고 뚱한 모습이었지만, 가끔 쓸쓸한 농담으로 변하지 않은 상냥한 마음씨를 보여 주곤 했다. 그러다가도 우리 둘만 있을 때면 딱딱한 모습은 눈 녹듯이 사라지고 사랑스럽고 따뜻한 모습으로 되돌아갔다. 그런 그녀를 보고 있으면 마음이 찢어지는 것만 같았다. 하루하루 수척해져 가는 모습을 지켜보기가 안쓰러웠다. 홍조를 잃어 파리해진 두 볼과 슬픔이며 비극에 잠식당한 듯하지만 용기 있게 운명에 반항하는 진지한 잿빛 눈동자를 들여다보노라면 가슴이 먹먹해졌다.

끔찍한 시간이었다. 무엇보다 내내 머릿속을 떠나지 않는 무시무시한 의문들이 나를 쉼 없이 괴롭혔다. 최후의 결정타는 언제 터질까? 경찰은 지금 무엇을 기다리고 있을까? 그들이 공격을 개시하면 손다이크 박사님은 어떻게 반격을 하실까?

그렇게 나흘이라는 시간이 지나갔다. 넷째 날이 끝나 갈 무렵이었다. 저녁 진료가 막 시작되어 대기실이 환자들로 북적거리는데 폴턴이 전갈을 가지고 찾아왔다. 나를 직접 만나 전갈을 전해야 한다고 고집을 부린 통에 아돌푸스는 씩씩거리며 분통을 터뜨렸다. 그가 가져온 전갈은 손다이크 박사님이 보낸 것으로 이런 내용이었다.

얼마 전 노베리 박사님이 최근에 베를린의 레더보겐 씨로부터 연락을 받았다는 전갈을 받았네. 레더보겐 씨는 이집트 고대 유물의 권위자인데, 일 년 전쯤 빈에서 만난 영국인 이집트학자에 대해 이야기를 했다는 거야. 레더보겐 씨는 편지에서 그 영국인의 이름은 기억나지 않는다고 했네. 하지만 박사님은 편지에 쓴 표현들을 보고 존 벨링엄 씨가 아닐까 하는 생각이 드셨다는군.

오늘 밤 8시 30분에 벨링엄 부녀를 우리 집으로 모시고 오게. 노베리 박사님과 함께 이 편지에 대해 이야기를 하면 좋겠네. 사안이 중요한 만큼 꼭 내 부탁을 들어주기 바라네.

편지를 읽자마자 희망과 안도감이 밀물처럼 밀려 들어왔다. 절대 풀리지 않을 매듭을 풀 방법이 남아 있을지도 몰랐다. 늦기 전에 이 상황에서 벗어날 수 있을지 몰랐다. 나는 당장 박사님에게 답장을 썼다. 루스에게도 약속을 잡는 편지를 다급히 적었다. 믿음직한 폴턴에게 편지 두 통을 맡기고 나자 내 일에 비로소 열의가 솟기 시작했다. 너무나 다행스럽게도 밀려오던 환자들의 발길이 뚝 끊어지고 병원은 또다시 조용해졌다. 덕분에 나는 치사하고 비겁한 거짓말을 하지 않고 제시간에 병원을 빠져나와 맘 편하게 약속 장소로 향할 수 있었다.

내가 네빌스 코트로 들어가는 아치를 통과했을 때는 8시가 다 된 시각이었다. 따사로운 오후의 햇빛은 빠른 속도로 사라졌다. 여름이 성큼성큼 도망치고 있었다. 저녁노을이 던지는 마지막 붉은 빛이 오래된 지붕과 굴뚝 들에서 옅어졌다. 좁은 코트에는 저녁의 그림자들이 모퉁이와 구석마다 모여들기 시작했다. 나는 8시까지 가기로 했는데, 약간 여유가 있었다. 그래서 익숙한 풍경과 그새 친숙해진 동네 사람들의 다정한 얼굴들을 물끄러미 보며 거리를 따라 느긋하게 걸었다.

하루의 일과를 마감하는 시간이었다. 작은 가게들은 덧문을 닫았고 집집마다 응접실에 불이 밝혀졌다. 오래된 모라비아 예배당에서는 엄숙한 찬송가가 울렸다. 찬송가는 메아리가 되어 코트로 열려 있는 아치 아래 어둑한 입구로 흘러 들어왔다.

바로 그곳에 페인트와 니스 칠에 온갖 재주가 있는 핀니모어 씨가 와이셔츠 차림에 하얀 앞치마를 두르고 정원의 의자에 앉아 파이프를 뻐끔거리며 정원에 핀 달리아를 흐뭇한 눈빛으로 바라보고 있었다. 활짝 열린 어느 창문에는 젊은 남자 한 명이 손에 붓을 하나 들고 귀 뒤에 또 하나를 꽂고 서서 기지개를 켰다. 그동안 나이가 더 많은 여자가 능숙하게 커다란 지도를 돌돌 말았다. 이발사는 작은 가게의 가스등을 껐고 청과물 가게 주인은 단춧구멍에 과꽃 한 송이를 꽂고 입에 담배 한 개비를 물고 나타났다. 아이들이 가로등에 불을 켜는 점등원을 졸졸 따라다니고 있었다.

이 선량하고 담백한 사람들은 네빌스 코트 토박이들이다. 조상들처럼 그들도 대대로 이곳에서 나고 자란 사람들이었다. 이곳 주민들은 대부분 그랬다. 오먼 양은 자신이 이 마을에 처음 뿌리 내린 사람들의 후손이라고 말했다. 모라비아 교도인 이웃집의 다정한 얼굴의 부인도 마찬가지였다. 조상의 역사가 고든 폭동*이 일어났을 당시로 거슬러 올라가 유명한 '라 트로베스 비밀 집회'와 관련이 있다고 했다. 코트의 아래쪽에 통나무와 회반죽으로 만든 오래된 집에 살고 있는 신사에 대해서는 그의 조상이 제임스 1세 시절부터 그 집에서 계속 살았다는 이야기가 알려져 있었다.

나는 두서없이 이런 생각들을 떠올리며 어슬렁어슬렁 코트 아래쪽으로 걸어갔다. 그곳은 번잡한 도시 심장부에 살고 있는 터줏대감들이 이룩한 고풍스러운 작은 마을 같은 기묘한 기분이 들었다. 요동치는 거대한 바다 한가운데 떠 있는 평화로운 섬이랄까. 아니면 변화와 동요가 잦아들지 않는 사막 한가운데의 오아시스랄까.

머릿속에 불쑥불쑥 떠오르는 상념에 잠겨 걷다 보니 어느새 나는 높은 담에 난 허름한 대문 앞에 서 있었다. 걸쇠를 들어 올려 문을 여니 현관 앞에서 오면 양과 이야기를 나누는 루스가 눈에 들어왔다. 나를 기다리고 있었던 것이 분명했다. 왜냐하면 그녀는 차분한 검은색 코트를 입고 검은 모자에 검은색 베일까지 쓴 차림이었기 때문이다. 그녀는 나를 알아보자 나와서 문을 닫고 내게 한 손을 내밀었다.

"약속 시간에 꼭 맞춰 오셨네요. 지금 세인트 던스턴 교회의 종이 울리고 있어요."

"네. 아버님은요?"

"아버지는 일찍 잠자리에 드셨어요. 몸이 안 좋으셔서 못 가실 것 같았어요. 그래서 같이 가자고 할 수가 없었어요. 정말 안 좋으세요. 이렇게 조마조마한 상황이 어서 끝나지 않으면 돌아가실지도 몰라요."

"그러지 않기를 바랍니다."

나는 이렇게 말했지만 목소리에서 자신감이 느껴지지 않았다.

아버지에 대한 걱정으로 고통스러워하는 루스를 보는 내 마음

● **고든 폭동** _ 해군 장교 출신인 고든이 1778년에 선포된 가톨릭 교도 해방령 철회를 요구하며 1780년에 시위를 벌이던 중 가톨릭 교회 및 교인들의 집을 약탈하고 파괴한 사건.

도 아팠다. 그녀에게 위안을 주고 싶었다. 하지만 내가 무슨 말을 할 수 있겠는가? 벨링엄 씨는 딸을 덮칠 끔찍한 위험에 시시각각 무너지고 있었다. 내가 무슨 말을 한들 사실을 사실이 아니게 만들 수는 없었다.

우리는 말없이 길을 걸었다. 창가에 선 여인이 미소 짓는 얼굴로 우리에게 인사를 했다. 핀니모어 씨가 파이프를 입에서 빼고 모자를 벗어 인사를 하자 루스가 답례로 우아하게 절을 했다. 우리는 코트를 벗어나 아치를 지나서 페터 레인으로 접어들었다. 바로 그때 루스가 잠시 멈춰 서서 주위를 둘러보았다.

"뭘 찾아요?"

내가 물었다.

그녀가 차분하게 대답했다.

"형사요. 너무 오래 기다렸다가 나를 놓치기라도 하면 그 사람이 불쌍하잖아요. 그런데 안 보이네요."

그녀는 플리트 스트리트로 고개를 돌렸다. 그녀가 날카로운 눈썰미로 자신의 일거수일투족을 감시하는 은밀한 스파이를 찾아냈다는 사실이 놀라우면서도 불쾌했다. 건조하면서 비꼬는 듯한 어조를 들으니 우리가 처음 만났을 무렵 찬바람이 부는 듯해 섣불리 다가설 수 없었던 냉정한 태도가 다시 떠올라 가슴이 쓰라려 왔다. 한편으로는 눈앞에 닥친 위험에도 무심하게 행동하는 그녀를 새삼 존경하는 마음이 솟았다.

"오늘 약속에 대해서 좀 더 자세히 말해 줘요."

페터 레인을 걸어 내려가는 중에 그녀가 말문을 열었다.

"당신의 편지는 명료하다 못해 너무 간결했어요. 급하게 써서 그랬겠죠."

"네. 정말 그랬어요. 하지만 지금도 자세한 사정은 들려줄 수가 없어요. 노베리 박사님이 베를린의 지인에게 편지를 받았다는군요. 그 지인은 이집트학자로 레더보겐이라고 하는데, 자신과 노베리 박사님이 둘 다 아는 영국인 친구 이야기를 했다는 거예요. 그 영국인을 일 년 전에 빈에서 만났다더군요. 지금 내가 아는 건 이 정도뿐이에요. 노베리 박사님 말씀으로는 그 사람이 영국인의 이름은 잊었지만 여러 정황으로 볼 때 당신의 존 삼촌을 말하는 것 같다는 거예요. 박사님의 짐작이 옳다면 모든 일을 바로잡을 수 있을 거예요. 그러니 손다이크 박사님은 당신과 아버님이 노베리 박사님을 만나서 이야기를 나눠 보길 바라시는 거예요."

"알겠어요."

루스가 대답했다. 생각에 잠긴 듯한 목소리였지만 들뜬 기색은 전혀 느껴지지 않았다.

"이 상황을 별로 중요하게 보지 않는 것 같군요."

"네. 지금 상황과 맞지 않는 것 같아요. 삼촌의 시신이 발견된 마당에 삼촌이 살아 있고, 삼촌답지 않게 얼간이처럼 굴었다고 가정해 봐야 무슨 소용이 있어요?"

"실수가 있었을지도 모르잖아요. 그 시신이 삼촌의 시신이 아닐 수도 있어요."

나는 그저 이런 말밖에 반박할 말이 떠오르지 않았다.

"그럼 반지는요?"

그녀가 쓸쓸한 미소를 지으며 되물었다.

"우연의 일치일지도 모르죠. 그 반지는 디자인이 잘 알려진 고대 유물을 복제한 반지니까요. 존 벨링엄 씨처럼 복제품을 만든 사람들이 또 있을 수도 있잖아요. 게다가."

나는 좀 더 자신감 있는 목소리로 덧붙였다.

"우리는 아직 그 반지를 못 봤잖아요. 존 벨링엄 씨의 반지가 아닐 수도 있어요."

그녀는 고개를 가로저으며 말했다.

"다정한 폴. 스스로를 기만하려고 해 봐야 소용이 없어요. 지금까지 알려진 사실들은 하나같이 그 유골이 삼촌이 확실하다고 말하고 있어요. 존 벨링엄은 이제 이 세상에 없어요. 더 이상 의심의 여지가 없을 거예요. 삼촌을 죽인 범인과 우리의 가장 충실한 친구 한둘을 제외하면 이 세상 사람들은 삼촌이 우리 집 문 앞에서 돌아가셨다는 가설을 기정사실로 받아들이고 있어요. 나는 처음부터 허스트 아저씨 아니면 내가 의심을 살 거라는 걸 알고 있었어요. 반지가 발견되면서 내게 향했던 의심이 그대로 굳어진 거예요. 솔직히 경찰이 아직 움직이지 않는다는 사실이 더 놀라워요."

조근조근 확신을 가지고 말하는 태도에 나는 공포와 절망으로 할 말을 잃어버리고 말았다. 문득 손다이크 박사님의 차분하면서 자신만만하기까지 한 태도가 떠올랐다. 그래서 서둘러 그 사실을 이야기했다.

"당신의 친구 가운데 한 사람은 여전히 실망하지 않고 있어요. 손다이크 박사님은 아무 문제도 없을 거라고 기대하시는 것 같아요."

"그래서 이런 식으로 헛된 희망도 기꺼이 조사해 보시는 거군요. 곧 알게 되겠죠."

나는 대꾸할 말이 떠오르지 않았다. 그래서 우리는 우울한 침묵에 잠겨 이너 템플 레인을 지나 컴컴한 입구와 터널 같은 골목들을 통과해 마침내 재무부 근처에 도착했다.

"박사님 댁에 불이 하나도 안 켜져 있군요."

나는 킹스 벤치 워크를 가로지르며 말하고는, 컴컴하고 휑한 창문들이 줄지은 곳을 가리켰다.

"그러네요. 하지만 덧문을 닫은 것도 아닌 걸 보면 외출을 하셨나 봐요."

"당신과 아버님을 만나기로 약속을 잡아 놓고 그러셨을 리가 없어요. 이상한 일이군요. 손다이크 박사님은 약속에 관해서라면 누구보다 정확하신 분인데."

그런데 의문은 금세 풀렸다. 현관에 도착하자 철 테두리를 한 오크 문에 압정으로 종이 하나가 고정되어 있었다.

'P.B.에게 보내는 메모가 탁자 위에 있습니다.'

쪽지의 내용은 간단했다. 그 글을 다 읽자마자 나는 열쇠로 문을 열고 육중한 오크 문을 밖으로 끌어당긴 후 더 가벼운 안쪽 문을 열었다. 메모가 탁자 위에 있었다. 나는 메모를 가지고 나와 현관에서 입구 계단을 밝히고 있는 등불로 내용을 읽었다.

계획을 약간 변경하게 되어 손님들에게 양해를 구하네. 노베리 박사님이 관장님이 돌아오기 전에 내가 실험을 끝내길 바라시네. 따로 논의할 필요가 없도록 말이지. 박사님은 오늘 당장 실험을 시작해 달라고 하시네. 벨링엄 씨와 따님을 이곳 박물관에서 만나시겠다고 하셨어. 그러니 두 분을 당장 이곳으로 모시고 오게. 아마 이 면담에서 중요한 일 몇 가지가 벌어질 것 같으이. J.E.T.

"불쾌하게 생각하지 않으면 좋겠군요."

메모의 내용을 루스에게 읽어 준 후 내가 사과 조로 말했다. 루스가 대답했다.

"물론 그렇게 생각하지 않아요. 오히려 기쁜걸요. 우린 박물관과 여러모로 인연이 많은 것 같네요, 그렇죠?"

루스는 기이하면서도 아련한 눈빛으로 나를 잠시 바라보더니 몸을 돌려 돌계단을 내려갔다.

템플 구역 입구에서 나는 이륜마차를 소리쳐 불렀다. 우리를 태운 마차는 말에 매달려 부드럽게 반짝거리는 종을 앞세운 채 서쪽으로, 다시 북쪽으로 달렸다.

"손다이크 박사님이 말씀하신 실험은 뭐죠?"

루스가 물었다.

"제 대답을 들어도 여전히 알쏭달쏭할 거예요. 엑스선이 유기 물질을 통과하는 특성이 물체에 시간이 흐르면서 변화하는지 확인하는 실험이라더군요. 예를 들어서 오래된 나무토막은 같은 크기의 새 나무토막에 비해서 엑스선에 더 혹은 덜 투명하게 보이는지 알아보는 실험이죠."

"그런데 그런 사실을 확인해서 어디에 써요?"

"저도 모르겠어요. 실험은 실용성과 관계없이 지식을 구하기 위해 진행하니까요. 지식을 얻고 나면 쓸모도 보이겠죠. 하지만 이 경우에 엑스선에 대한 반응으로 유기물의 나이를 확인할 수 있다면 법률 분야에서 꽤 가치 있게 쓰일지도 몰라요. 예를 들면 이런 식이죠. 고문서에 찍힌 인장이 최근에 찍힌 것인지 아닌지 판별할 수 있어요. 지금은 손다이크 박사님이 구체적으로 어떤 대상을 염두에 두고 계신지는 나도 몰라요. 다만 준비 작업이 거창하기는 했어요."

"그게 무슨 말이에요?"

"실험 규모요. 어제 아침에 작업실에 들어갔더니 폴턴이 높이가 삼 미터 가까이 되는 휴대용 교수대 같은 걸 세우고 있더군요. 게다가 그 전에는 길이가 180센티미터가 넘는 커다란 목재 트레이 두 개에 니스를 칠해 놓았고요. 박사님과 폴턴이 사적으로 피해자들의 시신을 가지고 연속 해부를 하려는 것처럼 보일 정도였죠."

"무슨 그런 무시무시한 생각을 다 하세요!"

"폴턴이 그렇게 말했거든요. 주름이 자글자글해지는 괴짜 같은 미소를 지으면서 말이에요. 하지만 그 장비의 용도에 대해서는 절대 말해 주지 않더군요. 어쨌든 거기에 가면 실험에 대해서 뭔가 볼 수 있을 거예요. 여기가 뮤지엄 스트리트죠, 그렇죠?"

"네."

루스는 이렇게 대답하며 마차의 뒤에 달린 작은 창문 하나의 덮개를 들어 올려 밖을 내다보았다. 그러더니 비꼬듯 살며시 미소를 지으며 덮개를 내리고는 이렇게 말했다.

"다행이다. 우리를 놓치지 않은 모양이네요. 그 사람한테는 생각지도 못한 소소한 일정 변경이었겠어요."

우리를 태운 마차가 그레이트 러셀 스트리트로 빙 돌아 들어갈 찰나에 우연히 밖을 내다보니 우리를 뒤따르는 마차가 한 대 있었다. 그곳에 탄 외로운 승객의 얼굴을 유심히 살필 시간도 없이 마차는 박물관 정문 앞에 멈춰 섰다.

문을 지키는 수위는 기다리고 있었던 듯 우리를 서둘러 포르티코를 지나 중앙 홀로 데려간 후 다른 직원에게 안내해 주었다.

"노베리 박사님은 제4이집트실 옆방에 계십니다."

우리를 안내하는 직원이 우리에게 이렇게 답했다. 등불을 든 그 직원은 박사가 있는 곳으로 우리를 이끌었다.

신비로운 어둠 속에 잠겨 있는 커다란 계단을 오르면서 루스와 나는 중앙 열람실과 중세실, 아시아관을 지나 길게 이어진 민족학 관들을 통과했다. 가는 내내 우리는 처음으로 함께 그 계단을 밟았던 날의 달콤쌉싸름한 추억 속으로 말없이 빠져들었다.

목적지까지 가는 길은 기묘한 여정이었다. 흔들리는 등불에서 나온 빛의 기둥이 어둑하고 거대한 전시실의 암흑 속으로 뻗어 들어가자 그곳에 누워 있는 유물들이 빛을 받아 순간적으로 반짝거렸다. 그렇게 어둠 속의 유물들은 순식간에 나타났다 사라졌다. 둥근 눈으로 매섭게 노려보는 무시무시한 우상들이 어둠에서 툭 튀어나와 우리를 쏘아보고는 사라졌다. 스쳐 지나가는 불빛에 드러난 그로테스크한 가면들은 마치 악마의 얼굴 같았고 지나가는 우리를 찡그리고 바라보며 두서없는 말을 늘어놓는 것 같았다. 낮에 봐도 진짜 같은 실물 크기의 입상들은 보자마자 너무 놀라 간이 튀어나올 뻔했다. 펄럭이는 불빛과 그림자가 이 조상들에게 살아 숨 쉬는 듯한 생동감을 주어, 조상들은 몰래 우리를 힐끔거리다가 튀어나와 뒤따라올 준비를 하고 기다리고 있는 것처럼 보였다. 루스도 나와 같은 상상을 했는지 내 곁에 바짝 붙어서 이렇게 속삭였다.

"이 조각상들이 너무 무서워요. 저 폴리네시아 조각상 봤어요? 금방이라도 우리를 덮칠 것만 같아요."

"정말 무시무시하죠. 하지만 이제 위험은 사라졌어요. 그들의 영역에서 금방 빠져나갈 거예요."

내가 이렇게 말하는 동안 우리는 층계참으로 나와 왼쪽으로 꺾은 후 노스 갤러리로 발걸음을 놀렸다. 그 갤러리의 중앙에서 다시 제4이집트실로 들어갔다.

우리가 그곳에 도착하는 것과 거의 동시에 맞은편 벽의 문이 열렸다. 그곳에서 음이 높고 기괴한 윙윙거리는 소리가 들리는가 싶더니 저비스 선배가 한 손을 들고 발끝으로 걸어 나왔다.

"최대한 살금살금 걷도록 해. 지금 노출을 하고 있으니까."

그곳에서 직원은 등불을 들고 돌아갔고 우리는 저비스 선배를 따라 그가 방금 나온 방으로 들어갔다. 널찍한 곳이었는데, 전시실들보다 아주 조금 더 밝았다. 왜냐하면 우리가 들어간 곳에 있는 어스름한 전등 하나로 실내를 밝히다 보니 나머지 부분은 어둑한 빛 속에 잠겨 있었기 때문이었다. 루스와 나는 우리를 위해 마련해 놓은 의자에 곧장 앉았다. 서로 인사를 건넨 후 나는 주위를 돌아보았다. 그곳에는 저비스 선배 외에도 세 사람이 더 있었다. 손다이크 박사님이 손에 시계를 쥔 채 앉아 있었다. 백발의 신사도 있었는데, 노베리 박사님인 것 같았다. 저쪽 끝의 어둠 속에 가려져 있어서 형체를 구분하기도 힘든 자그마한 체구의 남자가 보였는데, 폴턴일 것 같았다. 우리가 있는 쪽에는 작업실에서 보았던 커다란 트레이 두 개가 받침대 위에 놓여 있었고 각각 고무로 된 관이 연결되어 있었다. 그 관들의 한쪽 끝은 양동이에 들어가 있었다. 방의 맞은편 끝에는 교수대처럼 생긴 장치가 어둠 속에서 둥둥 뜬 것처럼 을씨년스럽게 보였다. 자세히 보니 그것은 교수대와는 전혀 달랐다. 왜냐하면 꼭대기의 가로 막대에는 커다랗고 바닥이 없는 유리 용기가 고정되어 있었고 그 안에는 유리 전구 하나가 달려 기이한 녹색으로 사방을 물들이고 있었기 때문이다. 전구의 심장부에는 밝은 붉은색 점이 보였다.

거기까지 알아보니 이제야 모든 상황이 분명하게 파악되었다. 아까부터 주위를 가득 메운 기괴한 소리의 진원지는 전류 단속기●였다. 전구는 당연히 크룩스관이었고, 중앙의 붉은 점은 대음극의 뜨겁게 달아오른 붉은 디스크였다. 확실히 그곳에서는 엑스선 촬영을 하고 있었다. 그런데 무슨 목적으로? 나는 눈에 힘을 잔뜩 주고 교수대 발치의 어둠을 노려보았다. 하지만 전구 바로 아래 바닥에 누워 있는 거대한 물체가 무엇인지 도저히 알아볼 수 없었다. 시커먼 어둠 속에 형체를 감추고 있어 짐작조차 할 수 없었다. 그런데 노베리 박사님이 내게 실마리를 주었다.

"저는 놀랐습니다. 실험 대상으로 미라 같은 복잡한 물건을 고르시다니. 좀 더 단순한 것이 어떨까 싶었거든요. 관이나 목상木像 같은 것들이 훨씬 더 유익할 것 같거든요."

손다이크 박사님이 말했다.

"어떤 점에서는 그렇습니다. 하지만 미라는 만들어진 재료가 다

●　**전류 단속기** _ 전해액에 전류가 통하면 전류를 끊게 되어 있는 장치.

양해서 장점이 있습니다. 아버님이 편찮으신 게 아니기를 바랍니다, 벨링엄 양."

"지금 몸이 많이 안 좋으세요. 그래서 저 혼자 오기로 한 거예요. 저도 레더보겐 씨를 잘 알아요. 그분이 영국에 오셨을 때 저희 집에 머무르셨거든요."

"공연히 성가시게 한 건 아닌지 모르겠습니다. 레더보겐 씨가 '이름이 길어서 다 외우지 못한 변덕스러운 우리의 영국 친구'라는 표현을 썼거든요. 그 표현을 보니 마치 아가씨의 삼촌을 말하는 것 같아서 말입니다."

노베리 박사가 말했다.

"제 삼촌은 변덕스럽다는 말을 들으실 분이 아니에요."

그녀가 대뜸 말했다.

노베리 박사가 허둥대며 말했다.

"그렇죠, 그래요. 절대 그런 말을 들을 사람이 아니죠. 일단 그 편지를 읽고 잘 생각을 해 보세요. 실험이 진행되는 동안 관계없는 이야기를 해서는 안 되겠죠, 박사님?"

박사님이 말했다.

"실험이 끝날 때까지 기다리시는 편이 좋겠습니다. 왜냐하면 이제 불을 꺼야 하거든요. 전류를 꺼 주게, 폴턴."

장치의 전구에서 녹색 빛이 사라지고 전류 단속기의 윙윙거리던 소리도 한두 옥타브가량 낮아지나 싶더니 어느새 사라졌다. 그러자 손다이크 박사님과 노베리 박사님이 의자에서 일어나 미라 쪽으로 다가갔다. 두 박사님이 미라를 살며시 들고 있는 동안 폴턴이 뭔가를 미라 아래서 끄집어냈는데, 잘 보니 커다란 검은색 종이봉투였다. 유일한 불빛이었던 전등마저 꺼지자 실내는 완전한 어둠 속으로 빠져들었다. 그러다가 한 트레이 위로 주황색이 섞인 붉은 불빛이 순식간에 환하게 터졌다.

이 신비로운 의식을 주재하는 대사제 같은 폴턴이 검은 봉투에서 어마어마한 크기의 브로마이드 인화지를 꺼내 조심스럽게 트레이에 올려놓았다. 그리고 물통에 넣어 푹 적신 커다란 붓을 꺼내 브로마이드 인화지에 물을 바르기 시작했다. 우리는 주위로 다가가서 폴턴의 작업을 지켜보았다.

"이런 작업에는 주로 감광판을 사용하시는 줄 알았습니다."

노베리 박사가 말했다.

"감광판을 선호하죠. 하지만 180센티미터가 넘는 크기로는 만들 수가 없어서 같은 크기의 특수지로 대신했습니다."

사진을 인화하는 작업을 지켜보는 일은 흥미진진한 구석이 있다. 특히 감광판이든 특수지든 텅 빈 하얀 표면에 서서히 미지의 피사체가 드러나는 과정이 그러하다. 그런데 엑스선 촬영은 그 자체로 매력적이다. 피사체를 이미 알고 있는 일반 사진과 달리 엑스선 촬영을 하면 지금까지 볼 수 없었던 대상을 볼 수 있기 때문이다. 그리하여 폴턴이 축축하게 젖은 종이에 현상액을 붓자 우리는 억누를 수 없는 호기심으로 황새처럼 모두 목을 길게 빼고 트레이 위를 바라보았다.

현상 과정은 거북이처럼 느릿느릿 진행되었다. 아무 흔적도 없는 표면에 꼬박 삼십 초 동안 아무런 변화도 일어나지 않았다. 이윽고 거의 감지할 수 없을 정도로 서서히 여백 부분이 검어지면서 투명한 양각처럼 미라의 형체가 드러나기 시작했다. 이렇게 변화가 시작되자 속도가 점점 빨라졌다. 종이의 테두리 부분이 점점 짙어지더니 암회색에서 검은색이 되었다. 이제 확연하게 드러난 미라의 형체는 하얀 덩어리를 길게 늘인 것처럼 보였다. 하지만 그런 상태는 오래 지속되지 않았다. 곧 하얀 형체에 회색이 가미되었다. 색이 진해질수록 투명하고 기괴하고 신비로운 유령 같은 전체적인 회색 부분으로부터 더 옅은 형체가 슬며시 빠져나오듯 점점 더 뚜렷해졌다. 마침내 해골이 우리 눈앞에 모습을 드러냈다.

그 모습에 노베리 박사님이 말했다.

"상당히 묘한 기분이 드는군요. 마치 불경스러운 의식을 도와주는 기분이에요. 저 모습을 좀 보세요!"

카토나지의 회색 음영과 시신을 싸고 있는 천과 살은 배경으로 녹아들어 사라지고 하얀 백골이 뚜렷이 구분되면서 모습을 드러냈다. 정말 기묘한 풍경이었다.

"현상을 더 진행하면 뼈가 잘 안 보일 겁니다."

노베리 박사님이 말했다.

"뼈는 어둡게 처리해야 합니다. 혹시 금속 물체가 있을 경우를 대비해서요. 준비해 온 인화지가 봉투에 세 장 더 있습니다."

손다이크 박사님이 말했다.

하얀 백골의 형체가 점점 회색으로 변하기 시작했다. 노베리 박사님의 말대로 뚜렷하게 구별되던 모습이 점점 더 옅어졌다. 손다이크 박사님은 트레이에 몸을 숙인 채 가슴의 중앙 부분에 시선을 고정했다. 우리는 박사님의 일거수일투족을 지켜보았다. 문득 박사님이 몸을 곧추세웠다. 그러더니 폴턴을 불렀다.

"폴턴, 여기에 최대한 빨리 사진 정착액을 붓게."

고무관의 멈춤 꼭지에 손을 얹고 대기중이던 폴턴은 재빨리 현상액을 양동이에 따라 내고 종이 위에 정착액을 부었다.

"이제 느긋하게 지켜볼 수 있겠군요."

손다이크 박사님이 말했다. 몇 초 후 그는 전등 하나를 켰다. 불빛이 홍수처럼 사진 위로 쏟아지자 이렇게 말했다.

"보십시오. 여전히 유골이 잘 보이니까요."

"과연 그렇군요."

노베리 박사는 안경을 쓰고 트레이 위로 몸을 구부렸다. 그 순간 루스의 손이 내 팔에 닿았다. 처음에는 살며시 쥐는 듯했지만 이내 긴장한 듯 팔을 움켜쥔 손에 힘이 들어갔다. 그녀의 손이 떨리고 있었다. 고개를 돌려 걱정스럽게 그녀를 바라보았는데, 그녀의 안색은 시체처럼 창백했다.

"전시실로 나갈래요?"

내가 그녀에게 물었다. 이 방은 창문을 꼭꼭 닫아 놓아서 덥고 숨이 막힐 것 같았기 때문이었다.

그녀가 조용하게 대답했다.

"아뇨, 여기 있을래요. 괜찮아요."

하지만 그녀는 내 팔을 놓지 않았다.

손다이크 박사님이 그녀를 날카로운 눈초리로 바라보았다. 마침 노베리 박사님이 질문을 하자 이내 그쪽으로 시선을 돌렸다.

"저 치아가 다른 치아에 비해서 훨씬 더 하얗게 나온 이유가 뭐라고 보시오?"

"더 하얗게 보이는 흔적은 그 자리에 금속이 들어 있기 때문이죠."

박사님이 대답했다.

"치아에 금속제 충전재가 들어가 있다는 말씀이시오?"

노베리 박사가 되물었다.

"네."

"정말이오? 이거 정말 흥미롭군요. 고대 이집트에서 금으로 이를 때우고 의치를 사용했다는 사실은 이미 잘 알려져 있소. 하지만 우리 박물관의 미라에는 그런 것이 없었죠. 이 미라는 반드시 붕대를 풀어 보아야겠어요. 저 치아들도 같은 금속을 사용했다고 보시오? 하얀 정도가 동일하지 않은데."

"아뇨. 완벽하게 하얀 치아들은 금으로 때운 게 분명합니다. 하지만 저 회색 치아는 아마도 주석을 썼겠죠."

손다이크 박사님이 대답했다.

"정말 흥미로워요. 대단해요! 가슴에 있는 저 희미한 흔적은 뭐죠? 흉골의 꼭대기 근처에 있는 것 말이오."

그의 질문에 별안간 루스가 대답했다.

"그건 오시리스의 눈이에요!"

그녀가 잔뜩 쉰 목소리로 소리쳤다.

노베리 박사는 감탄을 금치 못했다.

"세상에! 정말 그렇군요. 벨링엄 양의 말이 맞아요. 이것은 우자트, 그러니까 호루스의 눈이군요. 오시리스의 눈이라고도 하죠. 그렇다면 시신을 감싼 천에 금박을 한 물건이 있겠군요."

"아닙니다. 문신인 것 같습니다. 금박을 입힌 물건이라기에는 형체가 불분명해요. 조금 더 추측하자면 저 문신은 자주색일 겁니다. 먹색이라면 저렇게 음영이 보이지 않을 테니까요."

"그 점은 박사가 착각을 하고 있는 것 같소이다만, 관장님께서 미라를 개봉하라고 허가해 주시면 알게 되겠죠. 그건 그렇고 무릎 앞쪽의 저 작은 물체들도 금속이겠죠?"

노베리 박사가 말했다.

"그렇습니다. 금속이 맞습니다. 하지만 위치는 무릎의 앞쪽이 아닙니다. 무릎 안입니다. 골절된 슬개골을 수술할 때 사용하는 은

사銀絲의 일부분입니다."

"정말 그렇게 확신하시오?"

노베리 박사님이 하얀 흔적을 희열에 찬 표정으로 바라보며 되물었다.

"박사의 말씀이 맞다면, 박사의 말씀대로 그런 물건이라면 세벡호테프의 미라는 그 무엇보다 독특한 미라가 분명하오."

"저는 거의 확신하고 있습니다."

손다이크 박사님이 재차 확인했다.

그러자 노베리 박사님이 대답했다.

"그렇다면 우리는 박사의 탐구심 덕분에 대단한 발견을 했군요. 존 벨링엄 씨는 불쌍하기도 하지! 자신이 우리에게 어떤 보물을 기증했는지도 모르고! 이 사실을 그분에게 알릴 수 있다면 얼마나 좋겠소! 오늘 밤 이 자리에 우리와 함께 있었다면 얼마나 좋았을지."

그는 기쁨에 찬 표정으로 다시 사진을 보았다. 그러자 손다이크 박사님이 무덤덤하고 조용하게 이렇게 말했다.

"존 벨링엄 씨는 여기에 있습니다, 노베리 박사님. 이분이 바로 존 벨링엄 씨입니다."

노베리 박사님은 화들짝 놀라 뒤로 물러났다. 그는 너무 놀라 말문이 막힌 채 손다이크 박사님을 바라볼 뿐이었다.

"설마 이 미라가 존 벨링엄 씨의 시신이라는 말씀이오!"

"그렇습니다. 의심의 여지가 없습니다."

"말도 안 돼요! 이 미라는 그가 사라지기 꼬박 삼 주 전부터 이 전시실에 있었단 말이오."

"그렇지 않습니다. 박사님과 젤리코 씨가 살아 있는 존 벨링엄 씨를 마지막으로 본 날짜는 10월 14일입니다. 다시 말해서 문제의 미라가 퀸 스퀘어에서 이곳으로 보내지기 전보다 삼 주도 더 전이었죠. 그 날짜 이후로 존 벨링엄 씨를 알고 신원을 확인해 줄 수 있는 사람들 가운데 살아 있는 상태건 죽은 상태건 존 벨링엄 씨를 만난 사람은 아무도 없었습니다."

노베리 박사님은 잠자코 생각에 잠겼다. 그러더니 희미한 목소리로 이렇게 물었다.

"존 벨링엄 씨의 시신이 어쩌다가 이 카토나지에 들어가게 된 걸까요?"

"그 질문에 대답을 할 수 있는 사람은 젤리코 씨일 겁니다."

손다이크 박사님이 여전히 무덤덤하게 대답했다.

또다시 정적이 찾아왔다. 이윽고 노베리 박사가 침묵을 깨고 말했다.

"그렇다면 세벡호테프는 어떻게 되었습니까? 진짜 세벡호테프의 미라 말입니다."

"아마도 세벡호테프의 유해 혹은 그 일부는 지금쯤 우드퍼드 시체 보관소에 누워서 곧 있을 검시 배심을 기다리고 있겠죠."

손다이크 박사님이 이렇게 대답을 하자마자 순간 모든 것이 이해가 되면서 나는 자기 비하에 휩싸였다. 설명을 듣고 나니 이렇게 뻔한 것을 왜 알아차리지 못했을까! 유능한 해부학자에 생리학자인 손다이크 박사님의 제자이면서 고대의 유골과 최근의 유해를 구별하지도 못하다니!

박사님의 마지막 말을 곰곰이 되씹으며 노베리 박사님은 경악을 감추지 못했다.

그는 마침내 이렇게 수긍했다.

"그러고 보니 모든 사실이 들어맞는군요. 박사의 실수가 아니라고 확신하시오? 믿기지 않는 이야기요."

"실수가 아니라고 장담합니다. 박사님의 이해를 돕기 위해 자세하게 증거를 설명해 드리겠습니다. 첫째, 치아입니다. 존 벨링엄 씨의 치과 의사를 만나서 진료 기록에 나온 특이 사항을 입수했습니다. 존 벨링엄 씨는 때운 치아가 다섯 개입니다. 위쪽의 오른쪽 사랑니와 바로 옆 어금니, 아래쪽 왼쪽의 두 번째 어금니는 금으로 크게 때웠습니다. 엑스선 사진을 보면 세 치아가 모두 또렷하게 나타나죠. 아래의 왼쪽 앞니는 금으로 아주 작게 때웠습니다. 거의 원형의 하얀 점으로 보이는 부분입니다. 마지막으로 주석 아말감으로 때운 것은 고인이 해외에 있을 때였습니다. 위의 왼쪽 두 번째 소구치인데, 아까 확인했듯이 회색으로 보였죠. 이 사실만 봐도 신원을 확인하는 데 부족함이 없습니다. 그런데 여기에 오시리스의 눈 문신까지 더해지면……."

"호루스."

노베리 박사님이 정정했다.

"그럼, 호루스라고 하죠. 고인의 문신과 이 시신의 문신은 같은 색소를 이용해 똑같은 자리에 새겨져 있습니다. 게다가 슬개골의 봉합사도 있죠. 모건 베닛 경이 수술 기록을 확인하신 후 제게 왼쪽 무릎에 봉합사를 세 개 썼고, 오른쪽 무릎에 두 개를 썼다고 알려주셨습니다. 그 사실은 이 사진으로 확인할 수 있습니다. 마지막으로 고인은 왼쪽 발목이 포트 골절로 부러진 적이 있습니다. 지금은 흔적이 그리 뚜렷하지 않습니다만 방금 전 뼈들의 음영이 좀 더 하앴을 때는 확실하게 보였지요. 이 정도면 미라의 신원은 의심이나 의문의 여지가 없다고 봐도 되지 않겠습니까, 박사님?"

노베리 박사님이 우울한 표정으로 인정했다.

"그렇군요. 박사님 말씀대로 결정적인 증거 같군요. 이럴 수가. 어쩌면 이렇게 무서운 일이. 존 벨링엄 씨가 이토록 처참한 상태가 되었다니! 살해당한 것이 확실하겠군요. 그렇게 생각하지 않으시오?"

"저도 동감입니다. 두개골의 우측에 골절로 의심되는 흔적이 있습니다. 이 상태로는 명확하게 구별할 수 없습니다. 그러니 그쪽을 잘 볼 수 있게 네거티브를 인화해야 합니다."

노베리 박사님이 잇새로 숨을 짧게 내쉬었다.

"흉측한 일이로군요, 박사. 끔찍한 일입니다. 우리 같은 사람들이 봐도 기괴하기 짝이 없어요. 그건 그렇고 이 문제에 대해 어떤 입장이십니까? 이제 어떻게 하면 되죠?"

"이 사실을 검시관에게 당장 알리십시오. 경찰 쪽은 제가 알아서 하겠습니다. 유언 집행인 가운데 한 명과도 이야기를 하셔야겠죠."

"젤리코 씨와요?"

"안 됩니다. 이런 기묘한 상황에서 젤리코 씨는 절대 안 됩니다. 고드프리 벨링엄 씨에게 편지로 알리는 편이 더 낫습니다."

"하지만 허스트 씨도 공동 집행인인 것으로 알고 있는데요?"

노베리 박사님이 되물었다.

"현 상태로는 확실히 그렇습니다."

저비스 선배가 대답했다.

손다이크 박사님이 반박을 했다.

"아니야. 이전 상태에서는 그랬지만 지금은 아니야. 자네는 유언장의 2번 조항을 잊었군. 그 조항을 보면 고드프리 벨링엄 씨가 유산의 대부분을 물려받고 공동 집행인이 되는 조건을 명시하고 있습니다. 조건은 이렇습니다.

'유언자의 시신은 세인트 조지 블룸즈버리 앤드 세인트 자일스 인 더 필즈 교구 혹은 세인트 앤드루 어바브 더 바스 앤드 세인트 조지 더 마터 교구의 경계 내에 위치한 망자의 시신을 안치할 수 있도록 허가를 받은 장소나 상기 교구에 소속된 예배당에 매장해야 한다.'

그런데 이집트 미라는 망자의 시신이고 이 박물관은 그런 시신을 안치하도록 허가를 받은 장소입니다. 게다가 이 건물은 세인트 조지 블룸즈버리 교구 경계 내에 위치해 있죠. 그렇다면 2번 조항의 조건들이 충실하게 이행된 셈이니 고드프리 벨링엄 씨가 유언장에 따라 주요 수혜자가 되고 유언자의 바람에 따라 공동 집행인이 됩니다. 내 말 이해가 됩니까?"

노베리 박사님이 대답했다.

"완벽하오. 이렇게 놀라운 우연의 일치가 또 있을까요? 아, 벨링엄 양, 앉는 게 낫지 않겠소? 안색이 창백해 보이는데."

그는 걱정스러운 눈빛으로 루스를 바라보았다. 루스는 입술까지 하얗게 질려서 내 팔에 몸을 기대고 있었다.

"버클리, 벨링엄 양을 전시실로 모시고 나가게. 거기는 이곳보다 훨씬 환기가 잘되니까. 벨링엄 양이 용감하게 견뎌 냈던 모든 시련 가운데 오늘 밤이 최고 중의 최고였네. 어서 모시고 나가게, 버클리."

박사님은 내 어깨에 팔을 얹으며 부드러운 음성으로 이렇게 덧붙였다.

"우리가 다른 네거티브들을 현상하는 동안 나가서 앉아 있게. 알다시피 폭풍은 지나갔고 곧 해가 비칠 걸세. 이때 자네마저 무너지면 안 돼."

박사님은 문을 열어 잡아 주었다. 우리가 문을 빠져나가는 동안 박사님은 어느 때보다 상냥한 미소를 짓고 있었다.

"문을 잠가도 신경 쓰지 말게. 이곳은 이제 사진을 현상하는 암실이니까."

열쇠가 자물쇠에서 돌아가는 소리가 나자 우리는 어두운 전시실로 몸을 돌려 걸어갔다. 그리 어둡지는 않다. 천장을 덮은 블라인드 여기저기를 통해 새어 들어오는 달빛 덕분이었다. 우리는 팔짱을 낀 채 천천히 걷기 시작했다. 한동안 우리는 아무 말도 하지 않았다. 커다란 전시실들은 극도로 조용하고 평화롭고 경건한 분위기에 감싸여 있었다. 전시대 앞에서 반쯤 드러난 신비로운 형태와 정적과 침묵은 우리의 심장을 가득 메운 크나큰 안도감을 절절히 느끼기에 더할 나위 없이 좋았다.

우리는 이웃한 전시실로 들어갔다. 아무도 선뜻 말문을 열지 않았다. 우리의 두 손은 어느새 서로를 찾아 움직였고 마침내 손을 꼭 맞줘었을 때 루스가 말문을 터뜨렸다.

"어떻게 이렇게 끔찍하고 비극적인 일이 있을 수 있죠? 존 삼촌이 가여워서 어떻게 해요? 그림자의 세계에서 우리에게 이 끔찍한 사실을 전하려고 돌아오신 것 같아요. 아, 신이시여! 하지만 난 지금 너무나 마음이 놓여요!"

그녀는 한두 번 흐느끼느라 숨을 헉헉거리고는 내 손을 꼭 잡았다.

"끝났어요, 루스. 영원히 끝났어요. 당신이 겪은 슬픔과 고귀한 용기와 인내에 대한 기억을 제외하면 아무것도 남지 않았어요."

"도무지 실감이 나지 않아요. 영영 끝나지 않는 끔찍한 악몽을 꾼 기분이에요."

그녀가 웅얼거리듯 말했다.

"이제 다 잊어요. 앞으로 시작될 행복한 시간만 생각해요."

그녀는 아무 말도 하지 않았다. 다만 다시 짧게 흐느낀 후 그동안 영웅적인 인내심으로 버티고 버텨 온 기나긴 악몽 같았던 시간을 들려주었다.

우리는 조용히 발을 옮겨 정적을 깨뜨리지 않으면서 넓은 문을 지나 두 번째 방으로 천천히 걸어갔다. 벽에 죽 늘어세워 놓은 미라 관의 희미한 형체가 어렴풋이 빛을 발했다. 말 없는 커다란 구경꾼들이 몇 세기 동안 그늘진 가슴속에 간직한 추억들과 함께 뜬눈으로 그곳을 지키고 있었다. 그들은 훌륭한 친구들이었다. 이미 사라진 세계의 존경스러운 생존자들은 그들의 새로운 거처를 감싸고 있는 어둠 속에서 우리를 지켜보고 있었다. 하지만 말없이 지켜보는 그들에게서는 어떤 악의나 위협도 느껴지지 않았다. 오히려 덧없는 오늘을 사는 생명체들에게 엄숙한 축하를 보내는 것 같았다.

방의 중간쯤 갔을 때 다른 동료들 사이에서 두드러지는 유령 같은 형체가 나타났다. 얼굴이 있는 곳은 흐릿하고 어두운 반점처럼 보였다. 우리는 한마음으로 그 앞에 발길을 멈췄다.

"이게 누군지 알겠어요, 루스?"

"물론 알죠. 아르테미도루스잖아요."

우리는 손을 잡고 미라를 보면서 흐릿한 기억의 실루엣 속에 여전히 생생한 추억들을 집어넣기 시작했다. 나는 그녀를 내 쪽으로 더 가까이 당기며 이렇게 속삭였다.

"루스! 우리가 여기에 마지막으로 왔던 때를 기억해요?"

"그 기억을 잊을 수 있으면 좋겠어요!"

그녀가 열정적으로 대답했다.

"오, 폴! 그때 내가 얼마나 슬펐는지 당신은 모를 거예요! 그 비참한 기분이란! 당신에게 그런 말을 하면서 가슴이 찢어지는 것 같았어요. 내가 그렇게 떠날 때 당신도 가슴이 아팠나요?"

"가슴이 아팠냐고요? 그날 그 순간을 겪은 후에야 나는 비로소 가슴이 찢어지는 슬픔이라는 표현을 확실히 이해하게 되었어요. 내 삶에서 빛이 영원히 사라진 것 같았어요. 하지만 그 와중에도 아주 작고 밝은 점 하나가 남았죠."

"그게 뭐였는데요?"

"당신이 내게 해 준 약속이요. 경건한 약속. 끈기를 가지고 기다리면 당신이 그 약속을 지킬 날이 꼭 올 것 같았어요. 아니, 그러기를 바랐어요."

그녀는 내게 좀 더 다가와 턱을 내 어깨에 내려놓은 후 자신의 뺨을 내 뺨에 갖다 대었다.

"내 사랑, 지금이에요? 그날이 온 거예요?"

내가 속삭였다.

"네, 그래요. 지금이에요. 앞으로도 영원히요."

그녀도 부드럽게 속삭였다.

나는 그녀를 품에 안았다. 그녀를 그토록 숭배했던 내 심장에 그녀를 꼭 붙였다. 앞으로 우리를 아프게 할 슬픔도, 우리를 괴롭힐 불행도 없을 터였다. 왜냐하면 우리는 손을 꼭 잡고 지상에서의 순례를 마칠 것이며 그 길은 너무나 짧게 느껴질 것이기 때문이다.

시간의 모래알은 정의로운 사람이든 부정한 사람이든, 행복한 사람이든 불행한 사람이든 상관없이 똑같이 빠르게 흘러내린다. 그 시간이 우리가 나온 방에서 여전히 고생하는 사람들에게는 느리게 갔다. 반면 우리의 황금 모래알은 순식간에 흘러내려 우리가 그 사실을 깨닫기 전에 유리 속의 모래는 텅 비어 있었다. 완벽한 행복에 잠겨 있던 우리는 열쇠가 돌아가며 문이 열리는 소리에 화들짝 정신을 차렸다. 루스가 소리를 잘 들으려고 고개를 들었다. 우리는 짧게 입술을 마주쳤다. 그런 후 우리의 고통을 지켜보고 우리가 행복을 거머쥐는 순간까지 증인이 된 친구에게 무언의 인사를 한 후 몸을 돌려 재빨리 왔던 길을 되돌아갔다. 텅 빈 전시실에 사람들의 말소리가 울리기 시작했다.

"암실로 되돌아가지 말아요. 이제 거기는 어둡지 않으니까요."

루스가 말했다.

"왜요?"

내가 물었다.

"왜냐하면 그 방에서 나올 때 내가 무척 창백했잖아요. 그런데 지금은, 음, 그렇게 안색이 핼쑥하지 않을 테니까요. 게다가 가여운 존 삼촌이 거기에 그렇게 계신데 나만 행복에 들떠 있는 이기적인 모습을 보여 드리기가 죄송해요."

"그런 생각 말아요. 이건 우리의 인생이에요. 우리는 행복해질 권리가 있어요. 물론 가기 싫으면 안 가도 되지만요."

나는 열린 문에서 나오는 빛의 기둥을 지나 그녀를 능숙하게 안내했다.

손다이크 박사님이 다른 사람들과 방에서 나오며 말했다.

"우리는 네거티브를 네 장 현상했어. 지금은 노베리 박사님에게 위임해 두었네. 다 마르면 그분이 서명을 하실 거야. 증거로 쓰려면 서명을 해야 하니까. 이제 두 사람은 뭘 할 건가요?"

나는 루스의 의견을 궁금해하며 그녀를 바라보았다.

"당신이 나를 배은망덕한 여자라고 생각하지 않는다면 오늘 밤은 아버지와 단둘이 보내고 싶어요. 아버지는 지금 너무 약해지셨어요. 그래서……."

"알아요. 이해해요."

내가 금방 대답했다. 그 말은 진심이었다. 고드프리 벨링엄 씨는 감정의 기복이 심한 분이었다. 상황에 갑작스러운 반전이 일어난 것은 물론 형이 비극적인 죽음을 맞이했다는 사실을 들으면 엄청난 충격을 받을 것이 분명했다.

"그렇다면 자네는 나를 도와주게. 벨링엄 양을 댁까지 모셔다 드리고 우리 집에서 나를 기다려 주겠나?"

나는 그러겠다고 대답했다. 우리는 전기등을 가진 노베리 박사님의 안내를 받으며 우리가 들어왔던 길로 되돌아갔다. 적어도 우리 두 사람은 들어올 때와 완전히 다른 기분이 되어 있었다. 우리는 정문에서 헤어졌다. 손다이크 박사님이 루스에게 "안녕히 가십시오"라고 인사를 건네자 그녀는 눈물을 글썽이며 그를 올려다보고 악수를 했다.

"손다이크 박사님, 고맙다는 인사도 제대로 못 드렸군요. 과연 인사를 다 드릴 수나 있을지 모르겠어요. 박사님이 저와 제 아버지에게 베풀어 주신 은혜는 죽는 날까지도 갚을 수 없을 거예요. 박사님은 제 아버지의 목숨을 구해 주셨고 끔찍한 불명예로부터 저를 구해 주셨어요. 안녕히 계세요. 항상 신의 가호가 있기를 바랍니다!"

그렇게 빠르게 갈 필요도 없는데 동쪽으로 쏜살같이 달려가는 이륜마차에는 이 도시의 넓디넓은 경계 안에서 가장 행복한 두 사람이 타고 있었다. 나는 마차 안으로 들어오는 가로등 불빛으로 루스의 얼굴을 바라보았다. 그리고 그녀의 얼굴이 얼마나 변했는지 깨닫고 깜짝 놀랐다. 그녀의 두 볼은 또다시 장밋빛으로 물들었고 그녀를 잔뜩 억누르며 나이 들어 보이게 했던 뻣뻣하고 긴장한 모습이나 초췌한 느낌도 사라지고 없었다. 그 자리에 돌아온 소녀 같은 사랑스러움에 매료되어 처음 느꼈던 사랑을 다시 맛볼 수 있었다. 기다란 속눈썹을 들어 올리며 헤아릴 수 없이 상냥한 미소를 지으며 나를 바라볼 때는 보조개도 되돌아와 있었다.

그 짧은 여정 동안 우리는 별로 할 말이 없었다. 손을 꼭 잡고 우리의 시련이 지나갔다는 사실을 실감하며 가만히 앉아 있는 것만으로도 충분히 행복했다. 운명의 교차로에 가로막혀 우리가 헤어질 일은 더 이상 없을 터였다.

주문대로 우리를 네빌스 코트의 입구에 내려 준 마부는 어리둥절한 모양이었다. 그는 우리가 좁은 골목으로 사라지는 모습을 멍하니 지켜보았다. 밤이라 주민들은 잠자리에 들었고 우리가 돌아오는 모습을 본 사람들은 어디에도 없었다. 우리가 대문 바로 안쪽에서서 잘 자라는 작별 인사를 나눌 때 어두운 집에서 우리를 훔쳐보는 호기심에 찬 시선은 보이지 않았다.

"내일 우리 집에 올 거죠?"

그녀가 물었다.

"오지 않고 배길 수 있을 것 같아요?"

"못 배기겠죠. 최대한 빨리 오세요. 아버지가 당신을 보고 싶어서 안달을 하실 거예요. 내가 이제 말씀드릴 테니까요. 그리고 기억해요. 우리를 구해 준 사람은 바로 당신이에요. 잘 가요, 폴."

"잘 자요, 내 사랑."

그녀는 스스럼없이 입맞춤을 받기 위해 얼굴을 가까이 댔다. 그러고는 낡은 문을 향해 달려가 그곳에서 마지막으로 손을 흔들어주었다. 허름한 문을 닫고 나오자 그녀는 내 시야에서 사라지고 없었다. 하지만 그녀의 사랑이 밝힌 빛은 여전히 나와 함께였다. 그 빛으로 컴컴한 골목길은 어느새 아름다운 영광의 오솔길이 되어 있었다.

019

기묘한 회합

손다이크 박사님 댁의 오크 문에 아직도 붙어 있는 종이쪽지가 눈에 들어온 순간 나는 충격 아닌 충격에 휩싸였다. 쪽지를 처음 본 이후로 너무나 많은 일들이 일어났기에 그때는 내 인생에서 머나먼 과거가 된 것 같았다. 이런 생각에 잠겨 쪽지를 뜯고 압정을 뽑은 후 문을 열고 들어갔다. 바깥의 오크 문은 열어 두고 안쪽 문만 닫은 채 가스등을 켜고 방 안을 서성거리기 시작했다.

이렇게 근사한 이야기가 또 있을까! 손다이크 박사님이 사건의 진상을 밝힌 순간 천지개벽을 한 것 같지 않은가! 언젠가 내 스승의 섬세한 뇌가 놀라운 결론에 다다르기까지 어떤 추론 과정을 거쳤는지 거꾸로 되짚어 보리라. 하지만 지금 머릿속은 나만의 행복으로 가득 차 다른 것은 생각할 수 없었다. 어디를 봐도 루스의 모습이 보였다. 마차 안에서 사랑스러운 얼굴로 생각에 잠겨 눈을 내리깔고 있던 그녀의 모습이 떠올랐다. 보드라운 뺨의 감촉과 문 앞에서 나눈 이별의 입맞춤의 느낌이 되살아났다. 너무나 솔직하고 단순하면서도 친밀하고도 결정적인 느낌이랄까.

그렇게 꽤 오랜 시간이 흐른 것 같았다. 나는 기억을 되살리며 환희에 차 있느라 시간이 가는 줄도 몰랐건만, 두 친구가 늦어서 미안하다며 끊임없이 사과를 한 것을 보면 말이다.

"내가 왜 여기서 기다리라고 했는지 궁금하겠지."

손다이크 박사님이 말했다.

솔직히 그런 걸 궁금해하고 있을 정신이 아니었다.

"이제부터 젤리코 씨를 만나러 갈 거라네. 이 사건의 이면에는 아직도 뭔가가 남아 있어. 그게 뭔지 밝혀내기 전에는 적어도 내 관점에서는 사건이 끝난 게 아니야."

손다이크 박사님이 말했다.

"그렇다면 내일 가도 되지 않습니까?"

내가 물었다.

"그래도 돼. 하지만 안 그러는 편이 좋을 것 같아. 이런 말도 있지 않은가. 족제비는 자고 있을 때 잡으라고. 젤리코 씨는 빈틈이 없는 사람이야. 그러니 최대한 빨리 배저 경위와 그 사람을 만나게 해 주는 게 최선일 거야."

"족제비와 오소리(배저)라. 신문 과정이 불꽃 튀겠군요."

저비스 선배가 끼어들었다.

"그런데 젤리코가 순순히 털어놓을 거라고 생각하시는 건 아니죠?"

"절대 그럴 리가 없지. 애초에 순순히 털어놓을 게 없지 않나. 하지만 진술을 하게 될 거야. 뭔가 특별한 사정이 있었을 거야. 자꾸 그런 생각이 들어."

"시신이 박물관에 있는 줄은 언제부터 아셨습니까?"

내가 물었다.

"자네들이 알아차리기 삼십 초 전부터라고 해야겠지."

나는 깜짝 놀랐다.

"그렇다면 사진을 인화하기 전까지 모르셨다는 겁니까?"

"이보게, 내가 시체가 거기 있는지 확신하면서도 고귀한 숙녀분께서 조마조마하고 고통스러운 감정을 오래 겪도록 내버려 뒀겠나? 재빨리 막을 수도 있었는데 말이야. 아니면 좀 더 품위 있는 방법이 있다면 과학 실험이라는 허울 좋은 핑계를 대었겠나?"

"실험 이야기가 나왔으니 말인데, 노베리 박사에게 언질을 줬다면 그도 거절할 수는 없지 않았을까요?"

저비스 선배가 말했다.

"거절했을 거야. 아니, 거절해야만 했겠지. 내 '언질'이라는 것은 그도 잘 아는 명망 있는 신사가 살인을 저질렀다는 혐의를 담고 있어. 그는 분명 경찰에 내 이야기를 해야 했겠지. 그 경우 내가 뭘 어떻게 할 수 있겠나. 의심스러운 정황만 있고 확실한 증거라고는 아무것도 없는데."

우리의 대화는 계단을 올라오는 다급한 발걸음 소리와 뒤이어 들리는 요란한 노크 소리에 중단되었다.

선배가 문을 열자 잔뜩 흥분한 배저 경위가 방 안으로 총알처럼 들어왔다.

그가 다짜고짜 물었다.

"이게 무슨 일입니까, 손다이크 박사님? 젤리코 씨를 잡아넣을 정보가 있다고 장담을 하셨다 들었습니다. 그래서 지금 그를 체포할 영장도 받아 왔고요. 하지만 행동에 들어가기 전에 알려 주신 정보보다 훨씬 더 많은 정보가 완전히 다른 결론을 가리키고 있다는 사실을 말씀드리는 것이 도리일 것 같군요."

손다이크 박사님이 되물었다.

"젤리코 씨가 제공한 정보에서 나온 증거겠죠? 박물관의 미라를 검사해 신원을 확인했고, 그 미라는 젤리코 씨가 그곳에 보낸 것입니다. 그가 존 벨링엄을 살해했다고 말하지 않겠습니다. 모든 정황이 그렇게 보인다는 건 부인할 수 없지만요. 하지만 그가 은밀하게 그곳으로 시체를 유기한 행위에 대해서 직접 해명을 해야 할 겁니다."

배저 경위는 엄청난 충격을 받은 것 같았다. 한편으로는 짜증이

난 것도 같았다. 젤리코 씨가 경찰의 끄나풀에게 노련하게 던져 준 정보가 분통이 터질 만한 것이었다는 사실이 드러나기 시작했으니 말이다. 손다이크 박사님이 상황을 간략하게 정리해 들려주는 동안 그는 양손을 주머니에 넣고 있다가 씁쓸하게 말했다.

"이런, 미치겠군! 그 빌어먹을 뼈를 찾으려고 내가 얼마나 고생을 했는데! 그게 전부 조작된 증거였단 말입니까?"

"유골을 폄하하지는 말죠. 그 뼈들은 꽤 쓸모가 있었습니다. 범죄자라면 언젠가는 저지르게 되어 있는 실수를 보여 줬으니까요. 살인자는 항상 과하게 행동하기 마련입니다. 살인자가 잔뜩 몸을 낮추고 모든 것을 가만히 내버려 두면 형사들은 절대 실마리를 찾을 수 없겠죠. 하지만 지금은 우리가 움직일 시간입니다."

손다이크 박사님이 대답했다.

"여기 있는 사람이 전부 갑니까?"

배저 경위는 특히 나를 그리 곱지 않은 시선으로 바라보며 이렇게 되물었다.

"우리 모두 같이 갈 겁니다. 하지만 경위님이 보시기에 가장 적절한 때에 체포를 하십시오."

박사님이 말했다.

"그게 일반적인 절차죠."

경위는 툴툴거렸지만 더 이상 반대하지 않았다. 마침내 우리는 발걸음도 힘차게 길을 나섰다.

템플 구역에서 링컨스 인은 그리 멀지 않다. 우리는 오 분 만에 챈서리 레인의 입구에 도착했다. 이 분 후 우리는 뉴 스퀘어에 당당하게 서 있는 고택의 현관 앞에 둥글게 모여 섰다.

"2층 앞쪽에 불이 켜져 있는 것 같군요. 내가 벨을 울리기 전에 몸을 피하는 것이 좋겠소."

경위가 말했다.

하지만 그렇게 조심할 필요도 없었다. 경위가 초인종의 줄을 당기기도 전에 거리 쪽으로 난 문 바로 위의 열린 창문으로 누가 머리를 쑥 내민 것이다.

"누구요?"

머리를 내민 사람이 물었다. 목소리로 보아 그 남자는 젤리코 씨였다.

"나는 범죄 수사과에서 나온 배저 경위요. 아서 젤리코 씨를 보러 왔소."

"그렇다면 나를 보시오. 내가 아서 젤리코니까."

"젤리코 씨, 당신의 체포 영장을 가지고 왔습니다. 당신은 존 벨링엄 씨를 살해했다는 혐의를 받고 있습니다. 고인의 시신이 영국 박물관에서 발견되었습니다."

"누가 찾았소?"

"손다이크 박사입니다."

"역시 그랬군. 그도 여기 있소?"

젤리코 씨가 물었다.

"그렇습니다."

"하! 그래, 지금 나를 체포하시겠다는 거요?"

"그렇습니다. 그러려고 여기까지 왔으니까요."

"그렇다면 몇 가지 조건을 보고 체포에 응하겠소."

"나는 아무 조건도 제시하지 않습니다, 젤리코 씨."

"그렇겠죠. 조건은 내가 제시할 거요. 당신은 받아들이기만 하시오. 그렇게 못 하겠다면 나를 체포할 수도 없을 거요."

"그런 식으로 나와 봐야 소용없습니다. 순순히 들여보내 주지 않으면 억지로라도 들어갈 겁니다. 미리 말하지만 이 집은 이미 포위되어 있습니다."

경위가 말했다.

"내 말을 허투루 듣지 마시오. 내 조건을 들어주지 않으면 절대 체포할 수 없을 거요."

젤리코 씨가 차분하게 말했다.

"좋소, 도대체 무슨 조건입니까?"

마침내 경위가 한발 물러났다.

"진술을 하고 싶소."

젤리코 씨가 대답했다.

"그래도 좋습니다. 하지만 경고하는데, 선생이 하신 말씀은 선생에게 불리한 증거로 이용될 수 있습니다."

"당연하오. 다만 손다이크 박사가 있는 자리에서 진술을 하고 싶소. 그에게서 시신의 소재를 알아낸 조사 과정에 대해서도 설명을 들었으면 하오. 물론 그가 원해야 하겠지만."

"서로 아는 것을 알려 주자는 말씀이시군요. 저는 기꺼이 제안에 따르겠습니다."

손다이크 박사님이 말했다.

"아주 좋습니다. 그렇다면 내 조건은 이렇소. 먼저 손다이크 박사의 이야기를 듣고 내가 진술을 하겠소. 질문이나 토론이 필요하다면 그것과 병행하고. 우리가 설명을 끝낼 때까지 나는 자유의 몸이며 어떤 간섭이나 방해도 받지 않을 거요. 여기까지 다 끝나면 경위가 어떤 조치를 취하든 저항하지 않고 따르겠소."

"그렇게는 안 됩니다."

경위가 강하게 나갔다.

"그렇소?"

젤리코 씨는 쌀쌀맞게 말했다. 그러더니 잠시 후 이렇게 말했다.

"결정을 서두르지 마시오. 나는 이미 경고를 했소."

젤리코 씨의 무덤덤하기 짝이 없는 어조에는 경위를 불안하게 만드는 구석이 있었다. 그랬기에 그는 손다이크 박사님을 돌아보며 나지막하게 말했다.

"무슨 꿍꿍이일까요? 아시다시피, 저자는 도망칠 수 없어요."

"몇 가지 가능성이 있습니다."

손다이크 박사님이 대답했다.

"음, 그렇겠죠."

경위가 당황스러운 듯 턱을 톡톡 치며 대답했다.

"반대할 이유가 어디에 있습니까? 진술을 해 주면 수고를 덜 거 아닙니까. 신중을 기하는 편이 낫습니다. 억지로 진입하려면 시간도 걸릴 테고요."

"어떻소. 내 조건을 받아들일 거요, 말 거요?"

젤리코 씨가 창틀에 한 손을 올린 채 물었다.

"좋습니다. 받아들이겠습니다."

배저 경위가 불퉁하게 대답했다.

"내가 모든 이야기를 끝마칠 때까지 어떤 식으로도 나를 괴롭히지 않겠다고 약속하는 거요?"

"약속합니다."

순간 창가에서 젤리코 씨의 머리가 사라지고 창문이 닫혔다. 잠시 후 육중한 빗장이 삐걱거리고 사슬이 철커덕거리는 소리가 들리는가 싶더니 커다란 문이 활짝 열렸다. 그곳에는 한 손에 구식 촛대를 든 젤리코 씨가 차분하고 무덤덤한 표정으로 서 있었다.

"다른 사람들은 누구요?"

그는 안경 낀 눈으로 밖을 날카롭게 둘러보며 말했다.

"저 사람들은 내가 데리고 온 게 아닙니다."

경위가 대답했다.

"이 사람들은 버클리 선생과 저비스 선생입니다."

손다이크 박사님이 대답했다.

"하! 그분들까지 부르다니 친절하고 배려가 깊으시네요. 자, 신사 여러분, 어서 들어오시지요. 우리의 작은 토론이 흥미진진하리라 장담합니다."

젤리코 씨가 말했다.

그는 예의 바르지만 뻣뻣한 태도로 문을 잡아 주었다. 우리는 배저 경위를 선두로 하여 홀로 들어갔다. 젤리코 씨는 살며시 문을 닫은 후 앞장서서 우리를 위층의 방으로 안내했다. 창문에서 머리를 내밀고 투항 조건을 일러 주던 바로 그 방이었다. 그곳은 널찍하고 천장이 높아 위엄이 느껴지는 근사하고 오래된 방이었다. 벽은 패널로 마감을 했고 맨틀피스는 조각을 한 것으로 벽 중앙의 납작한 장식 쇠붙이에는 '1671'이라는 연도와 함께 'J.W.P.'라는 머리글자가 새겨져 있었다. 맞은편 끝에는 커다란 책상이 있고 그 뒤로 쇠로 된 금고가 보였다.

"이렇게 찾아오시리라 기대하고 있었소."

젤리코 씨는 책상 맞은편에 의자 네 개를 놓으며 조용하게 말했다.

"언제부터 말입니까?"

손다이크 박사님이 물었다.

"지난 월요일 저녁부터죠. 그때 박사님이 이너 템플 입구에서 친애하는 버클리 선생과 이야기를 나누는 모습을 보고 박사가 이 사건에 손을 대고 있다고 직감했다오. 그것은 내가 전혀 몰랐던 상황이었소. 여러분께 셰리주 한 잔씩 대접해도 되겠소?"

젤리코 씨는 이렇게 말하며 책상 위에 디캔터와 잔이 담긴 쟁반을 내려놓았다. 그는 한 손을 마개에 올린 채 협상을 하듯 우리를 둘러보았다.

"한 잔 정도는 괜찮겠군요."

노변호사의 눈길이 마지막으로 자신을 향하자 경위가 대답했다. 젤리코 씨가 잔을 채워 어색하게 절을 하며 그에게 내밀었다. 그리고 여전히 디캔터를 손에 든 채 회유 조로 말했다.

"손다이크 박사님, 내가 한 잔 대접해도 되겠소?"

"아뇨, 괜찮습니다."

손다이크 박사님의 어조가 어찌나 단호했던지 경위가 고개를 휙 돌려 박사님을 바라보았다. 경위는 박사님과 눈이 마주치자 막 입으로 가져가려던 술잔을 든 손을 딱 멈추고 맛도 보지 않은 채 천천히 책상 위에 내려놓았다.

경위가 말했다.

"당신을 재촉하고 싶지는 않습니다, 젤리코 씨. 하지만 야심한 시각입니다. 어서 일을 마무리 짓고 싶습니다. 어떻게 하고 싶다고 하셨죠?"

"나는 일어난 사건들에 대해 자세한 진술을 하고 싶소. 그리고 손다이크 박사가 어떻게 놀라운 결론에 도달하게 되었는지 하나도 빠짐없이 듣고 싶소. 그 이야기를 듣고 나면 나를 당신 마음대로 하시오. 내가 실제로 어떤 일이 있었는지 털어놓기 전에 손다이크 박사가 먼저 이야기를 시작하는 편이 훨씬 더 재미있을 것 같군요."

"전적으로 변호사님 의견에 동의합니다."

손다이크 박사님이 말했다.

"그렇다면 이제부터 나를 무시하시오. 내가 이 자리에 없다고 가정하고 여기 모인 분들에게 설명을 해 주기 바라오."

젤리코 씨가 말했다.

손다이크 박사님이 말 대신 고개를 꾸벅하여 동의를 표했다. 그러자 젤리코 씨는 책상 뒤의 팔걸이의자에 앉아 물을 한 잔 따랐다. 그는 작은 은제 담뱃갑에서 담배 한 개비를 골라내어 조심스럽게 불을 붙인 후 의자 등에 편안하게 기대 이야기를 들을 준비를 했다.

손다이크 박사님은 빙빙 돌리지 않고 곧장 본론으로 들어갔다.

"저는 이 사건을 이 년 전 일간지 기사를 보고 처음 알게 되었습니다. 당시에는 순전히 전문가로서 학문적인 관점으로밖에 흥미가 없었습니다. 특별한 면면을 가진 사건에 대한 전문가적 관심에 불과했죠. 그럼에도 불구하고 저는 깊은 관심을 가지고 사건을 검토했습니다. 신문 기사에는 사건 당사자들의 관계에 대해서는 일언반구도 없었습니다. 누군가가 품고 있을지도 모를 동기를 짐작하는 데 실마리가 될 만한 것들 말이죠. 사건에 대한 설명만 실렸을 뿐이었죠. 그런데 이것이 독특한 이점이 되었습니다. 동기에 대해 생각하지 않고 사건을 사실 관계로만 따져 볼 수 있었거든요. 한마디로 편견 없이 진실일 가능성이 높아 보이는 가설들의 균형을 잡을 수 있었습니다. 그리고 그때 검토한 가설들이 처음부터 오늘 저녁에 실험으로 증명했던 해답을 가리켰다는 사실을 알면 모두 놀라실 겁니다. 그러므로 추후에 다른 사실들을 입수하기 전에 신문에 실렸던 사실들을 바탕으로 추론해 거둔 결론부터 소개를 하는 것이 좋을 듯합니다.

신문에서 보도한 사실들로 볼 때 확실히 실종을 설명할 수 있는 가설은 네 가지였습니다.

1. 남자는 살아 있으며 어딘가에 몸을 숨기고 있다. 이럴 가능성은 매우 낮았습니다. 근거로는 지난 사망 추정 결정 심리에서 변호사였던 로럼 씨가 제시했던 여러 이유와 앞으로 제가 제시할 이유들을 들 수 있습니다.

2. 사고나 질병으로 사망했다. 그래서 시신은 신원 확인을 할 수 없었다. 그런데 실종자가 명함을 비롯해 신원을 확인할 수 있는 수단을 다양하게 지니고 있었던 점을 고려하면 이 가설의 가능성은 첫 번째 가설보다 훨씬 더 낮았습니다.

3. 휴대중이었던 귀중품 때문에 낯선 사람에게 살해되었다. 이 가설도 같은 이유로 가능성이 매우 낮았습니다. 다시 말해서 그렇게 사망했다고 해도 신원을 확인할 수 있었을 테니까 말입니다.

이 세 가지 가설은 소위 외부 해석입니다. 세 가지는 언급된 사건 당사자들과 아무런 관계도 없었습니다. 일반적인 이유로 모두 가능성이 확실히 희박했으니까요. 게다가 세 가지 모두 고드프리 벨링엄 씨의 집 정원에 스카라베가 떨어져 있었다는 사실을 설명할 수 없다는 결정적인 문제점이 있었습니다. 그런 이유로 나는 이 가설들을 배제하고 네 번째 가능성에 관심을 기울였습니다. 그것은 실종자가 기사에서 언급된 사건 당사자들 가운데 누군가에게 목숨을 잃었다는 것입니다. 기사에 나온 사건 당사자는 세 사람이었으므로 가설 또한 당연히 세 가지가 있습니다. 즉,

존 벨링엄은 (a) 허스트 씨에게 또는 (b) 벨링엄 가족에게 또는 (c) 젤리코 씨에게 살해되었다.

자, 저는 학생들에게 항상 이런 사실을 강조했습니다. 조사를 시작할 때 반드시 해야 할 질문이 있다고 말입니다. 바로 이 질문입니다. '실종자가 살아 있을 때 언제 마지막으로 확실히 목격되었나' 혹은 '마지막으로 확실히 살아 있었다고 알려진 때가 언제인가.' 신문 기사를 읽은 후 저도 같은 질문을 했습니다. 그리고 존 벨링엄의 살아 있는 모습이 마지막으로 목격된 때와 장소는 1902년 10월 14일 블룸즈버리 퀸 스퀘어 141번지라는 해답을 얻었습니다. 그가 그 시점에 그 장소에서 살아 있었다는 사실은 의심의 여지가 없습니다. 왜냐하면 동시에 그와 매우 친밀한 관계인 두 사람에게 목격되었기 때문입니다. 그중 한 명이 노베리 박사님으로 분명히 객관적

인 증인이었습니다. 그날 이후로 존 벨링엄을 알고 신원을 확인할 수 있는 사람 가운데 죽었든 살았든 그를 본 사람은 단 한 명도 없었습니다. 허스트 씨의 하녀는 11월 23일에 그를 보았다고 증언을 했습니다. 하지만 이 하녀는 존 벨링엄과 안면이 없었습니다. 그러므로 그녀가 본 사람이 과연 존 벨링엄인지는 확신할 수 없습니다.

그러므로 실종일은 사람들이 생각하는 것처럼 11월 23일이 아니라 10월 14일이었던 것입니다. 그렇다면 우리가 풀어야 할 문제는 '존 벨링엄이 허스트 씨의 집으로 들어간 후 어떻게 되었나'가 아니라 '퀸 스퀘어에서 위의 두 사람과 대화를 나눈 후 어떻게 되었나'가 되어야겠죠.

그런데 14일의 대화를 조사의 진짜 시작점으로 보아야 한다고 결론을 내리자마자 충격적인 정황이 눈에 들어오더군요. 젤리코 씨가 존 벨링엄을 죽일 이유가 있었다면 그는 잠재적인 살인자의 운명에서 좀처럼 만나기 힘든 천금 같은 기회와 마주친 것이 확실했습니다.

이 사실들을 생각해 보세요. 존 벨링엄은 단신으로 해외로 나갈 것으로 알려져 있었습니다. 정확한 목적지는 밝히지 않았죠. 그는 기간을 정해 놓지 않고 이 나라를 비울 계획이었는데, 그 기간은 최소 삼 주였습니다. 그가 모습을 감춘다고 한들 뭐라고 할 사람은 없을 것입니다. 적어도 몇 주 동안은 그가 없다고 곧장 수사가 시작되지도 않을 겁니다. 그동안 살인자는 느긋하게 시체를 처리하고 범죄의 흔적을 감출 수 있을 겁니다. 살인자의 관점에서 볼 때 이렇게 이상적인 상황은 없겠죠.

그런데 그게 다가 아니었습니다. 존 벨링엄이 모습을 감춘 바로 그 기간에 젤리코 씨는 영국 박물관에 죽은 인간의 시체로 공인된 것을 전달하기로 되어 있었습니다. 게다가 그 시신은 봉인된 용기에 꽁꽁 감춰진 채였죠. 가장 독창적인 살인자가 고안한 시체 처리법 가운데 이보다 더 완벽하거나 확실한 방법이 또 있을까요? 그런데 이 계획에는 한 가지 약점이 있습니다. 미라는 존 벨링엄이 모습을 감춘 후에 퀸 스퀘어를 떠난 것으로 알려질 테니 결국에는 누군가는 의심을 하게 되겠죠.

일단 여기서 현재로 돌아오겠습니다. 먼저 다음 가설을 살펴보도록 하죠. 즉, 실종자가 허스트 씨에게 죽임을 당했다는 가설입니다.

먼저 자신을 존 벨링엄이라고 밝힌 인물이 허스트 씨의 집을 실제로 방문했다는 것은 의심의 여지가 없어 보였습니다. 그 후 그 남자는 집을 떠났든지 안에 남아 있었겠죠. 만약 떠났다면, 아무에게도 들키지 않고 떠났습니다. 남았다면 살해되어 시신이 어딘가에 숨겨져 있다고 보는 것이 타당할 것입니다. 이제 이 두 가지 가설을 살펴보도록 하겠습니다.

다른 사람들이 생각했던 것처럼, 그 손님이 정말로 존 벨링엄이었다고 가정을 합시다. 우리는 점잖은 중년 신사를 상대하고 있습니다. 그런 남자가 집을 찾아와 머무르겠다는 의사를 밝힌 후 아무도 모르게 그 집을 빠져나갔다는 주장은 받아들이기가 어렵습니다. 게다가 문제의 남자는 영국에 도착하자마자 짐을 채링 크로스 역의 수하물 보관소에 맡긴 채 기차를 타고 엘텀에 온 것처럼 보입니다. 이런 행동에서 보여 준 명확한 목적의식은 그 집에서 아무렇지 않게 사라진 것과 전혀 맞지 않습니다.

한편 그가 허스트 씨에게 살해되었을지도 모른다는 가정도 말이 안 됩니다. 물론 물리적으로는 가능합니다. 허스트 씨가 서재에 들어갔을 때 정말 존 벨링엄이 그곳에 있었다면 살인이 저질러졌을 수도 있습니다. 적절한 방법으로 말이죠. 그리고 벽장이나 다른 곳에 잠시 시신을 숨겨 두었겠죠. 하지만 이론적으로는 가능하다고 해도 실제로는 불가능합니다. 그럴 만한 기회가 없었습니다. 발각될 위험과 뒤따르는 어려움 또한 매우 컸을 것입니다. 그곳에서 사람을 죽였다고 확신할 만한 증거는 눈곱만큼도 없었습니다. 허스트 씨가 하인들이 있는 집을 즉시 떠난 행동도 시체를 그곳에 숨겨 두었다는 가정에 전혀 들어맞지 않습니다. 그러므로 존 벨링엄이 자발적으로 그 집을 떠났다는 추측도 신빙성이 없고 떠나지 않았다는 추측도 똑같이 받아들이기 어렵습니다.

그런데 여기에 세 번째 가능성이 존재합니다. 이상하게도 이런 생각을 떠올린 사람이 아무도 없었던 것 같지만 말이죠. 그 손님이 존 벨링엄이 아니라 그를 사칭한 다른 사람이었다면 어떨까요? 그렇다고 하면 곤란한 문제들이 말끔하게 해결될 것입니다. 이상하게 자취를 감춘 것도 이상하지 않죠. 왜냐하면 가짜는 허스트 씨가 집에 와서 들통이 나기 전에 그곳을 떠나야 할 테니까요. 그런데 이 가설을 받아들이면 또다시 두 가지 문제가 나타납니다. '그 가짜는 누구였나?' 그리고 '왜 가짜 행세를 했을까?'

자, 그 가짜는 허스트 씨일 리 없습니다. 하녀가 그를 알아볼 테니까 말이죠. 그러므로 고드프리 벨링엄 씨나 젤리코 씨 혹은 제삼자일 수밖에 없습니다. 그런데 기사에서 언급된 제삼자가 없었기 때문에 저는 저 두 명을 상대로 추측을 한정했습니다.

먼저 고드프리 벨링엄 씨부터 살펴보죠. 하녀가 그의 얼굴을 알고 있었는지 아닌지 알려지지 않았습니다. 그래서 저는 알려지지 않은 것으로 가정을 했는데, 나중에 보니 틀렸더군요. 어쨌든 제 가정대로라면 그가 형의 행세를 했을 수도 있습니다. 하지만 왜 그랬을까요? 그는 살인을 저지를 수도 없었습니다. 시간이 충분하지 않았거든요. 존 벨링엄이 채링 크로스 역으로 출발하기도 전에 우드퍼드를 떠났어야만 했습니다. 설령 형을 죽였다고 해도 이런 소동을 일으킬 이유가 없습니다. 그냥 얌전히 지내면서 아무것도 모르는 척하면 되었을 테니까요. 그러므로 고드프리 벨링엄 씨가 형을 사칭했을 가능성은 없습니다.

그렇다면 젤리코 씨였을까요? 이 질문에 대한 해답은 다음 질문을 해결하면 자연히 나옵니다. '그는 왜 존 벨링엄을 사칭해야 했을까?'

이 미지의 신사는 무슨 동기로 모습을 드러낸 후 존 벨링엄이라고 밝히고 자취를 감추었을까요? 생각해 볼 수 있는 동기는 단 하나뿐입니다. 즉, 존 벨링엄이 실종된 날짜를 확실하게 각인시키려는 것이죠. 그가 살아 있는 모습이 마지막으로 목격된 명확한 일시를 제공하는 것입니다.

그렇다면 누가 그런 동기를 가지고 있을까요? 한번 살펴보도록 하죠.

방금 저는 젤리코 씨가 존 벨링엄을 죽이고 미라의 관에 시신을 유기했다면 한동안은 절대적인 안전을 확보할 수 있을 것이라고 했습니다. 하지만 그의 갑옷에도 약점이 있습니다. 한 달 정도라면 존 벨링엄이 보이지 않는다고 해도 별문제가 없겠죠. 하지만 그가 계속 돌아오지 않으면 수사가 시작될 것입니다. 게다가 그가 퀸 스퀘어를 떠난 후 본 사람이 아무도 없는 듯하니 그가 마지막으로 목격되었을 때 함께 있었던 사람은 젤리코 씨로 밝혀지게 되겠죠. 게다가 실종자가 살아 있는 모습이 마지막으로 목격된 후 얼마 있다가 미라가 박물관으로 보내졌다는 사실도 사람들이 떠올리게 될 겁니다. 그 결과 의심이 생겨나고 끔찍한 수사가 시작될 수도 있죠. 그런데 존 벨링엄이 젤리코 씨와 만난 지 한 달이 지난 후와 미라가 박물관으로 보내진 지 몇 주 후에도 여전히 살아 있는 모습이 목격되었다면 어떨까요? 그렇게만 믿게 할 수 있다면 젤리코 씨는 어떤 식으로든 존 벨링엄의 실종과 연결될 일이 없을 테고 그 후로는 절대적으로 안전할 겁니다.

신문에 실린 이 부분을 자세하게 검토한 후, 위와 같은 가정을 바탕으로 저는 이런 결론을 이끌어 냈습니다. 즉, 허스트 씨 집에서 일어난 기묘한 사건에 대한 합리적인 설명은 그 손님이 존 벨링엄이 아니라 그를 사칭한 누군가였다는 것뿐이며 그 사람은 젤리코 씨일 수밖에 없다는 것입니다.

남은 것은 고드프리 벨링엄 씨와 그분의 따님의 경우를 따져 보는 것입니다. 물론 분별력을 갖춘 사람이 어떻게 그들 중 누구를 진지하게 의심을 할 수 있는지 이해가 되지 않지만 말이죠."

(바로 이때 배저 경위가 씁쓸한 미소를 지었다.)

"그 부녀에게 불리한 증거는 무시해도 상관이 없었습니다. 그들의 집 근처에서 스카라베가 나타났다는 사실을 제외하면 그 두 사람과 사건을 연결할 만한 것이 아무것도 없기 때문이죠. 스카라베 건은 상황이 달랐다면 매우 의심스럽게 보였을 겁니다. 하지만 이번에는 그 스카라베가 다른 의심스러운 관계자인 허스트 씨가 몇 분 전에 지나갔던 지점에서 발견되었다는 사실로 아무 의미도 없게 되었습니다. 그러나 스카라베로 두 가지 중요한 결론을 내릴 수 있었죠. 즉, 존 벨링엄은 분명 살해되었을 것이다. 스카라베가 발견될 당시 그곳에 있었던 네 사람 가운데 적어도 한 사람에게 시신이 있었다. 그 네 명 가운데 한 명에 관해서라면 그 상황에서 한 가지 힌트를 얻을 수 있습니다. 스카라베를 의도적으로 그곳에 놓아 둔 거라면 스카라베를 발견할 가능성이 가장 높은 사람은 그곳에 둔 사람일 것입니다. 그런데 스카라베를 발견한 사람은 젤리코 씨였죠.

이 힌트에 따라 젤리코 씨가 스카라베를 떨어뜨린 동기가 뭐였을지 생각해 보면, 그를 살인자라고 가정하면 해답은 명백합니다. 그의 목적은 범죄를 특정인의 소행으로 못 박으려는 것이 아닙니다. 오히려 서로 충돌하는 복잡한 증거들을 심어서 수사관들의 주의를 끌되 자신에게서 주의를 돌리는 것이었죠.

물론, 허스트 씨가 살인자라면 그에게는 스카라베를 그곳에 놓아둘 동기가 충분히 있습니다. 그래서 젤리코 씨를 범인으로 모는 가정은 결론을 맺지 못했습니다. 다만 그가 스카라베를 발견했다는 사실만큼은 의미심장했습니다.

여기까지가 실종 당시의 상황을 설명한 최초의 신문 기사에서 확보한 단서들을 분석한 결과입니다. 기사에서 거둔 결론은 앞으로 보시겠지만 다음과 같았습니다.

1. 실종자가 실종된 후 스카라베를 찾았다는 사실로 증명되었다시피 사망이 거의 확실하다.

2. 그는 네 사람 가운데 한 명 혹은 그 이상에게 살해되었을 것이다. 그 사실은 그들 가운데 두 사람이 살고 있었고 나머지 두 명도 접근이 가능한 집의 부지에서 스카라베가 발견된 것으로 입증되었다.

3. 위 네 사람 가운데 한 명, 즉 젤리코 씨가 마지막으로 실종자

와 함께 있었던 것으로 알려진 사람이었다. 고로 살인을 저지를 예외적인 기회가 있었다. 게다가 존 벨링엄이 실종된 후 박물관에 시신을 발송한 것으로 알려져 있다.

4. 젤리코 씨가 살인을 했다고 추정을 하면 존 벨링엄의 실종을 둘러싼 다른 정황들이 명확하게 이해된다. 반면 이와 다른 추정을 하면 그 정황들은 도무지 설명할 길이 없다.

그러므로 신문 기사에 실린 단서들은 존 벨링엄이 젤리코 씨에게 살해되었으며 그의 시신은 미라 관에 감춰져 있을 가능성을 명확하게 나타내고 있습니다.

저는 이 년 전의 제가 젤리코 씨가 살인자라고 확신을 했다는 인상을 주고 싶지 않습니다. 그렇게 확신하지 않았으니까요. 일단 신문 기사에 핵심적인 사실이 모두 담겨 있다고 믿을 만한 근거가 없었습니다. 그래서 저는 그 사건을 개연성 연구용으로만 다루었을 뿐입니다. 어쨌든 앞서 설명한 내용이 주어진 사실을 바탕으로 이끌어 낼 수 있는 유일한 결론이라고 결정을 내렸습니다.

그로부터 약 이 년이 지난 후 저는 이 사건에 대해 새로운 소식을 듣게 되었습니다. 저의 벗인 버클리 선생이 다시 관심을 쏟을 계기를 만들어 준 겁니다. 저는 확실하고 새로운 사실들을 입수했는데, 지금부터는 제가 전해 들은 순서대로 그 사실들을 살펴보겠습니다.

이 사건에 처음으로 등장한 실마리는 유언장이었습니다. 그 유언장을 읽자마자 뭔가가 잘못되었다는 사실을 직감했습니다. 유언자의 의도는 동생이 재산을 물려받는 데에 있음이 명백했습니다. 그러나 유언장을 구성하는 조항들은 도저히 그 의도를 실현시키지 못하게 하려는 것 같았죠. 유산은 매장 조항 즉, 2번 조항에 따라 상속인이 결정됩니다. 그런데 매장 문제는 원래 유언 집행인이 정리할 문제입니다. 그 집행인이 마침 젤리코 씨였죠. 그래서 유언장은 재산의 처분을 젤리코 씨의 관리하에 남겼습니다. 물론 그의 처리에 이의를 제기할 수는 있었습니다.

자, 이 유언장은 존 벨링엄이 초안을 썼지만 젤리코 씨의 사무실에서 합법한 유언장으로 최종적으로 작성되었습니다. 그 사실은 증인으로 선 서기 두 명이 입증하였습니다. 젤리코 씨는 유언자의 변호사입니다. 그러므로 유언장이 올바르게 작성되도록 노력을 기울일 의무가 있었습니다. 그런데 젤리코 씨는 전혀 그렇게 행동하지 않았습니다. 그러므로 이 사실은 유언장이 제대로 집행되지 않을 경우 이득을 보는 허스트 씨와 모종의 공모를 했을지도 모른다는 강한 의심을 불러일으킵니다. 바로 이 점이 사건에서 기이한 특징입니다. 왜냐하면 결함이 있는 조항에 책임이 있는 측은 젤리코 씨인데 정작 그로 인해 이득을 보는 측은 허스트 씨니까요.

그런데 유언장에서 가장 놀랍고도 기이한 점은 유언자가 실종된 정황에 딱 맞아떨어진 것입니다. 마치 2번 조항이 유언자가 실종된 상황을 염두에 두고 작성된 것처럼 보일 정도였죠. 유언장은 이미 십 년 전에 작성되었으니 그럴 리는 없었습니다. 만약 2번 조항을 실종 상황에 맞춰 작성할 수 없었다면 실종 상황을 2번 조항에 맞춰 연출할 수는 없었을까요? 그것은 결코 불가능하지 않습니다. 여러 상황에 비추어 볼 때 오히려 가능성이 더 커 보였죠. 정말 유언장 조항에 맞춰 사건을 짜 맞추었다면 도대체 누가 그런 일을 했을까요? 허스트 씨는 이득을 볼 수 있지만 그가 유언장의 내용을 사전에 알고 있었는지 증거가 없었습니다. 그렇다면 젤리코 씨만 남습니다. 그는 모종의 목적, 즉 부정한 목적을 위해 유언장을 잘못 작성하는 것을 보고도 묵인했을 것입니다.

결국 유언장이라는 증거가 젤리코 씨를 실종 사건의 주범으로 지목했습니다. 유언장을 확인한 후 저는 그가 범죄를 저질렀다는 강력한 의심을 품게 되었습니다.

하지만 의심과 증거는 별개지요. 저는 고발을 할 명분이 설 정도로 증거를 충분히 확보하지 못했습니다. 그러므로 구체적인 고발도 하지 않은 채 박물관 측에 접근할 수 없었죠. 이 사건에서는 아무런 동기를 발견할 수 없었다는 점이 가장 골치가 아팠습니다. 유언자가 실종된 상황으로 젤리코 씨가 무엇을 얻을 수 있는지 도무지 알 수가 없더군요. 유언자가 언제 어떻게 사망하든 그가 받는 유산은 확실했습니다. 유언자의 목숨을 앗고 시체를 숨기는 행위로 득을 보는 사람은 허스트 씨뿐이었죠. 설득력 있는 동기가 없는 한 저는 그 무엇보다 결정적인 사실을 확보해야 했습니다."

"동기에 대해서는 아무 가설도 세우지 못한 거요?"

젤리코 씨가 문득 질문을 던졌다.

그의 어조는 차분하고 무덤덤해 마치 직업적 관심밖에 없는 유명한 사건의 쟁점을 논의하는 자리에 온 것 같았다. 젤리코 씨가 손다이크 박사님의 분석에 보여 준 차분하면서 인간미 없는 관심과 박사님의 논리에서 강력한 논거를 마주칠 때마다 살짝 고개를 끄덕이며 변함없이 주의를 기울이는 모습이야말로 이 놀라운 면담에서 가장 놀라운 특징이었다.

손다이크 박사님이 대답했다.

"제게도 의견은 있었습니다만 단지 추측일 뿐이죠. 제 추측이 옳다는 확신은 없었습니다. 십 년 전 허스트 씨는 궁지에 몰린 적이 있습니다. 그런데 상당한 금액을 갑자기 마련했죠. 그 돈을 어떻게 구했는지 혹은 무엇을 담보로 구했는지 전혀 알려지지 않았습니다. 저는 이런 일이 벌어졌을 때 우연히 유언장이 작성된 상황에 주목을 했습니다. 어쩌면 그 두 가지가 관계가 있을지도 모른다는 생각이 들더군요. 하지만 단지 추측에 불과했습니다. 이런 말도 있지 않습니까. '증명하는 사람이 발견하는 사람이다.' 저는 아무것도 증명할 수 없었죠. 그러므로 젤리코 씨의 동기를 알아낸 것이 아닙니다. 지금까지도 저는 동기는 알아내지 못했습니다."

"정말 모르시오?"

젤리코 씨가 이렇게 되물었다. 그의 어조에서 생기에 가까운 뭔가가 느껴졌다. 그는 피우던 담배를 내려놓았다. 은제 담뱃갑에서 담배를 하나 더 골라낸 후 말을 이었다.

"나는 놀랍도록 훌륭한 박사님의 분석에서 가장 흥미로운 특징이 바로 그 점이라고 봅니다. 그 점이야말로 박사님의 대단한 재능이오. 사람들은 대부분 동기가 없으면 그 가설, 혹은 나와 같은 입장에서는 고발에 대해 결정적인 반대 사유로 보죠. 일관되고 끈기 있는 태도로 눈에 보이는 진짜 사실만을 추구한 박사님에게 감히 칭찬을 해 드리고 싶소."

젤리코 씨는 이렇게 말하며 뻣뻣하게 박사님에게 절을 했다. 박사님도 똑같이 뻣뻣한 태도로 답례를 했다. 그러더니 담배에 불을 붙이고 다시 의자의 등에 편안하게 기대 강의를 듣거나 연주를 감상하는 듯한 차분하고 집중하는 태도로 되돌아갔다.

손다이크 박사님이 다시 설명을 시작했다.

"그때까지 확보한 증거로는 행동에 나서기에 부족했으므로 새로운 사실이 드러날 때까지 기다리는 수밖에 방법이 없었습니다. 그런데 꼼꼼하게 실행된 여러 살인 사건들을 연구해 보면 거의 예외 없이 똑같은 현상이 나타납니다. 빈틈없는 살인자일수록 안전을 확보하려는 마음이 지나쳐서 하지 않아도 될 행동까지 해 버립니다. 지나치게 조심하는 바람에 실수를 저지르는 거죠. 그런 상황이 일관되게 일어납니다. 사실 항상 일어난다고도 할 수 있습니다. 들통이 나는 살인 사건은 다 그렇죠. 들통이 나지 않는 사건에 대해서는 할 말이 없고요. 그래서 이번 사건에도 제발 그런 실수가 나타나기를 바랐습니다. 결국 제 바람은 이루어졌죠.

의뢰인의 사건을 어떻게 풀어야 할지 막막해진 바로 그때 시드 컵에서 사람의 유해가 나타났습니다. 저는 조간신문에 난 소식을 읽었습니다. 기사로는 빈약했지만 반드시 저지를 수밖에 없는 실수가 마침내 나타났다고 확신하기에 충분한 사실들이 실려 있었습니다."

젤리코 씨가 또 끼어들었다.

"그랬소, 정말이오? 전문성이라고는 없는 뜬소문만 잔뜩 집어 넣은 기사였는데! 나는 과학적 관점에서 아무런 쓸모도 없을 거라고 생각했소."

손다이크 박사님이 맞장구를 쳤다.

"그건 그랬습니다. 하지만 그 기사에는 유해를 발견한 날짜와 장소가 나와 있었죠. 어떤 부위의 뼈가 발견되었는지도 나와 있었고요. 이 모든 것들이 무척 중요한 사실입니다. 시점을 예로 들어 보죠. 이 유골은 이 년 동안 숨죽이고 있다가 느닷없이 빛을 보게 되었습니다. 마침 이 유골처럼 숨죽이고 있던 사건 당사자들이 유언장을 둘러싸고 움직이기 시작했을 무렵이었죠. 엄밀히 말해서 사망 추정 신청 심리가 열리기 일이 주 전이었죠. 이것이야말로 확실히 놀라운 우연의 일치였습니다. 유골을 발견하게 된 상황을 고려해 보면 그런 우연이 더욱 놀랍습니다. 왜냐하면 유골이 실제로 존 벨링엄 소유의 땅에서 발견된데다가 부재중인 땅 주인을 대신해서 물냉이밭을 정리하는 작업을 하던 중에 나왔기 때문입니다. 주인도 없는데 과연 누가 그런 작업을 지시했을까요? 당연히 땅 주인의 대리인이겠죠. 그 땅 주인의 대리인은 젤리코 씨로 알려져 있었습니다. 그러므로 이 유골은 젤리코 씨의 행위로 인해 더할 나위 없이 적절한 시기에 빛을 보게 된 것입니다. 다시 강조하지만 이런 우연의 일치는 간과할 수 없었습니다.

그런데 신문 기사를 읽다 보니 무엇보다 팔을 절단한 독특한 방식이 제 관심을 끌었습니다. 팔뼈가 온전하게 남아 있었을 뿐만 아니라 해부학자들이 '견갑대肩甲帶'라고 부르는 견갑골과 쇄골이 팔에 붙어 있었기 때문입니다. 이것은 매우 놀라운 사실입니다. 해부학에 대한 지식을 보여 주는 것 같았죠. 그런데 살인자는 해부학에 조예가 있다고 하더라도 이런 경우에 그런 지식을 과시하지는 않습니다. 그렇다면 분명히 그렇게 절단할 수밖에 없었던 다른 이유가 분명히 있을 것 같았습니다. 그래서 다른 뼈들이 속속 발견되어 유골을 수습해 우드퍼드에 안치해 두자 저는 버클리에게 그곳에 가서 조사를 해 보게 했습니다. 그는 제 부탁대로 했습니다. 버클리가 조사해 온 내용은 다음과 같습니다.

양쪽 팔이 똑같이 독특한 방식으로 분리되었다. 양쪽 다 완전히 남아 있었다. 모든 뼈가 한 사람의 것이었다. 유골은 깔끔했다. 다시 말해서 연한 조직이 조금도 남아 있지 않았습니다. 뼈에는 베이거나 긁히거나 한 다른 흔적이 전혀 없었다. 시랍이 형성된 흔적도 없었다. 시랍은 시신이 물속이나 습한 환경에서 부패하면서 밀랍으로 된 비누처럼 변하는 현상을 말합니다. 오른손은 팔이 연못에 유기될 때 절단되었다. 게다가 왼손의 중지는 잘려 나가고 없었다. 저는 처음부터 특히 이 사실이 흥미로웠습니다. 하지만 지금은 그 문제를 잠시 제쳐 놓고 나중에 살펴보도록 하겠습니다."

"그 손이 인위적으로 분리된 것은 어떻게 알아차리셨소?"

젤리코 씨가 물었다.

"물에 잠겨 있던 흔적으로 알게 되었습니다. 그 손이 연못 바닥에 놓여 있던 자세는 팔에 붙어 있는 상태로는 도저히 불가능했거든요."

손다이크 박사님이 대답했다.

"박사가 내 관심을 몹시 자극하는군요."

젤리코 씨가 말했다.

"아무래도 법의학 전문가는 '흐르는 시냇물에서 책을, 뼈에서 설교를, 만사에서 증거를' 찾아내는 것 같소. 이제 방해하지 않겠소."

그러자 손다이크 박사님이 설명을 계속했다.

"버클리 선생의 관찰 내용과 검시 배심에서 나온 의학적 증거를 종합한 결과 저는 확실한 결론에 도달했습니다.

한곳에 모아 놓은 유골들은 두개골과 손가락 하나, 양쪽 슬개골을 포함해 무릎에서 발목까지의 다리뼈 두 개가 빠진 완전한 사람 하나의 골격을 이루었습니다. 이것은 매우 중요한 사실이었습니다.

왜냐하면 발견되지 않은 뼈들은 모두 존 벨링엄의 뼈일 수도 있고 아닐 수도 있는 것들이었기 때문입니다. 찾은 뼈들은 신원 확인에 쓸모가 없는 유골에 불과했습니다.

이렇게 선택적으로 뼈들이 발견된 사실이 의심스러웠습니다.

하지만 찾아낸 뼈에서도 흥미로운 추측을 할 수 있었습니다. 발견된 뼈들은 절단 방식이 독특했습니다. 평범한 사람이라면 무릎 관절을 자를 때 슬개골을 허벅지에 붙인 채 둘 것입니다. 한데 이 사건에서는 정강이뼈에 붙어 있었습니다. 머리는 대부분 목을 잘라 분리할 텐데 대신 척추에서 깔끔하게 분리되어 있었습니다. 어느 뼈나 일반적인 절단을 할 때 당연히 찾아볼 수 있는 흔적이나 긁힌 자국이 전혀 없었습니다. 게다가 시랍 현상도 보이지 않았습니다. 그렇다면 저는 이런 사실에서 어떤 결론을 이끌어 냈을까요? 첫째, 절단되어 함께 붙어 있는 뼈들의 구성이 일반적이지 않았습니다. 도대체 이게 무슨 뜻일까요? 용의주도한 해부학자라는 발상은 확실히 어처구니가 없었습니다. 그래서 그 가정은 배제했습니다. 그렇다면 다른 해석이 있었을까요? 네, 있었습니다. 그 뼈들은 인대에 의해 자연스럽게 이어져 있는 듯했습니다. 즉, 이 뼈들은 주로 근육으로 이어진 부분에서 절단되었습니다. 예를 들어 슬개골은 원래는 근육에 의해 허벅지에 달려 있습니다. 튼튼한 인대로 정강이뼈에 달려 있는 게 아니고 말입니다. 팔뼈도 똑같았습니다. 이 뼈들은 인대로 서로 연결되어 있었습니다. 다만 몸통에는 근육으로 이어져 있었습니다. 예외라면 쇄골의 한쪽 끝이었죠.

이 사실은 무척 중요합니다. 인대는 근육보다 훨씬 천천히 부패합니다. 시신에서 근육이 거의 부패했다고 해도 뼈는 인대 덕분에 여전히 결합되어 있을 수 있습니다. 그러므로 이 유골에서 절단된 뼈들이 이어져 있는 형태를 보면 시신은 절단되기 전에 부분적으로 백골 상태였다는 추측이 나옵니다. 게다가 칼로 절단을 한 것이 아니라 단지 잡아당겨서 분리를 했던 것입니다.

이런 가정은 칼자국이나 긁힌 자국이 전혀 없다는 사실로 분명하게 확인할 수 있었습니다.

다음으로는 시랍 현상이 발견된 뼈가 하나도 없었다는 사실이 있었습니다. 팔이든 허벅지든 물속에서 그대로 부패했다면 상당한 양의 시랍이 만들어져 있을 것입니다. 모르긴 몰라도 살은 반 이상 이런 물질로 바뀌어 있을 것입니다. 그러므로 시랍이 없다는 사실은 연못에 유기되기 전에 살이 대부분 사라졌거나 뼈에서 분리되었다는 사실을 의미합니다. 다시 말해서 연못에 유기된 것은 시신이 아니라 백골이었습니다.

그렇다면 어떤 종류의 백골일까요? 최근에 살해당한 사람의 백골이라면 인대를 남기기 위해 뼈에서 살을 조심스럽게 발라내었을 것입니다. 하지만 이 가능성은 매우 희박합니다. 왜냐하면 인대를 보호해야 할 목적이 있을 리 없으니까요. 뼈에 긁힌 자국이 없다는 것도 이 가설과 맞지 않았습니다.

그렇다고 묘지에서 파온 뼈로도 보이지 않았습니다. 수습해 놓은 뼈들은 너무 완전했습니다. 묘지에서 파낸 유골에서 수많은 자잘한 뼈들이 하나도 사라지지 않고 남아 있는 경우는 드뭅니다. 그런 뼈들은 대개 어느 정도는 시간이 흐르면 바스라지기 때문이죠.

뼈 거간꾼에게서 산 뼈들로도 보이지 않았습니다. 왜냐하면 이들이 공급해 주는 뼈에는 골수 공간에 약품 용액을 붓는 구멍이 나 있기 때문입니다. 이런 장사꾼들의 뼈는 한 사람의 유골인 경우도 드뭅니다. 또한 손의 작은 뼈들은 동물의 창자로 만든 줄로 꿸 수 있도록 드릴로 구멍을 뚫어 놓죠.

그렇다고 해부 실습실에서 나온 뼈도 아니었습니다. 만약 그랬다면 영양 동맥이 있었을 자리에 연단鉛丹이 있었던 흔적이 있었을 테니까요.

유골의 외형으로 추측해 볼 때 유골은 시랍이 형성될 수 없는 매우 건조한 공기 속에서 부패한 시신의 것으로, 뽑거나 쪼개어 분리했습니다. 시신 혹은 유골을 연결하는 인대들은 분리된 손에서 추측할 수 있듯이 매우 잘 부서졌습니다. 이 손은 실수로 부러뜨린 것일지도 모릅니다. 이런 설명에 모두 들어맞는 시신의 종류는 이집트 미라입니다. 미라는 잘 보존된 상태였지만 영국의 기후에 노출되자마자 빠른 속도로 부패하기 시작했습니다. 그 결과 연한 조직 가운데 가장 마지막까지 남은 부위가 인대였던 것입니다.

이 유골이 원래 미라의 일부였다는 가설은 자연히 젤리코 씨를 범인으로 지목했습니다. 만약 그가 존 벨링엄을 살해해 시신을 미라의 관에 숨겼다면 대신 미라를 처리해야 했을 것입니다. 미라는 공기에 노출되었고 난폭한 취급을 받았을 것입니다.

이 유골과 관련해 흥미로운 상황이 있었습니다. 바로 중지가 사라진 것이지요. 자, 일반적인 경우 시신의 손가락은 반지를 빼앗기 위해 절단합니다. 손가락을 자르는 목적은 귀중한 반지를 망가뜨리지 않기 위해서이죠. 그러나 이 손이 존 벨링엄의 손이었다면 목적은 그런 것이 아니었습니다. 목적은 신원을 알지 못하게 하는 것이었습니다. 반지를 줄로 자르거나 부러뜨렸다면 그 목적은 더 쉽고 훨씬 더 완벽하게 이루어졌을 텐데 구태여 손가락을 자른 것은 이 명확한 목적과 일치하지 않았습니다.

그렇다면 더 잘 어울리는 다른 목적이 있을까요? 네, 있었습니다.

만약 존 벨링엄이 그 손가락에 반지를 끼고 있었다는 사실이 알려져 있었다고 해 봅시다. 게다가 그 반지가 너무 꼭 끼었다면 손가락을 잘라 그 사실을 아주 유용하게 활용할 수 있습니다. 그렇게 하면 반지를 위해, 신원 확인을 막기 위해 손가락을 잘라 냈다는 인상을 풍길 것입니다. 그런 인상은 이번에는 그 손이 존 벨링엄의 것일지 모른다는 의심을 이끌어 내죠. 그런데 이 증거는 신원을 확인하는 데만 쓸 수 있는 것이 아닙니다. 자, 젤리코 씨가 살인자이고 시신을 어딘가에 유기했다면 그가 원하는 것은 애매한 의심일 테고 꼭 피하고 싶은 것은 확실한 증거였겠죠.

후에 존 벨링엄이 그 손가락에 반지를 끼고 있었고 반지가 손가락에 꼭 끼었다는 사실이 밝혀졌습니다. 그 사실은 바로 우리에게 손가락이 없어진 상황에 젤리코 씨가 연루되었음을 다시 한번 보여 줍니다.

이제 많은 증거를 간략하게 정리해 보죠. 여러분은 이 증거가 사소하거나 추측에 근거한 것들을 잔뜩 모아 놓은 것에 불과하다는 사실을 깨달으실 겁니다. 실제로 시신을 발견할 때까지 저는 핵심적인 사실은 고사하고 동기를 설명해 줄 실마리 하나 제대로 확보하지 못했습니다. 하지만 미미하지만 각각의 증거들은 하나같이 단한 사람, 젤리코 씨를 지목했습니다. 보시죠.

살인을 저지르고 시신을 유기할 기회가 있었던 사람은 젤리코 씨다.

고인이 살아 있는 모습이 마지막으로 목격되었을 때 함께 있었던 사람은 젤리코 씨다.

신원을 알 수 없는 시신을 박물관으로 옮긴 사람은 젤리코 씨다.

고인을 사칭할 동기가 있었던 사람은 젤리코 씨밖에 없다.

사건의 관련 인물들 가운데 그렇게 할 수 있었던 사람은 젤리코 씨밖에 없다.

스카라베를 떨어뜨릴 동기가 있었던 두 사람 가운데 한 사람이 젤리코 씨다. 그 스카라베를 발견한 사람이 젤리코 씨다. 심한 근시로 안경을 쓰고 있었기 때문에 그곳에 떨어져 있는 스카라베를 발견할 가능성이 가장 낮은 사람인데도 말이죠.

문제가 있는 유언장을 작성한 책임이 있는 사람은 젤리코 씨다.

그리고 유해에 관해서, 그 유해는 절대 존 벨링엄의 것이 아니고 특정한 종류의 시신에서 나왔다. 그런데 그런 시신을 가지고 있다고 알려져 있는 사람은 젤리코 씨밖에 없다.

고인의 시신과 그 유해를 바꿔치기할 동기가 뭐든, 그런 동기가 있을 법한 사람은 젤리코 씨밖에 없다.

마지막으로 가장 시의적절한 시기에 유해가 발견되도록 유도했던 사람은 젤리코 씨다.

심리가 열리기 전까지 제가 확보한 증거는 이상입니다. 사실 그 이후에 새로운 증거를 확보하지 못했습니다. 이것들만으로는 행동에 나서기에 턱없이 부족했습니다. 하지만 법정에서 이 사건을 다루게 되자 그럴 리는 만무하겠지만 사건이 그대로 종결되든, 새로운 방향으로 전개되든 둘 중 하나라는 사실이 명백해졌습니다.

저는 사건이 진행되는 과정을 지대한 관심을 갖고 지켜보았습니다. 젤리코 씨든 다른 사람이든 존 벨링엄의 시신을 제시하지 않은 채 유언을 집행하려고 했습니다. 물론 그 시도는 실패로 끝났습니다. 검시 배심의 배심원들은 유해의 신원을 확인하기를 거부했습니다. 유언 재판소는 유언자의 사망 추정 결정을 거부했습니다. 결국에 유언을 집행할 수 없게 되었죠.

그렇다면 다음으로 어떤 조치를 취해야 했을까요?

신원을 확인할 수 없는 시신을 유언자로 특정할 수 있는 뭔가를 제시해야 했을 것입니다.

그 뭔가는 무엇일까요?

이 질문의 해답에는 또 다른 질문의 해답도 들어 있습니다. '이 수수께끼에 대한 내 해결책이 진짜 해결책이었을까?'

제가 틀렸다면 존 벨링엄의 것이 확실한 유골이 발견되었을 것입니다. 이를테면 두개골이나 슬개골이나 왼쪽 종아리뼈가 나왔겠죠. 그것으로는 신원을 확인할 수 있을 테니까요.

제가 옳았다면 일어날 만한 일은 단 한 가지뿐이었습니다. 젤리코 씨는 법정이 신청을 받아들이지 않을 경우 감추고 있던 패를 활용할 수밖에 없을 겁니다. 그는 아마 이 패만큼은 쓰고 싶지 않았을 겁니다.

젤리코 씨는 미라의 손가락뼈가 나타나게 해야 했습니다. 그것도 존 벨링엄의 반지와 함께요. 달리 방법이 없었을 겁니다.

반드시 뼈와 반지가 함께 발견되도록 해야 했죠. 손가락뼈와 반지는 젤리코 씨가 접근할 수 있는 장소에서 발견되어야 했습니다. 뼈가 발견될 정확한 시점을 그가 정할 수 있도록 본인의 관할하에 있는 곳이어야 했습니다.

저는 제 질문의 해답을 끈질기게 기다렸습니다. 내가 옳았을까? 아니면 틀렸을까?

마침내 답이 나타났습니다.

손가락뼈와 반지가 고드프리 벨링엄 씨가 살던 집의 부지에 있는 우물에서 발견되었습니다. 그 집은 애초에 존 벨링엄 씨의 소유였죠. 젤리코 씨는 존 벨링엄의 대리인이었습니다. 그러므로 우물에서 물을 뺄 날짜를 결정한 사람이 젤리코 씨라는 점은 명명백백했죠.

드디어 신탁을 구한 것입니다.

그 발견으로 뼈들이 존 벨링엄의 것이 아니라는 사실이 결정적으로 입증되었습니다. 존 벨링엄의 뼈였다면 신원 확인을 위해 반지까지 있을 필요가 없었겠죠. 존 벨링엄의 뼈가 아니니 반지가 있었을 거고요. 여기에서 우물에 이 뼈들을 유기한 사람이 누구든 존 벨링엄의 시신을 가지고 있었다는 중요하면서도 당연한 결과를 유추할 수 있었습니다. 그럴 만한 사람은 젤리코 씨 외에 아무도 없습니다.

최종적으로 결론을 내린 후 노베리 박사님에게 세벡호테프의 미라를 검사하겠다는 허락을 구했습니다. 그 결과는 여러분도 이미 알고 계시겠죠."

손다이크 박사님이 이렇게 결론을 내리자 젤리코 씨는 생각에 잠긴 눈빛으로 그를 잠시 응시한 후 말문을 열었다.

"덕분에 지금까지의 수사 과정에 대해 완벽하고 명료한 설명을 잘 들었습니다, 박사님. 무척 즐겁게 설명을 들었소이다. 이후에 다른 상황에서 그 설명 덕을 볼 수도 있겠군요. 정말 한잔 안 하실 겁니까?"

그는 디캔터의 마개를 만지며 물었다. 그러자 배저 경위가 보란 듯이 자신의 시계를 힐끔 보았다.

"시간이 별로 없나 보군요."

젤리코 씨가 말했다.

"그렇습니다."

경위가 강조하듯 말했다.

노변호사가 말했다.

"그렇다면 나도 질질 끌지 않겠습니다. 내 진술은 지금까지 일어난 일들을 들려주는 것뿐입니다. 하지만 꼭 끝내고 싶습니다. 여러분도 재미있게 들을 수 있을 겁니다."

그는 은제 담뱃갑을 열어 담배 한 개비를 또 골라냈다. 하지만 이번에는 불을 붙이지 않았다. 배저 경위는 칙칙해 보이는 수첩을 꺼내 무릎 위에 놓았다. 나머지 사람들은 각자의 의자에 앉아 귀를 쫑긋 세우고 젤리코 씨의 진술이 시작되기를 기다렸다.

사건의 종말

 실내는 무거운 정적에 휩싸였다. 아무도 선뜻 입을 열려 하지 않았다. 젤리코 씨는 한 손에는 불을 붙이지 않은 담배를 들고 다른 손에는 물 잔을 쥔 채 깊은 생각에 잠긴 듯 책상 위를 뚫어져라 바라보며 가만히 앉아 있었다. 마침내 배저 경위가 초조한 듯 헛기침을 하며 고개를 들었다.

 "미안하오, 경위 양반. 기다리게 했구려."

 그는 물을 한 모금 마신 후 성냥갑을 열어 성냥을 하나 꺼냈다. 그러나 마음을 바꿨는지 성냥을 내려놓고 이야기를 시작했다.

 "오늘 밤 여러분을 이곳으로 불러들인 불행한 사건은 십 년 전에 시작되었습니다. 그 무렵 친구인 허스트가 갑자기 재정적으로

467

곤란을 겪게 되었습니다. 내 말이 너무 빠른가요, 경위?"

"아뇨. 전혀 그렇지 않습니다. 속기로 받아 적으니까요."

경위가 대답했다.

"고맙습니다."

젤리코 씨가 인사를 했다.

"허스트는 심각한 곤경에 처하게 되어 제게 도움을 청했습니다. 그는 약속을 지키기 위해 오천 파운드가 필요하니 빌려 달라고 하더군요. 나는 그만한 돈을 융통할 수는 있었습니다만, 허스트의 담보가 만족스럽지 않았습니다. 그래서 거절할 수밖에 없었죠. 그런데 그다음 날 존 벨링엄이 유언장 초안을 들고 나를 찾아와 최종 작성을 하기 전에 검토를 해 달라고 했습니다.

정말 해괴한 유언장이었습니다. 실제로 그런 말을 입 밖에 내뱉을 뻔했어요. 그런데 다음 순간 문득 허스트가 떠오르더군요. 그 유언장을 훑어보자마자 매장 조항을 유언자가 작성한 그대로 남겨 두면 허스트가 유산을 물려받을 가능성이 무척 높아진다는 생각이 퍼뜩 떠올랐습니다. 게다가 제가 집행인으로 임명되어 있었기 때문에 그 조항에 전적으로 영향력을 행사할 수도 있었죠. 당연히 유언장을 검토할 테니 며칠 말미를 달라고 했습니다. 그 길로 허스트를 찾아가 한 가지 제안을 했습니다. 바로 이런 내용이었죠. 나는 담보 없이 오천 파운드를 빌려 주겠다. 상환을 요구하지도 않는다. 그러나 존 벨링엄의 부동산에서 일만 파운드에 달하는 토지를 받거나 취득할 경우 거기서 발생하는 이득이 뭐든 내게 모두 지불하고 유산이 그 이상이면 유산의 3분의 2에 해당하는 금액을 내게 지불해야 한다. 그는 존이 유언장을 작성했느냐고 물었고 나는 아직 작성하지 않았다고 답했습니다. 진실에 상당히 가까운 대답이었죠. 그는 존이 생각하는 유언에 대해 알고 있느냐고 물었고 나는 유산의 상당 부분이 동생인 고드프리에게 돌아가도록 유언장을 작성할 것이라고 생각한다고 대답했습니다. 이번에도 진실에 상당히 가까운 대답이었죠.

결국 허스트는 내 제안을 받아들였습니다. 나는 그에게 돈을 건넸고 그는 계약서를 작성했습니다. 며칠 후 나는 유언장에 문제가 없다고 판단했습니다. 실제 유언장은 유언자가 직접 작성한 초고 그대로였습니다. 허스트가 계약서를 작성한 지 두 주 후에 존이 내 사무실에서 유언장에 서명을 했습니다. 유언장의 조항 덕분에 나는 실질적으로 주요 수혜자가 될 훌륭한 기회를 잡게 되었죠. 물론 고드프리가 허스트의 요청에 이의를 제기하지 않고 법원도 2번 조항의 조건을 무효로 하지 않아야 했지만 말입니다.

이제 그 이후에 내 행동을 좌우한 동기를 이해하시겠죠. 손다이크 박사, 당신이 얼마나 진실에 가까이 다가간 추론을 했는지도 보게 될 겁니다. 내가 지금부터 설명하려는 일에 허스트 씨가 눈곱만큼도 관계가 없다는 사실도 알게 되겠죠. 그 사실을 이해해 주기를 바랍니다.

자, 이제 1902년 10월에 퀸 스퀘어에서 일어났던 일로 넘어가죠. 대체적인 정황에 대해서는 법정에서 내가 한 증언으로 다들 알고 계실 겁니다. 말 그대로 그날 한 증언은 어느 정도까지는 사실이었습니다. 나는 존 벨링엄과 3층의 어떤 방에서 이야기를 나눴습니다. 존이 이집트에서 가져온 상자들을 보관하고 있던 방이었죠. 미라는 존이 박물관에 기증하지 않은 다른 유물들처럼 상자에서 꺼내져 있었습니다. 뚜껑이 열린 상자들도 몇 개 더 있었죠. 이야기를 끝내고 나는 노베리 박사와 함께 현관문으로 내려왔습니다. 우리는 문가에 서서 십오 분쯤 이야기를 더 했습니다. 그리고 노베리 박사는 그곳을 떠났고 나는 위층으로 올라갔습니다.

　퀸 스퀘어의 그 집은 박물관이나 다름이 없습니다. 위층과 아래층은 육중한 문으로 분리되어 있죠. 그 문은 홀에서 열면 계단으로 올라갈 수 있습니다. 문에는 자물쇠까지 달려 있죠. 자물쇠의 열쇠는 두 개가 있는데, 존과 내가 하나씩 가지고 사용했습니다. 지금은 내 뒤에 있는 금고에 둘 다 들어 있습니다. 관리인은 열쇠가 없기 때문에 우리 두 사람 중에 누가 열어 주지 않으면 위층으로 올라갈 수 없죠.

　노베리 박사가 떠나고 다시 들어가니 관리인은 지하실에 있더군요. 온수 보일러에 넣을 석탄을 깨고 있는 소리가 들렸으니까요. 나는 존이 3층에서 미장이의 망치 같은 공구를 들고 등불을 켠 채 포장된 상자를 뜯도록 내버려 두었습니다. 그 망치는 머리의 뒤쪽에 작은 도끼날이 달려 있었죠. 내가 노베리 박사와 이야기를 하는 동안에도 존이 못을 뽑아 뚜껑을 비틀어 여는 소리가 들렸습니다. 계단으로 난 문으로 들어가는데도 여전히 그가 작업하는 소리가 들리더군요. 계단 문을 닫았을 때 위에서 요란하게 구르는 소리가 들렸습니다. 그러더니 갑자기 조용해졌어요.

계단을 급히 올라가 2층으로 갔습니다. 그곳 계단은 암흑처럼 컴컴했기 때문에 발걸음을 멈추고 가스등을 켰습니다. 다시 올라가려고 몸을 돌렸는데 3층 계단 중간쯤에서 손이 하나 솟아 올라와 있는 겁니다. 급히 계단을 올라가 층계참에 가 보니 존이 꼭대기 층계단 밑에 몸을 웅크리고 쓰러져 있더군요. 이마에 상처가 나 있고 그곳에서 피가 흐르고 있었습니다. 그 옆에는 상자 따개가 놓여 있었고 도끼날에는 피가 묻어 있었죠. 고개를 들어 계단을 보니 꼭대기 계단 위에 깔린 매트가 찢어져 너덜너덜했습니다.

어떻게 된 일인지 금방 파악할 수 있었습니다. 그는 손에 공구를 들고 급하게 층계참으로 왔습니다. 발이 찢어진 매트에 걸려 공구를 손에 든 채 계단 아래로 고꾸라진 겁니다. 그렇게 넘어지면서 머리가 도끼날이 위로 올라오게 떨어진 망치에 내리꽂힌 거죠. 그는 계단에서 굴러떨어졌고 그 바람에 상자 따개를 손에서 놓친 겁니다.

나는 밀랍 성냥에 불을 붙이고 몸을 구부려 그를 살폈습니다. 그의 머리는 매우 기묘한 각도로 놓여 있었죠. 자세로 보아 목이 부러진 것 같았습니다. 상처에서 흐른 피는 극소량이었습니다. 그는 미동도 하지 않았죠. 숨을 쉬는 기색을 전혀 느낄 수 없었습니다. 죽은 것이 분명했습니다.

유감스러운 사고였습니다. 그런데 내가 난처한 입장에 처했다는 생각이 퍼뜩 들더군요. 처음에는 관리인에게 의사와 경찰을 불러오라고 할 생각이었습니다. 하지만 생각해 보니 섣불리 그럴 수 없는 심각한 문제가 있었습니다.

내가 상자 따는 공구로 그의 머리를 내려치지 않았다는 증거가 어디에도 없었죠. 물론 내가 했다는 증거도 없었죠. 하지만 그 집에는 나와 존 두 사람뿐이었습니다. 관리인이 있었지만 그 사람은 위층의 소리가 들리지 않는 지하에 있었죠.

검시 배심이 금방 열리겠죠. 유언장이 있다고 알려져 있으니 검시 배심에서는 유언장에 대한 조사도 진행할 거고요. 유언장을 제시하자마자 허스트가 의심을 받게 될 겁니다. 그는 검시관에게 진술을 해야 할 테고 나는 살인죄로 기소를 당하겠죠. 설령 기소를 당하지 않는다고 해도 허스트는 나를 의심하고 나와 한 계약을 파기하려고 들 것이 분명했습니다. 정황상 내가 그에게 계약을 이행하도록 강제할 수는 없는 형편일 테니까요. 그는 돈을 갚지 않을 테지만 나는 법원에 소송을 걸 수도 없죠.

나는 가련한 존의 시신 위쪽 계단에 쭈그리고 앉아 상황을 꼼꼼하게 검토했습니다. 최악의 경우 교수형을 당하겠더군요. 목숨을 건져도 오천 파운드의 돈을 고스란히 잃을 것이 분명했습니다. 결코 유쾌한 양자택일이 아니었습니다.

그런데 시체를 숨겨 놓고 존이 파리로 갔다고 하면 어떨까 싶은 생각이 들더군요. 물론 시체가 발각될 위험이 있었고, 그 경우 살인죄로 기소될 것이 분명했습니다. 하지만 시체가 발견되지 않는다면 나는 의심도 피해 가고 내 돈 오천 파운드도 날리지 않겠죠. 어느 경우든 상당한 위험이 뒤따랐습니다. 하지만 한쪽은 잃을 것이 분명했고 다른 한쪽은 위험을 무릅쓸 만한 물질적 이득을 구할 수 있었습니다. 문제는 시체를 숨길 수 있느냐는 것이었죠. 시체만 숨길 수 있다면 그에 따르는 이익은 약간의 위험을 추가로 감수할 만했습니다. 하지만 인간의 시체는 쉽게 처리할 만한 대상이 아니죠. 특히나 저처럼 과학 지식이 일천한 사람은 더욱 말입니다.

확실한 해결책을 코앞에 두고도 해답을 찾으려고 상당한 시간을 고민한 걸 생각해 보면 참 신기합니다. 나는 시체를 처리할 만한 방법을 적어도 열 개가 넘게 검토했습니다. 그리고 모두 실행에 옮길 수 없다는 결론을 내렸죠. 그러다가 문득 위층의 미라에 생각이 미친 겁니다.

처음에는 미라 관에 시체를 숨기다니 공상일 뿐이라는 생각밖에 들지 않았어요. 하지만 곰곰이 생각해 보니 점점 해 볼 만하다 싶더군요. 실행에 옮길 수도 있고 쉽기까지 했어요. 쉬울 뿐만 아니라 안전했죠. 미라 관을 박물관에 보내 버리면 나는 그 시체에서 영영 벗어날 수 있을 테니까요.

여러분도 깨달았겠지만 여러 가지 상황이 제게 유리했습니다. 울부짖거나 언성을 높일 일도 없고 서두르거나 불안해할 일도 없었습니다. 필요한 준비를 할 시간은 충분했죠. 그러고 보니 미라 관은 놀라울 정도로 이런 일에 적합하더군요. 이미 치수를 재어 봐서 알고 있었는데, 길이도 충분했어요. 상당히 잘 구부러지는 소재로 만든 카토나지였고 뚜껑은 뒤쪽에 있었습니다. 끈으로 마감을 했기 때문에 부수지 않고 뚜껑을 열 수 있었습니다. 끈만 자르면 될 일이었죠. 나중에 끈은 다른 것으로 바꾸면 되고요. 미라를 꺼내고 시체를 집어넣을 때 관이 살짝 손상될 수도 있었습니다. 그 정도 금이 간다고 해도 크게 신경 쓸 정도는 아닐 것이 분명했습니다. 여기서 또다시 운명의 여신이 내 편을 들어 주었습니다. 미라 관의 뒤쪽이 전부 역청으로 덮여 있었습니다. 시체를 안전하게 관에 넣은 후 새로 역청을 발라 버리면 간단했죠. 금도, 새 끈도 역청으로 덮어 버리면 그만이었습니다.

계획을 꼼꼼하게 따져 본 후에 나는 실행에 옮기기로 결심했습니다. 아래층으로 내려가 관리인에게 법정에 다녀오라고 심부름을 보냈습니다. 그리고 돌아와서 시체를 한 층 위인 3층으로 옮겼죠. 그곳에서 옷을 벗기고 미라 관에 안치할 자세로 만들어 기다란 포장 상자에 넣었습니다. 옷을 단정하게 개키고 구두 몇 켤레를 챙겨서 파리에 갈 때 들고 가는 가방에 넣었습니다. 가방 안에는 잠옷 몇 벌과 세면도구, 속옷 몇 벌만 들어 있더군요. 짐을 싼 후에는 계단과 층계참에 깔려 있는 유포를 깨끗하게 씻었습니다. 여기까지 했을 때 관리인이 돌아왔습니다. 나는 그에게 벨링엄 씨가 파리로 갔으니 나도 집으로 간다고 알렸습니다. 그 집의 위층은 보안 자물쇠가 달려 있었습니다. 하지만 나는 만약을 대비해서 시신을 안치한 방의 문도 단단히 잠갔습니다.

나는 시체의 방부 처리법에 대해 알기는 했지만 주로 고대인들이 사용한 방법들이었습니다. 그래서 이튿날 영국 박물관 도서관에 가서 방부 처리에 대한 최신 기술에 대해 조사를 했습니다. 현대 기술이 이 고대 기술에 가져다 준 놀라운 성과를 접하고 나니 방부 기술이 놀랍도록 흥미롭더군요. 자세한 내용은 이미 아실 테니 넘어가도록 하겠습니다. 가장 단순한 초심자용으로 택한 것이 바로 포르말린 주사였습니다. 나는 박물관에서 나와 곧장 필요한 재료를 구입했습니다. 하지만 방부 처리용 주사기는 사지 않았습니다. 책에는 일반 해부학용 주사기도 같은 용도로 쓸 수 있다고 나와 있었기 때문에 좀 더 신중하게 해부학용 주사기를 구입했습니다.

해부학 교과서인 『그레이 해부학』에 나온 삽화를 꼼꼼하게 공부했지만 여전히 주사를 엉망으로 놓을까 봐 걱정이 되더군요. 그런데 방법은 서툴렀지만 결과는 상당히 좋았습니다. 나는 셋째 날 밤에 계획을 실행에 옮겼습니다. 그날 밤 문을 꽁꽁 잠그고 불쌍한 존의 시체가 아직 부패하지 않았다는 사실을 만족스럽게 확인했습니다.

하지만 그것으로 충분하지 않았어요. 미라와 비교하면 갓 죽은 시체는 훨씬 더 무거우니 관을 옮기는 인부들이 즉시 알아차릴 것이 분명했습니다. 게다가 시체에서 나온 습기로 카토나지가 금세 상하고 관을 전시하게 될 유리 전시대 내부에 김이 서릴 것이 분명했어요. 그런 일이 벌어지면 당연히 관을 조사하게 되겠죠. 바로 그때 시체를 미라 관에 넣기 전에 완전히 건조시켜야 할 필요성을 절감하게 된 겁니다.

이렇게 되니 불행히도 부족한 과학 지식이 발목을 붙잡았습니다. 도대체 어떻게 하면 시체를 바짝 말릴 수 있을지 감도 못 잡겠더군요. 결국에는 어떤 박제사에게 문의를 하기에 이르렀습니다. 그 사람에게 작은 동물과 파충류를 수집하고 싶은 척하며 이런 것들을 옮기기 편하게 급속도로 건조시킬 방법이 없겠느냐고 물어봤지요. 박제사는 내게 동물의 시체를 일주일 동안 변성 알코올이 든 항아리에 담갔다가 대류하는 따뜻하고 건조한 공기에 노출을 시키라고 가르쳐 줬어요.

하지만 사람의 시체를 변성 알코올 항아리에 담을 수는 없었죠. 그때 우리의 수집품 가운데 반암으로 만든 석관이 있다는 사실이 떠올랐어요. 내부 공간이 작은 미라를 넣어도 될 모양이었죠. 나는 시체를 그 석관에 넣어 봤습니다. 그랬더니 사방으로 여유가 살짝 남을 정도로 맞춤하더군요. 나는 당장 변성 알코올을 몇 갤런 샀습니다. 알코올을 시체가 잠길 정도로 가득 붓고 뚜껑을 덮은 후 공기가 통하지 않게 퍼티로 틈을 메웠습니다. 이런 세세한 이야기로 지루하게 해서는 안 되겠죠?"

"되도록 간단하게 끝내 주시기를 부탁드립니다, 젤리코 씨. 이야기는 너무 길고 시간은 점점 사라지고 있습니다."

경위가 대답했다.

"제 의견을 말씀드리자면, 저는 이런 세부적인 이야기가 흥미롭고 배울 점도 많습니다. 제가 테두리를 짜 놓은 추론을 채워 주는 내용이니까요."

손다이크 박사님이 말했다.

"과연 그렇군요. 그러면 계속하겠습니다."

젤리코 씨가 말했다.

"나는 이 주 동안 시체를 알코올에 담가 뒀다가 꺼내서 말끔하게 닦았습니다. 그리고 온수 파이프 위에 좌석이 등나무로 된 의자 네 개를 놓고 시체를 그 위에 올렸죠. 방 안에는 공기가 막힘없이 흐르도록 했습니다. 결과를 본 나는 반색을 했습니다. 셋째 날이 저물 즈음 양손과 발이 상당히 말라 쪼그라들고 딱딱해졌더군요. 손가락이 줄어들어 반지가 저절로 떨어질 정도였습니다. 코는 한 번 접힌 양피지처럼 보였습니다. 피부가 건조하고 부드러워서 그 위에 임대차 계약서를 옮겨 쓸 수도 있을 정도였어요. 첫째 날과 둘째 날은 주기적으로 시체를 뒤집어서 골고루 마르도록 했습니다. 이제는 관을 준비하기 시작했습니다. 일단 끈을 잘라 미라를 조심스럽게 끄집어냈습니다. 그 상황에서 할 수 있는 만큼은 상당히 조심했다는 뜻입니다. 어쨌든 미라는 관에서 꺼낼 때 심각한 손상을 입고 말았습니다. 방부 상태가 형편없었고 바스라지기 쉬워서 꺼내는 동안 몇 군데가 부러진 겁니다. 시체를 싼 천을 풀 때는 머리가 빠졌고 양팔도 부러지고 말았습니다.

석관에서 꺼낸 지 엿새가 되던 날 나는 세벡호테프에게서 벗긴 붕대를 조심스럽게 존의 시신에 감았습니다. 때때로 시신과 붕대 사이에 몰약과 안식향을 뿌려서 시신에 아직도 남아 있는 알코올과 포르말린의 잔향을 없앴습니다. 붕대를 감고 나니 시신은 가장 뛰어난 장인이 만든 미라 같은 느낌이 나더군요. 관 대신 유리장에 넣어 두어도 상당히 잘 어울릴 것 같았습니다. 그런 모습을 영영 볼 수 없다니 안타까운 마음까지 들었습니다.

아무 도움 없이 혼자서 시신을 관에 넣으려니 상당히 힘들었습니다. 완전히 시신을 넣을 때까지 카토나지에 심각한 금이 몇 군데가 생겼을 정도니까요. 간신히 시신을 관에 넣었습니다. 새 끈으로 관을 잘 동여맨 후 관에 역청을 발랐습니다. 덕분에 내가 낸 금들이며 새 끈을 모두 덮어 버릴 수 있었죠. 먼지가 잔뜩 묻은 천으로 새로 바른 역청을 두드려서 마르고 난 후 새로 바른 티가 나지 않도록 했습니다. 그 작업까지 마치자 시신을 담은 카토나지는 박물관으로 갈 준비가 끝났습니다. 노베리 박사에게 관을 보낼 준비가 끝났다고 통보를 했습니다. 박사는 통보를 받고 닷새 후에 집으로 와서 관을 박물관으로 가져갔습니다.

가장 큰 어려운 문제를 해치웠기 때문에 다음 문제에 대해 머리를 짜내기 시작했습니다. 그 부분에 대해서는 박사님이 존경할 만한 명석함으로 이미 추론을 하셨죠. 존 벨링엄은 완전히 모습을 감추기 전에 사람들 앞에 한 번 더 모습을 드러내야 했습니다.

그래서 나는 허스트의 집을 찾아가는 계획을 만들어 낸 것입니다. 그 계획은 두 가지 목적을 품고 있었습니다. 일단 실종 날짜를 확실하게 조작해서 내가 연관될 가능성을 제거하는 것입니다. 또 의심을 허스트에게 돌려서 그를 고분고분하게 만들 목적도 있었습니다. 그가 유언장의 내용을 알게 되었을 때 내 요구에 이의를 제기하지 못하게 말입니다.

상황은 꽤 단순했습니다. 내가 허스트의 집을 마지막으로 방문한 후 그가 하인들을 새로 고용했다는 사실을 알고 있었습니다. 게다가 그의 습관도 알고 있었죠. 그날 나는 옷 가방을 들고 채링 크로스 역으로 가 수하물 보관소에 맡겼습니다. 그리고 허스트의 사무실에 전화를 해 그가 아직 그곳에 있다는 사실을 확인하고 곧장 캐넌 스트리트로 가 그곳에서 기차를 타고 엘텀으로 갔습니다. 허스트의 집에 도착하자마자 안경을 벗었습니다. 외모에서 유일하게 눈에 띄는 특징이니까요. 그리고 서재에서 기다리겠다며 그곳으로 안내를 받았습니다. 하녀가 방을 나가자마자 나는 살그머니 프랑스식 창으로 나왔습니다. 밖으로 나와 문을 닫았지만 잠글 수는 없었습니다. 나는 쪽문으로 나와 그 문도 닫았는데, 걸쇠의 빗장을 주머니칼로 잡고 있었기 때문에 문이 닫힐 때 요란한 소리가 나지 않았습니다.

스카라베를 떨어뜨린 것을 포함해서 그날 있었던 다른 사건들까지 구구절절 설명할 필요는 없겠지요. 어차피 다들 알고 계시니까요. 하지만 뼈와 관련해서 불행하게도 내가 저지른 전술적 실수에 대해서는 몇 가지 더 이야기를 해야 할 것 같습니다. 여러분이 확신하고 있듯이, 그 실수는 과학 전문가를 과소평가하는 변호사들의 불치병에서 비롯된 것입니다. 나는 뼈만으로 그 뼈의 주인에 대해 그렇게 많은 정보를 뽑아낼 수 있다는 사실은 꿈에도 몰랐습니다.

뼈를 둘러싼 상황은 이랬습니다. 공기에 노출되자 점차 썩으며 망가져 가는 세벡호테프의 미라는 그저 흉물스러운 물건이 아니었습니다. 그것은 명명백백한 위험이었습니다. 나와 존 벨링엄의 실종을 연결 짓는 유일한 고리였죠. 나는 어떻게든 미라를 없애기로 마음을 먹고 몇 가지 방법을 따져 봤습니다. 그러다 악에 사로잡힌 순간 처리할 방법이 머릿속에 떠올랐습니다.

실종 기간이 너무 짧아서 법원에서 사망 추정을 거부할 위험이 분명히 있었습니다. 만약 사망 추정 결정이 연기되면 내가 살아 있는 동안에는 유언장을 집행할 수 없을지도 몰랐죠. 그런데 세벡호테프의 유골을 죽은 존의 유해로 보이게 만들면 상당히 좋은 결과를 거둘 수 있지 않을까. 아무리 그래도 유골이 온전히 있으면 사람들이 절대 존으로 착각하지 않으리라는 것쯤은 나도 알았습니다. 존은 양쪽 무릎이 부러지고 발목을 다친 적이 있었습니다. 그런 것들은 죽을 때까지 흔적이 남아 있는 것 같더군요. 하지만 뼈의 부위를 신중하게 골라서 적절한 장소에 유기하고 그곳에 고인의 물건임을 확실히 알아볼 수 있는 물건을 함께 두면 신원을 속일 수도 있을 것 같았습니다. 자세한 이야기는 피하는 편이 낫겠군요. 내가 어떤 조치를 취했는지는 관련된 정황과 더불어 이미 알고 계시니까요. 심지어 오른쪽 손이 사고로 떨어져 나간 것까지 아시잖습니까. 그 손은 내가 팔을 가방에 쌀 때 부러졌답니다. 제 판단이 아무리 엉터리였다고 하더라도 박사님이 이 사건에 관여하고 있었다는 상상도 못 한 만일의 사태만 없었다면 이 계획은 성공했을 겁니다.

그래서 지난 이 년 가까이 나는 완벽하게 안전하게 지냈습니다. 때때로 박물관에 들러 시신의 상태에 문제가 없는지 지켜보았습니다. 그럴 때마다 그 상황을 흡족한 기분으로 되돌아보곤 했죠. 우연이었지만 정말 엉터리였던 2번 조항에서 존 벨링엄이 피력했던 소원이 완벽하게 이루어지지 않았습니까. 게다가 나는 조금도 손해를 보지 않았죠.

그러다가 그날 저녁 템플 구역 입구에서 박사님이 의사 선생과 함께 이야기를 나누는 모습을 본 순간 정신이 번쩍 들었습니다. 순간적으로 뭔가가 잘못되고 있다고 직감을 했죠. 상황을 되돌릴 조치를 취하기에는 늦었구나 싶었습니다. 그때부터 나는 매시간 당신이 나를 찾아오기를 여기서 이렇게 기다렸습니다. 이제 시간이 다 되었군요. 당신은 이기는 수를 두었습니다. 이제 나는 정직한 도박꾼처럼 빚을 갚는 것 외에 할 일이 없겠군요."

그는 이렇게 진술을 마치고 조용히 담배에 불을 붙였다. 배저 경위는 하품을 하며 수첩을 치우고는 물었다.

"다 끝났습니까, 젤리코 씨? 야심한 시각이기는 하지만 약속을 그대로 이행하고 싶습니다."

젤리코 씨는 입에서 담배를 빼고는 물을 한 잔 마셨다.

"깜박했는데, 제대로 장례도 못 치른 내 죽은 고객에게 이런 용어를 써도 될지 모르겠지만, 미라의 붕대를 다 풀었습니까?"

젤리코 씨가 갑자기 물었다.

"저는 관을 열지 않았습니다."

손다이크 박사님이 대답했다.

"관을 열지 않았다고요! 그렇다면 어떻게 확인을 했습니까?"

젤리코 씨가 놀라서 되물었다.

"엑스선으로 사진을 찍었습니다."

"아! 역시."

젤리코 씨는 잠시 뭔가를 생각하는 듯했다.

"놀랍군요! 정말 기발해요. 현대 과학 기술의 수준은 정말 경이로워요."

"더 하고 싶은 말이 있습니까? 더 없으면 이제 시간이 되었습니다.”

“더 없느냐고요?”

젤리코 씨가 느릿느릿 되물었다.

“더 없느냐고? 그래요. 이…… 제 시간이…… 다…… 되었군.
그래요. 시간…… 이…….”

그는 말꼬리를 흐리며 기묘한 표정으로 손다이크 박사님을 바
라보았다.

그의 얼굴이 기묘하게 변하는 것 같았다. 갑자기 쪼그라들고 시
체처럼 창백해지나 싶더니 입술이 묘하게 체리처럼 붉은색을 띠
었다.

경위가 불안한 표정으로 물었다.

“괜찮습니까, 젤리코 씨? 어디가 불편하십니까, 네?”

젤리코 씨는 질문을 못 들은 것 같았다. 왜냐하면 그는 아무런
대답도 하지 않았기 때문이다. 대신 의자에 등을 기댄 채 꼼짝도 않
고 앉아 양손을 벌려 책상 위에 올려놓은 채 기묘한 표정으로 손다
이크 박사님을 뚫어지게 바라볼 뿐이었다.

그의 머리가 가슴팍으로 툭 떨어지며 몸이 무너졌다. 우리가 동
시에 자리에서 벌떡 일어날 즈음 그는 의자에서 스르르 미끄러지며
책상 아래로 모습을 감추었다.

“세상에! 기절했군!”

경위가 소리를 쳤다. 그는 흥분으로 몸을 떨며 순식간에 꿇어앉

아 책상 안을 더듬거렸다. 그는 의식이 없는 변호사를 불빛이 비치는 곳으로 끌어내 무릎을 꿇은 채 그의 얼굴을 바라보았다.

"어떻게 된 걸까요, 박사님?"

그는 고개를 들어 손다이크 박사님을 바라보았다.

"뇌졸중입니까? 아니면 심장 마비일까요?"

손다이크 박사님은 몸을 구부려 의식이 없는 남자의 손목에 손가락을 갖다 대기는 했지만 가망이 없다는 듯 고개를 저었다.

"증상으로 봐서는 청산이나 시안화칼륨을 먹은 것 같습니다."

박사님이 대답했다.

"어떻게 손을 쓸 수 없겠습니까?"

경위가 다급하게 물었다.

손다이크 박사님이 잡고 있던 손을 놓자 손은 힘없이 바닥으로 툭 떨어졌다.

"죽은 사람에게 뭘 더 하겠습니까."

박사님이 말했다.

"죽었다고요! 결국에는 우리 손아귀에서 빠져나가고 말았군!"

"자신이 받을 판결을 예상했겠죠. 그게 답니다."

손다이크 박사님은 덤덤하고도 냉정한 어조로 이렇게 말했다. 이렇게 느닷없이 닥친 비극을 생각하면 그런 어조는 박사님이 조금도 놀라지 않는 것만큼 기이하게 여겨졌다. 박사님은 그 상황을 완벽하게 자연스러운 것으로 받아들이는 것 같았다.

배저 경위는 그렇지 않았다. 그는 벌떡 일어나 우거지상을 하고 죽은 변호사를 쏘아보며 양손을 주머니에 쑤셔 넣었다.

"저자의 말도 안 되는 조건을 들어주다니 내가 멍청이였어요."

그가 자책을 했다.

"말도 안 되는 소리 마세요. 억지로 이곳으로 들어왔다면 시체밖에 못 찾았을 겁니다. 그 대신 경위님은 산 사람을 만나 중요한 진술을 모두 확보했지 않습니까. 적절한 행동이었습니다."

"도대체 어떻게 독을 먹었을까요?"

경위가 물었다.

손다이크 박사님이 손으로 뭔가를 가리켰다.

"담뱃갑을 살펴봅시다."

경위는 고인의 주머니에서 작은 은제 담뱃갑을 꺼내 열었다. 그곳에는 다섯 개비가 남아 있었는데, 두 개는 평범했고 세 개는 끝이 금색이었다. 박사님은 평범한 것과 끝이 금색인 것을 하나씩 꺼내 끝 부분을 살짝 집었다. 끝이 금색인 것은 도로 집어넣고 평범한 담배의 끝을 오 밀리미터가량 찢었다. 그러자 그곳에서 검은 알약 두 개가 책상 위로 툭 떨어졌다. 경위가 하나를 집어 냄새를 맡으려는 찰나 박사님이 그의 손목을 잡으며 막았다.

"조심하세요."

박사님은 알약을 코에서 안전 거리만큼 떨어뜨린 후 냄새를 조심스럽게 맡더니 말했다.

"그렇군요. 청산가리예요. 입술색이 기묘하게 변했을 때 그런 것 같았어요. 마지막 담배에 들어 있었어요. 담배 끝을 물어뜯은 게 보이실 겁니다."

한참 동안 우리는 바닥에 널브러진 채 미동도 않는 시신을 말없이 지켜보았다. 마침내 배저 경위가 고개를 들고 말했다.

"나가시는 길에 수위실을 지나시면 잠시 들러서 경관을 내게 데려오라고 전해 주십시오."

그가 말했다.

"알겠습니다. 그건 그렇고 배저 경위님, 그 셰리주는 디캔터에 다시 부어 놓고 안전한 곳에 잘 넣어 두시든지 창밖으로 부어 버리는 편이 좋지 않겠습니까."

박사님이 말했다.

경위가 소리쳤다.

"이런, 그렇군요! 말씀해 주셔서 감사합니다. 변호사뿐 아니라 경관에 대해서도 검시 배심을 열어야 할 뻔했군요. 조심해서 가시고 안녕히 주무십시오, 신사 여러분."

우리는 경위와 그의 죄수를 남겨 두고 그곳을 나왔다. 그 죄수는 애매한 구두 약속에 따라 정말 순종적인 상태가 되고 말았다. 현관을 나올 때 박사님은 입을 떡 벌린 수위에게 경위가 한 말을 짧고 군더더기 없이 전달했다. 우리는 그것을 끝으로 챈서리 레인으로 발을 내디뎠다.

우리는 침울한 분위기에 잠겨 아무 말도 하지 않았다. 손다이크 박사님은 뭔가에 감동을 받은 듯도 했다. 박사님도 나처럼 최후의 순간 젤리코가 지은 강렬한 표정이 기억 속에서 어른거렸을 것이다. 박사님은 그때 그가 이미 죽어 가고 있다는 사실을 알아차리지 않았을까. 챈서리 레인을 반쯤 갔을 때 박사님이 마침내 침묵을 깼다. 그러더니 한탄하듯 이렇게만 말했다.

"불쌍한 악마 같으니!"

저비스 선배도 한마디 거들었다.

"그자는 완벽한 악당이었어요, 박사님."

"아니, 그런 게 아니야. 나라면 그자가 도덕심이라고는 눈곱만큼도 없다고 말하겠네. 그자의 행동은 상대에 대한 악의에서 비롯된 것이 아니야. 양심의 가책도 후회도 전혀 느끼지 않았지. 그는 순전히 자신의 편의를 위해서만 행동했어. 그 점이 무시무시해. 왜냐하면 너무나 비인간적이기 때문이지. 한편으로는 강인한 남자였어. 용기가 있고 자제력이 뛰어났지. 내가 아닌 다른 사람의 손이 단죄를 할 수 있었다면 더 좋았을 걸세."

나는 손다이크 박사님이 느끼는 죄책감이 기이하고 일관되지 않아 보였다. 하지만 솔직히 내 감정도 그와 다르지 않았다. 속을 도무지 알 수 없었던 그 남자가 내가 사랑하는 사람들의 삶에 몰고 온 불행과 고통이 얼마나 끔찍했든지 간에 나는 그를 용서했다. 그가 몰락하는 순간 그가 한 치의 망설임도 없이 냉정하게 밀어붙이던 사악한 목적도 모두 잊었다. 왜냐하면 그 덕분에 루스가 내 인생에 들어왔고 내 앞에 사랑의 낙원으로 들어가는 문이 활짝 열렸기 때문이다. 내 머릿속은 링컨스 인의 위엄 있는 오래된 방의 바닥에 미동도 없이 쓰러져 있는 시신 대신 어느새 햇살이 반짝이는 미래로 가득 차 있었다. 그곳에서 나는 루스와 손을 꼭 잡고 걸어갈 것이다. 내게 주어진 시간이 끝날 때까지. 그 음울한 변호사처럼 고요한 암흑의 바다로 들어갈 내게도 작별을 고하는 엄숙한 만종이 울릴 때까지.

작 가
정 보

●

리처드 오스틴 프리먼
Richard Austin Freeman

애거사 크리스티, F.W. 크로프츠, 도러시 세이어스, H.C. 베일리와 함께 영국 추리 소설 작가 '빅 파이브'의 한 사람으로 꼽힌 바 있는 리처드 오스틴 프리먼은 순수한 논리와 과학적인 근거에 따른 범죄 수사를 세계 최초로 선보인 작가다.

1862년 영국 런던에서 오 남매의 막내로 태어난 프리먼은 1881년 미들섹스 병원 부속 의과 대학에 입학하여 일생의 큰 전기를 맞았다. 대학에서 그는 보통 의대생과 달리 일반적인 의학 지식뿐 아니라 법의학 지식을 얻었다. 그때 빅토리아 시대 최고의 법의학 전문가였던 앨프리드 스웨인 테일러 교수에게 사사한 경험은 이후 창작 활동에 큰 영향을 주었으리라 짐작된다.

대학 졸업 직후 그는 병원에서 일하다가 식민지의 의무부 주임으로 발령받아 서아프리카로 떠났는데, 그때부터 항상 그는 의사이자 연구자에 가까운 삶을 살았다. 그는 서아프리카에서 의사로서뿐 아니라 동식물 연구가로서 근처 지역을 탐험하는 원정대에 동행했다. 그는 1892년에 과로에 말라리아가 겹쳐 영국으로 귀국하였다. 하지만 악화된 건강 탓에 1904년 의사의 직무를 잠시 포기하고 작가 활동에 전념하면서도 연구자의 태도를 버리지 않았다.

리처드 오스틴 프리먼은 수많은 실험을 해 확증된 사실만을 작품에 담았다. 그의 신조는 다른 어떤 작품보다도 작품의 세부적인 사건들이 현실에서도 충분히 설득력을 가질 수 있도록 만들었다. 당시 경찰 수사와 법의학 연구에 도움이 될 정도였다.

작가로서의 삶

리처드 오스틴 프리먼은 1907년 '손다이크 시리즈'의 첫 작품인 『붉은 엄지손가락 지문』(원은주 옮김, 시공사, 2011)을 출간하여 본격적으로 추리 작가의 세계에 등장했다. 그전에 이미 아프리카에서의 경험을 써낸 원정기와 『롬니 프링글의 모험』을 책으로 펴낸 바 있던 프리먼이지만 추리 작가로서는 데뷔 당시 45세로 적은 나이는 아니었다.

1900년대 초는 사실 셜록 홈스의 시대였다. 아서 코난 도일이 '셜록 홈스'로 추리 문학을 평정한 이때, 리처드 오스틴 프리먼은 온갖 부류의 탐정을 개발한 다른 작가들과 달리 『붉은 엄지손가락 지문』을 통해 홈스의 허술한 점을 날카롭게 파고들었다. 홈스가 지문, 칼을 찌르는 각도,

비밀 글씨 등에 신경 쓰는 데 비해 실제로 추리의 근거가 되는 증거들이 과학적으로 말이 안 된다는 분석은 현대에 속속들이 이야기되고 있다. 『붉은 엄지손가락 지문』에서 리처드 오스틴 프리먼은 지문 위조의 가능성을 비롯해 현미경을 통해 종이 자체의 섬유를 분석하는 데까지 나아간다. 현대 과학 기술과 당시 과학 기술 간의 격차를 감안했을 때 리처드 오스틴 프리먼의 추리가 그 시기 과학 수사 기법 면에서도 최첨단을 달렸음을 알 수 있다.

늦은 나이에 추리 소설 작가로 데뷔한 점을 감안한다면 그는 데뷔 후 한 해 평균 한 권에 해당하는 책을 낸 다작 작가에 속한다. 대부분은 '손다이크 박사 시리즈'로 추리 소설이었다. 하지만 모험 소설 및 여행기 등 다양한 장르의 작품을 세상에 선보였으며 세간의 평도 좋은 편이었다.

의사로 일하는 동안 건강이 악화되어 일을 쉬고 작가 활동을 했던 그이지만, 의사로 복귀한 뒤에도 그는 끊임없이 글을 썼다. 그는 애거사 크리스티, 도로시 세이어스, G.K. 체스터턴 등과 함께 영국 추리 작가 모임인 '추리 클럽Detection club'의 일원이기도 하였으며, 말년에는 제2차 세계 대전 동안 방공호에서도 글을 쓰는 생활을 이어가다 1943년 9월 30일 집에서 세상을 떠났다.

도 서 추 리 의 창 조 : 뒤 바 꾸 어 서 술 하 다

리처드 오스틴 프리먼은 1912년 '손다이크 시리즈'의 단편집으로 내놓은 『노래하는 백골』에서 그동안의 상식을 뛰어넘는 새로운 전개 방식을 실험한다.

'범인이 누구이며 어떻게 살인을 저질렀는가'에 집중하던 기존의 전개 방식과 달리 이 전개 방식은 범인을 주인공으로 해서 범죄 실행 과정을 기술한 뒤 탐정이 추리한다. 그야말로 순서를 뒤바꾸어 서술하는 도치 서술倒置敍述 기법으로, 현대에는 도서倒敍 추리란 이름으로 잘 알려져 있다.

획기적인 방법이었지만 당대에 도서 추리에 대한 평은 좋지 않았다. 프리먼은 이 평가에 영향을 받았는지 『노래하는 백골』 이후로 도서 추리 소설을 많이 남기지 않았다. 하지만 그가 도서 추리 기법으로 쓴 장편 추리 소설 『포터맥 씨의 실수Mr. Pottermack's Oversight』(1930)는 많은 작가들에게 프리먼 최고의 작품 중에 하나로 꼽히며, F.W.크로프츠, 프랜시스 아일스 등 후대의 작가들은 이 전개 방식이 놀랍고 뛰어나다는 것을 곧 깨달았다.

도서 추리 소설에서는 시작부터 범인이 밝혀져 있다. 독자들은 범인의 입장에서 서술되는 이야기를 읽고 범인에게 동화하게 되기에 이른다. 그러다 보니 독자들은 여타의 추리 소설에서 탐정이 명쾌하게 범인을 잡길 바라던 것과 달리 어느덧 범인에게 동조하여 범인이 탐정을 속이기를 바라게 된다.

독자가 탐정이 아닌 범인에게 공감하며 읽는 것은 독특한 긴장감을 자아낸다. 범인이 마땅히 치러야 할 정당한 대가를 피하길 바라는 시점에서 독자는 어느덧 일상의 규범을 벗어난 쾌감을 느낀다. 또한 어디까지나 사람의 입장에서 진행되는 범죄이기 때문에 초자연적인 요소 등이 배제되어 논리 중심의 추리 소설을 보는 묘미도 만끽할 수 있다.

후대 작가들은 프리먼이 창조한 도서 추리를 한 단계 발전시켜 아예 명실상부한 하나의 장르를 만들었다. 프랜시스 아일스(앤서니 버클리)의 『살의』, 리처드 헐의 『백모 살인 사건』, 『통』으로 유명한 F.W.크로프츠의 『크로이든발 12시 30분』은 세계 3대 도서 추리 소설로 꼽으며, 그 자체로도 수많은 베스트에 오르내린다. 현대에도 『검은 집』으로 유명한 기시 유스케가 『푸른 불꽃』(이선희 옮김, 창해, 2004)을, 로렌스 샌더스가 『제1의 대죄』(최인석 옮김, 황금가지, 2006)를 쓰는 등 도서 추리 소설이 소개된 바 있다.

손다이크 시리즈

리처드 오스틴 프리먼은 오늘날 법의학 추리 소설의 선구자로서 자신의 경험과 지식을 모두 쏟아부어 추리 문학사에 길이 남을 탐정을 하나 만들어 냈다. 그의 작품 세계를 한눈에 보여 주는 세계 최초의 법의학자 탐정, 이름 하여 '존 에벌린 손다이크'다.

손다이크 박사는 여러모로 동시대의 탐정인 셜록 홈스의 맞수다운 인물이다. 셜록 홈스는 신사답지 않게 무례하고, 시드니 패짓의 그림이 아니었다면 기인으로 기억되었을 외모에 과학적인 증거 면에서도 허술하며 오만한 면이 있는 탐정이다. 하지만 손다이크 박사는 존경받는 의대 교수로서 제자와 친구들을 따스하게 보살피며 과학의 신기술에 누구보다 뛰어날 뿐 아니라 누구에게나 친절한 '신사 탐정'이다.

손다이크 박사가 추리를 이끌어 나가는 모습도 다르지 않다. 교수이자 변호사인 그는 주로 위기에 처한 의뢰인을 위해 변호에 나서는데, 의뢰인을 위해 법률 곳곳에 도사린 허점을 막아 내고 그것을 이용해 범인을 잡는다. 변호를 위해 과학 실험을 하고 그것을 증거로 활용하는 데까지 이르면 '회색 뇌세포'를 주장한 애거사 크리스티의 탐정 푸아로에 비할 바가 아니게 논리적이다. 친절하지만 잘난 척도 하지 않는다. 감정을 배제한 추리를 하면서도 동정심이나 공감 능력은 다른 탐정보다 뛰어나다.

'셜록 홈스'가 연재되었던 《스트랜드 매거진》의 경쟁지 《피어슨스 매거진》은 '손다이크 시리즈'의 첫 작품 『붉은 엄지손가락 지문』에서 프리먼이 그려 낸 손다이크 박사의 뛰어난 캐릭터성을 단박에 알아보았다. 《피어슨스 매거진》은 곧 프리먼에게 연재 제의를 하였고 프리먼이 제안을 받아들여, 손다이크 박사는 첫 작품 『붉은 엄지손가락 지문』을 제외하면 대부분 《피어슨스 매거진》에서 독자와 만났다.

손다이크 시리즈는 셜록 홈스와 엎치락뒤치락 잡지에 발표되며 단편 추리 소설의 황금기를 열었다. 작품 자체도 인기가 많아 후대의 명망 높은 작가들 중에서도 손다이크 시리즈의 팬이라고 밝혀진 사람이 몇 있다. 『어두운 거울 속에』(권영주 옮김, 엘릭시르, 2012) 등 심리 서스펜스 작품으로 이름 높은 헬렌 매클로이는 탐정 배질 윌링 박사의 직업을 심리학 박사로 설정하여 프리먼의 영향을 받았다는 것을 간접적으로 드러낸다. 손다이크 시리즈의 팬을 위해 일 년에 두 번 간행되었던 《손다이크 파일 The Thorndyke File》 11호에는 더욱 직접적인 증거도 실렸다. 이 잡지의 편집자 존 매컬리어의 아내 루스 매컬리어가 11호에서 증언한 바에 따르면, 헬렌 매클로이는 『죽음의 무도』(1938)로 배질 윌링 박사를 처음 대중에게 소개하기 전부터 이미 손다이크 박사를 잘 알고 있었다고 한다.

손다이크 시리즈의 팬으로 가장 의외인 작가는 작품 특색 면에서도 그렇고 시대 면에서도 전혀 프리먼과 관련이 없을 것 같은, 단연 하드보일드 최고의 거장인 레이먼드 챈들러다. 미국에서 간행된 '손다이크 시리즈'의 페이퍼백 표지에는 지금도 왕왕 챈들러의 찬사가 실리는데, 런던의 출판 발행인 해미시 해밀턴에게 보낸 편지에서 알려진 부분은 다음과 같다.

> "오스틴 프리먼이란 남자는 정말로 대단한 작가입니다. 이 사람이 쓴 추리 소설 류에선 대적할 자가 없어요. 당신이 마음이 끌리는 척하건 말건 당신이 짐작하는 그 이상으로 더 뛰어난 작가입니다. 프리먼은 상당히 느긋하게 작품을 진행하면서도 예상 외로 고르게 긴장감을 유지해요…… 그가 그리는 빅토리아 시대의 연애엔 심지어 환한 불빛 같은 매력이 있죠. 거기에 런던을 가로지르는 환상적인 산책이란……."

추리 소설 비평집 『심플 아트 오브 머더』(최내현 옮김, 북스피어, 2011)에서 애거사 크리스티나 F.W. 크로프츠 등 황금기 거장들에게 거침없는 혹평을 쏟아부은 것으로 유명한 레이먼드 챈들러로서는 가히 이례적이라고 할 정도의 칭찬이다. 그 외에도 「탐정 소설에 대한 소고 Twelve Notes on the Mystery Story」에서 "여태까지의 추리 소설 중 최고의 작품"으로 프리먼의 작품을 꼽는 등, 챈들러는 꾸준히 프리먼의 위대함을 역설했다.

'손다이크 시리즈'에 속하는 작품들은 세계 추리 문학의 거장들이 뽑은 추리 소설 순위권에도 자주 오른다. 미국 추리 문학의 거장인 대가 밴 다인은 최고의 7대 장편 추리 소설 및 자신이 가장 좋아하는 10대 영국 추리 소설에 시리즈 중 하나인 『오시리스의 눈』을 올렸다.

밴 다인이 꼽은 최고의 장편 추리 소설 7

1. 네 개의 서명 The Sign of Four — 아서 코넌 도일

2. 통 The Cask — F.W. 크로프츠

3. **오시리스의 눈 The Eye of Osiris — 리처드 오스틴 프리먼**

4. 독화살의 집 The House of the Arrow — A.E.W. 메이슨

5. 빅 보우 미스터리 The Big Bow Mystery — 이즈리얼 쟁윌

6. 쇳소리 The Rasp — 필립 맥도널드

7. 노란 방의 수수께끼 The Mystery of Yellow Room — 가스통 르루

밴 다인이 가장 좋아하는 영국 추리 소설 11

1. 통 The Cask — F.W. 크로프츠

2. 브라운 신부 시리즈 — G.K. 체스터턴

3. 철교 살인 사건 The Viaduct Murder — 로널드 녹스

4. 멈춰 선 발걸음 The Footsteps That Stops — A. 필딩

5. 붉은 머리 가문의 비극 The Red Redmaynes — 이든 필포츠

6. 누가 울새를 죽였나 Who Killed Cock Robin? — 해링턴 헥스트

7. **오시리스의 눈 The Eye of Osiris — 리처드 오스틴 프리먼**

또한 엘러리 퀸과 추리 문학 평론가로 이름 높은 헤이크래프트가 뽑은 '미스터리의 초석 100선'에는 동 작품을 포함해 『손다이크 박사 사건집』 등 세 권이 오르기도 했다.

오 시 리 스 의 눈

'손다이크 시리즈' 중에서도 『오시리스의 눈』은 항상 프리먼의 대표작으로 꼽힌다. 밀실 살인 사건의 명실상부한 대가 존 딕슨 카는 추리 문학 에세이 「지상 최대의 게임」(1946)에서 손다이크 박사의 "가장 큰 문제작"이라고 부르고 있다. 바다를 건너 일본에서도 반응은 다르지 않다. 일본 추리 소설의 아버지로 불리는 에도가와 란포가 10대 고전 걸작 중 하나로 이 작품을 꼽은 것이다.

『오시리스의 눈』이 프리먼의 대표작이 된 이유는 여러 가지가 있다. 당시 법의학은 셜록 홈스 단편 중 하나인 「노우드의 건축업자」에서 볼 수 있는 것처럼 지문 수사가 막 시작되던 초창기였다. 이 점이 손다이크 시리즈의 첫 작품인 『붉은 엄지손가락 지문』에 반영되어 더욱 과학적이고 심도 깊은 증거와 추리를 보여 주었다면, 『오시리스의 눈』에서는 정확한 해부학 지식에 당대 최고의 신기술이었던 엑스선 사진이 등장하며 독자들의 흥미를 돋운다. 살이 썩는 속도, 뼈가 놓여 있던 방식에 따른 사체의 자세, 절단 시 뼈에 남은 흔적 등을 따라가는 전개는 현대의 과학수사를 방불케 하며, 이집트 미라를 엑스선으로 찍어 본다는 발상도 엑스선 사진이 현대에 흔한 검사 방식이라는 점을 제외하면 지금 보아도 획기적이다.

당시 영국 내에는 1990년대 IMF 당시 국내에 『람세스』(크리스티앙 자크, 김정란 옮김, 문학동네, 2002) 붐이 있었던 것처럼 이집트 붐이 일었다. 그 풍속도를 보는 맛도 쏠쏠하다. 재미있는 점은 작중에 등장하는 세벡호테프 미라는 프리먼이 가상으로 만들어 낸 것이지만, 화자인 폴 버클리가 아름다운 아가씨에게 사랑을 속삭이는 배경에 있는 아르테미도루스 미라는 실제로 영국 박물관에 존재한다는 것이다. 작중에서 미라를 엑스선으로 찍어 사인을 분석하는 장면에 이르면 더더욱 놀라운 사실이 있다. 현대에 들어와 아르테미도루스 미라를 CT로 검사해 보았을 때 아르테미도루스가 살해되었을 가능성이 밝혀졌다는 것이다. 그 자체로도 꽤 재미있는 에피소드인데다 리처드 오스틴 프리먼의 발상이 현대에도 유용할 수 있음을 보여 주는 셈이다.

『오시리스의 눈』은 《피어슨스 매거진》에 게재된 '손다이크 시리즈'의 첫 번째 장편으로 '손다이크 시리즈'가 계속될 수 있게 해 준 기념비적인 작품이다. 리처드 오스틴 프리먼의 철저한 실험을 거친 작풍이 잘 드러나 있을뿐더러 국내에 이미 소개된 바 있는 첫 장편 『붉은 엄지손가락 지문』보다 인물들의 특색이 잘 나타나 있다. 이 작품에만 등장한다는 점이 아쉽지만 화자인 폴 버클리가 이 시리즈의 정식 멤버인 손다이크 박사, 크리스토퍼 저비스와 서로 선후배 관계를 이루며 나누는 대화도 맛깔나다.

손다이크 박사가 기인의 면모를 뽐내는 탐정과는 거리가 먼 신사인 탓인지 '손다이크 시리즈'는 국내에 잘 알려지지 않았다. 마찬가지로 리처드 오스틴 프리먼은 당대 과학 수사 추리의 정점을 이룩하고 현대 과학 수사물의 초석을 닦은 작가이나 국내 팬들에게 잘 알려지지는 못했다. 하지만 2000년대 들어 미국에서 〈CSI 과학수사대〉, 〈본즈bones〉 등의 과학 수사 드라마들이 속속 등장하고 국내에서도 〈싸인〉 등의 법의학 드라마 작품이 큰 인기를 끈 점을 생각한다면, 과학 수사 이야기의 원조격인 리처드 오스틴 프리먼의 작품들은 지금도 큰 의의가 있다.

/

작 품 목 록

손다이크 시리즈

The Red Thumb Mark (1907) - 『붉은 엄지손가락 지문』(원은주 옮김, 시공사, 2011)

John Thorndyke's Cases (1909, 미국 판 제목은 Dr. Thorndyke's Cases)

The Eye of Osiris (1911, 미국 판 제목은 The Vanishing Man) - 『오시리스의 눈』(이
경아 옮김, 엘릭시르, 2013)

The Mystery of 31 New Inn (1912)

The Singing Bone (1912, 미국 판 제목은 Adventures of Dr. Thorndyke)

A Silent Witness (1914)

Helen Vardon's Confession (1922)

The Cat's Eye (1923)

Dr. Thorndyke's Casebook (1923, 미국 판 제목은 The Blue Scarab)

The Mystery of Angelina Frood (1924)

The Shadow of the Wolf (1925)

The Puzzle Lock (1925)

The D'Arblay Mystery (1926)

A Certain Dr. Thorndyke (1927)

The Magic Casket (1927)

As A Thief in the Night (1928)

Mr. Pottermack's Oversight (1930)

Pontifex, Son and Thorndyke (1931)

When Rogues Fall Out (1932, 미국 판 제목은 Dr. Thorndyke's Discovery)

Dr. Thorndyke Intervenes (1933)

For the Defence: Dr. Thorndyke (1934)

The Penrose Mystery (1936)

Felo de Se (1937, 미국 판 제목은 Death At The Inn)

The Stoneware Monkey (1938)

Mr. Polton Explains (1940)

Dr. Thorndyke's Crime File (1941, 에세이와 소설을 포함한 선집)

The Jacob Street Mystery (1942, 미국 판 제목은 The Unconscious Witness)

모험 소설

The Adventures of Romney Pringle (1902, 존 핏케언과 합작. 필명 클리퍼드 애시다운)

The Golden Pool: A Story of a Forgotten Mine (1905)

The Unwilling Adventurer (1913)

The Exploits of Danby Croker (1916)

The Great Portrait Mystery (1918)

The Uttermost Farthing (1920, 미국 판은 A Savant's Vendetta라는 제목으로 1914년 출간)

The Surprising Experiences of Mr Shuttlebury Cobb (1927)

Flighty Phyllis (1928)

The Further Adventures of Romney Pringle (1970, 사후 출간, 존 핏케언과 합작, 필명 클리퍼드 애시다운)

The Queen's Treasure (1975, 사후 출간, 존 핏케언과 합작, 필명 클리퍼드 애시다운)

해 설

범인 양반,
나라면 시신을 그렇게 처리하지 않겠소

시신을 뒤처리하는 건 살인범들의 숙제다. 경황이 없어 바로 도망을 갔거나 목격자가 많거나, 자포자기한 심정이 아니라면 대부분 그렇다. 그대로 놔두면 자신이 범인이란 것이 드러날까 불안해하는 사람일수록 시신을 더 꼭꼭 숨기려고 하기 마련이다. 구덩이를 파 깊은 산이나 들에 묻기도 한다. 돌을 달아 바다나 강, 저수지에 던져 버리기도 한다. 독한 사람은 자기 집 앞마당처럼 자신의 생활 반경 안에 숨기기도 한다. 장소는 다르지만 바람은 같다. '제발 다른 사람의 눈에 발견되지 말아 달라'라고 기도한다. 하지만 그들의 바람과는 달리 시체 유기에 완벽한 장소는 없다. 적어도 십삼 년 동안 기자 생활을 하며 사건 현장에서 만난 시신들은 그랬다.

물에 숨긴 시신은 떠오르기 마련이다. 시신은 처음에는 가라앉지만 시간이 지나 박테리아의 활동으로 몸 안에 가스가 만들어지면 부력을 갖는다. 부력은 생각보다 커 웬만한 벽돌 정도는 거뜬히 끌어 올린다. 언제 떠오를지는 꼬집어 말하기 어렵다. 물에 빠질 때 시신의 부패 정도, 몸무게, 키, 옷의 종류, 수온, 물속 염분의 양 등 변수가 너무 많기 때문이다. 일반적으로 시신이 떠오르는 순서는 호수 – 강 – 바다 순이다. 고여 있는 물에서는 박테리아 증식이 빠른 반면 염분이 많은 바닷물에서는 박테리아 증식이 더디기 때문이다. 그렇다고 떠오른 시신이 한없이 물 위를 둥둥 떠다니지는 않는다. 물에 뜬 시신은 튜브와 같아서 어느 한 군데 구멍이라도 나면 바로 가라앉는다. 때론 선박 프로펠러가 때론 갈매기나 물고기가 이런 역할을 한다.

산이나 들도 완벽한 장소는 아니다. 암매장한 시신은 오래지 않아 발견되는 일이 많다. 암매장을 하는 이는 인적이 드문 깊은 산골까지 왔다고 생각해 삽을 들지만 착각이다. 범인들은 보통 밤에 암매장할 곳을 급히 찾는다. 낯설고 급한 상황에서 어두운 산길을 헤매다 보면 실제 거리보다 멀리 왔다고 생각하기 마련이다. 시간에 쫓기다 보니 충분한 깊이에 시신을 묻지 못하기 일쑤다. 때문에 배고픈 산짐승들이 달려들어 시신을 파내거나, 지나가던 등산객이 고약한 냄새를 맡고 신고하는 일이 많다.

흔히 '토막 살인'이라고 부르는 범죄도 대부분은 은닉을 위한 '방법적인 선택'일 때가 많다. 토막 난 시신이 발견되면 언론에선 범인의 잔인함에 치를 떤다. 하지만 정작 그들은 대부분 통째로 버리는 것보다 잘라 버리는 것이 감추기도 숨기기도 쉽다고 생각해 시신을 훼손한다. 살해한 시신에 몹쓸 짓을 하며 쾌락을 느끼는 네크로필리아necrophilia들도 있지만 이는 극히 일부다. 그렇게 살인을 저지른 이들은 살기 위해 발버둥 친다. 하지만 얼마 못 가 꼬리가 잡힌다. 실제 토막 살인범 가운데 44.7%는 열흘 안에 경찰에 붙잡힌다.

『오시리스의 눈』에서 범인은 백만장자의 시신을 아무도 예상치 못한 곳에 숨긴다. 미라 관 속이다. 이미 영국 박물관에 기증하기로 약속되어 있던 관에서 미라를 꺼내고 죽은 자를 미라로 만들어 대신 기증해 버린다. 우리는 경험으로 안다. 어릴 적 숨바꼭질을 하면 당시에도 꽤 많은 친구들은 술래 바로 근처 비교적 트인 공간에 숨었다. 허 찌르기다. 그런데 작품 속 범인은 한 해 수백만 명이 관람하는 박물관에 시신을 전시한 셈이니 얼마나 교활하면서도 완벽한 은닉인가. 추리 소설의 묘미는 반전이다. 살인범이 전혀 예상치 못한 사람이든지 사건의 열쇠(이 책에선 존 벨링엄의 시신)가 전혀 예상치 못한 곳에서 등장해야 재미가 있다. 두 마리 토끼를 잡기 위한 장치로 미라를 이용한 작가의 기지와 상상력에 박수를 보내는 바다.

그런데 엉뚱한 상상을 해 봤다. 나라면 어떨까. 만약 미라라는 기발한 아이디어가 떠올랐다면 범인처럼 실행에 옮겼을까. 안타깝게도 기발한 아이디어지만 실행에 옮기지는 않았을 듯싶다. 첫 번째 이유는 번거로워서다. 사실 미라를 만드는 법은 생각처럼 간단하지 않아서 성질 급한 사람은 결코 할 수 없는 일이다. 미라 제조 기술이 가장 발달했을 고대 이집트에서도 한 구 제작에 칠십 일 정도가 걸렸다. 이 책에서 범인은 최신 화학 약품 등을 이용해 기간을 이십여 일로 줄였다고 하지만 여전히 만만치 않은 작업이다. 책에 현대식 방법이 나와 있으니 고대식 방법을 소개한다. 작업은 크게 방부 처리와 붕대 감기로 나눠진다. 수분이 있으면 쉽게 썩는 탓에 피는 물론 비교적 수분이 많은 뇌, 척수, 오장육부 등 몸 안의 장기는 남김없이 꺼내야 한다. 이건 과학이 아무리 발달해도 마찬가지다. 그렇게 빈 몸뚱이에 특수 소금을 채워 놓고 사십 일간 염장을 해야 한다. 붕대도 둘둘 감아 버리면 되는 게 아니다. 몸과 머리 속의 빈 공간을 톱밥이나 헝겊 등으로 채워 몸 모양을 다시 만들고 나서 또 몰약이나 향유 등을 발라야 한다. 붕대를 감는 과정에서도 반복해 액체 송진을 발라 줘야 한다. 그래야 제대로 된 이집트 미라처럼 보일 테니 말이다.

하지만 이 방법을 택하지 않는 더 큰 이유는 미라를 만드는 과정에서 오히려 여기저기 결정적인 증거들을 흘릴 수 있기 때문이다. 기간이 길어지니 발각될 가능성도 높아진다. 먼저 아무리 조심한다고 해도 시신의 내장을 처리하는 과정 등에서 나올 다량의 혈흔은 지우기 힘들다. 미국 CSI 시리즈에도 자주 등장하는 루미놀luminol을 이용해 경찰이 혈흔을 찾아 나서면 머지않아 쇠고랑감이다. 루미놀은 물이 가득 찬 양동이에 단 한 방울의 혈액이 떨어져도 이를 알아차릴 만큼 감도가 뛰어나다. 물을 뿌리거나 씻어도 마찬가지다. 특히 신선한 혈액보다 시간이 지난 혈흔에 더욱 강하게 반응하는 특성이 있으니 범인 입장에선 죽을 맛이다. 미라에 남을 내 DNA도 문제다. 오래 공들여 미라를 만들수록 미라에는 타액이나 모발, 각질까지 내 DNA가 전이될 수밖에 없다. 감식 기술이 발달한 요즘은 조심한다고 피할 수 있는 문제가 아니다. 실제 최근 DNA 감식 기술의 발전은 놀라울 정도다. 예를 들어 한 테이블에서 네 명이 식사를 했다고 치자. 식사가 끝난 자리를 감식반이 훑고 지나간다면 각각 네 명의 DNA 지문을 떠내는 것은 물론이고 식사한 사람들의 질병, 일부는 성씨姓氏까지도 알아낼 수 있다.

> 최근 DNA 과학 수사는 성性 염색체인 Y염색체를 이용해 범인의 성姓이 김씨인지 이씨인지 박씨인지를 가려낼 수 있다. Y염색체는 남성에게만 존재하기 때문에 아버지로부터 아들에게만 유전된다. 한국처럼 아버지의 성을 이어받는 사회에서는 Y염색체의 유전적 지표(STR, Short Tandem Repeat)를 분석해 공통점을 찾는다면 범인의 성씨를 특정할 수 있다. 하지만 DNA를 통한 성씨 규명은 오류가 생길 수 있기에 참고용일 뿐 법적 증거로 이용할 수 없다. 현실적으로 성씨가 생물학적으로만 결정되지 않기 때문이다. 예를 들어 아이를 입양했다든지 부인의 외도를 통해 임신을 했든지 하는 변수 때문이다. 조상이 중간에 성을 바꾸거나 족보를 산 것도 또 다른 변수다.

책을 덮으며 자문해 봤다. 만약 비슷한 사건이 최근 일어났더라면 범인은 쉽게 잡을 수 있을까. 손다이크 같은 천재 법의학자에게 의지할 순 없지만 과학 수사가 일반화된 21세기에 이 사건을 수사한다면 결과는 어떻게 달라질까. 답부터 말하자면 '장담할 수 없다'이다.

과학 수사의 환경은 비교할 수 없을 정도로 좋아졌다. 일단 요즘이라면 소설처럼 죽은 존 벨링엄의 행적이 사십여 일 넘게 텅 비는 일은 없을 것으로 보인다. 해외로 밀항을 한 것이 아니라면 언제 파리로 출국했는지 언제 런던으로 돌아와 채링 크로스 역에 수하물을 맡겼는지가 모두 폐쇄 회로 텔레비전(CCTV)에 찍힐 수밖에 없다. 공항과 항만의 CCTV를 피할 순 없다. 일례로 인천 국제공항에는 총 1,800여 대의 CCTV가 24시간 가동중이다. 휴대 전화 로밍을 했다면 해외라고 할지라도 실시간 옮겨 다닌 위치도 확인할 수 있다.

채링 크로스 역에 수하물을 남기며 사인을 했다면 필적 조회를 해 실제 존 벨링엄인지 아니면 누군가 가짜 행세를 한 건지 확인해 볼 수 있다. 물론 최면 수사법도 도입할 수 있다. 존 벨링엄이 사라지기 전 유일하게 그를 목격한 하녀가 보다 정확히 기억을 떠올리게 한다면 실제 만난 이가 존 벨링엄인지 아니면 존 벨링엄을 가장한 다른 누군가의 얼굴인지를 몽타주로 그릴 수 있다.

> 최면 수사는 사건 현장에 단서는 없고 목격자나 살아남은 피해자만 있을 때 사용한다. 최면을 걸어 희미한 기억을 또렷하게 만들고, 이를 통해 수사에 필요한 단서를 끌어낸다. 법 최면가들은 인간이 보거나 듣고 만져서 인식한 정보는 마음속 어딘가에 저장되어 있다고 믿는다. 또 이렇게 무의식 속에 저장된 정보를 의식 속으로 이끌어내는 것이 법 최면가의 능력이다. 방법은 여러 가지다. 최면을 걸어 목격자의 시간을 과거 특정한 경험을 했을 때로 되돌리는 연령 퇴행(Age regression), 칠판에 경험했던 일을 적는 것처럼 최면을 거는 칠판 기법, 과거 일을 마치 영화를 보는 것처럼 상상하게 만드는 텔레비전 기법 등이 있다. 아직 법적인 증거 능력은 없다. 단

모아 낸 증언을 통해 악마의 퍼즐과도 같은 사건을 재현하고 다른 증거를 잡아내는 마중물 역할을 한다. 강호순과 정남규, 유영철까지 최근 흉악 범죄 수사에는 모두 최면 수사가 활용됐다.

유력한 용의자들을 불러 거짓말 탐지 조사를 하는 것도 방법이겠다. P300이라는 뇌파의 변화를 측정해 범인의 기억을 추적하는 뇌 지문 탐지 기술이나, 감정이 변할 때마다 머리에서 나타나는 미세한 진동 주파수를 읽어 내는 '바이브라Vibra 이미지' 기술 등을 이용할 수 있다. 앞서 언급했듯 혈흔을 찾아낸다거나 DNA 수사를 하는 것도 방법이다. 하지만 이런 모든 것은 결과론이고 가정법일 뿐이다. 초동 수사부터 뒤틀려 버린다면 사건은 증거를 영영 찾을 수 없어 미궁에 빠져 버리는 경우가 적지 않다. 더욱이 완벽한 듯 보이지만 현대 과학 수사도 여전히 허점투성이인 부분이 많다. 안타깝지만 권선징악으로 끝나는 동화처럼 현실 속에서도 모든 흉악범이 죗값을 치르고 있느냐 하고 묻는다면 안타깝게도 답은 '아니요'다. 1997년 서울 이태원의 한 햄버거 가게 화장실에서 대학생 조중필 씨가 살해된 이른바 이태원 살인 사건에서 보듯 용의자 두 명 중 누가 범인인지를 확신할 수 없다는 이유로 모두 풀어 주고 마는 황당한 사례도 있다. 용의자가 범행을 자백했고 재판부도 타살 가능성이 매우 크다고 보지만 증거 재판 주의라는 원칙에 갇혀 면죄부를 건네는 일도 있다. 범죄는 흔적을 남기지만 주검은 말을 하지 않는다. 시신과 범죄 현장 속 진실을 찾으려는 노력과 이를 위한 시스템을 구축하지 못한다면 범죄는 흔적을 남기지 않는다. 21세기에도 여전히 손다이크 같은 천재 법의학자와 과학 수사의 발전이 함께 필요한 이유다.

뇌 지문 탐지 기술

뇌에 기억돼 있는 범죄 장면 사진이나 단어 등을 보여 주면서 뇌파의 반응을 분석해 거짓말 여부를 알아내는 장비다. 예를 들어 범인만 알 수 있는 범죄 현장의 모습이나 흉기 사진, 피해자 얼굴 등을 보여 줬을 때 P300 뇌파는 범인과 그렇지 않은 사람이 확연한 차이를 보인다. 뇌 기억 반응 탐지 기술이라고 부르며 2009년 부산 여중생 성폭행 살인범 김길태의 자백을 얻어 내는 데 결정적인 역할을 했다.

바이브라^{Vibra} 이미지

감정이 변할 때마다 머리에서 나타나는 미세한 진동 주파수를 읽어 내는 기술이다. 전정 기관이 달려 있는 인간의 머리는 항상 미세하게 움직이는데 이런 움직임은 인간의 심리나 정서에 관련돼 있다. 이 미세한 움직임의 공통점을 읽어 내면 심리도 읽을 수 있다는 원리다. 카메라로 얼굴을 찍은 뒤 진폭과 진동수를 해석하면 얼굴만 보고도 거짓을 말하는지, 진실을 말하는지 마술처럼 알 수 있다. 질문지나 몸에 붙이는 별도의 측정 장치도 필요 없다. 활용도는 무궁무진하다. 예를 들어 특정 장비를 부착한 카메라만 들이대면 비리 의혹으로 청문회에 서 있는 관료의 말이 참인지 거짓인지를 알 수 있다. 2002년 러시아에서 개발한 이 기술은 독일, 이스라엘 등 일부 국가의 국가 기관과 공항 등에서 이용되고 있다.

유영규

13년차 신문 기자. 6년 반을 사건기자로 일하면서 연쇄 살인범부터 숨은 선행자까지 다양한 인간 군상을 접했다. 그 경험을 바탕으로 2011년 국내 최초로 신문에 연재한 범죄 수사 리포트 '범죄는 흔적을 남긴다'는 누적 조회 수 사천만을 기록했는데, 이 연재물을 모아 『과학수사로 보는 범죄의 흔적』(알마, 2013)으로 출간하기도 했다.

오시리스의 눈
The Eye of Osiris
/

초판 발행 2013년 10월 28일

지은이 리처드 오스틴 프리먼 / **옮긴이** 이경아 / **펴낸이** 강병선

책임편집 김세화 / **편집** 임지호 이현 / **아트디렉팅** 이혜경 / **본문조판** 강혜림 / **그림** 윤선미
저작권 한문숙 박혜연 김지영 / **마케팅** 정민호 박보람 양서연 / **온라인마케팅** 김희숙 김상만 이원주 한수진
제작 김애진 김동욱 임현식 / **제작처** 영신사
독자모니터 엄정현

펴낸곳 (주)문학동네 / **출판등록** 1993년 10월 22일 제406-2003-000045호 / **임프린트** 엘릭시르

주소 413-120 경기도 파주시 회동길 210
문의 031-955-2637(편집) 031-955-3576(마케팅) 031-955-8855(팩스)
전자우편 editor@elixirbooks.com / **홈페이지** www.elixirbooks.com

ISBN 978-89-546-2245-5 (03840)

엘릭시르는 출판그룹 문학동네의 임프린트입니다.